教育部人文社会科学重点研究基地
南京大学中国新文学研究中心
Center for Research of Chinese New Literature of Nanjing University

教育部人文社会科学
重点研究基地
南京大学中国新文学
研究中心学术文库

主　编　丁帆
执行主编　王彬彬
　　　　　张光芒

左右雅俗之间的三十年代文艺

葛飞　著

南京大学出版社

编委会(按姓氏笔画排列)

丁　帆　　马俊山　　王爱松

王彬彬　　吕效平　　刘　俊

李兴阳　　李章斌　　吴　俊

沈卫威　　张光芒　　周安华

胡星亮　　倪婷婷　　董　晓

傅元峰　　[美]奚密　　[日]藤井省三

目 录

第一辑　关于周氏兄弟

第一章　1936：鲁迅的左翼身份与言说困境 …… 003
　一　言与不言的困境 …… 004
　二　言论场合与社会姿态 …… 007
　三　关于《答托洛斯基派的信》 …… 009
　四　"你们来到时，我要逃亡" …… 014

第二章　"鲁迅观"与1938年版《鲁迅全集》的编印过程 …… 018
　一　发凡起例：批判国民性与"文化之功" …… 018
　二　许寿裳等人与各方的接洽 …… 022
　三　旧籍整理与译介苏联文艺理论 …… 025
　四　蔡元培序为鲁迅所作的历史定位 …… 029
　余论 …… 032

第三章　从私人往还到公共空间：鲁迅书简的披露过程 …… 034
　一　左翼宗派矛盾的延续 …… 036
　二　移置于公共空间的私人恩怨 …… 039
　三　鲁迅最后一封信的披露过程 …… 046

第四章　周作人与清儒笔记 ·················· 050
一　从晚明小品到清儒笔记 ·················· 053
二　"学隐":出世与入世之间 ·················· 063
三　作为杂文的文抄 ·················· 069
四　无可言说之言说 ·················· 078
附录　山水、雅俗与身份:袁中郎吴越游记研究 ·················· 083

第五章　论战中的师爷气与"流氓鬼"——以女师大风潮中的周作人为例
·················· 091
一　"绅士鬼"与"流氓鬼" ·················· 092
二　女师大风潮始末 ·················· 094
三　重事实与明利害 ·················· 101
四　笔墨上的斗殴与辱骂 ·················· 105
五　"说不得"与论战的王牌 ·················· 109
六　"打鬼"抑或"根性" ·················· 111

余论 ·················· 115

第二辑　左翼文艺与都市摩登及雅俗

第六章　都市漩涡中的多重文化身份与路向——1930年代郑伯奇在上海
·················· 121
一　背景:"良友"与新海派 ·················· 122
二　裸露风及其"遮羞布" ·················· 124
三　"大众化或通俗化" ·················· 127
四　从电影"还原"而来的通俗化 ·················· 130
五　现代传媒与文人身份的分裂 ·················· 133

目录

第七章 作为畅销书的《子夜》与1930年代的读者趣味 ······ 137
　一　"过火"的"交易所现形记" ······ 138
　二　都市罗曼司与情欲描写 ······ 141
　三　雅俗共赏的故事 ······ 145
　四　可听可读的语言 ······ 150

第八章 缝合与被缝合：都市马赛克中的左翼戏剧 ······ 156
　一　"娱乐不忘救国"：救济东北难民游艺会 ······ 156
　二　经常不断的学校游艺会 ······ 159
　三　与大众相遇：山海工学团游艺会 ······ 161
　四　谈判与媾和：上海市政府成立10周年纪念游艺 ······ 165
　五　都市马赛克与政治文化的排他性 ······ 167

第九章 宣传与广告：1930年代上海"大戏院"中的左右之争 ······ 172
　一　商业竞卖：《娜拉》与《摩登夫人》 ······ 173
　二　大戏院中的话剧演出机制 ······ 178
　三　欧化、俗化与"洋化" ······ 181
　四　1937：《赛金花》在南京 ······ 184

第十章 市场与政治：1930年代的左翼电影运动 ······ 189
　一　电影与市场 ······ 190
　二　电影与意识 ······ 196

第三辑　《现代》杂志与文坛之"新""旧"

第十一章 新感觉派小说与"现代"派诗歌的互动与"共生" ······ 205
　一　都市体诗化小说 ······ 206
　二　戏拟、反讽"雨巷" ······ 211
　三　新感觉腔的都市诗 ······ 215

第十二章 "人生的写实主义":论杜衡的短篇小说 ………………… 223
 一 怀乡与还乡 ……………………………………………… 224
 二 都市摩登与"落伍者" …………………………………… 228
 三 亭子间文人与小市民生活 ……………………………… 231
 四 生计问题与革命伦理 …………………………………… 233
 五 艺术真实与阶级矛盾 …………………………………… 235

第十三章 作家身份与文坛的明渠暗涵:以"新、旧写实主义"之争为中心
……………………………………………………………… 239
 一 关于"新写实主义"理论的绍介 ………………………… 241
 二 中国的"新写实主义"小说创作 ………………………… 245
 三 鲁迅旧弟子与"旧写实主义" …………………………… 253
 四 茅盾与杜衡合作的流产 ………………………………… 266
 五 《现代》与"人生的写实主义"被妖魔化 ………………… 273
 六 《文学》《现代》编辑们的主张有何不同? …………… 281
 七 "文坛新人"与"新"文学史 ……………………………… 288

后记 ……………………………………………………………………… 292

第一辑
关于周氏兄弟

第一章　1936：鲁迅的左翼身份与言说困境

鲁迅并非追求体系严密、首尾一贯的思想家,而是择定阵营、坚持社会介入的反抗者。职是之故,某种情绪、某种姿态或观点,写入文章还是见诸书信,抑或仅与友人谈及,他似乎颇有讲究。在特定历史情境中与党的文化工作者结盟,必然会体现在言论场合这个微观情境,场合也就成为我们考察鲁迅的选择与时代政治关系的切入口。私议越是敏感,亲闻与传闻者就越少。书信中既有率性之语,也颇多政治性酬答。杂文写作本身也展现出一个复杂的政治网络:有应人之请而作的序记,有回答政治组织和刊物的提问。有的文章出自瞿秋白之手而署鲁迅的笔名,有些是冯雪峰命题作文且指出"可以这样这样的做"、鲁迅犯难却每每让步的产物。① 有一两句话是冯雪峰添上的,答托派信则通篇皆为冯代笔,答徐懋庸信由冯草拟、鲁迅做了增补修改。

《答托洛斯基派的信》《答徐懋庸并关于统一战线问题》等文章向中国共产党、"毛泽东先生们"、斯大林表达了敬意,此情日后又得到了冯雪峰、许广平等人撰写的回忆文章的加强。然因社会思潮和评价体系迭变,回忆鲁迅的内容也逐渐发生了变化,20世纪80年代以来,1936年鲁迅在二三人间所说的一言半语方被公之于众,热点主要集中在他对革命成功后自身命运不祥的拟测、对苏联"肃反"的疑虑、对冯雪峰代其攻击托派的不满。原来鲁迅私下谈话与公

---

① 景宋(许广平):《鲁迅和青年们》,《文艺阵地》第2卷第1期,1938年10月。

开姿态颇为不同。

在研究范式上,考察作为社会人的鲁迅及其"渐次展开的"历史影响,应与剖析作为主体的鲁迅的思想情感有别。晚年数则谈话乃新出史料,有助于我们深入了解鲁迅心境。相应的几个问题,鲁迅本人则选择了在公共空间保持沉默,闻者在相当长的时间内秘而不宣,倒能说明双方皆深明政治利害的行事风格。这就决定了鲁迅的数则谈话内容必将历时性地展示于公共空间。1930年代主要是公开发表的文章建构鲁迅形象、发挥社会功能;书信至40年代末方结集出版,后又陆续增补;不愿笔之于书的感触,政治情境发生变化后方被披露,转成当代文化事件。回忆鲁迅有着自身的动力,同样具有高度的选择性:无论所忆近真,还是传闻异辞,乃至年久失忆,皆与政治变迁、舆情变幻、忆者自身看待问题的方式密切相关。历史悖论在于,前辈不愿明言的东西,后人不得不费力说出。年代久远,往往成为孤证,有所讹误亦未可知。本文将在已有成果上做进一步考证,梳理晚年鲁迅数则颇为敏感的谈话的公开过程,对勘他在"公""私"两种场合中的不同表达;并以此为个案,考察左翼文化人时时面临两难选择的政治困境。

一　言与不言的困境

20世纪上半叶,同情革命者遭遇言与不言的困境,是极为普遍的现象。罗曼·罗兰访苏后,决定50年后再公开《莫斯科日记》,且批评纪德不顾利害地发表《从苏联归来》。左翼十年,鲁迅发表了不少表彰苏联的文章,苏方也屡次邀之访问,阅其书简可知,鲁迅也答应过萧三转致的邀请。50—70年代产生了一些解释鲁迅为何未能"如愿"赴苏的回忆文章,经朱正辨正,我们才发现它们多不可信。冯雪峰且云:"据我回忆"鲁迅从无"赴苏的打算或意思"。[①] 答萧三

[①] 冯雪峰致包子衍信,《新文学史料》1979年第4辑。参见朱正:《鲁迅回忆录正误》,人民文学出版社2006年版,第91—107页。

信原来是应酬之语。1934年,萧三邀鲁迅出席苏联第一次作家代表大会,胡风晚年称,鲁迅对胡风说:"吃了白面包回来,还能不完全听话么?"①可胡风并未提供谈话场景细节,故未得到学界认真对待。

2006年修订《鲁迅回忆录正误》,朱正补充了胡愈之透露的鲁迅不愿访苏的特殊原因:

> "苏联国内情况怎么样,我也有些担心,是不是也是自己人发生问题?"鲁迅是指当时斯大林扩大肃反,西方报刊大事宣传,他有些不放心。(严家炎《论鲁迅的复调小说》,上海教育出版社2002年版,第252页。)

此乃1972年胡愈之在鲁迅博物馆召开的座谈会上的发言,1976年公开发表时被删除。朱正当年也见过原始记录,未加引用,大概有孤证难立的顾虑。结果倒是严家炎率先引用了,朱正再予以转引。关于鲁迅的此则谈话,我们还可理出另一条流传路径。

裘沙在70年代曾问冯雪峰,鲁迅是否觉察到了苏联"肃反"?冯"毫不思索"地答道:鲁迅"很忧虑,问我:'党内怎么会有那么多的反革命?他们这样干,行吗?!'"为帮助裘沙更好地了解晚年的鲁迅,冯雪峰还主动把他介绍给胡愈之。然而在当时,裘沙并未意识到问题之重要,故未追问下去。②胡愈之从苏联归国,1936年5月中下旬抵沪,主要任务是邀请冯雪峰去香港与潘汉年会谈③。胡愈之拜访鲁迅,冯雪峰理应陪同。那么,胡愈之的回忆与(裘沙转述的)冯雪峰的回忆,很可能是鲁迅的同一句话,所闻、所传闻导致了异词。

裘沙从鲁迅藏书中查到了刊有"莫斯科第一次大审判"报道的《东方杂

---

① 胡风:《鲁迅先生》(1984年作),《新文学史料》1993年第1期。
② 裘沙:《冯雪峰同志谈鲁迅补遗》,《鲁迅研究月刊》2001年第10期。
③ 胡愈之:《我的回忆》,江苏人民出版社1990年版,第307页。

志》,以此说明鲁迅的消息来源;胡愈之则归咎于西方报刊的大肆宣传。不过,此次审判发生于1936年8月。胡愈之有要务在身,逗留上海时间不会太长,8月返沪后又没有再与鲁迅会面,二人相见只能在5月中下旬。鲁迅所谓苏联"自己人发生问题",只能是1934年年底基洛夫被刺,季诺维也夫、加米涅夫等人遭到指控、流放。关于这件事,《申报》《东方杂志》以及胡愈之参与策划的《新生》皆有报道,这些报刊援引的多为塔斯社和旅苏者发来的通讯。两次审判乃时人之常识,我们无须到鲁迅藏书中查索资料。

1990年,楼适夷在给王元化的信中说:抗战胜利后冯雪峰曾谈及,鲁迅读了《从苏联归来》说,如去苏联也会说纪德那样的话。① 其实,《从苏联归来》出版之际鲁迅已病故。1937年,此书由戴望舒、托派郑超麟分别译成中文,造成了比较大的影响。我们都知道,1933年戴望舒报道的纪德在法国革命家文艺协会上的讲话,内中有一段说苏、德虽然都压制言论自由,"但是目的却是不一样的"。鲁迅加以征引,"这说得清清楚楚,虽是同一手段,而他却因目的之不同而分为赞成或反抗",中国的"第三种人"却没有这样的态度。② 戴望舒翻译《从苏联归来》,也是对鲁迅批评的迟到的回应。楼适夷回忆虽然有误,却能说明当年的中国左翼阵营虽然群起攻击《从苏联归来》③,窃窃"私"语还是有的。推测起来,楼适夷向冯雪峰言及此书,冯雪峰又告诉他鲁迅对苏联"肃反"的疑虑,在"假如鲁迅还活着"的心理作用下,往事在楼适夷的记忆中发生了变形嫁接。

20世纪30—60年代,苏联乃中国左翼政治文化的乌托邦,有关人等自然不愿公开他们的私下交谈。中苏断交,尤其是1971年林彪事件发生后,思想界的状况和政治氛围皆有所变化,胡愈之才会在座谈会中披露鲁迅的疑虑。

---

① 楼适夷:《致王元化信十封》,《新文学史料》2002年第3期。
② 鲁迅:《又论"第三种人"》,《文学》第1卷第1期,1933年7月1日。
③ 参见严靖、杨联芬:《论〈从苏联归来〉在1930年代中国的译介与影响》,《天津师范大学学报(社科版)》2012年第3期。

恰如裘沙所言:"问题真正提到人们的议事日程上来,还是东欧尤其是苏联解体以后的事。"① 待社会动荡平复,公开回忆和学术考证方获得了空间,这已是21世纪的事了,人们转而希望鲁迅做纪德式的知识分子。其实,罗曼·罗兰赴苏的主要目的之一,就是要求斯大林解释基洛夫被刺后的大规模乱杀,以澄清欧洲同路人思想情感上的混乱。② 鲁迅则缺乏前往探明真相的动力。鲁迅就是鲁迅,既非罗曼·罗兰,亦非纪德。

二 言论场合与社会姿态

检阅鲁迅杂文,可知其谈论苏联的调子一直没有变化。《记苏联版画展览会》(1936年2月17日作,后又并入《〈苏联版画集〉序》)且批评前几年中国刊物少有苏联报道,"有些可敬的作家和学者们"连苏联文艺都避之唯恐不及,"近一两年可不同了":

> 更多的是真心的绍介着建设的成绩,令人抬起头来,看见飞机,水闸,工人住宅,集体农场,不再专门两眼看地,惦记着破皮鞋摇头叹气了。这些绍介者,都并非有所谓可怕的政治倾向的人,但决不幸灾乐祸,因此看得邻人的平和的繁荣,也就非常高兴,并且将这高兴来分给中国人。我以为为中国和苏联两国起见,这现象是极好的,一面是真相为我们所知道,得到了解,一面是不再误解……③

"决不幸灾乐祸"数语颇显突兀,既曰"平和的繁荣",灾祸又何从说起? 莫非鲁迅隐约其词地表达了对苏联政坛变故的态度——"决不幸灾乐祸"?

---

① 裘沙:《冯雪峰同志谈鲁迅补遗》,《鲁迅研究月刊》2001年第10期。
② [法]罗曼·罗兰:《莫斯科日记》,夏伯铭译,上海人民出版社1995年版,第18—23页。
③ 《记苏联版画展览会》,《鲁迅全集》第6卷,人民文学出版社2005年版,第498页。

苏联对外文化协会、中苏文化协会、中国文艺社、文学社、中国画社五团体①主办的苏联版画展在沪开幕之前，茅盾代表文学社向鲁迅求文。鲁迅复函云："新八股已经做好，奉呈。那一段'附记'，专为中国读者而说，翻译起来是应该删去的。"②如此说来，《记苏联版画展览会》是准备要译成俄文反馈回去的，故而文章有向苏联介绍中国舆情变化的调子。赵家璧又请鲁迅出面编选《苏联版画集》。赵家璧回忆道：除了文学作品插图，鲁迅特别喜爱描绘第聂伯水电站的木刻，"十月革命的历史画和列宁、斯大林的画像一副都不删"；选"《文盲的消灭》和《基洛夫像》作彩色版，今天看来，也是含有深意的"。③鲁迅强调《基洛夫像》深意何在？赵家璧没说，鲁迅在序言中也未作说明。

行文至此，我们得到了1936年鲁迅对待苏联的三种态度，场合不同态度亦复有异。

首先，在公开场合鲁迅始终是苏联形象的捍卫者。他与赵家璧的交往出于公谊，后者所见、所忆自然与鲁迅的"社会形象"一致。

其次，在私人信件中鲁迅自我调侃：《记苏联版画展览会》不过是"新八股"。类似事例我们还可举出《答国际文学社问》，它最初发表于国际革命作家联盟的机关刊物，《真理报》予以转载。这篇文章说自己早年因"资本主义各国的反宣传，对于十月革命还有些冷淡，并且怀疑。现在苏联的存在和成功，使我确切的相信无阶级社会一定要出现，不但完全扫除了怀疑，而且增加许多勇气了"④。不过，1929年前后，鲁迅仍从其翻译的苏俄同路人小说中，看到了十月革命"混乱，黑暗"的一面，包括肃反滥及无辜、强征农民粮食等"血和污秽"，

---

① 莫芷痕：《苏联版画展印象记》，《新生》创刊号，1936年3月17日。2005年版《鲁迅全集》第6卷第501页的注释[1]说，此次画展的主办方是苏联对外文化协会、中苏文化协会、中国文艺社，这就无法解释茅盾为何出面求文。
② 360208 致沈雁冰，《鲁迅全集》第14卷，第32页。
③ 赵家璧：《编辑生涯忆鲁迅》，人民文学出版社1981年版，第108—109页。
④ 《答国际文学社问》，《鲁迅全集》第6卷，第19页。

不过,鲁迅同时也说革命有"新生"①。比较之下,应苏方之请作文,鲁迅更倾向于提供标准答案。他的《林克多〈苏联闻见录〉序》等,也该是应人之请而作,在这样的场合下,鲁迅言说苏联的态度与他所序之书的态度趋于一致。

最后是私人谈话。鲁迅只对一二共产党人稍稍提及对苏联"肃反"的担忧。表达方式即说明,他不希望自己的疑虑广为传播,否则就不会出现数十年后方才公开的现象了。

从文化身份、社会角色的角度考察问题,我们可以说:肯定苏联成就、避而不谈敏感问题,是包括鲁迅、罗兰在内的"同路人"的共同特征。党员则会在疑窦丛生的情况下即谴责基洛夫案乃托派所为。既谈成就又不避问题,那就近于自由主义了。蒋廷黻访苏归来,对五年计划的成就不吝赞美之辞,同时也述及基洛夫被刺后,"未经法庭审判而被处死刑者已过百人",英国工党向苏联提出了人道抗议;斯大林崇拜盛行,"我们中国人听起来,免不了要觉得肉麻"。②同时期的中国左翼知识界也少有崇拜政治家的习惯。不过,横向比较诸家姿态,我们仍可以说,不批评苏联乃彼时左翼文化人的本质特征之一,越界必然会被视为他者,鲁迅自不能例外。

三 关于《答托洛斯基派的信》

对于鲁迅而言,重要的是与统治者做决不妥协的斗争。然而在党的文艺工作者看来,支持斯大林与打击托派,也应成为一枚硬币的两面。只因与瞿秋白、冯雪峰的关系非同一般,事涉托派,鲁迅的态度颇为复杂。

同盟、同路关系建立之前,鲁迅曾言及深解文艺的"托洛茨基,拉狄克都已

---

① 参见理定《竖琴》并鲁迅所作的"译者附记",《小说月报》第 20 卷第 1 号,1929 年 1 月。相类的说法复见于鲁迅在左联成立大会上的讲话。此后言及苏俄,他就不会用"黑暗""污秽"等字眼了。

② 蒋廷黻:《欧游随笔》(五)(九),《独立评论》第 129 号、139 号,1934 年 12 月 2 日、1935 年 2 月 24 日。

放逐,沃隆斯基大约也退职",苏联的文艺政策"也许又很不同了罢"。① 左联成立后不久,1930年4月12日,鲁迅作《〈文艺政策〉后记》,乃连缀旧文而成,也包含了上述这句话。鲁迅如何评价托派失势后斯大林制定的文艺政策呢?1932年,鲁迅译介了上田进的《苏联文学理论及文学批评的现状》,从中可知斯大林对意识形态领域党性原则的高度强调,共产主义学院、拉普等组织机构贯彻斯大林的意旨,猛攻普列汉诺夫、托洛茨基、沃隆斯基等人的文艺理论,卢那察尔斯基也被指为"腐败的自由主义"②。鲁迅的这篇译文发表在"文总"的机关刊物上,虽未加译按,时人也会认为他能与党保持一致。

1932年12月12日,鲁迅致信身在苏联的曹靖华,告知别德内依的《没工夫唾骂》已由瞿秋白翻译发表,望曹靖华寄一插图本来,以供出单行本之用(日后鲁迅编《海上述林》,也收录了瞿秋白此篇译作)。该诗辱骂托洛茨基乃"造谣诬赖的恶棍""乱咬的疯狗""吹牛家",取得的不过是"孟什维克的升官图上的成就!"可大家都承认斯大林才是"贤德的""天才"。别德内依的诗歌极具宣传鼓动性,托洛茨基任军事人民委员时曾通令嘉奖③,《文学与革命》亦多方维护别德内依,说他"比任何人都更有权被称为革命俄罗斯的诗人"④。而今别氏或出于自保而奉旨喝骂,瞿秋白亦步亦趋地译载,播的既非龙种,收获的更是跳蚤,芸生仿《没工夫唾骂》,作《汉奸的罪状》辱骂胡秋原(左联目之为社会民主党—孟什维克—普列汉诺夫主义者;在中国社会史论战中,《读书杂志》一并刊发托派、干部派文章,左联中人又常常称胡秋原是托派),冯雪峰又推鲁迅出面纠正。鲁迅作《辱骂和恐吓决不是战斗》,提出了一些广为后人传诵的论战应具之底线,然因《没工夫唾骂》牵涉太广,鲁迅只有说(与《汉奸的罪状》相比)

---

① 鲁迅:"《奔流》编校后记",《奔流》第1卷第1期,1928年6月20日。
② [日]上田进:《苏联文学理论及文学批评的现状》,鲁迅译,《文化月报》第1卷第1期,1932年11月15日。
③ 参阅蒋光慈:《俄罗斯文学(三)节木央·白德内宜》,《创造月刊》第1卷第4期,1926年6月。
④ [苏]托洛茨基:《文学与革命》,刘文飞、王景生、季耶译,外国文学出版社1992年版,第198—200、203页。

别德内依虽"自认为'恶毒',但其中最甚的也不过是笑骂"①。

由于鲁迅态度至为微妙,以致不经点拨,我们就不敢肯定其文章中的某些辞句意在托派。《论"第三种人"》首句云:"在指挥刀的保护之下,挂着'左翼'的招牌,在马克斯主义里发见了文艺自由论,列宁主义里找到了杀尽共匪说的论客。"②我们都知道持"文艺自由论"的是胡秋原,胡秋原晚年说,"杀尽共匪说的论客"指托派陈仲山。③ 王礼锡、胡秋原主编的《读书杂志》由神州国光社出版,这个出版社的后台乃十九路军将领陈铭枢。并称胡秋原、托派乃"指挥刀的保护之下"的冒牌马列主义者,诚可谓"寸铁杀人"。但因言简旨深,连陈仲山也没有意识到,否则日后就不会谬托知己写信给鲁迅寻求支持了。鲁迅自作文字中,只有这么一句不指名地攻击了胡秋原和托派,故周扬十分珍视,作《"自由人"文学理论检讨》时,引前半句为题辞。④

鲁迅本打算尽可能地保持沉默,干部派、托派却皆迫之宣示立场。也许正因鲁迅私下表达了对"肃反"的疑虑,冯雪峰代笔答托派信,才要称赞"史太林先生们的苏维埃俄罗斯社会主义共和国联邦在世界上的任何方面的成功"。将近五十年后,胡风才透露:彼时鲁迅病危,无法"深思熟虑",待病情好转,"我提了一句:'雪峰模仿周先生的语气倒很像……'鲁迅淡淡地笑了一笑,说:'我看一点也不像'"⑤。诬托派为汉奸确非鲁迅行事风格,揄扬苏联则符合其一贯的社会形象。《答徐懋庸并关于统一战线问题》声明"拥护""无条件地加入"统一战线,结尾云"徐懋庸还叫我细细读《斯太林传》。是的,我将细细的读,倘能生存,我当然仍要学习",徐懋庸翻译了《斯大林传》却毫无所得,否则就不会摆出一副奴隶总管的架子⑥。查《鲁迅手稿全集》可知,这些文字皆系冯雪峰草

---

① 鲁迅:《辱骂和恐吓决不是战斗》,《文学月报》第1卷第5、6期合刊,1932年12月15日。
② 鲁迅:《论"第三种人"》,《现代》第2卷第1期,1932年11月。
③ 参阅古远清:《胡秋原——从"自由人"到民族主义战士》,《武汉文史资料》2001年第6期。
④ 绮影(周扬):《"自由人"文学理论检讨》,《文学月报》第1卷第5、6号合刊,1932年12月15日。
⑤ 胡风:《鲁迅先生》(1984年作),《新文学史料》1993年第1期。
⑥ 《答徐懋庸并关于统一战线问题》,《鲁迅全集》第6卷,人民文学出版社2005年版,第558页。

拟。虽说"无条件地""学习""拥护"也不像鲁迅语气，鲁迅并未删去，那也得算鲁迅的表态和姿态了。

由于鲁迅脱离病危能够"深思熟虑"后并无公开表示，长久以来胡风也没有透露鲁迅的私下观感，答托派信且署"先生口述，O.V.笔写"，公众就没有理由怀疑此信与鲁迅本旨不合。其实，1936年9月27日《北平新报》已有报道，且比胡风说得更直接：

> 据说回信内容与鲁迅原意不符之处甚多，但至今未见更正，大概认为这是可以"马虎"的了，但这位陈先生在8月初又写一封近"万言长信"……①

不符之说及陈仲山第二信的部分内容，应该是从鲁迅弟子（很可能是胡风）处流出。据常理测之，既不合原意，当有更正才是；"马虎"过去，则是鲁迅权衡利弊后的决定。冯雪峰、胡风已把生米煮成熟饭，形同绑架。隐而不发，于托派、于自己的声望有损，然而不公开"反反托派"，也是身为左翼文化人的必要条件，鲁迅唯有保持沉默。

问题还在于，答徐懋庸信也驳斥了小报惯于造谣："最近的则如《现实文学》发表了O.V.笔录的我的主张以后，《社会日报》就说O.V.是胡风，笔录也和我的本意不合。"按，"国防派"认为冯雪峰不能代鲁迅提口号，鲁迅不得不辩。可《论现在我们的文学运动》和《答托洛斯基派的信》，《现实文学》都发表了。局外人恐怕会以为，北平小报所言也是不实之辞。

晚年胡风还批评冯雪峰不该用"两个口号问题"刺激本应"尽一切可能抢救的"鲁迅，自己当时就意识到，要鲁迅担负文责"一定要引起他的精神上的不

---

① 江流：《再答取消派》，《鲁迅研究学术论著资料汇编》第1卷，中国文联出版公司1989年版，第1486页。

安"①。事实上，胡风倘有此先见之明，就应该坚持等到鲁迅抢救过来之后，询问一声再决定发表与否，更不该说"雪峰模仿周先生的语气倒很像"。刊载答托派信的《现实文学》《文学丛报》，实际负责人分别为胡风、聂绀弩；胡风且同意署"影寓我的名字"的 O.V.，以掩护身为党的代表的冯雪峰。

若说 50—70 年代的政治环境已不允许胡风披露鲁迅的私下态度，之前的胡风为何也保守秘密呢？莫斯科方面把答托派信作为纪念鲁迅逝世的重头戏，胡愈之等人发起组织的上海文化界救亡协会也把"肃清托派汉奸"作为纪念鲁迅的重要内容②。与胡风关系十分密切的彭柏山在《"活的依旧在斗争"》一文中提及，自己在狱中提议战友们追悼鲁迅，有人说"我是不大懂得鲁迅"，仅据"看过的他答复取消派的信，应当作为一个战士来追悼他，才合理"。由此更可见此信在干部派心目中的重要程度。而彭柏山的这篇文章，就发表在胡风主编的《七月》创刊号（1937 年 9 月）"鲁迅先生逝世周年纪念特辑"上。与此同时，毛泽东在陕北誉鲁迅为"中国第一等圣人"，虽非"共产党的组织上的一人，然而他的思想，行动，著作，都是马克思主义化的"。这个最权威的鲁迅晚年定论亦通由《七月》而广布于国统区。此情此境，胡风自然无意透露隐情。王凡西在海外作《双山回忆录》，述及陈独秀当年见答信时的激烈反应，1980 年此书在大陆出版，《鲁迅研究资料》第 4 辑也完整刊发了陈仲山致鲁迅第二信。政治松动、舆情悄然变化，应是胡风在 1984 年透露鲁迅谈话的动力。质言之，知识界普遍认为答托派信显得不择手段，胡风才要保护鲁迅。此前也许有人会认为，答信太不讲"费厄泼赖"，然出于崇敬鲁迅之心，或慑于捍卫者的热情，或惧于被打成托派，皆不便发言。这也是借用鲁迅而起到的社会作用。

---

① 胡风：《鲁迅先生》（1984 年作），《新文学史料》1993 年第 1 期。
② 《上海市文化界救亡协会鲁迅逝世周年纪念宣传大纲》，原载 1937 年 10 月 19 日《救亡日报》，《鲁迅研究学术论著资料汇编》第 2 卷，第 857—859 页。

四 "你们来到时,我要逃亡"

左翼的宗派矛盾最终使鲁迅发出苏联是否"也是"自己人出了问题的疑问。1936年12月,李霁野在《忆鲁迅先生》中透露:

> 最后相见时,我们谈起深为我们怀念的F君,先生……讽刺着当时的"革命文学家"对于自己的攻击,先生故作庄重的向F君说:你们来到时,我要逃亡,因为首先要杀的恐怕是我。F君连忙摇头摆手的说:那弗会,那弗会!①

事关三人,李霁野提供的只能是孤证。——此类说法,鲁迅从来不会公开直接地表达。虽说冯雪峰日后可以私下里提及鲁迅对苏联"肃反"的疑虑,此则谈话却关涉中国革命,他也就一直保持沉默:既不支持亦不反对李霁野的回忆。李文逐渐被世人遗忘。到了1981年,陈琼之在《鲁迅研究百题》中称李霁野曾向自己言及,1936年鲁迅"听冯雪峰介绍革命形势后",开了上述之玩笑②。朱正向陈琼之查证核实,得知"该书出版后曾寄给李霁野,他没有表示异议,可以认为这一转述是经他认可了的"③。经此转述,学界及公众多把"你们来到时"理解为陕北方面。

近来有人提出新说:鲁迅此则谈话的时间应在1929年,"革命文学家"仍指太阳社、创造社。据《鲁迅日记》,1936年李霁野两次拜访鲁迅,时间是4月22、24日;据包子衍考证,冯雪峰25日抵沪,次日见到鲁迅④。鲁迅显然不可

---

① 李霁野:《忆鲁迅先生》,《文季月刊》第2卷第1期,1936年12月1日。
② 陈琼之:《鲁迅研究百题》,湖南人民出版社1981年版,第562页。
③ 朱正:《鲁迅的一世纪》,湖北人民出版社2007年版,第185页。
④ 包子衍:《一件早已肯定而又被否定的往事——关于冯雪峰同志1936年到达上海的时间问题》,《文学评论》1980年第4期。

能向李霁野谈及从延安而来的冯雪峰,而1929年鲁迅的确误以为冯雪峰是创造社方面的人物。问题在于,将"最后相见"解释为1929年李霁野、鲁迅最后一次会面,实在牵强;1929年鲁迅、李霁野"深为怀念"冯雪峰,更是无从说起。

合理的解释只能是:鲁迅和李霁野的谈话还是发生在1936年,所言却是1929年的往事。这样一切都理顺了:未及见冯雪峰,故曰"深为我们怀念";紧接着上引一段,李霁野写到了瞿秋白,亦是鲁迅永怀之人,符合谈话流程。鲁迅情绪上需要发泄,顾及革命利害每每欲言又止,个中滋味苦不堪言,向李霁野重提往事,也是当下精神困境之表现。倘非陈琼之误记李霁野的口述历史,就是李霁野作了如下推理:日后得知冯雪峰亦于4月间抵沪,转以为鲁迅没有告知自己(当然不能逢人即说延安来人了),再想当然地把"玩笑"之辞置于"介绍革命形势之后"。历次运动中鲁迅弟子的遭遇又起了暗示作用,让人们没有了考核口述历史的动力。

陈琼之文章的主旨,其实是为了说明鲁迅"早就痛苦地认识到,'革命有血,有污秽,但有婴孩'",故而鲁迅一直"不愿远离革命"。这是一个符合鲁迅本人认知—情感模式的阐释。从这个角度上说,他与冯雪峰的谈话无论发生在哪一年,区别都不大。虽然鲁迅早有不祥预测,却仍然愿意与"革命文学家"结盟。事态发展又进一步支持了他的大胆假设:胡风被怀疑为奸细,彭柏山即使被关在国民党大牢里仍难逃"内奸"质疑,"国防派"还把鲁迅与托派相提并论。问题关键不在口号有异,而在对方"锻炼人罪,戏弄威权",倘拥有政治权力,后果将不堪设想。文坛与政治场域已互为镜像,然因不愿远离革命,鲁迅只把矛头指向"四条汉子",仍未触及"革命本身"。若公开表述对苏联"肃反"的疑虑、指出攻击托派乃汉奸亦是"锻炼人罪,戏弄威权",恐怕就会再次出现"两间余一卒,荷戟独彷徨"的局面。冯雪峰的再次出现颇为及时:他反而能压下鲁迅的虚无情绪,使之在公开场合更明确地表态支持"毛泽东先生们"、斯大林。此前鲁迅倒是从未表态支持任何领导人。有之,则鲁迅与(以党自居的)周扬的矛盾,才能更完美地处理成宗派矛盾。

诚如西哲所言，享有"反抗的威望"的革命，吸引了大量的同路人，"那些揭示毫无意义的宇宙强加给人的命运的人"坚持与革命同路，在很大程度上是因为"惟有'摧毁'，才有可能在有限的范围内抚慰绝望"；在此过程中，"义愤或仇恨压倒了所有其他的思考"。① 在中国，鲁迅可谓此类知识分子的典型。他当然没有停止其他方面的思考，批判"奴隶总管"即是一端。不过，如何表述思考同样重要：徐懋庸若学习《斯大林传》就不会成为"奴隶总管"了。这仍能说明，对于当局杀戮共产党人的义愤和仇恨，压倒了鲁迅其他方面的考虑。即便"颇有感慨"，借用鲁迅本人的话来说，也"不想在它的敌人的治下去发表"。② 鲁迅的困境更反映了"知识阶级不可免避的运命"，在《关于知识阶级》(1927)一文中，他写道：

革命时代是注重实行的，动的；思想还在其次，直白地说：或者倒有害。

思想一自由，能力要减少，民族就站不住，他的自身也站不住了！现在思想自由和生存还有冲突，这是知识阶级本身的缺点。

换言之，没有思想言论自由就没有知识阶级。然当救国救民与"救出你自己"发生冲突时，更多的人义无反顾地、痛苦地选择了前者。大量的左派人士虽与实际政治发生了龃龉，却别无退路地支持革命政党，瞿秋白、冯雪峰、柔石、彭柏山等皆是典型。这些人反而能打动鲁迅，促成他坚定立场，相濡以沫地与反动当局抗争。同样出于救国的考虑，也有不少具有自由主义倾向的知识分子在30年代接受了苏联药方。无论左右，他们皆是"清醒的现实主义"者。只是加入左联之后，为避免于革命"有害"，鲁迅不再能够说得"直白""自

---

① ［法］阿隆：《知识分子的鸦片》，译林出版社2005年版，第49页。
② 鲁迅：《我与〈语丝〉的始终》，《萌芽》第1卷第2期，1930年2月1日。

由",这就出现了场合不同姿态有异的现象。

　　同路人的矛盾和困境或在于:公开批评据称是不可避免的"污秽",会给统治者压迫民众、虐杀青年提供口实。面对已经酿成灾祸的不容异己之风保持沉默,仅去赞扬苏联建设成就,对于身被其害者来说显然是不公平的。此风延及自身,鲁迅只能提笔斗争——个体终究还应该有天赋的不可剥夺的人权。一方面,鲁迅极力避免正面论及托派,且希望战友在笔伐中"并无卑劣的行为,观者也不以为污秽"①,却被战友们讥为"戴白色手套革命",害怕被污秽弄脏了双手②。另一方面,鲁迅本人不也一再强调"革命有血,有污秽,但有婴孩"? 坚持与革命同路就不可能像书斋知识分子那样爱惜羽毛。时过境迁,相关人等转以私下言谈来说明鲁迅对"肃反"的疑虑、对冯雪峰借用其名誉打击托派精神上也有不安,却无意解释鲁迅何以在公开场合全无表示。也只有时过境迁,他们才会公开鲁迅谈话,在当时却与鲁迅身处同一历史情境,有着同样的选择,无地自由亦无地彷徨。

---

① 鲁迅:《辱骂和恐吓决不是战斗》,《文学月报》第 1 卷第 5、6 期合刊,1932 年 12 月 15 日。
② 首甲等:《对鲁迅先生的"恐吓辱骂决不是战斗"有言》,《现代文化》第 1 卷第 2 期,1933 年 2 月。

第二章 "鲁迅观"与1938年版《鲁迅全集》的编印过程

《鲁迅全集》先后出版过1938年20卷本、1958年10卷本、1981年16卷本和2005年18卷本(1973年重排1938年版,唯删去了蔡元培写的序言,在鲁迅、瞿秋白合作的文章下加了一段用心良苦的注释)①,不同版本的《鲁迅全集》,为读者直观呈现出来的鲁迅形象亦不一致。20卷的全集,译文就占了10卷,我们可以一目了然地看到翻译在鲁迅一生中的分量;鲁迅辑录的《嵇康集》《唐宋传奇集》《会稽郡故书杂集》《古小说钩沉》《小说旧闻钞》以及学术著作《中国小说史略》《汉文学史纲要》,合为3卷,呈现出的又是"学者鲁迅"以及鲁迅学问的根底。比照之下,没有收录翻译、辑录的3个版本,倒有点像"鲁迅创作全集"。1938年版《鲁迅全集》体现了编纂者的鲁迅观,不过,参与编印者的政治、文化立场并不一致。

一 发凡起例:批判国民性与"文化之功"

鲁迅逝世后不久,编印鲁迅全集即成为知识界的普遍呼声。蔡元培、许寿裳、马裕藻、沈兼士、周作人、茅盾、台静农7人组成了"鲁迅全集编印委员会"。

---

① 参阅张小鼎:《〈鲁迅全集〉四大版本编印纪程》,《新文学史料》2006年第4期。

时人对鲁迅小说以及杂文的重要篇章已是耳熟能详,最引人关注的,无疑是有望初次面世的日记、书简;鲁迅辑纂而生前未能出版的《嵇康集》《会稽郡故书杂集》《古小说钩沉》等等,也让鲁迅的老友们及许广平念兹在兹。编印《鲁迅全集》的各个环节,起初皆由许寿裳主导。许寿裳告许广平曰,鲁迅逝世后的第三天,他即致函蔡元培,略谓:

> 豫兄为民族解放始终奋斗,三十年如一日,生平不事积蓄,……如能刊印全集,则版税一项,可为家族生活及遗孤教育之资。然此事有政治关系,必仗先生大力斡旋,始能有济,务请先向政府疏通,眷念其贡献文化之功,尽释芥蒂,开其禁令,俾得自由出售,然后始能着手集资,克期付印,否则纵使印成,版权既无保障,到处擅自翻印,流行如故,徒利奸商,于政府何益云云。①

向当局的斡旋过程且待下文再谈。许寿裳、鲁迅交往长达35年,其中有20年更是朝夕相处。鲁迅来上海后,与许寿裳仍时常见面、无话不谈。这在鲁迅的毕生交游中,可以说是绝无仅有②。作为鲁迅的知交好友,许寿裳觉得自己对于编印《鲁迅全集》、为鲁迅家族生活谋一万全之策,有义不容辞的责任。值得注意的是,许寿裳和台静农商定的编印委员会成员,也以鲁迅老友为主,除台静农本人及茅盾外,皆非左翼人士。

许寿裳主张鲁迅的创作、翻译、"纂辑(如谢承《后汉书》《古小说钩沉》《会稽郡故书杂集》及所搜汉唐碑板)"等皆应收入全集③。鲁迅的槐树书屋抄书岁月和学术研究工作,本已被社会逐渐淡忘,随着全集编纂工作的展开以及知交

---

① 许寿裳致许广平(1936年10月28日),周海婴编《鲁迅、许广平所藏书信选》,湖南文艺出版社1987年版,第291—292页。
② 许广平:《我所敬的许寿裳先生》,《人世间》第2卷第4期,1948年3月20日。
③ 许寿裳致许广平(1937年7月2日),周海婴编《鲁迅、许广平所藏书信选》,第316页。

亲近发表回忆文章,它们再度成为"鲁迅"形象的重要组成部分。许广平透露:1930年代,鲁迅在致友人的信中一再说要整理印行自己搜罗的碑刻图录,终为时间、财力所限,赍恨而没①。鲁迅还向友人说过,自己别无财产,搜集的六朝造像、墓志、碑刻的拓片就是他的全部财产了②。蔡元培在一篇纪念文章中只谈了数则轶事:周氏兄弟合译《域外小说集》,鲁迅校勘《嵇康集》等等。在蔡氏看来,鲁迅晚年提倡木刻、选印珂勒惠支和E·蒙克版画、与郑振铎编印《北平笺谱》,"都与搜辑汉碑图案的动机相等"。蔡氏极希望许广平能将鲁迅搜集来的汉碑图案检出印行③,台静农表示愿意承担这方面的整理工作④。1937年春,台静农来沪,对《鲁迅全集》粗加整理,并与许寿裳一道商定了"鲁迅全集编印委员会"的成员名单⑤。

周作人也将鲁迅一生的工作分为两个部分:"甲为收集辑录校勘研究,乙为创作。"鲁迅自幼喜欢"杂览",读野史最多,再加上亲身从社会得来的经验,故而其小说、散文"有一特点,为别人所不能及者,即对于中国民族的深刻的观察"。为了避免引发论战,周作人声称自己谈的是南下之前的鲁迅,此后的鲁迅为自己所不知,故存而不论⑥。许寿裳进而说鲁迅"对于国民性劣点的研究,揭发,攻击,肃清,终身不懈,三十年如一日","这是使我始终钦佩的原因之一",⑦鲁迅的"创作和翻译约共六百万字,便是他针砭民族性所开的方剂"⑧。他"观察史实,总是比别人深一层,能发别人所未发,所以每章都有独到的见解",我们从《魏晋风度及文章与药及酒之关系》,便可窥见一斑。鲁迅"时常对

---

① 许广平:《关于汉唐石刻画像》,《许广平文集》第2卷,江苏文艺出版社1998年版,第353—363页。
② 杨霁云致许广平(1937年3月26日),周海婴编《鲁迅、许广平所藏书信选》,第244—245页。
③ 蔡元培:《记鲁迅先生轶事》,《宇宙风》第29期,1936年11月16日。
④ 台静农致许广平(1936年11月10日),周海婴编《鲁迅、许广平所藏书信选》,第333页。
⑤ 许广平:《〈鲁迅全集〉编校后记》,《鲁迅全集》第20卷,复社1938年版,第650页。
⑥ 周作人:《关于鲁迅》,《宇宙风》第29期,1936年11月16日。
⑦ 许寿裳:《怀亡友鲁迅》,原载《新苗》第11期,1936年11月16日,收入《鲁迅研究学术论著资料汇编》第2卷,第77页。
⑧ 许寿裳:《鲁迅与民族性研究》,《民主》第6期,1945年11月3日。

我说,颇想离开上海,仍回北平,因为有北平图书馆可以利用,愿意将未完的《中国文学史》全部写成"①。在鲁迅葬礼上,蔡元培言简意赅地说:鲁迅"从'人'与'社会'最深刻的地方,写出文字来","是永远不会消灭的"。② 蔡元培、周作人、许寿裳等人的鲁迅观高度一致,那就是强调鲁迅对历史、人、社会的体察,强调鲁迅的国民性批判,正是从这个角度上,他们认为,印行鲁迅的校勘辑录、研究著作与刊布他的创作,具有同等重要的意义。

左翼阵营无疑更看重晚年鲁迅的政治立场,强调鲁迅从进化论到阶级观的"转变"。代表性的言说是瞿秋白的《鲁迅杂感选集·导言》,瞿秋白抽绎出来的鲁迅一贯之道是与时(革命)俱变。由于鲁迅与蔡元培、许寿裳始终无违言,左翼方面即便不满他们的鲁迅观,也不便加以批评,周作人则成了靶子:有人指责周作人将鲁迅塑造成了"一个'东抄西袭''玩物丧志''好行小慧'的人",这至多能说明"鲁迅何以会成功那一部《中国小说史略》",但不能解释鲁迅早年的工作何以能够产生"后年的结果",不能解释"因果的突变"。③

我们知道,1938年复社印行《鲁迅全集》,胡愈之起了十分重要的作用。不过,1936年冯雪峰、潘汉年、胡愈之等中共党员的精力,主要放在了动员救国会出面,将鲁迅葬礼办成一场政治运动,以达到逼蒋抗日容共之目的。这个目的也导致了救国会将鲁迅定位为"民族魂"。中共中央和中华苏维埃政府向国民党和南京国民政府提出为鲁迅举行国葬、设鲁迅研究院、搜集鲁迅遗著出版鲁迅全集、鲁迅家属与先烈家属同样待遇等要求,这些要求如能实现,鲁迅就会被民族国家化了。鲁迅葬礼场面极为壮大,所费不赀,胡风"模糊记得,开始救国会曾声明过他们要负责全部丧事费用,但后来一块钱都未出",宋庆龄个人掏了些钱,数目不详④。(许广平遭遇的经济困境、家庭问题,也只能对长者许

---

① 许寿裳:《鲁迅的生活》,原载《新苗》第13、14期,1937年1月16日、2月16日,收入《鲁迅研究学术论著资料汇编》第2卷,第650页。
② 蔡元培:《在鲁迅丧礼上的讲话》,《蔡元培全集》第8卷,浙江教育出版社1998年版,第412页。
③ 尧民:《周作人论鲁迅》,《鲁迅研究学术论著资料汇编》第2卷,第647页。
④ 胡风:《关于鲁迅丧事情况》,《上海社会科学》1981年第4期。

寿裳诉说。)救国会将"民族魂"这顶帽子戴到了鲁迅头上,并未顾及它是否适合鲁迅①。章乃器回忆说:胡风、萧军等人认为救国会是"民族主义者",不配为"国际主义者"鲁迅扶柩,但是在许广平的坚持下,葬仪仍按救国会制定的计划进行②。其实如何纪念鲁迅,实非许广平个人所能左右。鲁迅成了"圣之时者",逝世一周年之际,"肃清托派汉奸"又成了纪念鲁迅的重头戏了③。比照之下,许寿裳等人概括的鲁迅毕生以批判国民性的方式"为民族解放而奋斗",更符合鲁迅本人的道路。

二 许寿裳等人与各方的接洽

为印行《鲁迅全集》而与出版社、政府的接洽,过程甚为曲折,这里先说抗战全面爆发前的情况。蔡元培最初的态度是:径自印行全集,不必理睬政府查禁。另有他人向国民党中央疏通。国民党中宣部部长邵力子回复李秉中说:"似不大能宽假。"再有荆有麟托王子壮、沈士远请陈布雷分别向中宣部各负责人斡旋。经许寿裳再次敦请,蔡元培这才去函邵力子。南京方面最终表示:可以出版《鲁迅全集》,但要进行删改。有些是全篇删去,有些是删去一段或三两句,《准风月谈》书名须改为《短评七集》,《花边文学》改为《短评八集》……许寿裳主张委曲求全:全篇被删者可以存目,但不必留白,以免激怒当局,许广平的底线是只删不改④。开明书店亦为出版《鲁迅全集》事宴请邵力子,拉茅盾作

---

① 参阅王彬彬:《作为一场政治运动的鲁迅丧事》,收入《往事何堪哀》,长江文艺出版社2005年版;王彬彬:《1936年的"救国会"与"民族魂"》,《钟山》2004年第4期。
② 章乃器:《我和救国会》,《救国会》,中国社会科学出版社1981年版,第437页。
③ 参见《上海市文化界救亡协会鲁迅逝世周年纪念宣传大纲》,原载1937年10月19日《救亡日报》,《鲁迅研究学术论著资料汇编》第2卷,第857—859页。蔡元培在1937年10月23日日记中写道:"胡愈之来,未晤。留一函,并见示文化界救亡协会工作报告及各种文字印刷品,并告该会推我为主席。即复一函,……普通委员不敢辞,主席则决乎不可任云。"
④ 许寿裳致许广平(1937年7月2日),周海婴编《鲁迅、许广平所藏书信选》,第315—316页。

陪,邵问:由何人主编?"茅答:大约蔡先生、季茀先生,作人先生",邵力子表示满意①。蔡元培的国民党元老身份以及许寿裳等人的社会地位,便于《鲁迅全集》"合法"出版。他们在撰写纪念鲁迅文章、申明编纂全集的意义时,也有意避免论及党派政治。

再说与出版社的交涉。北新书局首先表示愿意出版《鲁迅全集》,但是许寿裳认为北新书局"不可靠",他又听许广平说,开明书店、商务印书馆"多方刁难"②。鲁迅的书信日记以及手订之《嵇康集》《古小说钩沉》等,书法精美,许广平拟影印出版,国内唯有商务印书馆有力办此③,许寿裳、马裕藻为此找到了胡适,胡适表示极愿帮忙。许寿裳再请许广平直接致函胡适,说明得马裕藻、许寿裳信,知先生允为鲁迅先生纪念委员会委员,再询问胡适与商务印书馆接洽结果如何。许寿裳不但积极奔走,还在教许广平如何得体地与各方打交道,许广平亦每每照办。许寿裳再转来胡适的介绍函,请许广平阅毕后,面呈商务印书馆老板王云五,胡适另有一信直接致王云五④。王云五这才表示愿意出版《鲁迅全集》。

1938年版《鲁迅全集》附录鲁迅年谱,作于抗战全面爆发之前,初刊于北平大学女子文理学院校刊《新苗》,许寿裳正是该学院院长。年谱作者署名许寿裳,其实是由三人分段编写:周作人编1—28岁条目,许寿裳编29—45岁条目,许广平编46—56岁条目。听说周作人正在编订鲁迅年谱,杨霁云致函许广平说此事不妥,周作人"必有曲逆逝者之处"⑤,因为鲁迅逝世当天,周作人接受记者采访时说鲁迅"最近又有点转到虚无主义上去了"。周作人谈鲁迅,不论说什么,都会遭到驳斥,故而对《鲁迅全集》的编纂工作从一开始即表现得甚

---

① 致季茀(1937年5月23日),《许广平文集》第3卷,第332—333页。
② 许寿裳致许广平(1936年11月10日),周海婴编《鲁迅、许广平所藏书信选》,第293页。
③ 许广平:《鲁迅书简编后记》,《鲁迅书简》,鲁迅全集出版社1946年版,第1049—1050页。
④ 许寿裳致许广平(1937年5月17日、6月5日),周海婴编《鲁迅、许广平所藏书信选》,第309页、第314页。
⑤ 杨霁云致许广平(1937年4月9日),周海婴编《鲁迅、许广平所藏书信选》,第248页。

为消极。在许寿裳一再催促下,周作人才拟就自己负责的年谱条目,直陈事实而不加评赞。许寿裳觉得周作人写得太过简略(其实许寿裳撰写的部分也十分简略),遂去拜访鲁母,探得鲁迅8岁时的两件事,添入年谱:

> 以妹瑞生十月即夭,当期病笃时,先生在屋隅暗泣,因太夫人询其向故,答曰:"为妹妹啦。"
>
> 是岁一日,本家长辈相聚推牌九,父伯宣公亦与焉,先生在旁默视,从伯农先生因询之曰:"汝愿何人得赢?"先生立即对曰:"愿大家均赢。"其五六岁时,宗党皆呼之"胡羊尾巴",誉其小而灵活也。

周作人认为此等揄扬文字太过"可笑",遂不愿在年谱上署名。许广平和"上海朋友们磋商",决定保留上述文字①。其实周作人说得不错,很难说这些赞辞点出了鲁迅少年时代的精神气质。况且整部年谱也少有评赞文字,许寿裳增添的两条甚为突兀。由于周作人、许寿裳二人写得都十分简略,为了体裁一律,许广平只有将自己的草稿一删再删。她负责的部分,关于鲁迅"实际参加工作方面,请和他一同参加过的F君(冯雪峰,引按)订正了不少"②。

许寿裳起初要许广平为《鲁迅全集》作序,许广平惶谢,许寿裳遂改请蔡元培主笔,材料仍须许广平供给。许广平致函蔡元培曰:

> 顷奉季茀师来谕"兹得蔡公函,愿为全集作序,惟嘱将必须注意或及者详告之,以便执笔,用特奉告,务使我大略"云。窃思迅师一生,俱承先生提拔奖掖,无微不至;……其能仰体先生厚意而行者,厥为在文化史上

---

① 许广平:《〈鲁迅年谱〉的经过》,《宇宙风乙刊》第29期,1940年9月16日。
② 许广平:《〈鲁迅年谱〉的经过》。

的努力,即有成就,足资楷模者,或在于此。序中请予道及,使青年知所景从①。

许广平强调鲁迅在文化史上的地位,说明她此时也高度认同许寿裳、蔡元培等人的鲁迅观。

三 旧籍整理与译介苏联文艺理论

1938年版《鲁迅全集》署"鲁迅先生纪念委员会编纂",普及本、纪念本的出版者,分别署鲁迅全集出版社、复社。按,"鲁迅治丧委员会"成立后不久,即着手筹组永久性组织"鲁迅先生纪念委员会"。身在北平的鲁迅老友们没有参加救国会主导的鲁迅葬礼,但得为纪念委员会成员。该会于1937年7月18日召开成立大会,到会者姓名见诸报章且与本文相关的,有台静农、许寿裳、茅盾、郑振铎、胡愈之、王任叔、周建人、许广平等人。在成立大会上,许广平报告了《鲁迅全集》进展情况,"编辑先生,为蔡元培、马裕藻、周作人、许寿裳、沈兼士、茅盾、许广平等7人"②。许寿裳事先拟定给许广平的7名编委,与上述报道略有不同,没有许广平,而是台静农③。许广平本拟赴北平与许寿裳等人共同编纂《鲁迅全集》,但因战事全面爆发,未能成行。

战前未能出版《鲁迅全集》未始不是幸事。许广平说:"前经中央党部删去一部或全部的,如果现在都不成问题了,不是要重新排过吗? 即此一点,也可见政治进步之速。"④当然,抗战全面爆发后,官方也没有公开声称不经删削即

---

① 《许广平文集》第3卷,第330页。北京鲁迅博物馆所作的注释称,此函系许广平手迹,无签名、时间。

② 《鲁迅先生纪念委员会昨日开成立大会》,原载1937年7月19日《大公报》(上海版),收入《鲁迅研究学术论著资料汇编》第3卷,第836—837页。

③ 许寿裳致许广平(1937年7月2日),周海婴编《鲁迅、许广平所藏书信选》,第315—316页。

④ 许广平:《周年祭》,《许广平文集》第1卷,第422页。

可印行《鲁迅全集》，事实上是睁一只眼闭一只眼。（或是因为中宣部换了主官，到了 1942 年，中央图书杂志审查委员会突然下令，审查《鲁迅全集》后再定是否准予发行，最终也还是不了了之①。）

1938 年 1 月 30 日，胡愈之、张宗麟致函章乃器、沈钧儒、邹韬奋，报告救国会在上海的活动，内中提及："斯诺的 Red Star Over China，2 月 25 日可以出版，1500 本已预约出去。愈之还打算印出《鲁迅全集》。"②复社即是为了出版斯诺的《红星照耀中国》而成立的临时组织，据说印行《鲁迅全集》的计划也得到了延安方面的认可。复社中人说，许广平、郑振铎、王任叔起草了《鲁迅全集》编辑计划，"经过上海著作界诸友的审查，方才正式决定"③。其实许广平也分函鲁迅全集编印委员会成员征求意见，他们也起到了"审查"功能。3 月 19 日，周作人回信说自己没有成见，只要不亏本就好。3 月 22 日，蔡元培在日记中写道："得许广平夫人函告：《鲁迅全集》将由复社印行，附来印行《鲁迅全集》暂拟方法，并嘱作序。"3 月 21 日，茅盾复函许广平、胡愈之，报告了自己与王云五交涉的情形：

（一）商务方面对于北新版权不能收回一点，所虑者只在法律问题，即恐商务出了书以后，北新反向商务提出交涉，至于营业上的竞争，王老板说不成问题，因此他建议……至少要取得北新不能反向商务捣蛋的保证，倘此层圆满办到，则商务愿照原约即刻印行全集；（二）倘与北新交涉结果不好，则商务愿担任全集第三部分——即金石考证及书信日记部分，此为复社计划中规定暂时从缓者——之印刷，其一二两部分（创作与翻译）则仍归复社出版，将来出书时，版式大家通归于一律，且均用"纪念委员会编"名义。至于复社出版之一、二两部分，商务可以代售，但不代收预

---

① 参见周国伟编《鲁迅著译版本研究编目》，上海文艺出版社 1996 年版，第 8—10 页。
② 《救国会》，中国社会科学出版社 1981 年版，第 355 页。
③ 宜闲：《〈鲁迅全集〉出世的回忆》，《文艺丛刊》（香港）第 2 期，1946 年 12 月。

约;王老板且谓即使商务出全集,亦不拟卖预约,因此时卖预约成绩一定不好也。(三)王老板谓,商务对于广平先生提议之废约及请商务代售等项(惟不肯代收预约,云是商务向来不代收预约,不好破例),都可以同意,惟为希望全集能早版计,故有上述二原则之建议。

茅盾接着说"我们这边可走之路甚多,所以就同意了他的第一议",倘若与北新交涉不死不活,即进行第二办法,或即废约①。鲁迅生前有不少自编文集交由北新书局出版,李小峰始终不愿让渡北新书局所拥有的版权。王云五唯一的顾虑就是李小峰控告商务印书馆侵权。其实李小峰不可能冒天下之大不韪,做出此等举动,他已声明:北新书局出单行本与全集"并行不悖"。许广平又复函李小峰:《鲁迅全集》出版者也要出单行本,同业竞争难免两害②。而王云五已表示,可以承担竞争所导致的经济损失。王云五的第二项建议,实质是商务印书馆、复社联合出版,商务印书馆可以承担金石考证、书信、日记部分,复社仍不予接受。北新书局、开明书店、商务印书馆、复社都愿意出《鲁迅全集》,商业上的动机恐怕是可以借机获得鲁迅所有著作的版权。在战时情况下出全集,极有可能亏本,出单行本则可获得可观的常年稳定的收入,商务印书馆的发行网络非北新书局能够望其项背,故不怕商业竞争。许广平已于战前和商务印书馆签约,今又提出废约,马裕藻、茅盾等皆认为废约是下下策,商务印书馆毕竟是大出版社,支付版税有保证。

身在西安的马裕藻接到许广平信件后,又去函与留在北平的沈兼士、齐寿山、周作人商讨后,方于3月28日复函许广平,提出如下几点意见:(一)望许广平谨慎从事,"不致发生意外之失败,若能取决于市公(引按,许寿裳)尤佳"。(二)暂缓与商务印书馆废约,"不过此事既经复社诸公热心提倡,似亦有所困

---

① 周海婴编《鲁迅、许广平所藏书信选》,第345—346页。
② 李小峰致许广平(1938年7月15日),许广平致李小峰(1938年8月12日),周海婴编《鲁迅、许广平所藏书信选》,第455—456页。

难"。(三)鲁迅"遗著中第三部之大半,虽于新的方面无大影响,然其不朽之价值甚大,若阙此部,尤无以见唐俟(引按,鲁迅笔名)之全也,与全集之称尤觉矛盾"。马裕藻还强调,以上各节,除了"取决于市公"一项未与周作人道及外,沈兼士、齐寿山、周作人的意见和自己完全一致①。情况也许正如马裕藻等人所言,鲁迅学术著作与阶级革命无关,复社才打算舍弃。而鲁迅翻译的苏俄文艺理论,"则早由周文、胡愈之两先生辛苦收得"②。轻重缓急之间,也表现出两种鲁迅观之争。

许寿裳正在西迁途中,得许广平信最迟。4月3日,他在南郑复函许广平:"3月12日由港转来手示收悉。印行《全集》事,因'北新'作梗,只得如此办法,裳甚赞同。特未知云五复函到否。"③许寿裳显然还不知道王云五的最新提议,仍认为北新书局作梗导致商务印书馆无法出版《全集》,因而同意改由复社印行。4月19日,茅盾见蔡元培,"谈《鲁迅全集》付印事,携有许广平函,附全集目次,并有许广平致王云五函,嘱转致"④。1941年,因有人盗印全集,"鲁迅全集出版社、鲁迅先生家属许广平"致函王云五,请允借用内政部批准出版的文件,内中还提及,"鲁迅全集前承先生赞助,先行给予鲁迅纪念委员会出版"⑤。由此可见,《鲁迅全集》版权只是名义上归商务印书馆所有。各单行本的版权则仍归原先的出版社,胡风等人在四川等地向北新书局索取版税,寄给许广平。

王云五的建议以及马裕藻等人的态度,也使得许广平、复社修改了原初只出创作、翻译的计划,增添了鲁迅辑录的《会稽郡故书杂集》《嵇康集》《小说旧闻钞》《古小说钩沉》《唐宋传奇集》(俱为排印)。刘恂《岭表录异》,谢承《后汉书》辑本二种没有觅得,"此外还有日记、书简、六朝造像目录、六朝墓志目录、

---

① 周海婴编《鲁迅、许广平所藏书信选》,第448—449页。
② 许广平:《〈鲁迅全集〉编校后记》,《鲁迅全集》第20卷,复社1938年版,第652页。
③ 周海婴编《鲁迅、许广平所藏书信选》,第317页。
④ 《蔡元培日记》(下),北京大学出版社2010年版,第552页。
⑤ 许广平致王云五(1941年2月27日),转引自周国伟编《鲁迅著译版本研究编目》,第8页。

汉碑帖、汉画像等,因影印工程浩大,一时不易问世"①。

《鲁迅全集》的普及本定价低廉,据说印得越多,亏得越多,需要纪念本的预约金来填补亏空。纪念本为非卖品,分甲、乙两种,预约金分别是50元、100元,形同捐款,只有社会贤达和官员才能负担得起。胡愈之恰好要转道香港赴武汉,出任军委会政治部第三厅第五处处长,遂沿途推销纪念本。在香港,他拜见了蔡元培、宋庆龄,拿到了《鲁迅先生纪念委员会主席蔡元培、副主席宋庆龄为向海内外人士募集纪念本的通函》和《鲁迅全集募集纪念本定户启事》。持此通函,胡愈之第一个找的是孙科,孙科也是鲁迅先生纪念委员会委员,认购了10部。5月间,沈钧儒在武汉为"出售《鲁迅全集》预约券举行了一次茶话会,邀请比较开明的国民党人士参加",胡愈之担任招待工作。邵力子仍任国民党中宣部部长,当场"拿出1000元,订购了10部。在邵力子先生的带动下,国民党官员也纷纷认购"。此举也使得《鲁迅全集》"半合法化"了。八路军驻武汉办事处也订购了若干,其中一部送给了毛泽东②。

四 蔡元培序为鲁迅所作的历史定位

《鲁迅全集》序言在当时无疑具有盖棺定论的重要地位。1938年4月30日,蔡元培在日记中写道:"沈雁冰、胡愈之来。致季茀航空函,询对于《鲁迅全集》作序之意见。"③和马裕藻等人一样,蔡元培只看重许寿裳的意见,请许寿裳详示"不可不说者及不可说者"④。许寿裳又写信给许广平:

---

① 《〈鲁迅全集〉发刊缘起》,《文艺阵地》第1卷第3期,1938年5月16日。
② 吴承琬:《我国第一部〈鲁迅全集〉是怎样出版的——记胡愈之同志一席谈》,《人物》1985年第2期。
③ 《蔡元培日记》(下),第554页。
④ 蔡元培致许寿裳(1938年4月30日),《蔡元培全集》第14卷,第310页。

5月14日为序文事，曾寄一航快，谅已到达。全集广告，已见于报章。序文内容，因恐不宜过迟，裳已与曹君（靖华，引按）商一大略，径复蔡公矣。现在印刷进行如何？甚为系念。所拟序文要点分五个方面：一、创作，又分小说与杂感文，二、翻译，三、艺术，四、著述及旧籍整理，五、新文字。以上五点均又分项说明，弟有意见否？望示知。①

　　待蔡元培再次接到许广平函，序文已作好发出了②。蔡序依次论述了鲁迅学术著述和旧籍整理、艺术、翻译、小说和杂感方面的成就，与许寿裳所拟的次序不同，且未提及"新文字"。提倡"新文字"者，以方便大众为主旨，力主用拉丁字母拼写各地方言。它本是苏联在远东针对汉族推行的政策，在中国，首倡者应该是瞿秋白。拉丁化方案还极力反对国语罗马字方案，两种方案皆要废除汉字，不同的是，后者仍主张以北平音为基础统一国语，使用拉丁化方案，就没有统一的国语了。蔡元培乃当世名流，各家所有主张，皆想借重之。1936年，有多份杂志刊载了蔡元培、孙科等680人签名的《我们对于推行新文字的意见》，主张拉丁化方案③；可蔡元培也是全国国语教育促进会会长，国语和拉丁化又是矛盾的。除了签名《我们对于推行新文字的意见》，蔡氏在他处并未论及"新文字"，也不认为提倡"新文字"算是鲁迅工作的重要方面。

　　蔡序为鲁迅所作的历史定位是：治学承清季朴学之绪余，而为"新文学的开山"。预约《鲁迅全集》纪念本的通函，开头一句也是："鲁迅先生为一代文宗，毕生著述承清季朴学之绪余，奠现代文坛之础石。"④蔡序所说的"文"，即文化，涵盖鲁迅创作、翻译、辑录校勘研究等，"方面较多、蹊径独辟，为后学开示

---

① 许寿裳致许广平（1938年5月29日），周海婴编《鲁迅、许广平所藏书信选》，第318页。
② 1938年6月5日，蔡元培写了《鲁迅全集》序，交茅盾拿去，并附上纪念本预约价100元；6月15日，蔡氏始"得许广平函，说《鲁迅全集》作序事，并述季茀函中语"《蔡元培日记》（下），第562、564页。
③ 蔡元培等：《我们对于推行新文字的意见》，《生活教育》第3卷第5期，1936年5月1日。此外还有《生活知识》《文学丛报》等杂志也刊载了这份宣言。
④ 转引自许广平：《〈鲁迅全集〉编校后记》，《鲁迅全集》第20卷，复社1938年版，第662页。

无数法门"。此语正与前揭许广平来函相应:请道及鲁迅在文化史上的努力和成就,"使青年知所景从"。值得注意的是,蔡序避免了30年代鲁迅是否存在"转变"这个大问题。叙鲁迅美术方面的工作,蔡序说,搜罗汉碑图案之兴趣,"推而至于《引玉集》《木刻纪程》《北平笺谱》等等"。鲁迅"对于世界文学家之作品,有所见略同者,尽量的迻译,理论的有卢那卡尔斯基、蒲力汗诺夫之《艺术论》等;写实的有阿尔志跋绥夫之《工人绥惠略夫》、果戈里之《死魂灵》等;描写理想的有爱罗先珂及其他作者之童话等,占全集之半,真是谦而勤了"。在某种意义上,我们可以说蔡序也表达了蔡氏本人"兼容并包"的文化主张。

附于第20卷末尾的许广平撰《〈鲁迅全集〉编校后记》,叙全集编纂经过,向各方致谢,唯独略去胡适不谈,但称蔡元培"曾向商务印书馆设法订立契约"。这篇后记没有臧否人物,但于结尾提及1936年鲁迅病重时,适逢高尔基逝世,有人"甚至不禁叹息说:'为什么鲁迅不死,死了高尔基?'……奇怪的是,鲁迅真的死了之后,却又有不少人说:'他的死,在中国,比苏联损失一个高尔基还要大。'"①由此可见,此时的许广平对于某些左派人士反复无常地利用鲁迅之死大做文章,极其不满。

总体说来,1938年版《鲁迅全集》仍然按照战前许寿裳确定的方针编纂:请蔡元培作序,收录了战前撰就的年谱,复社本拟舍弃的鲁迅辑录之书也还是入集了。此版全集的最大问题就是舍去了书信、日记。鲁迅小说和杂感名篇,人们早已耳熟能详,它们依靠单行本一样可以流传。日记以及许广平征集来的鲁迅书信原件,在战乱年代随时有散失之虞。1937年6月出版的《鲁迅书简》(影印),只选印了69封。《鲁迅书简》(排印)终于1946年面世,收信八百余封,在编后记中,许广平说:她过于为商家利益着想,怕《鲁迅全集》排印书信日记,将来影印本问世后,难以销行。问题仍在于:当年复社为何不接受商务印书馆出版书信、日记、金石考证的方案?是不是因为鲁迅书信内容敏感,披露

---

① 许广平:《〈鲁迅全集〉编校后记》,《鲁迅全集》第20卷,复社1938年版,第664页。

后不利于"统一战线"？本书下一章，还将考察鲁迅书信的复杂而漫长的面世过程。

余 论

鲁迅去世后，他者为之编纂文集、全集，在择取文本的过程中，在序言、后记中，或隐或显地表达自身的"鲁迅观"。从社会影响入手，考察各种版本的鲁迅文集、全集，还有许多工作值得做，这里只能谈谈一些个人的初步思考。

鲁迅生前，他的某些作品已经经典化了，全集的诞生进而把鲁迅这个人经典化了——全集无形中诱导研究者把作者视作自洽的、有着一贯之道的主体。正如福柯所言，"全集"是运作的结果，假如我们毫不考虑地大谈作者的全集，是因为我们"认为在所有作者的文字中的最深层次，在所有的断简残篇、枝微末节处，一定有一贯穿全局的特色出现，该特色或者是作者的思想、经验、想象力，或无意识的表达。或者更进一步说，是作用于作者之上的那个历史决定因素"①。

《鲁迅全集》也是建立在鲁迅自编文集的基础之上。鲁迅说，有些文章"不过对于一人，一时的事，和大局无关，情随事迁，无须再录；或者因为本不过开些玩笑，或是出于暂时的误解，几天之后，便无意义，不必留存了"，因此就没有收入自编文集②。我们也可以推断，收入自编文集的文章仍有些是别无意义的玩笑，未得到释除的误解。这些或许是"无意义"的文章，收入集外文、全集后（鲁迅生前即编撰了一本集外文），不啻重生：再度被阅读。鲁迅被神化后——至少是仰视，人们每每要从鲁迅的每一句话中找出"意义"。当今学术生产的需要也鼓励着此种意义的追寻。演讲记录稿的问题也比较复杂，某些演讲记录稿见报数月乃至数年之后，鲁迅才声称记录漏落、衍误之处太多，或是详略

---

① [法]福柯：《知识的考掘》，王德威译，麦田出版有限公司1993年版，第97—98页。
② 《集外集·序言》，《鲁迅全集》第7卷，人民文学出版社2005年版，第3页。

失当,自己并未过目,不能算是自己的文章,还有一次讲演,鲁迅说忘了讲题,也不记得当时讲了什么,为鲁迅编撰集外文的杨霁云也就刊落不取。不过,演讲记录稿见报时即已发生了广大的社会影响,引发了赞否双方的回应。有些想法和事实,鲁迅不愿广为传播,才在书信中表达。《两地书》也是经过删改才出版的。只有当私人函件移诸公共空间后,才参与建构鲁迅的社会形象、发挥社会作用。文集不可避免地将单篇文章抽离首发的报章杂志、将序文抽离所序之书、将演讲记录稿抽离记录了活动现场的报道,统称"杂文"而汇聚成册。

全集也不等于作者编译的文字总和,还会有注释、题解、开篇立义的序言等他者所作的文字。从50年代起,鲁迅文献的征集、收藏、整理、编纂、注释,乃至于"回忆鲁迅",更是上升到了国家行为的层面,或真或假以及因为是孤证而真假莫辨的"回忆鲁迅",也融入了注释之中。此时,编纂者以不证自明的权威姿态,限定、阐释鲁迅,并提供了与鲁迅有关的历史人物、历史事件的权威判断。在"中国现代文学"只剩下一个鲁迅的时代,一部鲁迅全集连同其注释,即能塑造读者关于中国现代文学乃至于现代史的总体观念。在其他作家渐次"出土","出土"之后得到人们深入了解之前,褒贬了现代史上的大量人物的鲁迅文章及其注释,即令读者有了先入之见。研究"鲁迅思想"与研究鲁迅的政治功能、社会形象有别。我们也许可以不加区别地征引《鲁迅全集》,可以不加区分地征引书信日记与鲁迅生前即发表的文章,来考察鲁迅思想;研究者常常认为,作家在书信日记中的表达处于更深的层次,也更"真实"。但是,如果我们是研究鲁迅的社会形象和社会功能的话,则要注意到文献披露时间、首发的场合等问题,文献只有披露于世才能发挥社会影响。注释、题解等文字也是借鲁迅自撰文字,塑造着鲁迅的社会现象、发挥社会功能。

第三章 从私人往还到公共空间：
鲁迅书简的披露过程

1937年1月，许广平发布征集鲁迅书简启事，为出版《鲁迅全集》做准备。同年6月，许广平编选的《鲁迅书简》（影印）以三闲书屋名义出版，收信69封。次年复社出版《鲁迅全集》，却没有收入书简、日记。鲁迅逝世后的二三年间，有数份杂志选刊了一些许广平征集来的鲁迅书简。与鲁迅关系密切之人，在撰写回忆文章时，也会有选择性地征引鲁迅给他们的信件——这也是鲁迅书简发表的一种方式。一直到了1946年，才有了收录较为齐备的《鲁迅书简》（收信833封）问世，少量已征集来的书信没有收入。时至50年代，征集鲁迅手泽已成了国家行为，值得注意的是，仍有一些收信者迟迟不愿拿出所藏全部书信。1958年，人民文学出版社出版的《鲁迅全集》第10卷只是书信选集，触及周扬派人物的信件一概不选；而"文革"期间出版的鲁迅选集、书信选，又特意要收入批评周扬派人物的信，对此学界已多有论述。程振兴还注意到，有些鲁迅遗简，"因各种不便明言的原因，被收信人和征集者事先经过选择而'过滤'和'淘汰'掉，并因此最终湮没在历史的烟尘中了"①。本文感兴趣的是那些没有湮没的书简漫长而曲折的披露过程。在收录较为齐备的1946年版《鲁迅书简》问世之前，哪些书简被"优先"披露？哪些书信须略作删削？涉及哪些内

---

① 程振兴:《鲁迅书信的征集与择取》,《中国现代文学研究丛刊》2010年第1期。

容的信最好暂不发表?

在《"鲁迅观"与1938年版〈鲁迅全集〉的编印过程》中,笔者已梳理了在全集不可能全备的情况下,有关各方对如何取舍鲁迅的各部类文字,有着不同的看法。看起来,除了许广平、李小峰、杨霁云外,其他人对出版鲁迅书信、日记皆不甚热心。李小峰是因为嗅到了商机,但也无力影印鲁简,遂劝说许广平先编排印本,交北新书局出版或发行,将来收入全集时再精印(影印)①。许广平等人则想把鲁迅自编文集的版权从北新书局手中收回,且坚持影印鲁简,自然不可能同意李小峰的请求。鲁迅老友许寿裳、马裕藻、沈兼士积极为出版全集事奔走,他们对复社的出版草案十分不满,主要是因为草案舍弃了鲁迅的学术著作,但没有坚持全集一定要收入日记、书信。他们对于贡献鲁迅信函一事,根本就不热心:鲁迅致许寿裳信,绝大多数是许寿裳后人捐献的;现存鲁迅致马裕藻、沈兼士函,实在是少得可怜。复社修改了原初的计划,排印鲁迅辑录的部分古籍,日记、书简为何不能也退而求其次,排印入《全集》呢?许广平的解释是:自己过于为出版家利益着想,倘先行排印,将来影印本问世就难以销行②。不过,我们仍能够看出,在鲁迅各部类文字中,复社对于收录书信、日记一事表现得最为消极。

在战时状态下,若从保存文献着眼,排印书简、日记才应是急务,鲁迅创作、翻译则已有单行本行世。日军占领上海租界后,一度逮捕拘押许广平,导致1922年鲁迅日记遗失。杨霁云殷殷以鲁迅书简、日记未能付梓为念,屡次催促许广平。1944年秋到次年春,杨霁云帮助许广平复写了鲁迅书简、日记,许广平将抄稿分藏数处,有时甚至一日数迁。1946年版《鲁迅书简》仍然是排印,许广平在编后记中说"先后惠寄的信有八百余封,通讯者七十余位",希望存有信件者"继续惠假(如有一时不便发表的,当代保留)",以便再版时增订。

---

① 李小峰致许广平(1938年5月18日),周海婴编《鲁迅、许广平所藏书信选》,湖南文艺出版社1987年版,第454页。

② 许广平:《〈鲁迅书简〉编后记》,《鲁迅书简》,鲁迅全集出版社1946年版,第1050页。

许广平没有说出所得信件、通讯者的确数,已经寄来但"不便发表"的信也是有的,甚至于某些已经在杂志上发表的信件,也没有收入1946年版《鲁迅书简》。

一 左翼宗派矛盾的延续

鲁迅逝世后的数年间,有几份书刊择取了一些书简刊载,编者们皆以学习鲁迅精神为号召,但是各家的现实利益和政治考量并不一致。1937年5月,生活书店出版的《收获》(胡风主编的"工作与学习丛刊"第3辑)刊登"鲁迅病中书信"9封以及许广平写的"附记"。其中,覆时玳(360806)、答欧阳山(360825)、覆杨霁云(360828)、覆王冶秋(360915)等四件皆有指责周扬派人物的段落。许广平在"附记"中说"有人说他把持文坛,事实上他日夕希望多些人出来,他从没有在文坛上扩大私人势力的念头",此番披露的鲁迅书简本身"就是一个有力的反拨",从中可见鲁迅忍无可忍,才公开答复徐懋庸来函,针对的并不是个人,却仍有人说鲁迅"气量小,一点点小事就和人争闹"。与鲁迅结婚后,许广平忙于照料鲁迅日常起居,没有参加社会文化运动,也就没有介入文坛纠纷。鲁迅逝世后,她即要出面维护鲁迅的声誉。

鲁迅书简中的敏感之处,常常超乎后人的想象。"病中书简"中有一封题为"覆沈××"(360816),抬头亦被删改成"××先生",内容主要是讨论赴日养病问题,编者在附注中抄录了"沈××"来函:"前次来信谓若到日本,总要有通日语者同去,则你较为省力;鄙意倘一时无此同伴,则到日本后雇一下女,似亦可将就,因从前杨贤江夫妇在日时雇过下女,杨日语不很高明,杨夫人完全不懂,但下女似乎很灵,作手势颇能了然(原信)。"①这是沈雁冰来函,鲁迅复函称之为"明甫先生"。初次披露于世时,此地无银三百两地隐去收信者的名字,是怕外间攻击茅盾曾经怂恿鲁迅赴日?郭沫若已指责道:好些"自命为鲁迅的

---

① "病中书简",《收获》,文化生活出版社1937年5月版,第60—61页。

'亲友'者"才是鲁迅的"真正敌人","例如",一位日本人回忆道,鲁迅说"我对于马克思的著作不曾读过一页",还说"苏联几次请我去,我都没有点头,我倒很想到日本去游历"。① 力邀鲁迅访苏的萧三,在纪念文章中征引了鲁迅给他的信,意在说明鲁迅确曾答应赴苏参加十月革命纪念节。由于萧三没有拿出原件,1946年版《鲁迅书简》将之置入附编——附编所收信件,皆抄录自公开出版物。到了1958年,萧三才将原件(320911)寄给了许广平②,鲁迅在此信中说:"坐船较慢,非赶早身不可。至于旅费,我倒是有办法的。"但是,冯雪峰、周建人、胡风等人的回忆都说鲁迅从来没有访苏计划,胡风还称鲁迅对自己说过:"吃了白面包回来,还能不完全听话么?"③那么,鲁迅答应萧三,又是敷衍应酬之语了。再说"对于马克思的著作不曾读过一页"的问题,我们的确没有证据表明鲁迅读过马克思原典。鲁迅致曹聚仁函(330507)且说"关于学说之类,我不了然",为李大钊文集作序,"只能说几句关于个人的空话"(此信首次披露于1946年版《鲁迅书简》)。

1937年6月出版的《鲁迅书简》由文化生活出版社代售,该书没有前言后记,没有注明编选者,亦未加注释。该书照顾到了鲁迅方方面面的友人,每人选录一两封。其中也有不少信件提及了来自"所谓战友"和"工头"的攻击,如,致杨霁云(341216、360828)、致萧军萧红(350423)、致胡风(350912)、致时玳(360525)、致曹白(361015)、致台静农(361015)。致胡风函没有上款,当时的"普通读者"恐怕会莫名其妙吧!1946年版《鲁迅书简》收录致胡风函6封(现今可见的仍是这6封),编者附注云:"首行称呼,悉被胡先生裁去。"鲁迅一生论敌可谓多矣,而1937年版《鲁迅书简》除了批评周扬派的,基本上没有讥评其他人物的文字。我们可以认为,披露"鲁迅病中书简"、影印出版《鲁迅书简》,在很大程度上是左翼派系之争的延续。虽说许广平是征集、披露鲁迅书

---

① 郭沫若:《不灭的光辉》,《光明》第1卷第12期,1936年11月25日。
② 事据"萧三致许广平(1958年12月12日)",周海婴编《鲁迅、许广平所藏书信选》,第525页。
③ 胡风:《鲁迅先生》(1984年作),《新文学史料》1993年第1期。

简的第一责任人,但是胡风毕竟是《收获》主编,代售1937年版《鲁迅书简》的文化生活出版社,总编辑是巴金。《中国文艺工作者宣言》亦刊载于巴金主编的《文季月刊》,鲁迅签名居首,巴金位列第二,徐懋庸在给鲁迅的信中遂怪罪巴金等人破坏统一战线、行为"卑劣"。胡风、巴金等人有动力刊载鲁迅批周扬派的书简来回应攻击,唯许广平被推到了前台。

1938年10月,为纪念鲁迅逝世两周年,茅盾主编的《文艺阵地》第2卷第1期刊发鲁迅手迹8幅,致曹聚仁函1通,致赖少其、英伟各两通;第2卷第2期续刊致曹聚仁函4通,致王冶秋7通。其中,只有致王冶秋(360405)论及了周扬派:"我们里,我觉得实做的少,监督的太多,个个想做'工头',所以苦工就更加吃苦。现此翼已解散,别组什么协会之类,我是决不进去了。"("我们""里"之间原有"这一翼"三字,被收信人涂掉,杂志连排"我们里"而未加说明。)

1939年1月出版的《鲁迅风》周刊第1—3期,登载了一批鲁迅致罗清桢、许钦文的信件,这批信件里完全没有臧否人物的敏感文字。《鲁迅风》由王任叔、柯灵、文载道等人创办,王任叔撰写了发刊词。如前所述,王任叔也是复社出版《鲁迅全集》草案的起草者之一,他还是中共江苏省委文委委员。《鲁迅风》回避臧否人物的信件,以及复社版《鲁迅全集》不收书信,或许可以说明抗战爆发后,中共方面不愿世人再把目光集中于鲁迅与周扬派及"进步"人士的矛盾,以免影响统一战线。

值得注意的是,对比1937年、1946年两版《鲁迅书简》,我们能够发现后者竟没有一封给茅盾、欧阳山的信。二人将书简寄给许广平之时,当然是同意发表的;若不是收信人出于某种顾虑,转而要求不发表,许广平就没有理由不收录。茅盾将信件交给许广平时,主要顾虑是:"有二三封是讲《海上述林》之校印的,发表了也许又将引起喧哗,但现在也一并奉上。"①这应该是暗示,牵涉到《海上述林》校印事宜的信最好暂不发表。1936年1月17日,鲁迅致函茅盾,

---

① 茅盾致许广平(1937年2月18日),周海婴编《鲁迅、许广平所藏书信选》,第342页。

请他催促开明书店加快排印瞿秋白译文集《海上述林》。同年8月31日函,称该书下卷原定6月底排竣,却至今未成,请茅盾再帮忙催一催。9月3日再函茅盾:"昨日收到1日信,才明白了印刷之所以牛步化的原因,现经加鞭,且观后效耳。振铎常打如意算盘,结果似乎不如意的居多,但这回究竟打得印出了十分之八九,成绩还不算坏。"外间看到这些函件,恐怕会怀疑郑振铎有意阻滞《海上述林》的出版吧?甚至会怀疑茅盾在两者间搬弄是非。茅盾晚年说:上卷排得太慢,是因为"我们没有如期付排版费",鲁迅知道后大为生气,改将纸型送到日本印刷,内山完造垫一部分款项,成书由内山书店经销,用书款抵账。下卷发排缓慢,也是因为资金不到位①。茅盾仍没有说明,鲁迅为何以为郑振铎"打如意算盘"导致上卷印刷"牛步化"。《海上述林》共印500套,上卷到沪后,鲁迅致函茅盾(360929)说:"初拟计款分书,但如抽出三分之一交C.T.(郑振铎,引按),则内山老板经售者只300本,迹近令他做事而又克扣其好处,故付与C.T.者,只能是赠送本也。"由此可推知,郑振铎出面集资,最终只筹集到总款的三分之一,鲁迅却突然改变了按出资比例分配图书之原议,充分照顾内山完造的商业利益,捐资者每人只能得赠书一两套。郑振铎无法给捐款人事先约定的册数,茅盾说"又将引起喧哗",可见鲁迅改变原议时已引起过喧哗了。

单单这一件事,自然不会导致1946版《鲁迅书简》完全不收致茅盾函,只是其他事体已无法详考落实了。大致说来,茅盾也是如履薄冰,小心翼翼地避免陷入人事纠纷及政治漩涡。至于不收致欧阳山函,大概是因为1946年的欧阳山不大愿意外间目之为"胡风派"吧。

二 移置于公共空间的私人恩怨

总体看来,《文艺阵地》披露书简和手迹,有意突显了鲁迅与北方教授们的

---

① 茅盾:《我走过的道路(下)》,人民文学出版社1997年版,第25—29页。

决绝,而与瞿秋白建立了非同一般的友谊。鲁、瞿之间亲密的同志之谊早已为人所熟知,鲁迅手联则能更进一步说明鲁迅视瞿秋白为知己。《文艺阵地》的编辑特地强调了 1933 年 6 月 18 日鲁迅致曹聚仁函,将之置于第 2 卷第 1 期,而不是和其他 4 通放在一处发表。该信的第一段是:

> 近来的事,其实也未尝比明末更坏,不过交通既广,智识大增,所以手段也比较的绵密而且恶辣。然而明末有些士大夫,曾捧魏忠贤入孔庙,被以衮冕,现在却还不至此,我但于胡公适之侃侃而谈,有些不觉为之颜厚有忸怩耳。但是,如此公者,何代蔑有哉。

曹聚仁来信应该谈到了明末和胡适,引发了鲁迅的回应。本是书信往还,单单披露鲁迅一方函件,纳入"全集",也就把它抽离了原来的语境,容易引发误解。可惜曹函今已不可见,我们可以从曹聚仁主编的《涛声》窥知其"胡适观"。也是在 1933 年,《涛声》出了两期"胡适批判专号",此外还刊载了一些批胡散篇。曹聚仁写了《胡适与秦桧》①,不知何人化名"老前辈"作《恭喜胡适大发财》②,由篇名即可揣知二文内容,这里不具引。更有石不烂要胡适"引颈洁尸",以待"即将来临的劳苦民众之白刃与火把","人谓先生如何奔走经营,叩头拜赐,绘声绘影,历历如画,……长中公时之征歌选色,抹牌吟诗,一底百金,一花千金,未曾吝色"。"千祈勿再假痴假聋",对来自《涛声》《读书杂志》《二十世纪》等刊物的批判以及其他一切传言,作相当之声辩③。曹聚仁等人对胡适不明所以的深恶痛绝,由此可见一斑。在某种意义上,我们可以说胡适才是彼时"最受污蔑的人"。然而我们细读鲁迅的复函,会发现鲁迅似乎并不完全认同曹聚仁来函所言:"现在却还不至此。"鲁迅只是语焉不详地对胡适"侃侃而

---

① 曹聚仁:《胡适与秦桧》,《涛声》第 2 卷第 18 期,"胡适批判专号二",1933 年 5 月 13 日。
② "老前辈":《恭喜胡适大发财》,《涛声》第 2 卷第 1 期,1933 年 1 月 1 日。
③ 石不烂:《致胡适之先生书》,《涛声》第 2 卷第 21 期,1933 年 6 月 3 日。

谈"不满。

《文艺阵地》刊出的鲁迅手泽,比较重要的是鲁迅为瞿秋白所书之对联:"人生得一知己足矣 斯世当以同怀视之。"此外,还有3首总题为"教授杂咏"的打油诗,也郑重其事地刊出了。第一首讽钱玄同"作法不自毙,悠然过四十;何妨赌肥头,抵当辩证法"。第二首讽赵景深的误译、意译,第三首讽章衣萍和北新书局,兹不赘。鲁迅将"教授杂咏"录入日记①,并手书给友人,身前并未"发表"。《文艺阵地》影印的大概就是录送友人的手迹,却没有上下款。鲁迅1932年回北平省亲期间,听说钱玄同宣称"头可断,辩证法课不可开"。不过,我们不知道钱玄同是在何种场合说这样的话,也不知道传言是否有误。1935年,鲁迅又在短文中无端地刺钱玄同:马廉授课时中风,"在教室里逝去了,疑古玄同教授便从此不上课,怕步马廉教授的后尘。但死在教室里的教授,其实比死在家里的着实少。'你还不怕,仍旧坐在家里吗?'"②这篇文章成了1938年《鲁迅全集》出版之后发现的佚文之一。鲁迅在《集外集·序言》中说:有些文章"不过对于一人,一时的事,和大局无关,情随事迁,无须再录;或者因为本不过开些玩笑,或是出于暂时的误解,几天之后,便无意义,不必留存了",因此就没有收入自编文集③。但是,随着"全集"的编纂、书简的陆续披露,一些"和大局无关"的"误解""玩笑"之辞暴露于公共空间,收信者既然拿出了这些信件,就每每要严重对待。

鲁迅嫌恶北京友人,发端于私人问题,这对收信人来说也是一大敏感问题。因篇幅和论题关系,这里只能约略述之。1927年初,有人在京得知鲁迅与许广平的恋爱关系,回厦门后即将之广布于众。鲁迅追问川岛(章廷谦),"才知此种流言早已有之",在京传播的是品青、孙伏园、章衣萍、李小峰和周作人

---

① 鲁迅日记1932年12月29日条:"午后为梦禅及白频写《教授杂咏》各一首",分别是讽钱玄同、赵景深的。
② 教者(鲁迅):《据斤籤两·死所》,《太白》第2卷第5期,1935年5月20日。
③ 《集外集·序言》,《鲁迅全集》第7卷,人民文学出版社2005年版,第3页。

太太①。鲁迅重点怀疑的是周作人,但是在私人信件中亦不肯明说。1929 年 5 月,鲁迅赴北平省亲,很多人认为他不愿回北平教书,是因为有了许广平在上海,鲁迅又认为语丝社同人散布他和许广平的关系,是怕他来抢饭碗②。如是种种,鲁迅在给川岛、许广平等人的信中有触即发,在鲁迅看来,早年的语丝社同人只剩川岛一人可堪信任了。1930 年夏,川岛回北大任教,鲁迅颇不以为然,此后二人通讯就基本断绝了。鲁迅致许广平函已编成《两地书》出版(1933),内中人名大多作了处理,譬如说,川岛改成"狐灵","钱玄同"改为"金立因":去孔德学校看书,"遇金立因,胖滑有加,唠叨如故,时光可惜,默不与谈"③。

"流言""抢饭碗"以及"顾颉刚"等,鲁迅在给其他友人的信件中亦有道及,不过此类信件并非许广平优先披露的对象,收入 1946 年版《鲁迅书简》之前没有发表过。1937 年,川岛对许广平说,"我处虽存有八九十封信",但"不打算发表";次年,许广平又托魏建功向川岛索信,川岛未予回复④。他存有的鲁函又散失了二三十封,现存 60 封。川岛不愿拿出发表,不愿得罪学界同仁肯定是一个原因。到了 50 年代情况就不同了。川岛《忆鲁迅先生与〈语丝〉》(1956)一文的开头,征引了 1930 年 2 月 22 日鲁迅给他的信:

> 疑古和半农,还在北平逢人便即宣传,说我在上海发了疯,这和林玉堂大约也有些关系。我在这里,已经收到几封学生给我的慰问信了。但其主要原因,则恐怕是有几个北大学生想要求我去教书的缘故。
>
> 语丝派的人,先前确曾和黑暗战斗,但他们自己一有地位,本身又便变成黑暗了,一声不响,专用小玩意,来抖抖的把守饭碗。绍原于上月寄

---

① 致许广平(1927 年 1 月 11 日),《鲁迅全集》第 12 卷,人民文学出版社 2005 年版,第 11 页。
② 致许广平(1929 年 6 月 1 日),《鲁迅全集》第 12 卷,第 181—182 页。
③ 《两地书》,《鲁迅全集》第 11 卷,第 307 页。
④ 周海婴编《鲁迅、许广平所藏书信选》,第 442、452 页。

我两张《大公报》副刊,其中是一篇美国批评家《薛尔曼评传》,说他后来思想转变,与友为敌,终于掉在海里淹死了。这也是现今北平式的小玩意,的确只改了一个P字。

贱胎们一定有贱脾气,不打是不满足的。今年我在《萌芽》上发表了一篇《我和〈语丝〉的始终》,便是赠与他们的还留情面的一棍……

江绍原给鲁迅寄文章,恐怕不能说骂上门来吧,这是鲁迅自身的多疑。不过,公开发表的《我和〈语丝〉的始终》与私人信函中的态度仍然有别。可是鲁迅对章廷谦说的话,很快就传到了周作人耳中。周作人复江绍原函曰:"《萌芽》未见,但曾闻人说过。鲁迅精神异常,我久与之绝,其所说似无计较之必要,又知寄信去给该月刊则更不值得矣。鲁曾说北大学生叫他来教书,钱玄、刘半因怕夺他们的饭碗,故造谣说他发疯云云,即此一端可以见其思路之纷乱了。"①

章廷谦将鲁迅的信公之于众,又不能说鲁迅多疑,就只有解释、"回忆"道:语丝同人"不了解来代替原先的黑暗的是一种更可怕的黑暗,就钻进去了,如鲁迅先生所说的'本身便又变成了黑暗'而不自觉,写篇把文章来给《语丝》,也只能唱一些过时的老调。独有鲁迅先生接受了马克思主义的思想指导,……于是以前的有些老伙伴们惊讶而且寒心了,也许还别有用心吧,竟有人造谣,诬鲁迅先生在上海发了疯,患了'迫害狂'。……有一两个败类,在北平这么一说,也就传开去了!"②经章廷谦的陈述,留在北平的语丝同人简直就成了国民党黑暗统治的一部分了。其实鲁迅所谓"黑暗",大概指现代评论派(陈西滢)散布流言,周作人等散布鲁迅与许广平的关系。钱玄同认为鲁迅多疑,常常认

---

① 周作人致江绍原(1930年3月31日),张挺、江小蕙编注《周作人早年佚简笺注》,四川文艺出版社1992年版,第200页。
② 川岛:《忆鲁迅先生与〈语丝〉》,《和鲁迅相处的日子》,四川人民文学出版社1979年版,第34—35页。

为别人要陷害自己①,章廷谦则把问题政治化了,说语丝同人不满鲁迅向左转,才恶意地称鲁迅患了"迫害狂"。

我们今日所能见到鲁迅致章廷谦函,章已于50年代即全部上交出版总署。章廷谦,字矛尘,笔名川岛。沈鹏年辑《鲁迅研究资料编目》(1958)有"致章矛尘1926年2月至1933年5月 共61封"②,遗漏了250622函(2005版《鲁迅全集》收致章廷谦函总计60封)。1958年版《鲁迅全集》选录11封。该书第9卷出版说明称:"将1946年排印本所收855封和到现在为止陆续征集到的310封,加以挑选,即择取较有意义的,一般来往信件都不编入,计共收334封。"③我们都知道,涉及周扬派人物的函件此版《鲁迅全集》一概不取。这里还要说的是,刊落鲁迅致章廷谦函,也不都是"一般来往信件"。

鲁迅因为痛恨陈西滢、顾颉刚,而扩大到所有有留学英美背景的教授,再扩大到聘用、拟聘顾颉刚之人,包括与顾颉刚有学术交往的钱玄同。问题关键在于,1927年鲁迅的出处大多与人事纠纷有关,这就与被神化的鲁迅政治形象不符。例如,1927年5月30日致章廷谦函云:

> 不过事太凑巧,当红鼻到粤之时,正清党发生之际,所以也许有人疑我之滚,和政治有关,实则我之"鼻来即走"……之宣言,远在四月初上也。然而顾傅为攻击我起见,当有说我关于政治而走之宣传,闻香港《工商报》,即曾说我因"亲共"而逃避云云。

鲁迅疑心顾颉刚、傅斯年要陷害自己,迟迟不肯离粤,又以挤走顾颉刚为乐。"鼻来即走"之宣言,让傅斯年很是为难,无奈之下只有让顾颉刚离粤购

---

① 钱玄同:《我对于周豫才君之追忆与略评》,《钱玄同文集》第2卷,人民文学出版社,第305—311页。
② 沈鹏年:《鲁迅研究资料编目》,上海文艺出版社1958年版,第131页。
③ 《鲁迅全集》第9卷,人民文学出版社1958年版,第1页。

书。鲁迅于 4 月 21 日辞教职,到了 7 月间听闻中山大学实际负责人地位不稳,竟又收下了 5 月份的薪水。有这方面内容的信件(致章廷谦 270707,致江绍原 270712),1958 年版《鲁迅全集》就不便选入了。人们更愿意相信鲁迅是因为抗议"清党"而辞职,甚至出现了几则言之凿凿的"回忆"。1927 年鲁迅固然对国民党捕杀青年学生极度愤慨,对国民党的各个派别皆不以为然,不过,党派政治仍然让鲁迅"莫名其妙"。

1930 年致章廷谦两封谈及中国自由运动大同盟和左联的重要函件,1958 年版《鲁迅全集》亦未收入。鲁迅说自己本是"不知'运动'的人,所以凡所讲演,多与该同盟格格不入",签名本是在下面的,不知怎地,《中国自由运动大同盟宣言》印出后,位列第二,郁达夫领衔(300321);在左联成立大会上,"一览了荟萃于上海的革命作家,然而以我看来,皆茄花色,于是不佞又不得不有作梯子之险,但还怕他们尚未必能爬梯子也"(300327)。笔者倒是认为,致章廷谦 300327 函是理解鲁迅晚年去就的十分重要的史料:

> 要之北京(尤其是八道湾)上海,情形大不相同,皇帝气之积习,终必至于不能和洋场居民相安,因为目击流离,渐失长治久安之念,一有压迫,很容易视所谓"平安"者如敝屣也。
>
> 例如卖文生活,上海情形即不大不同,流浪之徒,每较安居者为好。这也是去年"革命文学"所以兴盛的原因。我因偶作梯子,现已不能住在寓里(但信寄寓中,此时仍可收到),而译稿每千字十元,却已有人豫约去了,但后来之兴衰,则自然仍当视实力和压迫之度矣。

有传言称当局不但要取缔自由运动大同盟、左联,还要缉拿主持者,鲁迅不得不离寓暂避。而在离开广州之初,若不是因为许广平,鲁迅倒是真的有可能回北平任教。如今的鲁迅则已真正认识到了上海的好处:即便遭到压迫,仍可卖文为生,可以做自由作家,经济独立实在是言论自由的前提。北洋政府时期还谈不到控制舆论,北京大学才能成为新文化运动的策源地,教授们办《语丝》才能"无所顾忌,任意而谈",国民党上台后情况就不同了。北平教授生活虽然"长治久安",但是对于已经向左转的鲁迅实不相宜:守着饭碗必有所顾忌,不能任意而谈了。

三 鲁迅最后一封信的披露过程

鲁迅亲友公布书简后,自然要对这些书简做出说明;回忆鲁迅时,也要参证鲁迅给他们的书简。能够平视鲁迅的,只有周作人、曹聚仁等少数几个人,其他人免不了要循鲁迅思路将鲁迅的论敌批驳一番,同时也要注意符合当下的政治需要。曹靖华则是一个独特的存在,鲁迅致曹靖华信件的披露过程,这里也有专门论述之必要。

鲁迅对未名社有着特别的感情,说这是"一个实地劳作,不尚叫嚣的小团体",曹靖华也是"一声不响,不断的翻译着","不尚广告,至今无煊赫之名,且受挤排,两处受封锁之害"。① 鲁迅离开北京后,遇到人事纠纷,有些不能向常人道及的话,亦常常向未名社成员倾诉。前文已提及,鲁迅给未名社台静农、王冶秋的涉及周扬派的信件,1937—1938年间已有揭载;而此类信件,曹靖华在1965年之前似乎没有拿出。1937年许广平征集鲁迅书简时,曹靖华只贡献了4封②,其中一封收入同年出版的《鲁迅书简》;1946年版《鲁迅书简》收录致曹靖华6通,其中,361017函录自曹靖华的《生命中的第一声雷》,并不完整。沈鹏年编目《鲁迅全集未收集的书简》,"解放后所陆续发现的"条目下,有致曹靖华52封③。此时1958年版《鲁迅全集》尚未问世,沈鹏年所谓"鲁迅全集"就是1946年版《鲁迅书简》。由此可见,50年代曹靖华仍未拿出自己所存的全部

---

① 《曹靖华译〈苏联作家七人集〉》,《鲁迅全集》第6卷,第572—573页。
② 见曹靖华致许广平(1937年4月10日),周海婴编《鲁迅、许广平所藏书信选》,第398页。
③ 沈鹏年辑《鲁迅研究资料编目》,上海文艺出版社1958年版,第131页。

鲁函。到了 1965 年，因为国家"备战"，曹靖华才将自己保存的鲁迅所有来函共计 85 封半，交给鲁迅博物馆，同时写了一份《"鲁迅来信抄存本"说明》。

鲁迅一生所作的最后一信，如果不算给内山完造的短笺，即是致曹靖华 361017 函，这封具有高度纪念意义的信函披露过程也甚为曲折。《生命中的第一声雷》(1936)大段征引此信，但略去了有关印行瞿秋白《海上述林》的段落，下面一段也被省略了："《文学》由王统照编后，销数大减，近已跌至五千，此后如何，殊不可测。《作家》约八千，《译文》六千，新近出一《中流》，并无背景，亦六千。《光明》系自以为'国防文学'家所为，据云八千，恐不确；《文学界》亦他们一伙，则不到六千也。"①这是以刊物销量来推测"两个口号之争"中的人心向背。1936 年 7 月，中国文艺作家协会召开成立大会，傅东华报告筹组经过，大会选举茅盾、夏丏尊、傅东华、洪深、叶圣陶、郑振铎、徐懋庸、王统照、沈起予 9 人为理事。此乃"国防文学派"的组织，但以"文学社"为班底，周扬等人并未出面。曹靖华虽签名鲁迅领衔的"中国文艺工作者宣言"，但未发表论战文章。鲁迅发表《答徐懋庸并关于统一战线问题》后，曹靖华复函鲁迅说，此文"影响到此间好多人对于上海作协的态度。此间似曾有人活动，替作协声张的，但近似缩头了，这人大概奉有沪作协圣谕的"②。"此间""作协"指北平作家协会，"上海作协"即中国文艺作家协会。前者到了 11 月 22 日（鲁迅已逝世）才举行成立大会，选举孙席珍、曹靖华、高滔、王余杞、管舒予、李何林、杨丙辰、顾颉刚、李辉英、澎岛、谭丕谟等 11 人为执行委员，当时有报道称该组织"号召文艺作者在'国防'的旗帜下联合"③，事实上内部仍有不小的分歧。

瞿秋白是鲁迅、曹靖华共同的朋友，曹靖华旅苏之际，给鲁迅、瞿秋白寄了不少俄文书籍和版画，鲁迅给曹靖华寄左联机关刊物，如是种种，鲁迅致曹靖

---

① 曹靖华：《生命中的第一声雷》，《作家》第 2 卷第 2 期，1936 年 11 月 15 日。
② 周海婴编《鲁迅、许广平所藏书信选》，第 157 页。
③ 奂英：《北平文化动态(I)》，中国社会科学院文学研究所现代文学研究室编《"两个口号"论争资料选编》，人民文学出版社 1982 年版，第 1014 页。

华函多有体现。曹靖华的《素笺寄深情》(1961)征引了大量的鲁迅信件,回忆自己和鲁迅、瞿秋白的交往。多少让人吃惊的是,曹靖华说当年将别德内依的《没工夫唾骂》、卢那卡尔斯基的《被解放了的董·吉诃德》等书寄给鲁迅、瞿秋白,"主要是为了请他们欣赏台尼和毕斯凯叶夫的插画寄的。秋白同志恐怕也是为了同样的目的,即:主要是向中国读者介绍画,而把这些没有十分必要译的东西译出来了"①。1933年12月12日,鲁迅致函曹靖华说:"别德内依的《没工夫唾骂》已由它兄(瞿秋白,引按)译出登《文学月报》上,原想另出单行本,加上插图,而原书被光华书店失掉(我疑心是故意没收的),所以我想兄再觅一本,有插画的,即行寄下,以便应用。"(此信初次揭载于1958年版《鲁迅全集》。)瞿秋白将《没工夫唾骂》译载于左联机关刊物,当然不是为了让读者看画,而是为了打击托派。该诗嘲讽托洛茨基的自传完全是吹牛皮,托洛茨基只有"孟什维克升官图上的成就",是"恶棍""乱咬的疯狗";可是大家都承认斯大林才是"天才"。1927年,《未名》连载韦漱园、李霁野译《文学与革命》,1929年出单行本,收入"未名丛书";翻译苏俄"同路人"的创作,也是未名社主要工作之一。那时的鲁迅亦极为欣赏托洛茨基的文艺思想,加入左联后,鲁迅就不大提托氏了,且在后台为攻击托氏帮忙。而曹靖华在1961年说《没工夫唾骂》"没有十分必要译",的确需要勇气。当年他将该书寄到国内,是苏联方面授意,还是瞿秋白、鲁迅点名要求?这已无法详考了。

1963年,曹靖华觉得《生命中的第一声雷》写得不够好,将之改写成《望断南飞雁》,刊载于同年10月号《人民文学》。这一次,他抄录了361017函有关《海上述林》部分,但仍未征引关于各家杂志销量的那一段。1972年,陕西人民出版社拟出曹靖华散文集《春城飞花》,曹靖华又要求删去《望断南飞雁》中的两段话:一段是鲁函中有关《海上述林》部分,另一段是说自己接到鲁迅最后一信前,刚刚收到《海上述林》上卷②。瞿秋白在"文革"中被定性为"叛徒"。曹靖

---

① 曹靖华:《素笺寄深情》,《人民文学》1961年第9期。
② 《曹靖华书信集》,河南教育出版社1991年版,第186页。

华只删不改,不说违心话,倒也是难能可贵。他必须反复地回忆鲁迅,但又小心翼翼地避免卷入政治/文派斗争。不论周扬派掌权还是失势,曹靖华在回忆鲁迅的文章中始终无一语道及。据笔者所见资料,首次完整刊发361017致曹靖华函的,是南京大学中文系现代文学教研组编《鲁迅选集》第4卷(1974年版)。1976年7月,《鲁迅书简:致曹靖华》由上海人民出版社出版,所收各信也是完整的,书前有曹靖华《无限沧桑怀遗简——代前言》,是在《"鲁迅来信抄存本"说明》①的基础上增删而成,删去了"说明"一文中关涉瞿秋白的文字。

鲁迅早已故去,敏感的是刊布者、收信者以及鲁迅书简所涉人物和政治问题。时代不同,敏感点亦不一致。对于收信者、刊布者而言,于何时拿出哪些鲁迅书简,总是意味着如何处理自身与鲁迅、与鲁简所涉及的人物及派系的关系,往大处说,就是如何处理自身与鲁迅、现代中国政治文化的三角关系。收信人既然愿意将鲁迅的某些来函披露于公共空间,就有义务以这些书简为中心来回忆、阐释鲁迅;既然是有选择性地提供鲁简,回忆、阐释鲁迅自然也是有选择性的。而这些回忆、阐释,又被链接进不同时代的《鲁迅全集》权威版本及注释之中。1958年版《鲁迅全集》也是通过选择书简,来增强或减弱鲁迅某方面的影响。毫无疑问,惟当书简披露于世之后,才能参与建构鲁迅的社会形象,参与建构鲁迅与有关方面的当下关系。作为文本的鲁简,陆续面世,在公共空间中逐渐"生成"。

---

① 曹靖华:《"鲁迅来信抄存本"说明》,《新文学史料》1992年第3期。

第四章　周作人与清儒笔记

周作人于二十世纪三四十年代，写了大量读书随笔式的文章，钱玄同曾戏称之为"文抄"，周作人自己亦以《夜读抄》名其集。对于周作人的此类文章，历来评价不高。其理由大致有二：一是这些"文抄"满目都是古人文字，自家意见何在？[①]　二是从狭义的"文学"观念出发，认为"文抄"不如早期的言志散文。然周氏文抄之自家面目，实在意不在辞。周木斋曾援引章学诚之言，称文学性散文与"文抄"之差别，是文、史之别，也是"作""述"之别[②]。章学诚力辨"立言"与"文辞"之不同：文章之士，"极其心之所得，常恐古人先我而有是言"；立言之士则"以意为宗"，"修辞不忌夫暂假"，如"有卓然成家之文集，虽入他人之代言，何伤乎！"[③]周氏文抄常以谈史或品评前人言论的方式针砭时弊，因此，评论此类"文抄"，亦当在察其"意"的基础上，品评其文章之优劣，而不能从抽象的文学性出发，以言志小品之"独抒予怀"为准。周作人抄书，亦可谓以他人之文代己之所欲言。他曾称自己半是绍介半是翻译的文章，"正如大家引用所佩服的

[①]　林语堂于《记周氏兄弟》(《鲁迅学刊》1981年第1期)一文中称，周作人"专抄古书，越抄越冷，不表意见"。周作人的答复是："没有意见怎么抄法？如关于'游山日记'或'傅青主'(皆在《风雨谈》内)，都是褒贬显然，不过我不愿意直说。"(1965年4月21日致鲍耀明信，黄开发编《知堂书信》，华夏出版社1995年版，第381页)钱理群亦认为，周作人"读笔记的笔记"，都"打上了作者'自我'的鲜明印记"(《周作人论》，上海人民出版社1991年版，第211—212页)。

[②]　参阅周木斋：《今文辨伪》，《人间世》第3期，1934年5月5日。

[③]　章学诚：《文史通义》，叶瑛校注，中华书局1994年版，第340、349页。

古人成句一样,我便来整章整节地引用罢了"①。借用此语论"文抄",亦颇为合适;事实上,周作人的早期"文抄",就是从其译介文章中化出的。

周作人1923年编定的《自己的园地》中,有题为《绿洲》和《茶话》的两组文章,这些文章多由翻译的片段和按语组成,可谓日后"文抄"的雏形。此时的周作人已萌发"停止制造"而"实做行贩"的念头。报章中"总是充满着不愉快的事情,见了不免要起烦恼",写杂文抨击之,则好比抚摩创口,保留了"受伤的意识"。② 然而"写自己所不高兴作的文章,翻阅不愿意看的书报,这便不能算是真的读书与工作";相反,由"颇惬心目"之书"引起执笔的兴趣",则"疲倦的生命又恢复了一点活气"。③ 按周作人的说法,"自己的园地"中的这些"绿意",应为自娱之作,然翻译、抄录他人论儿童文学、性道德之语以及法布尔的《昆虫记》,仍有现实意义。可见,他力图把启蒙与自娱、读书与写作结合起来,只不过杂文是批评现实生活中种种不道德现象,"文抄"则多择取正面的文字而已。

《夜读抄》中的文章,实是《绿洲》和《茶话》的发展,周作人已有意地把"文抄"当作一种文体来经营,调配按语和抄录文字的手法也更为圆熟④。《夜读抄》大部分篇目和《绿洲》《茶话》一样,所抄多为外国书;后因"想知道本国的事情",其兴趣才逐渐转向清儒笔记。以本国之"史"谈当下之事,可见时事本"古已有之",自可说得更为深刻。日后,周作人在为谢刚主《文史丛著》作序时称:

> 不佞平日喜杂览,对于四部各有部分的兴趣,又曾闻先贤有六经皆史之语,觉得凡所涉猎亦悉是有用的史料。⑤

---

① 周作人:《〈永日集〉序》(1929年2月15日),《永日集》,北新书局1929年版,第2—3页。
② 周作人:《胜业》(1921年7月30日),《谈虎集》上卷,北新书局1929年第3版,第74页;《山中杂信》(1921年6月),《雨天的书》,北新书局1925年版,第206页。
③ 周作人:《〈绿洲〉小引》(1923年1月20日),《自己的园地》,北新书局1923年版,第97页。
④ 参阅舒芜:《周作人的是非功过(增订本)》,辽宁教育出版社2000年版,第317—323页。
⑤ 十堂(周作人):《十堂序跋选·〈文史丛著〉序》,《文史》创刊号,1944年11月。

周作人虽取章学诚"六经皆史"之眼光，其侧重点乃在"有用的史料"，即那些能够为现实文化批评提供支持的历史资源。其对待笔记的态度亦复如是。

　　在周作人看来，按四部分类法，笔记应包括子部"杂家"和"小说家"之一部分①。"小说家"中他单取"叙述杂事"一类；"异闻"虽为小说史家所重，然周作人所要的是文章而非"故事"，且因其间多有因果报应之谈，所以弃之不顾。"杂家"中，记录、考证典章制度一类的"杂考"，本为"史"之重要组成部分，却因多"与生活游离，艰于自立，遑论及物"②，所以只是"百一可取"。周作人所征引的，主要是清儒的旁征博引、夹叙夹议的"杂说"；其所重者，亦是其间所体现的"义理"。1930年代，"小品文"一词的用法之一，是涵盖一切"散文小篇"，所以周作人仍把笔记当作"小品文"之一种③。但是，这与《中国新文学的源流》把小品文与晚明联系起来，以晚明文章来说明小品文之特色（这亦是我们今天的习惯用法），已有本质之不同。

　　周氏文抄就文体而言，亦近于其所抄之笔记，而非《文史通义》所采用的"著述"体例。自章太炎、胡适标举有系统之著述以来，笔记在国人心目中地位日减。钱穆即批评部分清儒虽"足成一家之言"，却不能"卓然自抒心胸之所得，效实斋《通义》体例"著书立说④。不过，清儒汉学为纠明人空言心性之弊而征之以实学，虽有矫枉过正之憾，却不能一概以拘牵视之。周作人多有创通之见解，却每每纳之于古今中外诸家之言，然于举世"自抒心胸之所得"，人人求"日新日日新"之时，"据守"当别有意义，我们亦不能以拘牵视之。况其"文抄"，于1930年代，实有文体实验之意义⑤。

---

　　① 知堂（周作人）：《谈笔记》，《文学杂志》第1卷第1期，1937年5月1日。
　　② 十堂（周作人）：《十堂序跋选·〈文史丛著〉序》。
　　③ 知堂（周作人）：《谈笔记》。
　　④ 钱穆：《中国近三百年学术史》，商务印书馆1997年版，第525、508页。梁启超则指出："著专书或专篇，其范围必较广泛，则不免于所心得外摭拾冗词以相凑附，此非诸师所乐，故宁以箚记体存之而已。"（《清代学术概论》，商务印书馆1930年版，第63页）札记、"著述"各有所长亦各有所短，不能一概而论。
　　⑤ 参阅钱理群：《周作人论》，第211页。

第四章 周作人与清儒笔记

近年来,学界对周氏文抄的评价日高,舒芜甚至称之为"前无古人后亦未必有来者的文体"①;黄开发把周作人的散文分为"情志体""文抄体"和"笔记体"三类,亦认为"文抄体"成就最高。本文无意在其间分出高下,文体不同,自无可比性可言。值得注意的是黄开发称"抄书方式的源头是中国传统的笔记"②,惜其点到即止,并无详细而全面的论述。本文的研究对象,即为周氏作于 1930 年代的"文抄",力图回答他为什么会走向清儒笔记,及其从清儒的文章与思想中,汲取了何种资源,如何应用此资源等问题。

周作人于"五四"时期提出"美文"概念,1932 年又发表题为《中国新文学的源流》的系列演讲,提倡"言志"小品,但很快又开始阅读清人笔记、写作"文抄",其间既有个人趣味之转变,亦有外部的原因。在笔者看来,周氏抄读清儒笔记,实在是于无话可说、无法言说的境况下采取的一种言说方式。与提倡晚明小品一样,阅读笔记、谈论"原始儒家"的背后,亦有着反"党八股""洋策论"和"新道学"的考虑;同时又意味着对当日之文坛因学晚明小品而生浮滑之弊的反拨,也是在"鲁迅风"之外,别创一种杂文体式。因此,研究周氏文抄,不但要追寻它与所抄之文的历史联系,也要把它放入 1930 年代的政治、文化现实及散文发展脉络中加以考察。

一 从晚明小品到清儒笔记

周作人一直着意搜求明清乡贤著作,得闻先贤"六经皆史"之语,自属必然。浙东本有史学传统,周作人亦自认"风土之力"对其思想与文章有着不可忽视的影响。不过,其所谓"乡贤",还包括"大同乡"浙西之文士。作于 1923 年的《地方与文艺》称:

---

① 舒芜:《周作人的是非功过(增订本)》,第 332 页。
② 黄开发:《人在旅途——周作人的思想和文体》,人民文学出版社 1999 年版,第 102、143 页。

近来三百年的文艺界里可以看出有两种潮流，虽然别处也有，总是以浙江为最明显，我们姑且称作飘逸与深刻。第一种如名士清谈，庄谐杂出，或清丽，或幽玄，或奔放，不必定含妙理而自觉可喜。第二种如老吏断狱，下笔辛辣，其特色不在词华，在其着眼的洞彻与措语的犀利。①

"浙西学派偏于文，浙东则偏于史"，读史论史强调的是"着眼的洞彻与措语的犀利"，"偏于文"则"不必定含妙理而自觉可喜"即可。后者当以晚明的王季重和张宗子为代表，下逮袁枚、赵益甫；浙东之"师爷气"则以章学诚、李越缦和章太炎为代表，鲁迅可谓集大成者②。

周氏兄弟对野史笔记有着共同的兴趣，二人常借南宋、明季故事讽喻现实，且观点常惊人得相似。如此看来，周作人似亦可归入"师爷派"。不过，在1925年末写的《雨天的书》自序中，他却颇慕浙西文士之"飘逸"，欲以此祛除自己的"师爷气"："近来作文极慕平淡自然的境地"，实际上写的文章却"满口柴胡，殊少敦厚温和之气"，"多是照例骂那些道学家的，但是事既无聊，人亦无聊，文章也就无聊了"，因此在编订文集时，多弃之不取。至于"以后要怎样才好，还须得思索过"③。

思索的结果，终发而为《中国新文学的源流》。此书提倡言志反对载道，并为中国新文学寻了晚明小品这个源头。因公安三袁有系统的文学主张，影响又较大，所以周作人改以公安竟陵为晚明小品之代表。然而袁中郎等人的文章就"平淡"而言，实不如苏黄，却常以看美人之眼观山水，有名士习气而无"敦厚温和之气"。诚如陈平原所言，《中国新文学的源流》之发表，"是希望兼及现

---

① 周作人：《地方与文艺》（1923年3月22日），《谈龙集》，开明书店1930年第4版，第12—13页。
② 参见周作人《地方与文艺》《〈雨天的书〉自序二》《鲁迅的文学修养》诸文。
③ 周作人：《雨天的书·序》，《语丝》第55期，1925年11月30日。

实写作",但是晚明小品与"周氏的文章趣味","实有不小的距离"。① 周氏之目的又不止于提倡一种文体,更是借之反对"新道学""新古文"。这在《地方与文艺》中已说得很明白:

> 现在的思想文艺界上也正有一种普遍的约束,一定的新的人生观与文体,要是因袭下去,便将成为新道学与新古文的流派……②

于新文化运动高潮过后不久,就警惕"新道学"与"新古文"抬头,周氏之敏感实非常人所及;兼及"思想"和"文艺",亦是其一贯思路。到了1930年代,周作人大概认为其担忧终成现实,因此才发布更具系统的《中国新文学的源流》的演讲,并整理出版。

周氏于此书中,声称自己考察的是"纯文学",其背后,当有以张扬个性的"纯文学"反对道学和八股的考虑,却也因此全盘否定了清代的"学者之文":宋学既"无可取",汉学亦"和文学没多大关系","复古"思潮却压倒了张扬个性的晚明小品,惟予汉学之"殿军"俞曲园以极高评价,却是因为"他不但弄词章,而且弄小说",文章亦颇似晚明③。

提倡晚明小品,对中国现代散文之发展有着莫大的影响,然而周作人以此"自救"之企图,多半是落空了。他几乎在每一册自编文集的序跋中,都要感叹自己既写不来真正平淡之文,亦无心境谈风月。他不得不承认"我的浙东人的气质终于没有脱去",像他"这样褊急的脾气的人,生在中国这个时代",实在难

---

① 陈平原:《中国现代学术之建立》,北京大学出版社1998年版,第344—346页。作者论述的思路,就此转入周氏散文与六朝文章的关系。陈平原对中国古代文章的关注,近来已转入"著述文体"和"学者之文"。本文思路受其启发良多,因而研究周氏文抄与清儒笔记的关系。
② 周作人:《地方与文艺》,《谈龙集》,第14页。
③ 周作人:《中国新文学的源流》,华东师范大学出版社1995年版,第4、31、52页。

望做出平淡冲和的文章来①。可见，周作人既不能忘情于时代，又对浙东之"师爷气"常存警惕之心，仍在寻找新的文章体式和言说方式。

最终，在晚明之外，周作人又找到了六朝文章与清儒笔记。周氏散文与六朝文章之关系，陈平原已有深入的剖析，这里仍谈其与清儒笔记之历史联系。我们注意到，周作人称公安竟陵诸公所长，仅是"叙景或兼抒情的小文"，至于说理之文，理虽"多正确，文未必佳"②；他亦觉得，后世之名士风度常常流于放诞，甚至有做作之嫌，终不逮魏晋，晚明士人亦是如此。且1930年代的周氏散文，"叙景或兼抒情的小文"实际上并不多，公安竟陵自然不敷其用。读了清儒俞理初的札记后，周作人感慨道：

中国文人学士大抵各有他们的道统，或严肃的道学派或风流的才子派，虽自有其系统，而缺少温柔敦厚或淡泊宁静之趣，这在笔记文学中却是必要的，……这一点小事情却含有大意义，盖这里不但指示出看笔记的途径，同时也教了我写文章的方法也。③

清儒既恶道学，又非风流才子，为文多能"朴实说理"，不失温柔敦厚之旨。周作人由此转向清儒笔记寻求"写文章的方法"，亦可谓水到渠成。

周作人检阅自己所录的笔记条目，发现它们多出自"悃愊无华的学者"之手。"比较选得多的为刘廷献《广阳杂记》五卷，俞正燮《癸巳存稿》十五卷，郝懿行《晒书堂笔录》六卷，王侃《衡言》《放言》《江洲笔谈》共八卷，李元复《常谈丛录》九卷，玉书《常谈》四卷，马时芳《朴丽子》正续四卷，其次则顾炎武《日知

---

① 周作人：《〈雨天的书〉自序二》（1925年11月13日），《雨天的书》，北新书局1925年版，第4—6页。
② 周作人：《〈梅花草堂笔谈〉等》，1936年4月30日《益世报》（天津）"读书周刊"第46期。
③ 周作人：《俞理初的诙谐》，《秉烛后谈》，新民印书馆1944年版，第47页。

第四章　周作人与清儒笔记

录》，尤侗《艮斋杂说》，梁清远《雕丘杂录》。"①搜之于周氏文抄的具体篇目，我们还可以加上傅青主的杂记，冯班的《钝吟杂录》以及蒋子潇的《游艺录》。另外，颜习斋虽无笔记文，周作人仍时时提及。综观诸家思想，有一个共同特色：皆认为道不离日用而又切近人情，周作人承此脉，亦以"人情物理"为准来辨别古今思想与文章之好坏。

从学术史着眼，学者每以重考证与否为汉宋之分野，或起而辨之曰朱熹亦重考证，周作人则认为，人情物理方是第一要义：苟不懂人情物理，"结果是学问之害甚于剑戟，戴东原所谓以理杀人，真是昏天黑地无处申诉矣"②。换言之，周作人首先看重的，恰是清儒汉学的义理而非考据。他认为，有此义理做底子，发而为文，方能有通达的见识与清明的理性：

> 学问渊博固然是很重要的原因，但是见识通达尤为难得，有了学问而又了解物理人情，这才能有独自的见解，……此又与上文所云义理相关，根本还是思想问题。

不过，周氏抄录介绍的，却非戴震《孟子字义疏证》一类较为抽象的"关于义理的话"③，乃是那些把戴震等人的"新义理"④用诸论事论人的较为具体的文字。以此为出发点，周作人于清儒之中会特别看重俞理初：称其与王充、李贽并为中国古代思想史上的"三盏明灯"，其共同之处在于"疾虚妄"。

俞理初在清代学术史上的地位并不高，却颇为一部分人如蔡元培、叶恭绰

---

① 周作人：《〈一蒉轩笔记〉序》(1943)，钟叔河编订《周作人散文全集》(8)，广西师范大学出版社2009年版，第757—758页。
② 周作人：《〈朴丽子〉》，《青年界》第11卷第3号，1937年3月。
③ 周作人：《焦里堂的笔记》(1945)，钟叔河编订《周作人散文全集》(9)，第482、485—486页。
④ 学界似有一误解：凡重考据，即为汉学；讲义理，则为宋学。然清儒汉学自有义理，就伦理而言，汉、宋实无调和之可能。今人张寿安称戴震等人之义理为"新义理"，庶几近之。参阅张寿安：《以礼代理——凌廷堪与清中叶儒学思想之转变》，河北教育出版社2001年版，第191—194页。

所偏爱①。蔡元培1910年写定的《中国伦理学史》，有清一代只提及黄宗羲、戴震、俞理初三人；于是，在学术史上名不见经传者，到了伦理史上，俨然成为清代三大家之一。1934年，安徽丛书第三期出了《癸巳类稿》，附有王立中著《俞理初先生年谱》，蔡元培为年谱写的序。周氏兄弟皆买了此版《癸巳类稿》，周作人还回忆起故家亦藏有这部书，自己在少年时代就爱读末三卷，入民国后又买了姚氏刻本。安徽丛书的出版，使他更加关注俞理初，写下了一系列文章，专篇的计有《关于俞理初》《俞理初的诙谐》《俞理初论莠书》和《俞理初的著作》，"文抄"中提及俞理初之处，更是不计其数。鲁迅在《病后杂谈之余——关于"抒愤懑"》一文中，颇为欣赏俞理初看"野史"时所表现出的"义愤填膺"态度。

俞理初为黟县人，其学术受戴震影响颇深，能用归纳方法，引据群经旧义来阐述伦理问题，如《女》《严父母义》等；复以归纳法治史，材料之来源，则正史野录、故书雅记、方志目录、诗词小说靡不涉及，这正是周作人所称赞的广义的"六经皆史"之思路。王立中称此种治史方法，清儒中仅有俞理初先生一人②，所见似不深。梁启超已称，乾嘉之世，考证学统一学界，其洪波自不得不及于史，赵翼、钱大昕和王鸣盛皆汲其流③。俞理初治史之方法，实与吴派"考史家"相类；不过，治史仍不忘伦理问题，能以"人情"为衡史之具，是其超出王鸣盛和钱大昕之处。譬如，因反对妇女裹脚，他才考此恶习源于何时，写有《书旧唐书舆服志后》一文。

俞理初治学虽不主一派，然亦无专攻，章太炎因此认为他算不上"学家"，只能归入"杂家"或"小说家"④。周作人却认为，杂可纠偏，为其所喜之学问家

---

① 叶恭绰认为俞理初的识见在魏源之上，"与龚定庵可以伯仲，不过定庵不免浮夸做作，理初却无此病"(《二十四年我所爱读的书》，《宇宙风》第8期，1936年1月1日)。
② 王立中：《俞理初先生年谱·叙录》页一，1944年安徽丛书第三期版《癸巳类稿》附。
③ 梁启超：《清代学术概论》，商务印书馆1930年版，第54页。
④ 章太炎答支伟成问，见支伟成《清代朴学大师列传》(上册)，泰东书局1924年版，第12—13页。

正是"杂家"而非专门家。俞理初论史,于人情伪诈处,尤不能忍;能"嘉孺子而哀妇人",反对妇人裹脚守节,论师道主宽,论父道主慈。如是种种,皆可与当下生活发生关系,所以深合周作人之意。

就性情而言,俞理初虽为古文经学家,却与治今文经学且有名士习气的龚自珍交善;为文朴质无华,却"喜定庵手笔,谓之文场之毅士"①,且认为词人"留连光景",实为"人情之所不能无"②,尤见其宽博之处。为周氏所取诸儒,为文与见识多有此妙。他如焦里堂,周作人不提其易学,虽对《论语通释》所论之义理深以为然,但更看重《易余籥录》中那些"对于世俗妄语轻信的恶习痛下针砭,却又说的很好"的条目,这些条目"比普通做订讹正误工作的文章更有兴趣"。③刘继庄气象之阔大不亚于顾炎武,周作人更推崇前者,屡屡拉之"代言",则是因其性情较顾炎武为宽博。譬如,刘继庄甚不喜观戏,称"优人如鬼,村歌如哭,衣服如乞儿之败絮,科诨如泼妇之骂街",居然仍有人"冲寒而久立以观之",笔墨颇为诙谐;然又称唱歌看戏,为"性天中之《诗》与《乐》"也,并不因一己之喜恶而将其骂倒,两方面皆可谓与周作人同调④。周作人虽对袁枚"晚年无检"的名士习气不以为然,却也不满章学诚《文史通义·妇学》中以正统自居的谩骂袁枚之辞,而是引申了蒋子潇的看法:"无检"与"讲性灵"并无一定关系,却是因为"根柢浅薄","所读经史但以供诗文之料而不肯求通"。⑤

周作人抄读清儒笔记,并非为了辨章学术,考镜源流,而是"六经注我"式地择取。俞理初与蒋子潇的天象暨日、释典道藏、边疆史地之学,焦里堂的易

---

① 俞理初题《定庵文集》语,王立中:《俞理初先生年谱》页三一。
② 《癸巳存稿》卷十二,"闲适语"条,参见周作人:《画蛇闲谈》,《夜读抄》,北新书局1934年版,第290—291页。
③ 周作人:《焦里堂的笔记》(1945),钟叔河编订《周作人散文全集》(9),第485页。焦氏论学,能从"忠恕"发端,推及政事、人伦乃至知识论各个方面。周作人对《论语》《礼记》的理解,与焦氏之学多有相符之处。
④ 参见周作人:《谈娱乐》,《秉烛后谈》,第101、103—105页。
⑤ 参见周作人《谈桐城派与随园》(《宇宙风》第6期,1935年12月1日)、《笠翁与随园》(《大公报》"文艺"副刊第4期,1935年9月6日)并《中国新文学的源流》第四讲《清代文学的反动(下)》。

学,俱不在周氏的兴趣范围之内。他读书虽杂,对于清儒汉学义理之关注,却是一以贯之的;至于注重学者之性情,更是周氏独具之眼光。这样,周作人在俞理初、刘继庄和蒋子潇等人这里找到了理想的文章,以此超越了困扰着他的"师爷气",同时又保留了"着眼的洞彻":对于本人不喜之事,能持宽容之态度;自己虽非名士才子派,却能出以忠恕之心,对此辈抱理解之同情;于道学之伪诈,则绝不肯宽假,却非"拍桌跳骂",仍能以诙谐的语言出之。——是为周作人于清儒处所得的"写文章的方法"之一。

其二,在趣味上,在旁征博引、仅于按语见己意的行文方式上,周作人的"文抄"也颇近于清儒笔记。他认为,笔记"朴素通达""趣味渊雅"即好,"不喜欢浓艳波俏,或顾影弄姿,有名士美人习气"的一路。① 梁启超云:"美文,清儒所最不擅长也",然为文多能"朴实说理,言无枝叶,而旨壹归于雅正";"其所奉为信条者,一曰不俗,二曰不古,三曰不枝"。② 周作人所取之清儒笔记,文风大致不出梁启超的概括,"不俗""不古""不今",也正是周氏文抄的语言特色,其"渊雅"之趣味与梁启超的"雅正",亦颇为接近。

不过,清儒笔记中,有很大一部分是以学术考辨、搜集材料为目的而写的札记,为文固然不枝不蔓即可,然读者如非专家,读之定昏昏欲睡。俞理初即常常于札记中罗列材料,李越缦批评其文"引证太繁,笔舌冗漫",周作人也承认《癸巳类稿》《癸巳存稿》"不十分容易读"③。在小品文风行一时的 1930 年代,曾有人提出,清儒此方面的"缺陷","非关题材干燥",而是因为他们"不善于谈话的艺术,因之文字上之组织便不能动人";学者如欲"引起读者之注意",当"以谈话式的笔调"发挥学理或读书心得。④ 周作人抄录清儒笔记时,即能于烦琐的材料中择其要,以"娓语"笔调化其板重。他也十分注意那些在"失之枯

---

① 知堂(周作人):《谈笔记》,《文学杂志》第 1 卷第 1 期,1937 年 5 月 1 日。
② 梁启超:《清代学术概论》,第 65 页。
③ 知堂(周作人):《关于俞理初》,《宇宙风》第 33 期,1937 年 1 月 16 日。
④ 陈练青:《论读书与谈话》,《人间世》第 13 期,1934 年 10 月 5 日。

燥"的考据之外,"对于人生与自然能巨细都谈,……却又当作家常话的说给大家听"的条目①,这亦是其写作"文抄"的追求。

需要强调的是,凭借清儒,周作人也未能完全涤除"师爷气",亦不能始终遵守敦厚温和之原则。遇到一些他特别敏感之问题,愤激之情即溢于言表。如其《论救救孩子》一文,即批评"新礼教"各派争夺少年儿童,是"看见人家蒸了吃,不配自己的胃口,便嚷着要把'它'救了出来,照自己的意思来炸了吃"②。我们于此又见其昔日凌厉之风。其实,周氏文抄处处暗藏棱角,只不过"时披冲淡之衣游行"而已。

周作人把清儒笔记纳入小品文来考虑,亦暗含着以其厚重之风纠时下小品文浮滑之弊的考虑。《中国新文学的源流》出来以后,言志小品有了"理论";《近代散文钞》出版后,似又有了"选本";林语堂"近来识得袁中郎,喜从中来乱狂呼",不但自己身体力行,而且创办了《论语》《人间世》和《宇宙风》等杂志,小品文又有了发表阵地。小品文之风行,本为周氏之初衷,然流弊丛生,他也不能不有所警觉。左翼文坛固然对小品文消磨人斗志不满,但朱光潜、金克木等人对小品文之流弊亦有严厉的批评:其末流因模仿而滥调,由幽默而油滑,"世间有比这更坏的东西么?"这就与鲁迅"赋得性灵"的断语殊途而同归③。周作人在《〈游山日记〉》一文中,亦称诙谐这只"螃蟹即使好吃,乱吃也是要坏肚子的也"④。这其实是对林语堂等人提出了规劝,因不愿授左翼文人以口实,所以"不愿意直说",却亦为性快之语堂所不晓,他反称周作人"专抄古书","不表意见"。⑤

---

① 知堂(周作人):《谈笔记》,《文学杂志》第1卷第1期,1937年5月1日。
② 周作人:《论救救孩子——题〈长之文学论文集〉后》,《大公报》"文艺副刊"第126期,1934年12月8日。
③ 参阅朱光潜《论小品文》、金克木《为载道辩》、鲁迅《杂谈小品文》,周作人日后亦在《书房一角·读〈解脱集〉》中讽袁中郎"颠狂亦会有谱"。
④ 周作人:《风雨谈(二)·游山日记》,《宇宙风》第8期,1936年1月1日。把周氏此文与林语堂《〈游山日记〉读法》(《宇宙风》第15期,1936年4月16日)对照阅读,即可发现二人趣味之不同。
⑤ 林语堂:《记周氏兄弟》,《鲁迅学刊》1981年第1期。

朱自清注意到了文坛各方突破幽默小品之努力,并有较为公正的概括。他认为,目下散文发展途径有二:"一是幽默,一是游记、自传、读书记。"前一途"确乎很狭小,未免单调";"到内地或新建设区去"而来点"大的"游记,亦是左翼的意见;写"读书记""需要博学,现在还只有周启明先生一个人动手"①。《人间世》中亦辟有"读书随笔"专栏,登载了一系列读书记,诸家之作亦可谓"文抄",然所读所抄多为晚明小品,眼界亦未能超出周氏论述范围;部分作者却因读晚明小品多了,"越作越像古人的外貌,有时简直令人从中觉察出古名士的气味"②。甚而学晚明而得其恶趣,譬如,刘大杰继明人作"五恨"云:"一恨太太多子,二恨古书价昂,三恨学校欠薪,四恨青春易老,五恨结婚以后不能再谈恋爱。"③其轻佻较晚明文人有过之而无不及。此时周作人的目光却已延及清儒笔记,其"文抄"亦深得后者宽博厚重之长,与《人间世》所载他家"文抄"的确不同。

其实,林语堂自己对文人小品亦有反省,希望以"西洋杂志文"救其弊。但他又走向了另一极端,甚至完全否定了文人创作:"我们这般人谈天说地有什么价值?叫我写一篇番薯种法我是写不出来的";西洋杂志文中的"特写",却是直接"攒入社会中去访问材料",自"不容你随便拿起笔来,抄抄书乱放屁"。④因是"自我批评",所以放言无忌,然横扫文坛,亦波及周作人。可见林语堂对周氏文抄之不满,实由来已久。当日二人之所以还能"结盟",是因为有着共同的反对对象,即"大品文""新道学"等,所以诸家方能聚合于几份提倡小品文的刊物而相安无事。

纵观周作人从发表《中国新文学的源流》到抄录清儒笔记之变化,我们可以说,周氏论文,是从"文学"到"文章"。《中国新文学的源流》所考察的是"纯

---

① 朱自清:《什么是散文》,《朱自清全集》第4卷,江苏教育出版社1996年版,第364页。
② 金克木:《为载道辩》,1935年12月5日《益世报》(天津)"读书周刊"第27期。
③ 刘大杰:《春波楼随笔》,《人间世》第1期,1934年4月5日。
④ 林语堂:《关于本刊》,《人间世》第14期,1934年10月20日。

文学",翻阅笔记时期的周作人却声称自己"不懂文学,但知道文章的好坏,不懂哲学玄学,但知道思想的健全与否"①。言"文章"方能予质朴无华的清儒笔记以一席之地,辨别前人思想言论,则须目光如炬。合二为一,即为求深刻而又不失温柔敦厚之旨。

二 "学隐":出世与入世之间

周作人对儒家思想素有好感,早年即认为,支配国人思想的主要是道教,而非强调理性的儒家②。因此,到了1930年代,在打通清儒汉学和"原始儒家"的基础上,明确地自认为儒家,是孔子之"益友"而非教徒,就不令人觉得奇怪了。不过,时人每把周作人看作陶渊明一流的隐士,即便是同调者,对"知堂先生"的评价亦颇具戏剧性:常常于"隐士"的消极与儒家的积极之间摇摆不定。其间之矛盾,颇值得玩味。

因"自寿诗事件",曹聚仁在1934年4月24日《申报·自由谈》发表了《从孔融到陶渊明的路》,文称周氏"备历时变,甘于韬藏,以隐士生活自全,盖势所不得不然,周先生十余年间思想的变迁,正是从孔融到陶渊明二百年间思想变迁的缩影"。周作人在致俞平伯书中,称自己"近来思想益销沉耳,岂尚有五四时浮躁凌厉之气乎"③。曹聚仁所据,正是周作人的此类言论以及《闭户读书论》《哑巴礼赞》等文章。不过,曹聚仁仍称,周作人想必和陶渊明一样,"炎炎之火仍在冷灰底下燃烧着",确为体贴入微之词。

周作人的确好陶诗,但对陶渊明亦有自己的独特评价:置之于儒家之列,"古代文人中我最喜诸葛孔明与陶渊明"。前者之"不可为而为之的精神"可作为"现代之生活的艺术";后者"诗中对于生活的态度:所谓'衣沾不足惜,但使

---

① 知堂(周作人):《自己所能做的》,《宇宙风》第42期,1937年6月1日。
② 参阅钱理群:《周作人论》第九章《民俗学研究与国民性的考察》第二节。
③ 致俞平伯书(1932年11月13日),黄开发编《知堂书信》,第199页。

愿无违'，似乎与孔明的同是一种很好的生活法"①。这显然是对陶诗的发挥，并以之"言志"：自己亦在笔耕，受人误解亦"不足惜"。面对"隐士"之讥，周作人以其一贯的谈往论今的方式予以答复："不佞自审日常行动与许多人一样，并不消极，只是相信空言无补，故少说话耳。大约长沮桀溺辈亦是如此，他们仍在耕田，与孔仲尼不同者只是不讲学，其与仲尼之同为儒家盖无疑也。"②这里的"耕田"，仍然是比喻性的说法。

"耕田"的收获，即为《夜读抄》等集子。读到此书，曹聚仁对周作人的认识来了一个"小小的反动"："北齐颜之推最通达人情，周先生说《家训》'意思平实，文词简要和易'，自是不可及处"，不过，"若颜之推生在现代，能不避席自惭吗？"如此立论，是因为他意识到周作人写作"文抄"仍有用世的一面：

> 提起启明先生，我就想到郑康成、郑渔仲、顾亭林那些人，蚂蚁蜜蜂般勤劬劳作，"述先圣之元意，整百家之不齐"，而欹抑自下，"淡然若无所有"。③

从孔融到陶渊明，又从陶渊明到顾亭林，其间的"反动"不可谓不小。同样，废名在《关于派别》一文中论其师，亦在陶诗与《论语》之间徘徊不定，最终还是明确地称周作人为儒家："此人尚在自己家里负责任。"④

曹聚仁等人的矛盾看法一方面源于周作人自身的复杂性，周氏心中一直有"绅士"与"叛徒"在交战；另一方面，则与各派对"隐士"的不同理解有关。在1930年代，不紧跟时代即有被左翼称为"隐士"之虞。周作人对革命之时潮不以为然，称自己虽不于十字街头冲锋，然闭户读书写作仍期有益于世道人心。

---

① 岂明（周作人）：《苦茶随笔·小引》，《东方杂志》第29卷第1期，1932年1月1日。
② 周作人：《〈夜读抄〉后记》，《夜读抄》，第311页。
③ 曹聚仁：《〈夜读抄〉》，《太白》第1卷第7期，1934年12月。
④ 废名：《关于派别》，《人间世》第26期，1935年4月20日。

第四章 周作人与清儒笔记

显然,他力图把读书写作与积极用世调和起来:以读书为安身立命之地,以写作纠时弊,为己而又为人。

在这一点上,周作人与戴震等人亦颇为相似。曾经昌言革命的章太炎,于退而讲学之际提出了"学隐"之概念,认为清儒于乱世"进退跋疐,能事无所写,非施以训诂,且安施邪?"他所强调的是,戴震等人虽未对现实直接发言,亦无行为上的抗争,但把"哀矜"之心隐藏于学究式的文字之中,是谓"隐"于"学"①。于此可见,惧怕文字之祸,固然是清儒倾心古学的一大原因,然倾心古学并不一定意味着漠然于世事,如言清儒何不激流勇进,恐怕是空以大义责人。前揭章太炎的一段话,可作"学人自白"来读;移用于周作人,亦颇为合适:他亦觉现实问题无从措手方闭户读书,然于"钻故纸堆"之时,仍极力发掘其中精到的见识。

周作人对"原始儒家"的理解,既得益于现代文明之烛照,亦可以说延续了清儒"六经皆史"之思路。清儒汉学多不言"汲汲鲁中叟",而专谈其"删述六经"之伟绩,那么,孔子亦可谓"耕田"的长沮桀溺。周作人所同情的,也正是那个"等到没法下手去干,这才来坐在树下找几个学生讲讲"的孔子②。

在《十堂笔谈·国史》中,周作人列举自己所读之史书,即有《论语》一部。既然是史,那么《论语》《檀弓》等记孔门师徒言行之书,就有考证真伪之必要。清儒已觉《论语》诸书所录的孔孟言行,颇有不近人情之处,欲证其伪,然治上古之史,却缺少材料。于是,戴震、焦循等人"断以己之律令",却附之于疏证;马时芳则从"人情"出发,认为经书不合人情之处,悉为"周之末季或秦汉间曲儒附会之言也,曲儒以矫情苟难为道,往往将圣贤妆点成怪物"③。此种证伪法似非严格意义上的历史考证,然清儒在有意无意中已置"人情"于"经"之上:秦

---

① 章太炎:《检论·学隐》,《章太炎全集》第3卷,上海人民出版社1984年版,第480页;《说林上》,《章太炎全集》第4卷,上海人民出版社1985年版,第118页。
② 周作人:《释子与儒生》,《药堂杂文》,新民印书馆1944年版,第83页。
③ 马时芳:《续朴丽子》卷上,周作人《秉烛谈·读〈檀弓〉》一文引。

书田认为,《檀弓》既有不情之文字,"奈之何曰经也"①;俞理初说得尤为大胆:"使经诚如此,非人情,虽经亦不可用也。"②周作人于此方面亦有"打杂"文字,在《读〈檀弓〉》中对孔子击原壤一事做了一番考证,觉得此事亦不可信。周作人又能识其大体,通览诸书,对孔子的总体评价是"智者",是苏格拉底之流亚,可作现代人的"益友"——既非后世的"孔老二",亦非"孔教徒"之所谓圣人素王。

当然,周作人亦知孔子之意见并非万灵药。孔子称"惟女子与小人为难养也",虽据周作人说,此语"不过是根据他的观察而论事实"而已,并不是鄙视女性之文字③,然孔子无"哀妇人"之语,倒是一定的。于是,周作人从释氏那里拉来"悲忍"作为儒家之补充,认为"非及妇孺,悲他之初步,忍于妇孺,则是忍他之末流矣"④。同时,他亦能于清儒俞理初、王侃和李登斋等人的笔记中,找到"嘉孺子而哀妇人"的文字,以补孔子之缺。

周作人于1930年代对儒家思想进行别择、修补,是"由于听见南方读经之喊声甚高的缘故,或者不是,都难说"⑤。蒋介石、戴季陶等人试图以儒家伦常阐释"三民主义",由此引发了国民政府一系列的尊孔行动。1934年5月,汪懋祖在南京《时代公论》周刊第110号发表《禁习文言与强令读经》,鼓吹文言,提倡读经。周作人遂亦去读"经",但称《论语》所言只是做人之道,而非治国平天下之至理,显然是反对统治者及其帮忙把孔子当作"敲门砖"。

"难说"的一面,应是针对"左翼朋友"。周作人认为左翼论人论文之苛刻近乎道学,因此,他以谈论"原始儒家"之方式批评孔教徒、借清儒汉学家之口批评道学家,也就是批评"新教徒"和"新道学"。周作人显然是以人情物理来

---

① 秦书田:《曝背馀谈》卷下,周作人《读〈檀弓〉》一文引。
② 俞理初:《女吊婿驳义》,1944年安徽丛书第三期版《癸巳类稿》卷三,页十六。
③ 周作人:《妇女问题与东方文明等》(1928年6月),《永日集》,第221页。
④ 周作人:《凡人的信仰》(1945),钟叔河编订《周作人散文全集》(9),第619页。
⑤ 知堂(周作人):《〈论语〉小记》,《水星》第4期,1935年1月。

对抗左翼的过情之论,以"中庸之道"对抗1930年代各趋一端的激进与复古之风。然其中庸之道决非"庸庸碌碌的持中",陈练青即言:

> 庸庸碌碌的持中是无主张,无成见;随风转舵,失却了自己的个性。中庸则不然:有自己的境界,有自己的眼光,不妄随人也不妄强人以从己。而且中庸能够一直中庸到底也算是一种偏——偏于中庸。儒者之精髓的"忠恕",是在乎对人对己,用得其当,那是何等洁然平和敦厚之人生……①

陈练青此语显然源于焦理堂的《论语通释》。后者认为,无所持算不上持中,有所持而执其一端是谓"异端",执其两端用其中方谓中庸。循此理路,且不论统治者,左翼亦可谓执己之主义例诸天下之人,必使天下之立达皆出于己之所施;当局与左翼皆称,不从己者即为"反动"、落伍,皆可谓"执其一端"。

有鉴于此,以周作人为中心的一批人物,"深感新的启蒙运动"之必要②。这些人按其与周氏关系的远近,可一分为二。一为苦雨斋弟子废名、俞平伯和沈启无,再加上林庚,他们接编了《世界日报·明珠》副刊;一为以《人间世》《宇宙风》为中心的林语堂等人。他们的思想皆受周作人的影响颇深:在融合西方宽容、理性和科学精神与儒家中庸思想的基础上,反对狂热、偏执、唱高调之文风和世风。

周作人于《世界日报·明珠》副刊第1期发表了《通俗文章》一文,称为文须为读者考虑,"文章要浅显""意思要简明",我们可以把它看作"代发刊词"。不过,俞平伯、废名虽有"通俗文章",但总的来说是心不在焉;周氏本人的绝大部分"文抄"亦难"通俗",倒是林庚实行了此一主张。《明珠》副刊名为周作人主编,实际主其事者却是林庚,几乎每一期都有林庚简洁明快的漫谈思想、批评时弊之文字。

---

① 陈练青:《谈知堂先生的思想与文章》,《人间世》第40期,1935年11月20日。
② 周作人:《怀废名》,《药堂杂文》,第117—118页。

从《论语》到《人间世》，林语堂的策略亦有所调整。《人间世》从第3期始，辟有"随感录"一栏，已"与编辑者所主张的'闲适'相矛盾"①。众所周知，"随感录"本为《新青年》的著名栏目。林语堂在各方压力之下，称自己办刊物之目的仅在于提倡一种"笔调"而已，然其野心恐怕亦在兴起"新的启蒙运动"。他在《今文八弊》中称：

想文学革命，本为推翻陈言，陈言滥调，新旧无别。陈言不去，何能见清新平淡之白话文？

显然，林语堂模仿了新文化运动初期胡适的口吻，"今文八弊"自然也使人联想起"八不主义"，只不过在林氏看来，1930年代的"滥调陈词"主要表现为无论抒写何情何物，必加上"前进意识""革命情调"。林语堂的"启蒙"资源，得自于周作人处亦颇多：欲以"中国文化所重'事理通达心地平和'的精神，及希腊文化所重的 sweet reasonableness"救时文之弊②。打通西方"学理"与儒家精神，也正是周作人所追求的："忠恕"未尝不可以说是"宽容"，"中庸"未尝不可以说是"理性"，"疾虚妄"亦未尝不可以说是"批判意识"。中外交汇，古今相遇，这正是周作人所谓"古今中外派"应持之态度。

上述种种皆能说明，周作人、林语堂等人试图以"五四"启蒙话语和儒家话语来对抗时下的革命话语，以"启"革命所造之"蒙"。日后，周作人颇为惋惜地称：陈独秀、钱玄同、鲁迅诸人去世后，他们所致力的启蒙运动，"新起来的自当有人，不过我孤陋寡闻不曾知道"③。其言下之意无疑是：有之，当属周氏本人。不过，周作人试图发起的"新的启蒙运动"，似乎是失败了，个中原因当然十分复杂，这里要说的是，其手段（"文抄"体）与目的（"启蒙"）之间，实有难以调和

---

① 鲁迅致杨霁云(1934年5月6日)，《鲁迅全集》第13卷，人民文学出版社2005年版，第92页。
② 语堂：《今文八弊》，连载于《人间世》第27—29期，1935年5月—6月。
③ 周作人：《两个鬼的文章》(1945)，钟叔河编订《周作人散文全集》(9)，第646页。

之矛盾。

启蒙文章须得"浅显""简明",方能为尽可能多的读者接受;多少要有点"高言动俗"之姿态,方能动人心。周作人自然明白这一点,所以号召弟子写"通俗文章",然而通俗之文又实在难入其法眼。如果说清儒当日隐己意于学问,还有不得已的苦衷,周作人以"文抄"之形式写"启蒙"文章,批评无权势之左翼,只能说明他过于爱惜自己的文章。以这些一眼看去满是引号、需要仔细体味方能明白其佳处的文章来"启蒙",甚至显得有些滑稽。本来,"少年爱绮丽,壮年爱豪放,中年爱简练,老年爱平淡"①,周氏文抄自然是中老年之书,然其启蒙之对象,偏偏又是"少壮诸公",后者不乐于沉潜品味,亦可谓人之常情。周作人似已陷入鸡生蛋蛋生鸡式的困境:"文抄"本为培养读者"事理通达心地平和"之态度而作,读者则须先有此种态度与心境方能去品评"文抄",无此态度与心境者,觉得格格不入,正是必然。

于是,周氏文抄在接受方面,就出现了一个奇怪的现象:喜读文抄者,会奇怪于周作人何以用如此迂回的方式,来说明一些本来十分明白的道理②,却得以欣赏其迂缓渊雅之美;一般的青年读者恐无此耐心,遑论理解。因不被接受,周作人觉得,还是"写自己的文章要紧",进一步经营自己的"文抄",从而陷入了恶性循环。

三 作为杂文的文抄

周作人于1930年代喜称自己的文章为"文抄",或曰"读书记""随笔""杂记"等;到了1940年代作自我总结时,则称之为"杂文",并以《药堂杂文》名其集。此集虽确有鲁迅式的杂感文字,然如此命名,更有与其兄分庭抗礼之意。

---

① 此为周作人《谈文》中引叶松石之言,周作人本意为自己的文章辩护,但无意中亦证明了少年喜绮丽豪放之文、无耐心读其"文抄"的合理性。

② 参见金克木:《为载道辨》。

鲁迅曾称杂文"古已有之",周作人亦颇为热心地替"杂文"寻根探源,结果又寻到了清儒汉学"殿军"俞樾这里①。周氏文抄中的批评时弊之作,正如其称赞的清儒笔记,亦是"抄"与"驳"之结合。周作人在《杂文的路》一文中,说杂文之特色在于:

  文章不必正宗,意思不必正统,总以合乎情理为准。②

所谓"情理",下文将有论述,这里要说的是,如果我们持比较宽泛的标准,把杂文当作一种批评时弊、反对"正统"(虽然周氏兄弟对何为"正统"之判断颇为不同)、越出西方"文学概论"和古代"文章轨范"的文体,那么,"文抄"未尝不可以说是周作人独创的杂文体式。

  1930年代的周作人闭户所读,读的不仅仅是"颇惬心目"之书,仍然包括"总是充满着不愉快的事情"的报刊③。触发其写作"文抄"的,仍然是报章所载之现实情状。但他多不直接引报章文字入文,从野史笔记中寻找与当下现实相似之材料,以示时事"古已有之";又借古人,主要是清儒之口驳斥之;自己的意见和写作主旨,仅借寥寥数字的按语点明。其着力反对的,是八股、策论与道学。

  因看"每天所发表的文字谈话",周作人断定1930年代是"八股时文化大成"之时代:"土八股之外加以洋八股,又加以党八股。"④他认为,左翼文艺政策表现出了"统一思想"倾向;"左翼朋友"论文论人,殆同昔日之道学家;"酷评"

---

① 参阅周作人:《杂文的路》,收入《立春以前》。按,清儒之集,常常把文章归为杂类,大概是为了与古文家针锋相对。清初冯舒《默庵遗稿》除诗八卷以外,各体散文皆曰"杂文"。郝懿行《晒书堂草》,除《古近体诗诗余》一卷外,计有"杂文"二卷、"杂著"二卷、"杂记"二卷;后经莱阳周悦让编订为《晒书堂集》,方"分门别类,不相杂厕"(《晒书堂集·凡例》,道光十年东路所署刊本)。

② 周作人:《杂文的路》,《立春以前》,太平书局1945年版,第112页。

③ 周作人于《读报者言》(1936)中称,报纸送阅加订阅的他共有10种,"午前都要翻看一遍"。钟叔河编订《周作人散文全集》(7),第363页。

④ 周作人:《〈颜氏学记〉》,1933年10月25日《大公报》"文艺副刊"第10期。

因是"遵命"所作,所以和八股一样是功令文。职是之故,周作人对八股有触即发。

我们知道,唐前无制艺,晚明士人从"一代有一代之文"的逻辑出发,甚至表扬八股。因此,反对八股、策论以及与之密切相关的八大家和桐城派古文,周作人只能在清儒这里找到同调,以颜习斋、傅青主、王侃、蒋子潇和谢章铤等人的相关文字"代言"。

这里且以《论伊尹说诗》一文为例,以见周氏文抄的行文方式。此文择引了宋人笔记所载程颐轶事二则:"欧公寄常秩诗云:'笑杀汝阴常处士,十年骑马听朝鸡。'伊川云:'夙兴趋朝非可笑事,永叔不必道。'"(王若虚《滹南遗老集》卷三九)又,"程正叔见秦少游,问:'天知否、天还知道和天也瘦,是学士作耶?上穹尊严,安得易而侮之?'"(周亮工《因树屋书影》卷三一)王若虚、周亮工当日已有批评之辞,周作人更借清人舒白香之口,以其人之道还诸其人之身:"周濂溪,亦大儒也,宜朝朝体认经疏,代圣立言,讲之作之,津津而说之,那得闲情著爱莲之说,留心小草,庸人必讥其玩物丧志。"

相信读者,包括其时的左翼批评家,看到上引程颐之语,皆会觉得其不近人情,严肃到了可笑之地步。然周作人每每于文章之结尾,笔锋一转,明确指向"左翼朋友":

> "有兔爰爰,雉罹于罗"云云,感伤身世,可谓至矣,现今的人读了更有同情,在载道派则恐要一则指摘其不能积极地引导革命,次则非难其消极地鼓吹厌世,终则或又申斥其在乱世而顾视雉兔加以歌咏也……①

当时左翼批评家所持的题材决定论确有极端化之倾向,周作人所抄虽是古之道学语,其笔锋所向却是今人,而仅于文末点明写作主旨——这已成为周

---

① 周作人:《论伊尹说诗》,1934年5月26日《华北日报》"每日谈座"第74号。

氏文抄的主要写作模式。

抗战前夕,周作人对功令文的批判,又由八股转向了策论,认为"洋八股"实质上是策论之变种,其害更甚于八股:

> 同是功令文,但做八股文使人庸腐,做策论则使人谬妄,其一重在模拟服从,其一则重在胡说乱道也。专做八股文的结果只学会按谱填词,应拍起舞,里边全没有思想,其做八股文而能胡说乱道者仍靠兼做策论之力也。

以策论考试士子,初衷在于令读书人重实学而轻虚文,然而策问常常是天象灾异、筹边练兵、理财贵黍无所不及,最后一句照例是"可得而言欤?"士子不管知与不知,必答曰:"可得而言也……"事实上,"一个人哪里能够知道得这许多,于是只好以不知为知,后来也就居然自以为知"。周作人认为,现代中国知识分子好说大话,自以为无所不知、无所不能,实是古之(对)策、(史)论之幽灵重现。"只要稍为留心,便可随时随地看出新策论来":其时有学校以《明耻教战论》或《国防策》作为入学试题,这正"是道地的洋八股,也是策论的正宗"①。另外,我们也发现了一些时人所上之"救国策",兹录二则。其一曰:如早日抗战,"东北不至于脱瓯而去,至少也不许敌人得到完整美好的,先给它变成瓦砾之物,荆棘之地,人民也不给人家做奴隶"②。此公实未思置东北人民于何处。其二曰:"西施——这牺牲色相诱惑吴王,为越国复仇雪恨的美人……是值得我们崇拜的。"③可见,周作人称策、论使人谬妄,敢于胡说乱道,绝非危言耸听。有感于此,他要求读书人"说话也要谨慎,先要认清楚自己究竟知道与否,切不可那样不讲情理地乱说"④。酒楼上既然贴着"莫谈国事"的纸条,何不"将计就

---

① 周作人:《谈策论》,收入《风雨谈》,北新书局1936年版,第64、66页。
② 憾庐:《不战的损失》,《宇宙风》第30期,1936年12月1日。
③ 转录自陶亢德:《美人计》,《宇宙风》第3期,1935年10月16日。陶氏称其"于一上海新兴的小型报纸读到了这样的主张"。
④ 周作人:《情理》,《苦竹杂记》,良友图书印刷公司1936年版,第282页。

计"：读书人本来就不懂经国之大业，何妨不谈政治不谈兵？①

周作人发现"洋八股"实质上还是"土货"，是策论之变种，亦是受清儒冯班、瞿世瑛等人启发。冯班虽以诗文名于清初，然在反宋人议论方面实有廓清之功，称欧阳修、王安石、朱熹、胡致堂等"讽刺古人，往往不近情理"②。瞿世瑛认为，士子作论，本为入试官之眼，虽貌似定论却实无定见，如"欲反其所非以为是，易其所是以为非，亦必有众理从而附会之"③。由此亦可见师爷腐化的一面，实非绍兴之特产，士子应试之作，皆在所难免：舞文弄墨而又众理附焉，即可谓师爷"习气"，与治史所需的老吏断狱式的眼光相类却有质的不同。

周作人花极大的精力批评新旧八股、土洋策论，更隐藏着对文人空谈误国的担忧。冯班批评宋人好发议论，实是反思明亡之因："近来儒者为正论，多是硬板死局，不考实势，所以做不得事。"他因此把东林党与宋代之党争联系起来论述，称"儒者都好立党"："君子当末世，自然不敌小人。合君子以攻小人，不胜，败坏了国家大事，这个便是党。"④明遗民在痛定思痛之际，颇为痛恨东林、复、几诸公激于意气，争胜于道义，只图嘴上胜人而不能顾全大局。周作人亦认为造成明亡的，"坏的是阉党，好的是东林和复社之类"⑤；加之复社诸君于残喘苟延之南明，仍然集于秦淮之上大作八股，所以深为周作人所恨。其影射的，又是左翼文人。

不过，国势危急，读书人纷言救国之策，此亦人情所难免。周作人亦未能遵守自己立下的秀才不谈兵的律条，上了一道"和日和共"的"救国策"⑥。"和日"之主张也正是他为世人诟病之处，不过，我们仍须加以详细的分析。

---

① 周作人：《常识》，《苦竹杂记》，第284页。
② 冯班：《钝吟先生集》卷八，页六，1926年张鸿据陆贻典原刻本校《常熟二冯先生集》。
③ 道光刻本《东莱左氏博议》瞿世瑛跋，周作人《谈〈东莱博议〉》（《宇宙风》第44期，1937年7月1日）引。
④ 冯班：《钝吟先生集》卷二，页一二。
⑤ 知堂（周作人）：《明朝之亡》，《宇宙风》第37期，1937年3月16日。
⑥ 参见梁实秋：《忆周作人先生》，程光炜编《周作人评说80年》，中国华侨出版社2000年版，第172页。

周氏之主张，亦是以史为鉴得来。其所言之史，包括吴越之争、南宋偏安之局和中日甲午海战。鉴于吴越之争，周氏提倡"坚忍"，矛头所向，一方面是有误国之虞的"正论"；另一方面则是"充满着轻躁，浮薄和虚假"的各式"新运动"。① 此种运动在当日确可谓层出不穷：南京某要人提倡节约，食只求饱，于必要之宴会但用"九一八菜"，一壶酒（九），一碗汤，八个菜，以"激励吾人每饭不忘'九一八'"②；绍兴保安司令将越王台修葺一新，举行纪念大会，"呈请省政府定是日（二月十五）为'卧薪尝胆'节"，这亦是虚文而已，时人即戏拟勾践的口吻刺之曰："我可是尝过粪的，你们只会吃大菜呀！"③

1935年3月，南京市政府呈请教育部查禁吕思勉著《自修适用白话本国史》，此事促使周作人写下了《岳飞与秦桧》一文。吕思勉诋岳飞而崇秦桧，认为岳飞等人招群盗而用之，军纪败坏，将骄卒惰，实不堪依靠；以当日之局势，除议和外别无他策。周作人援引俞理初、赵翼等人的相关研究，称吕说言之有据；批评书生激于意气，"徒讲文理，不揣时势"，只会骂人④。客观地说，周作人所引的俞理初、赵翼论南宋故事的札记条目，我们很难简单地从气节的角度加以反驳。清儒治史，"能为古人设身而处地"，临文"必敬以恕"，求"气摄而不纵"，这与古文家"以气浮言"⑤，评史论事常激于意气，自不相同。周作人反对读书人作论，亦有其苦心：忧其不知时势而空发议论，却往往"会形成公论"，以致军人"用兵有明知必败者，乃竟畏公论而姑试之"⑥，因此才提倡坚忍，以待时机之到来。

不过，清儒论南宋故事，是客观的史学研究⑦；周作人却以此为根据，上了

---

① 周作人：《英雄崇拜》，1935年10月3日《世界日报》"明珠"第3期。
② 参见末元：《谈"每饭不忘九一八"》，1934年4月21日《华北日报》"每日谈座"第39号。
③ 参见《宇宙风》第13期"姑妄听之"栏以及编者按语，1936年3月16日。
④ 周作人：《岳飞与秦桧》，1935年3月21日《华北日报》"每日文艺"第108号。
⑤ 章学诚：《文史通义》，叶瑛校注，中华书局1994年版，第278页。
⑥ 陶葆廉《求己录》中语，周作人《谈策论》一文引。
⑦ 杜维运在《清代史学与史学家》中，盛赞赵翼的史学成就，称其为客观史家，其理由亦包括周作人在《岳飞与秦桧》一文所抄的《廿二史劄记》卷二十五"和议"条。《清代史学与史学家》，东大图书有限公司1984年版，第383页。

一道"和日"之"救国策"。读史使人明智，但不代表以史为鉴即可得治国平天下之策，古今形势不同，故事不可再现于今日。周作人以甲午战争为例，称一国海军覆没之日即为议和之时，然日本之野心已非如晚清时期仅止于割地赔款，1930年代之中国欲保半壁江山亦不可得。

周作人似以为，他人所作之策，包括积极抗日皆不行，于是自己上了一道"和日"之策。他反对秀才谈兵，却自以为非秀才，"弃文从武"，正是走到了自己主张的反面。他常以"不知为不知"诫己诫人，上半句却为"知之为知之"，一旦认为某方面为其所知，"可得而言"，则固执己见，缺少必要的自我怀疑精神。周作人提倡"坚忍"自有合理之处，然对其危险性则估计不足，林语堂对此种主张之担忧，可谓不无道理："有忍辱负重者，有忍辱而自负不起者；有委曲求全者，有委曲而全求不到者。"①周作人走上"忍辱而自负不起"的不归路，却是后话，这里且带过不提。林语堂还称：

（周氏）不能救国，亦不能领导群众，摇旗呐喊，只是纯然取科学态度求知人生之作者。②

的确，周氏所长所知，仍在于思想文化方面，在于其批判精神；如越出其所知之范围，提出解决现实问题之对策，照例是"昏"。

反新旧八股、道学，反土洋策论，可谓周氏文抄的三大主题，虽然其中某些观点有待商榷，但无疑皆有着鲜明的现实针对性，我们自可以以杂文视之。就体式而言，它也是对"鲁迅风"杂文的一种突破。有论者称：

现在又很有些人用了杂文之名来指挥创作家了，杂文被人"承认"了之后，接着就又成了八股，有时甚至以为杂文就等于杂感，他不知道一旦

---

① 林语堂：《烟屑》，《宇宙风》第6期，1935年12月1日。
② 林语堂："按语"（《关于派别》，废名著），《人间世》第26期，1935年4月20日。

固定著了之后,不但"杂"字没有了什末意义,而且工程师式的"概论家"又可以耀武扬威了,……倘若杂文再成了固定的一种体式,那时的"鲁迅",是也来写"杂文模样的文章"的。①

鲁迅式的杂文于1930年代成"风","杂"而又成为众人模仿之体式,似已走向了"杂"的反面。循此思路,我们可以认为,周氏文抄正是"具有未经别人写出过的形式的杂文"。

周作人以文抄为杂文,既有文体创新上的考虑,也是因为"一件事来回的指摘论难,这种细巧工作非我所堪"②,非性之所近,难以勉为其难。其早期杂文,虽然部分篇章与鲁迅的不分轩轾,却大多有气屡力弱之憾,而无鲁迅之痛快淋漓。借助于"文抄",周作人摆脱了枯窘之态,写作之时,亦当有左右逢源之快感,甚至是自得之情:把今人的思想与古人的一一勾连起来,且不是牵强附会,绝非易事,非多读书不足以办此。不过,即以周氏兴趣之广之杂,却仍然难免为材料所囿:符合其要求的笔记条目本来就不多,征引之时难免有重复之弊,有时更有"巧妇难为无米之炊"之虞。

促使周作人别求新体的更为重要的原因,是他把"鲁迅风"式杂文贬为"打架","容易现出自己的丑态来,如不是卑怯下劣,至少有一副野蛮神气"③。1930年代之文坛,左翼与(广义上的)"第三种人"往来论难甚苦,双方皆难免丧失理性而锻炼人罪,许多本为思想、文学方面的论争,或不了了之,或沦为好似敌我双方生死之争。梁实秋与左翼之间的批评和反批评即为一例:左翼称梁实秋为"资本家的走狗",梁氏于辩解之际,戏称"如何可以到资本家的账房去领金磅,如何可以到××党去领卢布,这一套的本领,我可怎么能知道呢?"④鲁

---

① 邱遇:《杂文是"杂"的》,1936年8月20日天津《益世报》"语林"副刊第1378号。
② 周作人:《两个鬼的文章》(1945),钟叔河编订《周作人散文全集》(9),第646页。
③ 周作人:《关于写文章》,1935年3月24日《大公报》"文艺副刊"第144期。
④ 梁实秋:《"资本家的走狗"》,《新月》第2卷第9期,1929年10月。

迅又"在'走狗'之上,再加上一个形容词:'乏'"。此种"野蛮神气"自然与周作人所追求的文章趣味不合;他对"隐士""玩骨董"一类批评的回复,与梁实秋相比,也理性得多。以谈古论今的方式批评左翼文艺,也彻底做到了对事不对人——对于今人,周作人确实少有指名道姓的批评。

周作人不作往来论难式的文字,在文抄中不屑于引对方的文字,恐亦是怕弄"脏"了自己的文章的缘故:如引入左翼满是"新名词"的文字入"文抄",与其追求的"不俗""不古""不今"之文体,将是何等之不协调;"文抄"中虽亦抄录古代道学家之言行,但非今文,仿佛亦有了"古雅之美"似的。

上文论述了作为杂文的周氏文抄,我们发现,鲁迅亦有"文抄"式的杂文。于生命低潮期,鲁迅亦常常抄书自娱,且不说补树书屋中的岁月,他日后仍有此种冲动。1927年,于"革命,革革命,革革革命之际",鲁迅发表了三组题为《书苑折枝》的短文,其小序之论调颇可与周作人几本"文抄"集的序跋相生发。这些短文所抄多为古人笔记,按语皆为文言,写作过程亦与周氏文抄颇为相似。是可谓鲁迅的"夜读抄",其间既隐藏着对社会现实之不满,也是"索居"之时的"消遣"之作。

鲁迅后期的杂文如《且介亭集》,亦可谓"文抄"[①]。晚年的鲁迅似乎是有意识地写作现代野史。他自谦自己的作品不是"诗史",其中虽"有着时代的眉目,也决不是英雄们的八宝箱,一朝打开,便见光辉灿烂","所有的无非几个钉,几个瓦碟,但也希望,并且相信有些人会从中寻出合于他的用处的东西"[②]。鲁迅写作此种"文抄"的现实原因,一方面正如大多数论者所指出的那样,是为了躲避新闻检查;另一方面,"立此照存"一类文字,与周氏文抄一样,亦是百无

---

① 参阅李欧梵:《"批评空间"的开创》,《现代性的追求》第20页,生活·读书·新知三联书店2000年版。李欧梵称鲁迅的部分杂文为"文抄",又批评鲁迅"既然想探讨真实,为什么又引了那么多别人的文章作'奇文共赏'"。其实,有些言论实不值一驳,如改变其语境,加上"什么话"的标题,或一、二句按语,即足见其荒谬。《新青年》中的"什么话"和《宇宙风》中的"姑妄听之"等栏目,皆是如此。再者,如果我们考虑到鲁迅有做现代野史之心,或许可以解答李欧梵的疑问。

② 鲁迅:《〈且介亭杂文〉序》,《鲁迅全集》第6卷,第4页。

聊赖之际的"姑妄言之"。周氏兄弟常有故鬼重来之感,在"五四"运动过去多年之后,仍要重弹老调,二人自然会觉得无聊与可悲。对于说了是否有效,鲁迅亦颇觉怀疑,于是只能"立此照存":如果不能改变种种"怪事",有识者起码可以把它抄录下来,以保不忘却,如此而已①。由是观之,鲁迅确可谓一代野史大家②。不过,鲁迅所抄多为报章新闻,其"文抄"是拼贴式的,以自己的语言与所抄之文碰撞;周作人的"文抄",则如上文所言,报章文字只是作为写作的动机和背景而存在,更多的是在自己的语言与所抄之文间寻求和谐。

虽然周氏兄弟二人的立场不同,但鲁迅仍称周作人的言论"有许多地方,革命青年也大可采用。有些人把他一笔抹煞,也是不应该的"③。的确,周作人指出左联有"统一思想"之雄心,"新兴"批评所流露出来的思维方式与现代知识分子自以为无所不知的心态,在某种程度上是古代功令文的借尸还魂,皆是十分精警的。然而周作人反"八股""策论"之努力,最终可谓无结果。此种文章及思维方式日后有愈演愈烈之势,至1960年代,周作人无可奈何而又颇带讽刺意味地称:"八股工夫顶好的自然要算郭老了。"④不过,他此时已无"说话"之权利,只能在给友人的信中谈谈自己的不满。

四　无可言说之言说

自1920年代末始,周作人屡称自己"无话可说"。1930年2月1日致胡适书云:"近六七年在北京,觉得世故渐深,将成明哲,1929年几乎全不把笔";近来所做的,仅"偷闲读一点杂书,稍广见闻而已"⑤。周作人此时似已陷入失语

---

① 《〈南腔北调集〉题记》,《鲁迅全集》第4卷,第428页。
② 参阅郭预衡:《鲁迅杂文——一代史诗》,《鲁迅研究》第2辑,中国社会科学院出版社1982年版。笔者以为,一代野史大家而非"史诗",似更符鲁迅本意。
③ 周建人致周作人(1936年10月25日),《鲁迅研究资料》第12期,天津人民出版社1983年版。
④ 与鲍耀明书(1964年7月28日),黄开发编《知堂书信》,第355页。
⑤ 黄开发编《知堂书信》,第132、131页。

状态:在他看来,标语、口号式的文章无异于"咒语",自然"不想做";表情文学难以真正克服文字上的纠缠,触及情感幽微之处,"因此可做可不做"①;对早先所作之杂文,周作人亦颇觉无聊。退而言之,既然无一可言,则不如闭户读书,与古人对话;"想取而不想给",恐怕亦是无可给予。

周作人自然不能完全忘怀世事,1932年开口"说话",然正如上文所述,《中国新文学的源流》其实是总结之作。他试图以"言志"对抗"载道",却又不得不承认,自己亦可算作载道派,只不过所载是一己之道,而非遵他人之命、载他人之道。写作"文抄"时期的周作人,基本上不再于"言志""载道"的说法上夹缠。再次表彰公安及其余波,一方面是以王季重绝粒而死、陶筠庵于天崩地裂之际的努力,来反驳顾炎武等人的,也是1930年代流行的"文人亡国"之论调②。另一方面,转而强调晚明小品在"正统路线以外","所以在学宗程朱文宗唐宋的正统派看来毫无足取,正是当然的事"。③ 显然,他的思路已有所转移:"载道"与"言志"之分逐渐转化为"正统"与"杂家"之对立,也只有后者才能贯穿前后期周作人对古今思想和文章的选择与评判。

周作人不但寻求"中国新文学的源流",亦在梳理中国"新道学"的源流,两方面实是相辅相成,目的在于以其一反其二,以"言志"反对"载道",以"杂学"对抗"正统"。思想"正统"从孟子攻杨朱开始,到韩愈辟佛、强调道统,再到宋以降的道学,直至被周作人称作"新道学"的左翼文艺批评;"文章正宗"亦从韩愈开始,经八股、策论以及与此密切相关的桐城派古文,直到1930年代的"遵命文学"。

周氏并非学院派史家,梳理双线之文学史和思想史,实是为了获取批评资源才进行的逆时间之流的探源。换言之,他是为了批评党国祭孔及"新道学",才去寻找历史上的"杂家"和"杂学",才看重与程朱理学相对立的清儒汉学之

---

① 岂明(周作人):《专斋随笔(六) 草木虫鱼小引》,《骆驼草》第23期,1930年10月13日。
② 参阅周作人《关于王谑庵》《陶筠庵论竟陵派》(俱见《风雨谈》)诸文。
③ 知堂(周作人):《梅花草堂笔谈》等,《益世报·读书周刊》(天津)第46期,1936年4月30日。

义理;有感于左右各派皆有"统一思想"之企图,才去批评孟子攻杨朱、韩愈辟佛。倘若我们明白周氏此一思路,当能理解其对"正统"二字何以如此敏感,以至于"抹杀"了韩愈和顾炎武。

八股之危害,道学之矫情,已成现代中国人的"常识";桐城派古文家自命"学行继程朱之后",程朱理学在清代是官方意识形态,称其为"正统",亦还不算冤枉。然而一向强调中庸之道的周作人,却把他最激烈的言辞,诸如"装腔作势""搔首弄姿""虚骄顽固""鄙陋势利"等,皆加诸韩愈①,多少令人觉得有点突兀。周作人的友人认为,"我们不能用现今的眼光看"韩愈辟佛,周作人亦认为他的意见是对的,却仍然抓住韩愈"自称是传孟子的道统"这一点不放②。其实是因为现代"载道"派的兴起,周作人才远远地为其找了一个"祖师"。梳理学术史,学者自然会看重顾炎武的地位,强调其经世致用之思想;然在1930年代特殊的历史氛围中,周作人注意的却是顾氏把明亡之因归于李贽"讲学而会男女",因此称顾炎武有"儒教徒气",论人常露出"正统派的凶相",③这又把顾炎武纳入了"正统"。

左翼文学于1930年代,是否建立起了新的"正统",亦是一个颇可商榷之问题。周作人的策略在于,紧紧抓住"新党朋友"亦"为统一思想等等运动建筑基础"这一点做文章。如此立说,方能把处于受压制地位的左翼思想与文章纳入"正统"来考虑,进而与历史上的种种"正统"挂上了钩,方能"鉴于孟子韩文公的往事"④起而抨击之。周作人则以"单身独客"自居⑤,与作为集团存在的左翼对抗。另一方面,"新兴"批评家又往往用"某某的时代已经过去了"一类的说法,力图把"老作家"边缘化;周作人亦"将计就计",有意无意地强化了自己的边缘地位,却因此获得了批评的道义性。事实上,在周作人的周围,仍团

---

① 知堂(周作人):《谈韩退之与桐城派》,《人间世》第21期,1935年2月5日。
② 知堂(周作人):《文人之行》,《宇宙风》第16期,1936年5月1日。
③ 知堂(周作人):《谈笔记》,《文学杂志》第1卷第1期,1937年5月1日。
④ 知堂(周作人):《谈孟子的骂人》,《论语》第116期,1937年7月16日。
⑤ 知堂(周作人):《论骂人文章》,《论语》第102期,1936年12月16日。

结了一大批极力与左翼抗衡的作家;在某些问题上,周作人与胡适亦相互倚重;单就《中国新文学的源流》在1930年代发生的巨大影响而言,周氏之影响力仍不可小觑。

总而言之,周作人一方面梳理"正宗",另一方面则寻求别样的文章。在唐宋八大家兴起之前,他找到了以《论语》为代表的"原始儒家"以及六朝文章;宋以后,则是晚明小品和清儒笔记。《论语》、六朝文章、晚明小品和清儒笔记,虽文风有别,然于其所理出的"非正统"之脉中,均能相安无事。《论语》虽被后世奉为"经",周作人却目之为"儒家思想的重要史料",或"诸子之一";[①]况且,他认为支配国人言行的,并非"原始儒家",而是道教和理学,孔子的形象实在是后人弄坏的,因此,《论语》在周作人这里,算不上"正统"。《颜氏家训》阑入释氏之言,考证典故、品第文艺又"不专为一家之言",所以被清代钦修之《四库全书》贬入"杂学"之中,周作人却因此得以把《颜氏家训》纳入"杂文"[②]。就清儒而言,虽然考据学在清代是显学,然周氏所重者却是处于边缘的汉学之义理,着意搜求的清儒著作又是通常被目为"杂家""小说家"的笔记,自然亦在其所谓"杂文"之列。

本文之所以称清儒笔记在周作人这里尤为重要,不仅是因为周氏从中获得了"六经皆史"之眼光、宽博渊雅之文风,还是因为他借此营建了一整套批评话语。

周作人于1930年代中期颇为自信地称自己懂得文章与思想之好坏,这说明他找到了鉴别古今言论之工具,其标准即为他屡屡提及的"常识":

> 常识分开来说,不外人情与物理,前者可以说是健全的道德,后者是正确的智识,合起来就可以称之为智慧。[③]

---

① 周作人:《两个鬼的文章》(1945),钟叔河编订《周作人散文全集》(9),第644页。
② 周作人:《杂文的路》,《立春以前》,第112页。
③ 周作人:《〈一簣轩笔记〉序》,钟叔河编订《周作人散文全集》(8),第758页。

"物理"在周作人这里，多半是指动物学，然其归结点仍然是人情：强调人性与动物性相通的一面，反对过于拔高人性。以西方科学为标准，评清儒所治之草木虫鱼之学，结果自然不会让周作人满意，然清儒汉学多强调道不离日用而又切近人情，这颇符合周作人反对拔高人性的思路。这就打通了西哲与清儒之思想：后者虽不懂性心理和生物学，论及人情，却与前者"差不多"①。

　　周作人还从清儒及"原始儒家"处获得了一整套的语汇。我们不难发现，极少使用"新名词"是周氏文抄的一大特色。胡适曾称，1930年代思想界的一个大弊病是"滥用新名词"："在思想上，它造成懒惰笼统的思想习惯；在文字上，它造成铿锵空洞的八股文章。"胡适虽以陶希圣的文章作例，其目标仍是左翼话语。在他看来，陶氏滥用新名词只是"粗心疏忽"，有意地"滥用新名词"则是"舞文弄法"。胡适此篇题为《今日思想界的一大弊病》的文章发表数天后，周作人即写了《常识》一文，称自己标举"常识"，较之于花"三年五年的光阴再去背诵许多新鲜古怪的抽象名词总当好一点"。胡适、周作人反对"新名词"，实际上是完全否定了这些词语的所指：世上"本没有鬼，因为有了大头鬼、长脚鬼等等鬼名词，就好像真有鬼了"。②

　　周作人的策略在于，行文时有意地把自己所受的西方影响藏不示人，却把"旧名词"加以一番别择、改造，纳入也可以说是营建了自己的话语系统；为"新名词"一一对应地找出旧名称，如八股、策论、文统、道统等，只不过加上了"洋""新"等定语而已；其所持之衡史论人之具，亦往往是儒家所强调的"人情""中庸""忠恕""知之为知之，不知为不知"等。此种言说系统，正与其"自其不变而观之"的历史循环观相符。周作人事实上画了一个完整的圆，与另一个"圆"左翼话语相对抗。周作人在其划定的范围之内，圆融无碍，此外则声称为自己所不知，拒绝与对方讨论。即便在辩论中，周作人营建的话语系统亦能使其完全拒绝使用对方的语汇，如"小资产阶级""封建主义""时代之轮"等"新名词"，从而避免了落入"新名词"的逻辑旋涡之中。

---

① 周作人：《读书的经验》，《药堂杂文》，第36页。
② 胡适：《今日思想界的一大弊病》，《独立评论》第153期，1935年5月27日。

附录　山水、雅俗与身份：袁中郎吴越游记研究[①]

一

读袁中郎的吴越游记，人们不难发现其套路：半篇摹山范水，半篇讽刺"俗物"。有时，他并没有身履某地，仅以讽刺"俗物"或感叹"俗务"累人，亦能成一篇"游记"。这在晚明其他士人那里，亦有不同程度的表现。比如，张岱的《虎丘中秋夜》显然是模仿袁中郎的《虎丘》：两篇文章皆先叙"游冶恶少、清客帮闲、傒僮走空"之乐，然三更所剩之百十人方为"识者"。《西湖七月半》同样讽刺了"是夕好名，逐队争出"的杭人，惟当彼等又逐队赶门而归时，"吾辈"方出。"俗物"率先出场，无疑是为了衬托"吾辈"之风雅，以此，晚明士人营建了雅俗之对立。

要解释晚明士人在游记中为何如此关心雅俗之辨，我们必须首先考察一下苏杭等地山水名胜的特色。

自晋人"发现"山水后，游山玩水成为历代文人的一个重要活动，但是，魏晋名士游览之地主要是山阴，晚明士人的足迹则主要在苏杭一带，游览之地已有本质的不同。袁中郎感叹道："山阴显于六朝，至唐以后渐减；西湖显于唐，至近代益盛，然则山水亦有命运耶？"（《禹穴》，《袁宏道集笺校》卷十）西湖之显盛，实与隋代以后杭州的地位日益重要有关。隋炀帝开筑运河，起始于余杭，杭州的经济地位突现出来；至宋室南渡，杭州已成为"东南第一州"；明代之江南，城市经济得到了很大的发展。若无繁华的都会杭州，就不会有西湖之显盛。

西湖等靠近都市之名胜，既非单纯的自然风景，亦非都市，"半村半郭"，本

[①] 文本乃研究周作人、研究 1930 年代小品文热的"副产品"：因为现代作家屡屡谈论晚明，有论战，笔者才去读晚明文集，草成此篇小文，则又与现代文学无甚关了。姑附录于此。

应是晚明士人理想的游览胜地,然此地已非仅供文人玩赏之清景,它还是都市生活的延伸地、宗教胜地和民间"狂欢节"的展演地。记录南宋杭州盛况的《武林旧事》称:"都人凡缔姻、赛社、会亲、送葬、经会、献神、仕宦、恩赏之经营、禁省台府之嘱托,贵珰要地,大贾豪宅,卖笑千金,呼卢百万,以至痴儿呆子,密约幽期,无不在焉。"(卷三,"西湖游幸"条)这种情况到了晚明并没有改变。越人"无日不游",花朝、清明、七月半等日尤甚。以清明为例,是日,杭州市民不论贫富,倾城上冢,"南北两山之间,车马阗集","苏堤一带,走索、骠骑、飞钱、抛钹、踢木、撒沙、吞刀、吐火、跃圈、觔斗、舞盘及诸色禽虫之戏,纷然丛集"(《西湖游览志馀》卷二十,"清明"条)。吴越两地风俗相近。明正德年间王鏊等人编撰的《姑苏志》称"二月天气始和",吴人即"楼船载箫管游山,其虎丘、天平、观音、上方最盛"。晚明时期,吴人亦可谓"无日不游"(参见袁宏道《岁时记异》,《笺校》卷四)。虎丘等名胜之于苏州,正同于西湖之于杭州。

　　需要特别提及的是,宋明两代,随着城市经济的发展,商人的地位得到了一定的提高,吴越等富庶之地,尤集中了大量商贾。文人可以买醉,巨贾却买得起湖山。袁中郎游吴地光福,发现此地多为名公巨贾所占,不禁感叹道:"此地若得林和靖、倪元林一二辈装点其中,岂不人山俱胜哉!奈何层峦叠嶂,不以宅人而以宅鬼,悲夫!"(《光福》,《笺校》卷四)嫉妒与不平之情皆溢于言表。

　　晚明士人对山水之中的"俗物",包括贵珰大贾和普通百姓,皆有极强的排斥之情,在游记中亦有反映。可是,郊游并非晚明才出现的新事物。上引《武林旧事》的材料已表明,西湖在宋代已充斥着"俗物"。但是在大多数时候,宋人如欧阳修、苏东坡,对山水中的"俗物"持一种"与民同乐"的态度。在游记中对"俗物"有触即发,却是到晚明才出现的现象。对比一下欧阳修的《醉翁亭记》和袁中郎的《虎丘》,我们不难发现这一点。与西湖虎丘一样,醉翁亭亦近城市,滁人亦游焉。但是,欧阳修见"滁人游",是"乐其乐";以"太守"自居,自是"与民同乐"。袁中郎却认为,以吴县令身份游虎丘,乃万分扫兴之事;他更愿意做"吴客",更认可的身份是名士或处士(收在《袁宏道集笺校》卷四《锦帆集》中的吴地游记,确为中郎去官后所作),因此才称吴人为"俗物"。小民之游对于父母官来说,是政绩之表现,"民乐其岁物之丰成",才"喜与予游也"(《丰乐亭记》,《欧阳修全集》之《居士集》卷三十九);对于名士来说,熙熙攘攘之"俗物"不但破坏了他们的兴致,而且,有钱有势之"俗物",还成为与其争夺山水的"他者"。既然晚明士人的自我"角色"定位,多为名士、处士、隐士,山水对于他们来说,就成为本质性标志之一:"神情不关山水"者,即非名士。一旦各色人等都蜂拥而至山水名胜,名士的身份也就发生了危机。为了维护自己的独特性,名士必须强调"俗物"与"吾辈"趣味之不同,这样,官商市民,就成了"吾辈"之对立面。

在袁中郎等人看来,虽同游一景,"俗物"为俗事所囿,眼中所见无非是俗。张岱即称:"世间措大,何得易言游湖","虽在西湖数十年,用钱数十万,其于西湖之性情、西湖之风味,实有未曾梦见者在也"。热闹场中人所喜,为"烟堤高柳",为"朝花绰约",为"晴光潋滟";文人之赏,则为"雪巘古梅",为"夜空月明",为"雨色涳濛"(《西湖总记》,《西湖梦寻》卷一)。区分了趣味之雅淡与俗艳,也就确立了文人之独特性。

问题的复杂之处在于,雅士所确立的雅俗标准一旦为大多数读书人,甚至为市井中人所接受,那么,谁也不会甘做"俗物",反而更会熙熙攘攘地向山水进发。寓居杭州的徽商汪明然,于湖上筑居舫,号"不系园""随喜庵""观叶""小团瓢""雨丝风片"等。有意思的是,汪亦鄙视"俗物",游舫只接纳名流高僧,而文人诗僧亦与其唱和,有诗集《不系园集》和《随喜庵集》传世。文人称雅,有经济实力的商贾和有权有势的官僚亦称自己不俗,反过来又使文人变本加厉地标举风雅,如此形成"恶性循环"。这使得晚明士人在雅俗标准上,日趋极端,而不像宋人那样通达。张岱虽称"西湖幽赏,无过东坡",尤笑为官一方的东坡"未免遇夜入城",自己却"多在湖船作寓,夜夜见湖上之月"(《冷泉亭》,《西湖梦寻》卷二)。

总之,由于晚明士人的自我身份定位已与宋人有着本质之不同,因此,他们与"俗物"之关系也就发生了变化。明白这一点,我们就不难理解晚明士人在游记中对"俗物"为何有触即发。

二

既然晚明文人把自己定位为处士名士,他们就不可避免地认同古来名士处士的萧疏淡雅的山水趣味,因此,当他们品评山水之时,对西湖的评价皆不是很高。陈眉公抱怨:"西湖有名山,无处士;有古刹,无高僧;有红粉,无佳人;有花朝,无月夕。"(张岱转述,《冷泉亭》,《西湖梦寻》卷二)袁中郎亦认为:"西湖如宋人画,山阴山水如元人画。花鸟人物,细入毫发,浓淡远近,色色臻妙,此西湖之山水也。人或无目,树或无枝,山或无毛,水或无波,隐隐约约,远意若生,此山阴之山水也。二者孰优孰劣,具眼者当自辨之。"(《禹穴》,《笺校》卷十)①品评吴地风景之时,中郎亦有类似的说法:"虎丘如冶女艳妆,掩映帘箔;上方如披褐道士,丰神特秀",而游人多舍上方而就虎丘,"岂非标孤者难信,入俗者易谐哉?"(《上方》,《笺校》卷四)晚明士人惯于以声色喻风景,但他们仍然试图区分出声色的雅秀与俗艳,张岱把山水、美女的品位皆细加区分:"湘湖为处子","犹及见其未嫁之时;而鉴湖为名门闺秀,可钦而不可狎;若西湖则为曲中名妓,声色俱丽,然依门献笑,人人得而嗫亵之矣"(《西湖总记》,《西湖梦寻》卷一)。

把西湖比作美女或始自东坡:"欲把西湖比西子,浓妆淡抹总相宜。"袁中郎们在描写西湖,乃至一切赏心悦目之景时,常常比作浓妆艳妇;山水对于他们来说,实与佳人一样,同为声色之好。可怪的是,他们所激赏的偏偏是"淡抹"之西子。这自然是因为,艳丽作为一种趣味,一种文章风格,对于以名士处

---

① 在这里,袁中郎显然是受到了董其昌的绘画南北宗一说的影响。袁中郎与董其昌有交往。以袁宗道为中介,中郎甲午入京铨选时,与董"数相过从"(参见《画禅室随笔》卷四),对其南北宗一说,应该比较熟悉。董其昌以南宗简淡萧疏之画风为正宗,并称此种画风之形成,与文人的"在野"身份有着莫大的关系。虽然董其昌强调南宗画统,中郎强调文体代变,但是,他们皆关心雅俗之辨,试图在山水雅趣与名士处士之身份之间,建立某种内在联系的思路,也是一致的。

士自命的文人来说，自古地位就不高，是"俗"。在文章中承认自己喜好浓妆艳抹之风景，实在是一件很危险的事——很难说这种趣味与"俗物"有所不同。

由于袁中郎们至少在表面上，认同了古之名士的山水幽韵，这使得他们在抒写自己的声色之乐时，每每欲说还休。有时，我们简直可以把他们的游记看作一个"多声部"的文本，他们自身的声音与阑入的古人的声音颇不和谐，且以袁中郎的《西湖二》为例：

> 西湖最盛，为春为月，一日之盛，为朝烟，为夕岚。今岁春雪甚盛，梅花为寒所勒，与杏桃相次开发，尤为奇观。石篑数为余言，傅金吾园中梅，张功甫家故物也，急往观之。余时为桃花所恋，竟不忍去。湖上由断桥至苏堤一带，绿烟红雾，弥漫二十余里。歌吹为风，粉汗为雨，罗纨之盛，多于堤畔之草，艳冶极矣。
>
> 然杭人游湖，止午未申三时，其实湖光染翠之工，山岚设色之妙，皆在朝日始出，夕春未下，始极其浓媚。月景尤不可言，花态柳情，山容水意，别是一种趣味。此乐留与山僧游客受用，安可为俗士道哉！（《笺校》卷十《解脱集》）

在袁中郎看来，午未申三时之西湖，为俗士之西湖；朝岚夕烟月色中的西湖，才是雅士山僧之西湖。这其实是受历代文人雅士定评的影响。所谓"西湖十景"，显然是历代雅士遴选出来的：十景中，"三潭映月""断桥残雪""南屏晚钟""苏堤春晓""雷峰夕照"和"平湖秋月"等六景，皆为清雅简淡之景。袁中郎所说的别"一种趣味"，并非他的发现。问题在于，这篇游记上半段，却有"歌吹""粉汗""罗纨"，如此看来，中郎的身影亦应出现在"午未申三时"，按他自己的说法，岂非有俗士之嫌！梅桃竞放又为我们提供了一个考验中郎的机会：梅花自然使人想起梅妻鹤子的孤山处士，袁中郎在游记中亦多次提到林和靖。但是，当"鱼与熊掌不可兼得"之时，中郎选择的偏偏是与佳人相映的桃花，而非暗香浮动的梅花。如此看来,他称自己偏爱萧疏淡雅,实有叶公好龙之嫌。

游吴越时的袁中郎可谓少年得志,虽自称"每将暮,则出藕花居,棹小舟看山间云岚。月夜则登湖心亭"(《湖上杂叙》,《笺校》卷十《解脱集》),但是心高气傲的他对花朝月夕并无深刻体会;他称六朝人于"死生之际,感慨尤深"(《兰亭记》,《笺校》卷十),然没有经过乱离,自然不知死生为何物。对于萧疏淡雅之景,他自然是夸得出而写不出。

其实,"俗物"俗趣也影响到了晚明士人的山水趣味。中郎不但欣赏山水,亦在欣赏"俗物":"鱼鸟之沉岸,人物之往来",同为"吾辈"之"戏具"(《游高梁桥记》,《笺校》卷十七)。我们甚至可以说,如果没有"俗物"俗趣,就没有晚明独具特色的游记。西湖之艳不仅在于湖光山色之间,更在于歌吹粉汗罗纨画舫。没有好事之"俗物",没有画舫佳人,就不会有袁中郎笔下那"艳冶极矣"的西湖风光,就不会有作为"都市诗人"的张岱。袁中郎们既看风景亦看人,有时,他们对"俗物""俗事"之喜爱甚于对自然山水之欣赏。在前人的游记中,人物如樵夫牧童,是山水之陪衬;宋人在游记中阑入市井小民及僚属,正如上文所说,是为了表彰自己的政绩;而在袁中郎的《虎丘》《西湖》,以及张岱的《虎丘中秋夜》《西湖七月半》,王思任的《满井游记》中,人物和风景或平分秋色,或是人物占据了前景,而山水,正如周作人所说,"不过是他所写的生活的背景"罢了(《〈陶庵梦忆〉序》,《泽泻集》)。

如此看来,晚明文人与好事之市井中人的关系,应是"雅俗互动"而非雅俗对立。

张岱认为,中郎所长在其"灵巧俊快"的文字,与郦道元的"遒劲苍老"、柳子厚的"深远怡淡"不同而并峙(《跋寓山注二则》其二,《琅嬛文集》卷五)。正因为袁中郎屏弃了历代文人附着于山水之上的沉重,而采取一种享乐的态度,才成就了其"灵巧俊快"的风格。古人"爱念光景",故"登高临水,悲陵谷之不长;花晨月夕,嗟露电之易逝"(《兰亭记》,《袁宏道集笺校》卷十),潇洒风流的袁中郎自然没有这样的感受,苏杭之地亦无高山可登、陵谷可悲。其实,袁中郎对登高远眺根本就不感兴趣。他游杭居然不登保俶塔,因为"西湖之景,愈下愈胜,……虽眼界稍阔,染我真长不过六尺,睁眼不见十里,安用此大地方哉?"(《御教场》,《笺校》卷十)在一般士人看来,这是不可思议的。中郎则有独得之趣味,而非仅仅附和古人之风雅。前人面对山水或俯或仰,仰常有飘然出尘之志,俯则有沧海桑田之叹;袁中郎则采取了一种平视视角,这正与西湖虎丘等"市井山水"的特点相适应,与其享乐山水的态度相吻合。这才是晚明士人面对"市井山水"采取的崭新态度:混迹其中,兼爱市井之繁华与山水之艳丽。

三

袁中郎等人自我身份定位,影响了他们言说山水的方式。反之,如果我们把袁中郎等人的态度,与他们所推崇的李贽和徐渭作纵向比较,不难发现晚明士风之转变:士人的重心已从事功学术转向文章风流。徐渭一生奔走四方,多为抗倭大业或生计,晚年即便有所游览,也极少留下游记。李贽对山水更是漠不关心,"行游四方",为的是"求友胜己者,欲以证道"(《与耿司寇告别》,《焚书》卷一),因此,"非大得所不敢出门户。且山水以人为重,未有人而千里寻山水者也"(《答李见罗先生》,《焚书》卷一)。而袁中郎们却"汲汲"于山水,把山水雅趣当作自己的本质性标志之一。虽然研究者多强调李贽、徐渭对袁中郎等人的影响,后者在文学观念上,的确从前者那里得益颇多,但是,袁中郎们的身份发生了本质性的变化:我们可以说袁中郎等人是"风雅之士",却很难用它来概括李贽和徐渭。

中郎之后的张岱,在文章和生活趣味上受袁中郎的影响颇深。与张岱同时的顾炎武,却是把"行万里路"当作舆地之勘察,这又走向了另一个极端。后者的态度对清儒的影响极深,王渔洋的《香祖笔记》卷十所记的一则轶事,颇能反映清人的心态:"古来如谢康乐、宗少文辈,癖好山水,多矣。然同年余君,顺治末进士,尝游武林,宿留数日始归。予询以西湖、临溪诸名胜,曰:'皆不知也。……吾跋涉水陆二千余里,岂为山水往耶。'"渔洋山人以是告其兄西樵,西樵也只是感叹道:"为人嗜好径庭乃如此。"如此对待山水,在袁中郎等人看来,恐怕是不可想象的。然而以诗文著名的王渔洋,也仅仅客观地转述其兄和同年的态度,而没有贬低的意思。清儒郝懿行更是称,《香祖笔记》所载余君之行事,可传为"美谈";对于晚明士人"看尽世间好山水"之宏愿,郝懿行亦不以为然,"尽则安能,但身到处,莫放过耳"(《晒书堂笔录》卷五,"不知山水"条)。由是可见士风变化之一斑。显然,学术而非山水,成为此时士人之本质标志。

第五章　论战中的师爷气与"流氓鬼"
——以女师大风潮中的周作人为例

　　伴随各式思想政治文化运动,论战在现代中国此起彼伏,成为文化人发凡起例、划分时代、介入现实、表明立场、强化阵营认同、吸引公众注意的主要方式。在新文化运动的发动期,新派人物苦于无人反对,不惜扮演"双簧"互攻,好在有林纾"跳"了出来,于是林氏小说中的影射之辞被解读为煽动军阀镇压。创造社"揭竿而起",攻击文学研究会,郁达夫指责对方拜倒于权门富阀门前,"漫做黄金梦官僚梦"。周作人批评非宗教大同盟运动,也被陈独秀指为"取媚强权"。语丝社与现代评论社论战,周氏兄弟又声称陈西滢在为统治者杀人卸责、向统治者告密。左翼阵营与新月社论战,成仿吾骂梁实秋为资本家走狗,鲁迅又在"走狗"前加一"乏"字,并且说梁氏捏造"卢布说"煽动当局镇压左翼。以上之所以并置"主义""问题"不一的论战,是因为本文所要讨论的不仅仅是历史人物在一场具体的论战中的观点、立场和姿态,还要剖析论战的情境与结构。个人的结构性"占位"并无一定:在某场论战中指责他者取媚强权,在另一场论战中又会遭受同样的指责。——声称对方意在取媚强权,实在可以说是现代中国论战史上的"王牌"。

　　各类话语都有其情境,限定了言说者的意、态。论战是一种因应行为,具有偶发性、即时性、互动性、生长性等特点。某方如何立论、取何种态度、从哪个角度反驳,往往视对方的表现而定。在争胜意志驱使下,言者常常随手拾取任一种武器,有时甚至是在他处表示怀疑、予以批判的观念和手段。比较参照同一个人在论战中和在他种情境中的表述,我们才能看到论战特有的情境逻辑。同是思想史研究,梳理论战与剖析个体思想的方法应该有所不同。观人当识大体、阅全集、绎脉络。研究论战则应听多造之辞,不当以某一方是非为是非;周知所论之事的全貌,方能对勘各方所持之理,才能得知言者介入事件所取的角度。切忌于史实未彰之先,即动崇敬或鄙薄之情。如果只研究"思想"、概念,就无法说明历次论战的结构性相似,也无以见现代中国知识分子文化气质的根源与流变。

周氏兄弟皆擅长提炼对语,知人论世,譬如说"才子"与"流氓","载道"与"言志","流氓鬼"与"绅士鬼"等——二人所论,重合之处正在"流氓"。此类概念,纵谈古今,横可以勾连世风、士风、文风;既可以针砭时弊,亦可进而做文明批评。鲁迅加周作人,竟成一部中国思想文化批判大全,让人有"不学诗,无以言"之叹。与鲁迅不同的是,周作人常用"绅士鬼""流氓鬼"形容自己的精神气质和思想文章的两面性,我们借力于周作人的自剖与洞见,反思具有批判、反叛精神的文人,方显不隔。在《雨天的书·序》《两个鬼》等文章中,周氏对"两个鬼"皆有不满之辞。这些文章作于和现代评论派的论战前后,他的"师爷气""流氓鬼"也是在这次论战中才表现得淋漓尽致,与人们通常所见的周作人爱智者形象,实在是大相径庭。陈西滢注意到了周作人的自序、自讼,攻击周氏兄弟有师爷气,受周作人的启发亦未可知。鲁迅在此次论战中的表现,学界已多有论述;其实周作人之泼辣还在鲁迅之上,本文即以周作人为论述中心,旁及各家各派的表现。

一 "绅士鬼"与"流氓鬼"

世人多以周作人为京派绅士的代表,然而在周氏自剖中,流氓鬼、师爷气倒是先在的,京派绅士风度乃后天习得。他在《两个鬼》中写道:

第五章 论战中的师爷气与"流氓鬼"——以女师大风潮中的周作人为例

> 有时候流氓占了优势,我便跟了他去彷徨,什么大街小巷的一切隐密无不知悉,酗酒,斗殴,辱骂,都不是做不来的,我简直可以成为一个精神上的"破脚骨"。①

"鬼"在周氏笔下,通常是负面传统的代名词。"五卅"时期,他感叹道:"汉之党人,宋之太学生,明之东林,门户倾轧,骄兵悍将,流寇,外敌,其结果……"上下左右各方若痛加反省,历史或许不会重演②。到了1928年,他又称自己"恐怕也是明末什么社里的一个人",有"鬼"附身,当知谨慎。③ 可惜周氏点到为止,反躬自问每不肯把话说透说尽,尚待我们细加梳理。

"流氓鬼"亦有优点,那就是反叛精神、洞悉情伪之力。《雨天的书·序》出现了两组相对的词汇:"流氓""土匪"与"绅士","师爷气""浙东性"与"京兆人"。新文化人常以流氓、土匪比喻反叛、狂恣精神。郭沫若作有《匪徒颂》,吴稚晖也口口声声地说自己是"流氓"。1926年前后的周作人、林语堂,亦每每以"学匪""流氓"自居、自喜。"师爷气""浙东性",在周作人这里主要指风土之力造就的"法家的苛刻的态度""喜骂人的脾气";为文如"老吏断狱,下笔辛辣,其特色不在词华,在其着眼的洞彻与措语之犀利"。④ 其现代转型,也就是文化人的批判意识。可是一旦纵笔为文不知检束,则会丧失理性;嬉笑怒骂皆成文章,但也有流为"村妇骂街"之虞。

周作人亦"想溷迹于绅士淑女之林","无如旧性难移,燕尾之服终不能掩羊脚",衡人论事"满口柴胡,殊少敦厚温和之气"。⑤ "燕尾之服"说明,作为一种文化气质的绅士风度主要源自西方,对周作人而言就是古希腊精神,日后他又从原始儒家和清儒汉学贯通过来。子曰:"君子有九思:视思明,听思聪,色

---

① 岂明(周作人):《酒后主语(一)两个鬼》,《语丝》第91期,1926年8月9日。
② 凯明(周作人):《代快邮》,《语丝》第39期,1925年8月10日。
③ 北斗(周作人):《历史》,《语丝》第4卷第38期,1928年9月。
④ 周作人:《地方与文艺》(1923年3月22日),《谈龙集》,开明书店1930年第4版,第12—13页。
⑤ 周作人:《雨天的书·序》,《语丝》第55期,1925年11月30日。

思温,貌思恭,言思忠,事思敬,疑思问,忿思难,见得思义。"足以概括绅士们的领袖胡适的风度①。周作人既羡慕绅士的"谈吐与仪容",又嘲讽绅士常常"说漂亮话而进于摆臭架子";徘徊于"两个鬼"之间不知所从,又从两造之间"得到了不少的教训"。②

在《上海文艺之一瞥》中,鲁迅对文化人的流氓气亦有发挥:一是让人"知道点革命的厉害"的架势;二是"无论古今,凡是没有一定的理论,或主张的变化并无线索可寻,而随时拿了各种各派的理论来作武器的人,都可以称之为流氓"。③"流氓"亦翻云覆雨、舞文弄墨、轻出重入、锻炼人罪,却无师爷派的深刻、洞彻与精密。1930年代以降的周作人,转以职业而非地域论师爷气:它是善作应制之文的读书人的共同气质,长于毁谤攻击,应政治需要随时掉转笔锋,总能自圆其说④。在他看来,从"革命文学论战"到"两个口号"之争,左翼正统派对于鲁迅,剿而忽抚,抚而后剿⑤,自有线索可寻,那就是文艺政策的变化。仅从乡风入手,我们也就无以说明师爷气腐化的一面为何如此之普遍,周作人突破乡风论士风,所见更为深广:"天下文章究竟并不是在绍兴,总之文风原是一致的,不妨就以此(师爷)为一派的代表名称。"⑥

二 女师大风潮始末

在考察女师大风潮中的周作人等人的文风之前,我们必须对事件本身有一个大致了解,如此才能洞悉有关各方切入问题的角度和攻防技巧。这场风潮牵扯面太广,内情复杂,因篇幅关系,本文只能言其大概,考察有关各方介入

---

① 梁实秋:《但恨不见替人》,《梁实秋怀人文录》,当代世界出版社2007年版,第48页。
② 岂明(周作人):《酒后主语(一)两个鬼》,《语丝》第91期,1926年8月9日。
③ 参阅鲁迅《上海文艺之一瞥》《流氓的变迁》诸文。
④ 周作人:《绍兴师爷》(1949年4月5日),钟叔河编订《周作人散文全集》(9),第769—770页。
⑤ 周作人:《文坛之外》,《立春以前》,太平书局1945年版,第164页。
⑥ 周作人:《师爷笔法》(1950年9月12日),钟叔河编订《周作人散文全集》(10),第482页。

的时间节点。

"五四"运动之后的学校,无时无刻不处于风潮之中,学生初衷在改良校务,结果却常常流于驱逐、挽留校长之争,在继任人选问题上也往往争持不下,其背后,教职员派系斗争的影子亦甚为明显。国民党人在京能够公开行动之后,亦介入或发动风潮。1924年10月23日,冯玉祥发动政变,次日,李石曾、易培基去见冯,谈将来成立"廉洁政府"①。黄郛摄政阁遂请李石曾任教育总长。11月6日,沈兼士召集一部分北大教授到李石曾宅讨论教育总长人选等问题,李石曾推荐顾孟余,顾又推举易培基。易培基本为广东大学运动庚款来京,在北方教育界毫无根基,蒋梦麟举荐马叙伦任教育次长,作为同意易培基的条件②。马叙伦在国民党内的职务是北京执行部宣传部长,李石曾是中央监察委员。黄郛迁延数日后方予正式发表,易培基只做了十数日总长,即随摄政阁结束而下台。马叙伦留任段祺瑞政府教育次长,于总长王九龄到任前代理部务。

马叙伦代理部务期间,违反《国立大学条例》有关规定,免去郭秉文东南大学校长职务,此事乃国民党方面主动,任命胡敦复为东南大学校长,亦当是吴稚晖举荐。胡敦复就职时,即遭到拥郭派师生殴逐。国立北京美专风潮已闹了一年多,马叙伦任命余绍宋长校,部分学生看守校门,阻余氏入内,马叙伦干脆下令解散美专,派警察驱学生出校。报端又有落款"国立北京美术专门学校全体学生"的启事,声称他们要求李石曾长校,马叙伦安得谓为无理要求?③ 后来章士钊又援引美专成例,解散女师大另立女子大学,任命胡敦复为女子大学校长,让国民党人甚为难堪。

女师大的反杨风潮其实一直没有停息过。杨荫榆本为该校英文教员,1924年5月,她长校不及两个月,即有15名教员联袂辞职,彼等与杨氏"久不

---

① 《冯玉祥日记》第1册,江苏古籍出版社1992年版,第636页。
② 《李宗侗自传》,中华书局2010年版,第168—169页。
③ 《美专学生之呼吁》,1925年2月8日《大公报》(天津),第5版。

相能、近更以设董事会及改建大学诸问题"大起龃龉,马裕藻等人出面调停,程干云、许世璇等仍以去杨为复职条件。学生方面,当杨就职时,即就迎拒问题闹过一场风潮,如今亦分为拥护辞职教员、拥杨、中立三派。局部停课一个多月后,杨荫榆分别挽留、准辞,辞职集团也没有一体进退。新聘教务长薛培元[①],又有学生指责他不学无术,要求撤换……秋季开学后,有学生为战事所阻,开学3个月后始到校,杨荫榆令其中3人休学,她们系杨氏长校之初即运动反对的[②],另外两人则得以补考上课。被勒令休学的3名学生诉诸校学生会,杨氏仍拒绝收回成命。学生评议员于1925年1月16日晚召集同学,就驱杨问题进行表决。当天早上出版的《京报》即有《女师大将易校长说》:教育当局"拟就李石曾、吴稚晖两氏中择一继任,已派员分别征取两氏同意,俟有答复,即决定发表云"。这也是此番风潮最早见诸报端的文字,推测起来应是點者有意"造空气",《京报》也乐意配合。马叙伦若去敦请,李、吴即可转荐易培基。女师大教职员闻讯,派代表赴部责问,马叙伦说自己素深倾重杨荫榆,绝无撤换之意[③]。中共方面的内部报告则说:马叙伦"拟派黄人望(浙人、马私党)"任女师大校长,遭人不满,学生方面亦大为反对[④]。女师大学生会评议员中没有共产党员,附带要说的是,共产党人对国民党要人借机捞取教育界职位一直嗤之以鼻[⑤],除了北京俄专风潮外,共产党人没有介入京中各校的驱甲迎乙风潮。女师大学生评议员张平江是国民党"民治主义同志会"成员,当后来

---

① 《北京女高师风潮难解决》,《申报》,1924年5月20日第7版;《北京女高师风潮完全解决》,《申报》,1924年6月14日第10版。
② 《北京学生运动报告(1925年3月)》,中共北京市委党史研究室编《北京青年运动史料(1919—1927)》,北京出版社1990年版,第194页。
③ 《女师大校长不易人》,《晨报》,1925年1月21日第6版。
④ 《北京学生运动报告(1925年3月)》,《北京青年运动史料(1919—1927)》,第194页。
⑤ 恽代英写了一系列文章,劝学生不要闹学潮:"没有实力而专靠人家帮助的,他们至多会被那些想当校长的政客流氓所利用,造成一个以暴易暴的局面。"(《学潮问题》,《中国青年》第66期,1925年2月14日)国民党人"但知道引导学生无条件的排斥某校长,或者甚至于无条件的为某人运动校长,这种行为无论是出于公意或私意,总是我们所应当反对的机会主义"(《一种机会主义——党化教育运动》,《中国青年》第87期,1925年8月8日)。

第五章 论战中的师爷气与"流氓鬼"——以女师大风潮中的周作人为例

事态危急时,赶到女师大助阵的,也主要是该会的男性党员①。"民治主义同志会"是国民党右派组织,后来成了"西山会议派"青年骨干力量。李石曾、易培基虽然自称"中派",但可以利用右派青年组织扩充自己在教育界的权势。

周作人日后说,他应自称中立的学生之请,打电话给马叙伦,劝他撤换校长以平息风潮,马氏答曰:去杨未尝不可,唯不能以易培基继任②。从3月11日起,许广平开始写信向鲁迅求援,抒发苦闷,说京中各校校长惯以留学、留校为诱饵分化学生,杨氏亦然③;不久之后,她又说:"对校长事主张去留的人,俱不免各有复杂的背景",所以她一开始作壁上观,寒假结束后(2月上旬)才起而驱杨,虽"不敢否认反杨的绝对没有色采在内,但是我不妨单独的进行我个人的驱杨运动"④。1月16日的那次表决,学生到场不多,对外仍声称议决驱杨。寒假期间,张平江在来今雨轩主持记者招待会,散发第二次驱杨宣言⑤。《京报》记者说,听了张的解释,可以相信学生目的只在改良校政,不像以往的校长风潮那样有暗幕⑥。3月间,《现代评论》发表"一个女读者"来信,说"风潮的产生和发展,校内校外尚别有人在那里主使",杨氏在校务方面并无重大过失,"我们应否任她受教育当局或其他任何方面的排挤攻击?"⑦言者将矛头指向教育当局马叙伦,对于"其他方面"仍是语焉不详。

3月初,有王九龄即将来京就职之消息。15日,李石曾等人在北大教授评议员到会不及半数的情况下,即对外宣称议决:王氏若就职,北大即宣告脱离教育部。16日,北京国立高校、公立中小学的一些教职员赴教育部阻王氏就

---

① 张崧年(张申府):《与周作人先生论事实》,《京报副刊》,1925年8月31日第255号。
② 周作人:《女师大旧事》(1950年7月18日),钟叔河编订《周作人散文全集》(10),第800—801页。周作人在1925年2月28日记中写道:"下午女师旧生田、罗二女士来访,为女师大事也。"见《周作人日记》(中册),大象出版社1996年版,第432页。
③ 许广平致鲁迅(1925年3月11日),《鲁迅全集》第11卷,第11—12页。
④ 许广平致鲁迅(1925年3月26日),《鲁迅全集》第11卷,第27页。
⑤ 《昨日女师大学生招待新闻界》,《京报》,1925年2月2日第7版。
⑥ 隐:《昨日我在中央公园说的话》,《京报》,1925年2月2日第7版。
⑦ "一个女读者":《女师大的风潮》,《现代评论》第1卷第15期,1925年3月21日。按,此信写作时间署"十四,三,十五于北京"。3月15日的"教育当局"仍是马叙伦。

职。段祺瑞认为此事系马叙伦策动,当晚下令免马次长职务。

王九龄任内,鲁迅告知许广平,女师大问题的症结在于继任人选,教育部中意的不愿来,某太太想当女师大校长,教育部又不愿请①。4月中旬,王九龄辞职,司法总长章士钊兼教育总长,他看中的几位女性也皆不愿任女师大校长,他遂打算维持杨氏到暑假再说。5月9日,章士钊又辞去本兼各职,携眷出京。事情的起因是,党人运动学生于"五七"国耻日举行集会,纪念孙中山,章士钊则转警厅之命,要求各校不得放假。5月7日集会后,一部分人赴章宅打砸。段祺瑞自然不会接受章氏辞呈,学生运动转以倒章为目的。张平江向人谓:目的已转为驱章,故无论教育部派何人长女师大,她们皆不接受。5月7日,女师大师生在校内集会纪念国耻,学生代表不承认杨荫榆为校长,将她轰下主席台,来宾李石曾、吴稚晖登台演讲。杨氏独身,本住在学校,被逐后坚持在饭店"办公",报复性地开除了6名学生代表。学生仿美专办法,看守校门阻杨入内。其实大多数学生对驱甲迎乙不感兴趣,表决之际或不到场,或随大流,对此,许广平甚为愤慨,她在给鲁迅的信中说:群众推举自己出来做事,代表们被开除后,群众又开始后退。正是这一点打动了鲁迅,决定出手相援。比较而言,笔者更看重有关人物介入的原初动机——鲁迅觉得,自己应该支持为群众做事而又被群众所抛弃的叛逆者。到了6月间,许广平又向鲁迅承认自己受人利用,驱杨让第三者坐收渔翁之利②。

周作人初次公开发言,仍想保持绅士风度,不想攻击任何方面,以致文意含混。他说报端已有女师大"某班某系中立之表示",不久之后恐怕会像北京美专、医专风潮那样,出现同一个学校竟有两个学生自治会登报互攻的现象。"全体学生反对校长,校长如有不必走的理由,尽可以不走。部分学生反对校长,不知怎地忽分裂而各登正统的启事,那么校长应该走了,即使此外别无应

---

① 鲁迅致许广平(1925年4月14日),《鲁迅全集》第11卷,第46页。
② 许广平致鲁迅(1925年6月17日),《鲁迅全集》第11卷,第96页。

走的理由。"①直白地说就是：周作人怀疑杨荫榆在拉拢分化学生，他还说"只要校长早为对付，(学生)误会的地方不难解释，不满的地方可以改正，大抵就可解决"，杨荫榆却用开除学生代表的办法压制，这第一步就走错了②。这恐怕是轻出重入的师爷笔法，周作人其实已经知道女师大的症结是易培基谋位。鲁迅的《"碰壁"之后》写了一个戏剧化的场景：自己在女师大说，只要杨荫榆应对得法，风潮本不难解决；反对者的回应呢？鲁迅只写了"嗡嗡"二字③。名副其实的师爷文字，是鲁迅代拟女师大学生呈教育部文，模仿学生口气，用公文惯用的骈语攻击杨氏。

徐炳昶在《猛进》周刊上说：学生驱杨的理由固然有很可笑的地方，但是自己"很听说"杨荫榆用"外交手段"离间学生，仅凭这一点，即可断言她"不配办学校"。④ 按，《猛进》乃北大教授李宗侗(李石曾胞侄)、徐炳昶共同创办，初由后者主编，他们都是留法出身。5月27日，《京报》发表了马裕藻、沈尹默、沈兼士、李泰棻、钱玄同、鲁迅、周作人联署的《对于北京女子师范大学风潮宣言》，他们皆在女师大兼课，遂以女师大教员身份发言，声援被开除的学生。此时，薛培元亦已被学生驱逐，马裕藻等宣布代为维持教务。

陈西滢认为，风潮闹到了这个地步，"劝学生们不为过甚，或是劝杨校长辞职隐退，都无非粉刷毛厕，并不能解决根本的问题"。教育当局应当切实调查，"如果过在校长，自应立即更换，如果过在学生，也少不得加以相当的惩罚，万不可再敷衍下去"⑤。留学英美的知识分子比较注重权、责问题，如果学生诬告，那也得承担责任。可是"西滢闲话"也是尖酸刻薄，将女师大比作臭茅厕，还说7教授宣言坐实了坊间传言：女师大风潮乃北大国文系浙籍教员煽动。

---

① 凯明(周作人)：《女师大的学风》，《京报副刊》,1925年5月22日第156号。
② 凯明(周作人)：《女师大的学风》。
③ 鲁迅：《"碰壁"之后》，《语丝》第29期,1925年6月1日。
④ 虚生(徐炳昶)：《对于女师大风潮的感想》，《猛进》第13期,1925年5月29日。
⑤ 陈西滢：《闲话》，《现代评论》第1卷第25期,1925年5月30日。

语丝派与现代评论派的论战就此展开。其实《现代评论》亦有国民党背景,陈西滢又是吴稚晖侄儿,这恐怕就是现代评论派单单把矛头指向马叙伦和"某籍某系",而不提李石曾、易培基的原因。

6月间,章士钊复任司法总长,不再兼长教育部。7月末,因政府职位不够分配,他又让出司法总长,改任教育总长。7月31日,杨荫榆由保安队护送返校,布告解散反对她的三个班学生。她请李四光等人到场作证,以示动用警察目的止于自卫,防范某校男生。李石曾、吴稚晖终于走到前台组织集会,前者声称学生当日正开沪案后援会,章、杨受英日帝国主义指使,带兵入校,必须予以驱逐①。8月6日,章士钊准杨荫榆辞职,并解散女师大,另立女子大学,派刘百昭等筹备;女师大学生"如何编入该大学,抑或按照原有学级,先令分别毕业之处",俟筹备处成立再作定论②。李石曾再以声援女师大为名,提出北大独立于教育部案,要求北大评议会审议。坚守学校的女师大学生阻刘百昭入校,章、刘遂于8月22日雇来老妈子殴曳诸生出校。胡敦复任女大校长,无法在东南大学立足的萧纯锦等亦转来女大任教。女师大赁屋授课,房租及维持学生费用,皆由李石曾负责解决。

11月28日,国民党发动"首都革命",指挥学生群众包围段宅,迫其下野,国民军却出面保护段宅,群众只能捣毁朱深(警察总监)、章士钊、刘百昭等人宅第,次日又烧了研究系的晨报馆。30日,女师大学生夺回原址,宣布胡敦复等潜逃,责令女子大学住校生限时迁出。章出逃后,教育部承认女师大、女子大学皆为合法的国立大学。事变过后,段祺瑞仍任执政,但添设了内阁,易培基再次担任教育总长(1926年1月6日—3月5日),自兼女师大校长。如今又是女大师生流离失所,她们强占教育部的房屋,在此上课,就便向总长请愿,索取经费、校舍。女师大、女大的争持还将延续若干年,这里不追叙下去了。

---

① 孤桐(章士钊):《李石曾谈话记》,《甲寅》第1卷第4号,1925年8月8日;《杨荫榆昨晚有辞职说》,1925年8月5日《晨报》。

② 章士钊:《创设国立女子大学呈文》,《甲寅》第1卷第6号,1925年8月22日。

三 重事实与明利害

所谓作文如老吏断狱,毕竟是个比喻;文人之间的攻伐,与重事实、依证据,然后明是非的断案,终究不同。文人身处书斋,耳闻多于目见,拙于调查取证;对文字的敏感,导致了笔墨官司"咬文嚼字"、在"字缝"中觅义的现象[1];立场、喜好、亲疏又使之有所攻的同时而有所讳。一旦与坚持"说真话""重事实"的张申府论辩,周作人遂处于不利之局面。

首先要说明的是,张申府已退出共产党,因故人章士钊的关系,任职于国立编译馆。张申府的妻子刘清扬仍在党内从事妇女运动,为此而接触女师大学生。女师大的活跃分子亦请刘清扬、张申府帮忙驱逐杨荫榆。张申府认为杨荫榆早就应该辞职,但也承认自己受学生方面影响,对杨荫榆有了先入之见,责人恋栈也是传统观念。少数学生领袖毫无主见,完全受国民党"民治主义同志会"支使;章氏解散女师大呈文中所谓女师大学生"啸聚男生",此之谓也。国民党"只知有党而不知有教育",不待青年成熟,"即摘而食之"[2];若其胜出,继续推行党化教育,绝非"咱们这样的中国书生"之福[3]。

周作人则坚称学生目的止于去杨,章士钊"太不注重事实",偏听偏信,以为"某籍某系某党在那里构煽,想篡位",张申府也"不免有点轻信"。[4] 鲁迅不愿授人口实,避而不谈学潮的政党背景,是他的精明之处。周作人亦深明利害,然而喝卢胜雉,否认易培基篡位,反而责人"轻信",却导致了张申府和盘托出:李石曾让贤,推出易培基,驱章运动的经费全由后者包办;吴稚晖在学潮中的表现,与章士钊"牛羊何择"!李、吴、易之间的利害关系,早已是圈内人的常

---

① 参阅李乔:《烈日秋霜——鲁迅与绍兴师爷》,《鲁迅研究月刊》2000年第9期。
② 张崧年(张申府):《穷而多事——杨荫榆和分金》,1925年6月5日《京报副刊》。
③ 张崧年(张申府):《报凯明先生》,1925年8月19日《京报副刊》第243号。
④ 周作人:《再答张崧年先生》,1925年8月26日《京报副刊》第250号。

识。(李日后谋长北大而排挤蔡元培,吴坦承"到了有争论时,我总不好不站在石曾先生的一边"①。)张申府亦多次向章士钊推荐校长人选,张平江则宣称不论章士钊任命何人长校,概不承认。风潮就成了无解之局,派谁去长校就是"糟蹋"了谁,张申府因而赞成解散女师大另立女子大学:让杨荫榆无位可恋,易培基无职可抢,学生又可不牺牲学业②。这是张申府与周作人争论的焦点之一。

其二,张申府引述罗素观点,认为知识分子之职责在维护游戏规则,扮演裁判,而非一意求胜、猛攻对方门户的球员。张申府承认周氏兄弟介入女师大风潮之目的不是为他者谋职篡位,但是按周作人提出的合格校长的标准,目下中国恐怕无人,周作人不如自任校长。既然女师大不愿受教育部管束,不愿变成女子大学,那么,还不如变成私立大学③。章士钊倒也希望他们能引中国公学之成例,独立办学④。然而做校长必成绅士名流,"流氓土匪型文人"则长于捣乱而短于建设,尤不擅事务性工作。这本无可厚非,可是一旦介入具体事件,既无力使事态按照自己所期望的方向发展,又视后退、两面开弓为背叛,终不免为长袖善舞者作嫁衣。许广平日后说:易培基当了女师大校长后,"就大批任用私人","教职员,管财政的都用同乡湖南人。接着,他将家里开支都报销在学校里,连他家里用的女佣人也算学校的账,很不像话"。⑤

其三,张申府与现代评论派不相接引,立场却颇为接近——解决问题当以学生学业为重,"以和平为怀,避免惨变"为是,然"因世人之愚,许多问题或终于不免只有武力可以解决也!"⑥脱离论战情境、置身事外,周氏兄弟皆以为反

---

① 《胡适日记》第5卷,安徽教育出版社2001年版,第159页。
② 张崧年(张申府):《与周作人先生论事实》,1925年8月31日《京报副刊》第255号。
③ 张崧年(张申府):《报凯明先生》,1925年8月19日《京报副刊》第243号。
④ "时评",《甲寅》第1卷第8号,1925年9月5日。
⑤ 《"鲁迅传"创作组访谈纪录》,1960年上海天马电影厂内部资料,兹据陈村录入的电子版 http://bbs.tianya.cn/post-books-54175-1.shtml。
⑥ 张崧年(张申府):《再报周作人先生》,1925年8月26日《京报副刊》第250号。

帝而不讲实力、迷信民气,不啻"以天灵盖对狼牙棒"①,周作人且引法人庞勒之语,论"五卅"运动中的群众心理。然其在女师大风潮中,则一意坚持女生要斗争到底。

社会运动的复杂多变,又是周作人徘徊于"两个鬼"之间的最根本原因。"首都革命"后,李石曾一系成为教育界的当权派,周作人转而觉得"打落水狗"不免"有点无聊,卑劣,虽然我不是绅士,却也有我的体统与身分"②。马裕藻、鲁迅等人护送女师大学生回石驸马大街旧址后,又于12月1日再来驱逐女子大学教职员,并要求萧纯锦交出校款。双方剑拔弩张之际,女师大方面有人打电话给京师警察厅,说有流氓破坏,鹿钟麟派大刀队赶来维持秩序。陈西滢指责女师大略施小计,借军人压制对方,用暴力占据校舍,创了学界恶例③。面对舆论批评,女师大学生或声称自己受昔日同窗邀请而返校,以示自己是多数,或谴责女子大学学生与她们对抗是"不觉悟"的表现④。周氏兄弟则反问陈西滢:刘百昭雇人拖诸生出校之时,为何不置一辞?如此方是"守己有度,伐人有序",最可体现师爷派文人之老辣。

因为现代评论派声援女子大学,周作人又好像忘了自己刚刚说过不打落水狗的话,转称章士钊下台后,"有些绅士气的乱党忽然挂出不打死老虎的招牌",老将吴稚晖亦表示谅解章士钊,然而声援女子大学的、与孔德学校争地产的华北大学,都是虎子虎孙⑤。鲁迅亦以"打落水狗"相号召。

其四,周作人等人声称杨荫榆、章士钊、陈西滢等人侮辱女生道德败坏,自己才不得不起而抨击之。由于经过一定程度的"转义",我们无法准确地判断,哪些批判基于批判者和被批判者的思想本身,哪些批判来自论战所引发的激

---

① 鲁迅:《华盖集·补白》,《鲁迅全集》第3卷,第107页。
② 岂明(周作人):《失题》,《语丝》第56期,1925年12月7日。
③ 陈西滢:《闲话》,《现代评论》第3卷第54期,1925年12月19日。
④ 董秋芳:《中国的女子》,1925年12月19日《京报副刊》第362号。
⑤ 岂明(周作人):《大虫不死》,1925年12月20日《京报副刊》363号。

情。当一事一语可以有数解时,张申府、周作人的亲疏喜好起了关键作用。

关于章氏呈文"诸生荒学逾闲"一语,周作人指认为污蔑女生放浪。张申府则拈出"大德不逾闲"成语,说明"逾闲"不一定意在侮辱女生。其实从这个角度攻章的,并非始自周作人。章氏呈文发表后,学生代表即声言要向法院、平政院控告章氏毁辱名誉。易培基等人有意把问题往不堪启齿的一面扯去,散布消息说刘百昭调戏女生,如下之报道,应该是易培基一方发出的新闻通稿:1925年8月19日,刘百昭来接收女师大,学生代表见刘,刘即"凝眉笑戏之曰:这等热天,你们何苦来出了这些汗,我给你扇扇吧,说罢执蕉一举,向该生大扇特扇,该生以侮辱女子人格,请其出校。刘恼羞成怒,挥拳向该生手上打去,结果该生手腕部登时青肿鲜血迸流"。学生群起与刘理论,刘出校后,警察复迁怒于赶来调停的各校各团体代表,逮捕14人①。真实的情形恐怕倒是如刘百昭所言,女生拖拽他出校,在校门口,赶来声援的男生们欲围殴刘百昭,与守在校门外的警察发生冲突②。周作人则相信章士钊、刘百昭、杨荫榆、陈西滢都是惯于侮辱女性的"下流东西",对此自己"不禁要动感情,想在文字上加以制裁",自己要反抗的是"思想的专制与性道德的残酷"。③

关于杨荫榆的公文,张申府也认为,留学生做不通骈文不足深论。他还没有注意到,周作人猜测杨荫榆文章乃"乞人代做"④(校长由秘书或国文系教员代笔,自为常情)。学生一方则毛举细故、偏狭笼统;鲁迅则从论战技巧入手,说她们抓不住要害。然而以守独身的杨氏"学校似家庭"言论发端,论"寡妇主义",恐怕是失之于刻薄。虽然鲁迅对自己"砭锢弊常取类型"的做法多有说明,问题仍在于一书兼二体:从文明批判的角度读"寡妇主义"确实精警;借题发挥,则不能成为杨氏必去之理由。至少从周氏兄弟的文章中,我们无法得知

---

① 《女师大又演一场大武剧》,1925年8月20日《京报》,第7版。
② "时评",《甲寅》第1卷第6号,1925年8月22日。
③ 周作人:《答张菘年先生书》,1925年8月21日《京报副刊》第245号。
④ 岂明(周作人):《刘百昭的骈文》,1926年1月12日《京报副刊》第382号。

杨氏平日究竟有哪些虐待女生之行为。

张申府的观点与"绅士派"相近，言辞却远比陈西滢尖锐深刻，周、张二人倒是惺惺相惜。这反证了周作人坚称陈西滢捧章，不过是口舌结怨的结果。攻击洞悉内幕的张申府，却太不合算。张申府与周作人往复辩论，主要发生在1925年8月间，一旦看到周作人并无谈论事实和解决问题的诚意，张申府遂草草结束论辩，周作人亦未穷追不舍，鲁迅只有一语带及张申府。这就是选择论敌的逻辑。

四 笔墨上的斗殴与辱骂

语丝派与陈西滢的冲突愈演愈烈，双方愈陷愈深，且旁枝横出、离题万里。我们的问题是，究竟哪些行为堪称"撒野"和"斗殴，辱骂"？这里只能举二三极端之辞。

其一，围绕"叫局"说的互攻。周作人越挑越明，起先说"好些有名的北京教授"，后来说"两位新文化新文学的名人名教授，因为愤女师大前途之棘，先章士钊，后杨荫榆扬言于众曰：'现在的女学生都可以叫局。'"周的火气越来越大：此辈"笔头口头糟蹋了天下女性，而自己的爱妻或情人其实也就糟蹋在里头"①。刘半农也在敲边鼓："听说"妹妹赞哥哥的英文比狄更斯还好。刘的文章就写在语丝社集的酒桌菜单之上，然后刊载于杂志②。诸人把酒谑笑之情态，可见一斑。文人骂人照例不会说得十分痛快，但要让人知道骂的是谁，所谓"妹妹""爱妻或情人"指陈西滢的未婚妻凌叔华。说起来，她也是周作人辈的学生！陈西滢被彻底激怒：有一位与新文化新文学无涉的B君在闲谈中说，听闻某饭店可以叫到女学生，自己并不相信，在场的还有丁西林、张凤举。那

---

① 岂明（周作人）：《闲话的闲话之闲话》，1926年1月20日《晨报副刊》。
② 刘复：《骂瞎了眼的文学史家》，《语丝》第63期，1926年1月25日。

么,"公然"宣称女生"都"可以叫局的,是周氏自己,他才是"糟蹋了天下女性"①。本已留有余地的周作人转而说,经向传话者求证,"两位名人教授"不包括陈西滢。林语堂仍不以为然,出谋划策,一气列出十条反击角度②,让人不得不感叹文人之深于文法,口舌上总要立于不败之地。

相骂到如此地步,一位平素把《语丝》同人"看作神似的"山西读者,也有了幻灭之感:陈西滢"要捧章士钊,何必说女学生可以叫局呢,这明白的是风马牛"。川岛代为辩解道:周作人并非"捏造事实","叫局"云云是张凤举传话③。我有点怀疑这一问一答是川岛唱的双簧。到了50年代,川岛说:"是胡适有一次到济南去讲演,回来说女学生可以叫条子,由张凤举传出来的,周作人据此写了篇文章,登在徐志摩编的《晨报副镌》上,引起了风潮,攻击周作人,鲁迅有一天对我说:'老二还"昏瞆瞆"的,外面已经说这个谣言是他造的。'"④鲁迅似以为周作人骂昏了头,托川岛提醒一下周作人。川岛在这里扯到了胡适,然而胡适上一次去济南还是在1922年。

张凤举是深得周作人信任的弟子,同时也是现代评论派成员。事实上,北大文人们因为女师大风潮交恶之前,派系尚不明显。筹备《现代评论》之际,负责该刊文学内容的陈西滢也积极向周作人拉稿。到后来,大家都把张凤举看作"小人"。这等于是弟子代其师受过,且不论张凤举说了什么,周氏也不应把莫须有之辞公布于众,更被以恶毒之词。

其二,《现代评论》收受章士钊"贿赂"。此说最早见诸《猛进》周刊署名"蔚麟"的通讯。前述的那位读者为《语丝》出谋划策:听北大学生说,章士钊"每月津贴《现代评论》二千元","捧章"自是必然;《语丝》标榜"不用别人的钱",是否针对现代评论社而发?川岛说自己听到的消息是,《现代评论》创办时收国民

---

① "西滢致启明",1926年1月30日《晨报副刊》。
② 《致周作人》,河南大学出版社2004年版,第133—134页。
③ "反周事件问答",《语丝》第68期,1926年3月1日。
④ 葛涛:《章廷谦(川岛)的一则佚文》,《博览群书》2010年第5期。

党、章士钊各一千元①。周作人抓住后一个千元不放，令对方赌咒发誓：若收章士钊一千元便是"畜生之畜生"，不予理睬便算默认②。唐有壬却又声称贿赂说起于莫斯科，因《现代评论》立场与激进派有别而流布于北京；"蔚麟"实乃北大教授，与语丝派关系密切。周作人指责唐有壬"卑劣阴险"地"说人是共产党"。③ 此间情形，恰如周氏日后所云，反驳只能说明"攻击发生了效力"，反攻"未必句句有力，却都是对方的材料，可以断章取义或强词夺理的拿去应用"，结果总是愈说愈糟。④

《现代评论》创刊于南北合作时期，汪精卫动议，段祺瑞拿出一千元，由李石曾转给《现代评论》⑤。推测起来，段祺瑞方面的操办者应是章士钊，所谓国民党的钱，也就是段、章的钱。现代评论派缺乏"流氓"的泼辣精神，不敢把这一千元的来龙去脉公之于众。有意思的是，虽无人"揭发"，张申府主动说自己在国外接受过章士钊的周济⑥，现在也是得了章士钊照顾，才能在国立编译馆供职。时人偏偏舍张申府而批现代评论派，说后者拿了章士钊的钱，倒是颇堪玩味。

"蔚麟"当是李派教授的化名。孙中山逝世后，《猛进》主编徐炳昶还以《民国日报》被禁、《现代评论》被扣，作为"执政府不愿与国民党合作"的征兆⑦。《猛进》《现代评论》对问题的看法即便有异，起初仍能相互尊敬。前文述及"五七国耻日"前夕，代理教育总长章士钊向各校传达警厅禁止集会游行之令，学生队伍遂闯入章宅打砸。社会舆论总体上仍倾向于学生一方，惟有张奚若唱反调。徐炳昶认为章士钊咎由自取，"决不赞同"张奚若观点，但也很佩服张

---

① "反周事件问答"，《语丝》第68期。
② 参见周作人《我们的闲话》二十五、二十九、三十，《语丝》第88—90期，1926年7—8月。
③ 岂明（周作人）：《"〈现代评论〉主角"唐有壬致〈京报〉书书后》，《语丝》第86期，1926年7月5日。
④ 周作人：《文坛之外》（1944年作），《立春以前》，第164页。
⑤ 陈纪滢：《陈通伯先生一生的贡献》，台湾《传记文学》第16卷第6期，1970年6月。
⑥ 张崧年（张申府）：《报凯明先生》，1925年8月19日《京报副刊》第243号。
⑦ 虚生（徐炳昶）：《真快图穷而匕首见么？》，《猛进》第5期，1925年4月3日。

"无畏的精神"①。载有署名"蔚麟"的来函的《猛进》第 31 期，主编已改为李石曾的胞侄李宗桐。

问题关键更在于，陈西滢并未"捧章"。现代评论派只是不愿称章士钊为卖国贼而已。"闲话"多次批驳章士钊反对白话文的论调，还指责他与通电"整顿学风"的军人一道"开倒车"。② 章士钊反唇相讥：西滢"的是当今通品。行文思致绵密。波澜壮阔。颇得英伦作家三昧。惟喜作流行恶滥之白话文。致失国文风趣"③。对此周作人视而不见。鲁迅则单单拈出"通品"二字，断章取义地说章、陈二人互吹互捧。

传言三，抄袭。孙伏园主编的《京报副刊》登载了两篇指斥凌叔华"抄袭"的文章。陈西滢误以为是鲁迅化名文章，反过来称"《中国小说史略》却就是根据日本人盐谷温的《支那文学史概论讲话》里面的'小说'一部分"。后来胡适读到了盐谷温的这本书，说陈西滢"应该为鲁迅洗刷明白"，"gentleman 的臭架子"还是值得摆的④。"流氓"经常嘲讽"绅士"爱端着臭架子，但是要做到真正的绅士风度，也是不容易的。我们在现代文坛的论战史上，绝少见到有人事后道歉。

人身攻击牵蔓不已、离题万里，陷入恶性循环，流于人身攻击，却有着自身的逻辑：倘若对方人格破产，则其所持之理似乎可以不攻自破。论战所生发出来的愤恨、猜忌之情，使得一方听到有关对方的流言即如获至宝，无暇核实即抖露出来；面对对方"拿出证据来"的要求，尚非强词夺理，定是窘态可掬。以直报怨，"直"本训"值"，等值，可事实上双方是牵连亲族、变本加厉。我们无法在天平上称出怨毒之辞的轻重："糟蹋女性"与抄袭孰轻孰重？再如在"革命文

---

① 参见张奚若《五七学潮的我见》并徐炳昶按语，《猛进》第 13 期，1925 年 5 月 29 日。
② 陈西滢：《闲话》，《现代评论》第 3 卷 59 期，1926 年 1 月 23 日。
③ 章士钊：《孤桐杂记》，《甲寅》第 1 卷第 2 号，1925 年 7 月 25 日。
④ 胡适致苏雪林（1936 年 12 月 14 日），《胡适来往书信选》（中册），中华书局 1979 年版，第 339 页。

学论战"中,革命文学家说鲁迅老与鲁迅嘲讽"蒋光×",哪一个更恶毒?诸如此类不胜枚举。其间情形恰如鲁迅所言:"'以眼还眼以牙还牙',或者以半牙,以两牙还一牙,因为我是人,难于上帝似的铢两悉称。"①往还报复必成水涨船高之势。

鲁迅并未纠缠于叫局、贿赂问题。引入周作人以后,我们才能理解,徐志摩为何称此次论战让人看到了"相骂的一个 Limit"②。也就是说,在历来的论战中,陈西滢与语丝派的论战达到了人身攻击的极限。周、陈二人虽誓不两立,可皆是"燕尾之服终不能掩羊脚"。

五 "说不得"与论战的王牌

反抗各式各样的统一思想的做法,是周作人的终身事业。关于女师大风潮的论战初起之际,他仍在倡议世人"参考思想争斗史",以见宽容之必要:

> 中国现在最切要的是宽容思想之养成。此刻现在决不是文明世界,实在还是二百年前黑暗时代,所不同者以前说不得甲而现今则说不得乙,以前是皇帝而现今则群众为主,其武断专制却无所异。我相信西洋近代文明之精神只是宽容,我们想脱离野蛮也非从这里着力不可……③

本文所述也是思想"斗争"史之一页。不过促使周作人写下上述文字的,仍是 1922 年往事:他因主张信教自由而被陈独秀指责为"献媚强权"。这让周作人深感忧惧:"中国思想界的压迫要起头了,中国的政府连自己存在的力量还未充足,一时没有余力来做这些事情,将来还是人民自己凭藉了社会势力来

---

① 鲁迅:《学界三魂·附记》,《语丝》第 64 期,1926 年 2 月 1 日。
② 徐志摩:《结束闲话,结束废话!》,1926 年 2 月 3 日《晨报副刊》。
③ 凯易(周作人):《黑背心》,《语丝》第 31 期,1925 年 6 月 15 日。

取缔思想",始作俑者,倒正是知识阶级自身①。这的确是颇为精警的论述,那时"忠厚的胡博士"认为周氏是杞人之忧,以此调停周、陈的论争。如今,陈独秀认为革命群众烧了研究系的晨报馆并无不妥,引发了胡适回应,胡适几乎重复了1922年周氏之观点②。而今的周作人呢？他以"明白反章"的十份报刊承"五四"思想革命之正统,《现代评论》不与焉③。"或者有学士大夫们"因赞成解散女师大,而沉默于章氏的复古论调,致罪恶得以宽容之名而行④,这是要逼迫胡适反章,对女师大问题发言。这就是论战中的"占位"现象:胡适站到了周作人当年的位置,后者逻辑又与陈独秀相近,恶意猜测他人暂不言某事的动机,尚为陈独秀所无。

蔡元培对于"北大内部现今似有党派的趋势"颇为不满——大学虽可"无所不包,各种言论思想均可自由,但亦不必出于互相诟骂"。周作人回应道:有党派然后才谈得上并包⑤。蔡氏申明认同共产主义的终极目的,但反对阶级斗争而宁取互助之手段。周作人亦针锋相对:同阶级互助以与他阶级斗,"现在稍有知识的人,当无不赞成共产主义,只有下列这些人除外:军阀,官僚,资本家(政客学者附)"⑥。我们自然不能断章取义,据此认为周氏思想立场发生了巨变,赞成阶级斗争。"阶级斗争"一词不过是他克敌制胜的王牌而已:只因身陷论战,其主张之"变化并无线索可寻,而随时拿了各种各派的理论来作武器"。

"三一八"惨案后,周氏兄弟再次打出了王牌:陈西滢为统治者卸责。翻检陈氏原文,开头即称当局所谓暴动的说辞"完全是凭空捏造,希图诬陷卸责",府卫开枪必有"居高位者的明令或暗示","都负有杀人的罪,一个都不能轻轻

---

① 周作人:《信教自由的讨论——致陈独秀》,1922年4月11日《晨报》。
② 胡适致陈独秀(约1925年12月),《胡适来往书信选》(上),第357页。
③ 辛民(周作人):《言论界之分野》,1925年8月21日《京报副刊》第245号。
④ 星命(周作人):《忠厚的胡博士》,1925年8月18日《京报副刊》第242号。
⑤ 周作人:《我们的闲话(二十六)》,《语丝》第88期,1926年7月19日。
⑥ 周作人:《外行的按语》,1926年2月9日《京报副刊》第410号。

放过"。然后再谈论群众领袖的责任。3月17日,群众已与府卫发生冲突,18日上午天安门集会,悬以被刺伤者的血衣,号召群众下午赴执政府请愿,并且说国民军已解除了府卫武装。上午主持集会的徐谦、顾孟余等,下午都没有去执政府。陈西滢说:组织集会者若明知府卫并未解除武装而故意言之,"罪孽当然不下于开枪杀人者";倘是误听流言,不假思索便公开宣布,"也未免太不负民众领袖的责任"。①

张申府认为,要改变思想专制的状况,文人自身亦要反省,必须改变"太自是""如有谁说句两样话,便认为大逆"的毛病。"各方各面各式各样的意见,最好都容它完全说尽",在"说真话"的基础上相互攻错,能够趋于一致固佳,"不能一致,于是乎好好地分道扬镳。互不碍犯,也自是解决"。张申府强调的"真",一是重事实,二是真心以为如此。在他看来,既然是易培基谋权夺位煽动风潮,女师大为何就不能解散重组?"女学生可以叫局"(如果真有的话)、白话文亦非说不得之事②。质言之,张申府规劝周作人勿以"政治正确"压人,周作人回应道:"有些自由和权利,只有知道自己的责任与节制的人才能享受,不是每个低能儿所得援例,他们自有他们的规律应该遵守。"③也就是说,现代评论派及章士钊不配享有言论自由,必须以舆论暴力加以压制。张申府回应周作人道:"易地皆然。"看到周作人并无谈论事实的诚意,张申府也就不愿再与之讨论下去。④

六 "打鬼"抑或"根性"

徐志摩和胡适等人也极力调停。徐志摩知道做和事佬"十九是无效,而且

---

① 陈西滢:"闲话",《现代评论》第3卷第68期,1926年3月27日。
② 张崧年(张申府):《报凯明先生》,1925年8月19日《京报副刊》第243号。
③ 周作人:《答张崧年先生书》,1925年8月21日《京报副刊》第245号。
④ 张松年(张申府):《再报周作人先生》,1925年8月26日《京报副刊》第250号。

怕是两边都不讨好","但我不能不说我自己的话"。① 且不说周氏兄弟这面,陈西滢也是"十二分的不领情",以为徐志摩是在替自己"认错"。② 愤争中的双方迁怒调停者,实在是常见现象。

周作人称自己"真正撒野"时,内心的"绅士鬼"就会出来高叫"带住,着即带住!"③首先对着"混斗的双方"、对着"我们自己不十分上流的根性猛喝一声""带住"的④,其实是徐志摩:

> 鬼是可怕的;他不仅附在你敌人的身上,那是你瞅得见的,他也附在你自己的身上,这你往往看不到。要打鬼的话,你就得连你自己身上的一起打了去,才是公平。⑤

文化人亦为国民一分子,批判国民性也应包含自我文化"根性"的发掘。虽说当时的周作人未能"带住",他日后还是接受了徐志摩打附体之鬼的建议。陈西滢"闲话"准备结集出版时,徐志摩代为删削;徐志摩还向周作人索观《谈虎集》,周作人也没有把那些"涉及个人的议论"编入文集,他在序言中解释道:"因为我的绅士气(我原是一个中庸主义者)到底还是颇深。"⑥他后来还承认自己"写的最不行的是那些打架的文章","容易现出自己的丑态来,如不是卑怯下劣,至少有一副野蛮神气"⑦。

林语堂画了一副鲁迅"打叭儿狗"图,陈西滢反称鲁迅"后面立着一群悻悻的狗",又描绘了一幅双方陷入泥潭互詈的场景:

---

① 志摩:《再添几句闲话的闲话乘便妄想解围》,1926年1月20日《晨报副刊》。
② 徐志摩:《关于下面一来通信告读者们》,1926年1月30日《晨报副刊》。
③ 岂明(周作人):《酒后主语(一)两个鬼》,《语丝》第91期,1926年8月9日。
④ "徐志摩致李四光",1926年2月3日《晨报副刊》。
⑤ 志摩:《再添几句闲话的闲话乘便妄想解围》,1926年1月20日《晨报副刊》。
⑥ 周作人:《〈谈龙集〉〈谈虎集〉序》,收入《谈龙集》《谈虎集》。
⑦ 周作人:《关于写文章》,1935年3月24日《大公报》"文艺"副刊。

你要是同他们一较量,你不能不失足,那时你再不设法拔你的脚出来,你也许会陷,陷,陷,直到没头没顶才完毕。……这一次我想,我已经踏了两脚泥!我觉悟了,我大约不再打这样的笔墨官司了。①

陈西滢自称"觉悟"的同时,竟又散布鲁迅《中国小说史略》抄袭的流言,鲁迅自然无法"带住"。后者以为,"臭架子"不过是绅士们的"假面",内里却丑得让人恶心,对方提倡息攻,不过是略一露丑就急忙遮盖。② 这未免把问题本质化了。周作人和陈西滢心中的"流氓鬼",正是在笔墨官司的互动中一步步地被逗引出笼。

此期的周作人几乎与胡适事事相左,后者认为前者立论"感情分子"太多,不愿深辩。③ "清党"事起,周作人惊呼明末崇、弘老戏复演,讥吴稚晖为吃人无厌的老鬼,"着眼的洞彻与措语之犀利",的确令人称快;然其以蔡元培、胡适的沉默,作为国人嗜杀之例证④,则让人难以苟同。1929年,周作人也陷入了失语状态,胡适则因宣讲人权而遭受国民党当局威胁;周作人终于输诚,给胡适写信,自谓"交浅言深",但望胡适注意安全。胡适回信道:虽有种种疏隔,"生平对于君家昆弟,只有最诚意的敬爱",来信"情意殷厚,果符平日的愿望,欢喜之至,至于悲酸"。⑤ 面对师心使气的"叛徒""流氓"(如前所述,周作人对胡适、蔡元培屡有不敬、挑衅之辞),蔡、胡始终不与之较。蔡氏且不论,胡适始终端着"架子"做绅士实非易事。

鲁迅素与"绅士"隔膜,不过双方原本亦无大冲突,耗时一年的论战,却导致了鲁迅与英美派知识分子总体决裂。鲁迅杂文的体式自此一变:往来论难之文所占比例越来越大。接下来的"革命文学论战",同样具有生长性。创造

---

① "西滢致志摩",1926年1月30日《晨报副刊》。
② 鲁迅:《不是信》,《语丝》第65期,1926年2月8日。
③ 胡适致周作人(1924年11月12日),《胡适来往书信选》(上册),第272页。
④ 岂明(周作人):《怎么说才好》,《语丝》第151期,1927年10月1日。
⑤ 胡适致周作人(1929年9月4日)《胡适来往书信选》(上册),第542页。

社起初点了一系列"不革命",持人道主义思想的流派、作家的名字,惟有语丝派"跳"了出来。创造社诸公也就把鲁迅视作"抉此残年以卫道"的林琴南,予以集中攻击;你来我往,鲁迅所获的"罪名"亦逐渐升级。创造社、语丝社皆长于集体作战,现代评论则不然,绅士们爱惜羽毛,在论战中支援陈西滢的现代评论同人其实并不多。时势变异,攻守易位,在"革命文学论战"中,语丝派又显得势单力薄。

瞿秋白在《〈鲁迅杂感选集〉序言》中指出,鲁迅常常"经过私人问题去照耀社会思想和社会现象",而创造社"也大半扭缠着私人的态度,年纪,气量以至酒量的问题"。至于鲁迅与欧化绅士们的论战,"虽然隐蔽在个别的甚至私人的问题之下",然其"原则上的意义,越到后来就越发明显了"。瞿秋白显然意识到,两场论战的各方都有纠缠于"私人问题"的倾向,却调换一二字以寓褒贬,把鲁迅与"绅士"的论战之意义上升到"反自由主义"的政治高度,涉及"私人的问题"就成了小节。鲁迅说自己"砭锢弊常取类型","例如我先前的论叭儿狗,原也泛无实指,都是自觉其有叭儿性的人们自来承认的。这要制死命的方法,是不论文章的是非,而先问作者是那一个;也就是别的不管,只要向作者施行人身攻击了"。① 瞿秋白亦称鲁迅文章中"陈西滢""章士钊""简直可以当做普通名词读,就是认做社会上的某种类型"。② 然而"革命文学家"同样说他们批评的不是个人,"乃是鲁迅与语丝派诸君所代表的一种倾向"③。问题在于,这些文章都是在论战中写的,指名道姓,却又采取了文学性的塑造人物典型的方法,把某些并不属于某个人的东西纳入其名姓之下,对方自然要目之为造谣、人身攻击了。问题还在于,论战求异略同(如出之以讨论的态度,则当先陈述彼此的共同点,再梳理分歧点),再被以谑虐尖刻之笔调、猜忌之心、辱骂之辞,由问题或主义之争延及爱妻或情人、婚否、年龄、名姓、籍贯等私人问题,得出"封建

---

① 鲁迅:《伪自由书·前记》,《鲁迅全集》第5卷,第4—5页。
② 瞿秋白:《〈鲁迅杂感选集〉序言》。
③ 何大白(郑伯奇):《文坛的五月》,《创造月刊》第2卷第1期,1928年8月。

余孽""寡妇主义""为杀人者卸责"等罪名,任何人皆会有反弹情绪。

余　论

晚清以降,文人的社会地位、社会身份发生了本质变化。文坛上的笔墨官司、政治斗争所援引之律例,也从大逆不道转为责人取媚强权,然而附会众理而一意求胜、锻炼人罪之习气,却无变化。李石曾一系在女师大风潮中,置身幕后,"公"私兼顾,仍近于旧时之"隐讼",最终谋得了实利。(所谓"公",那也是在教育界扩大国民党势力。)半道杀来的胡敦复一派,亦谋得了一校。周氏兄弟既无私心,也没有党派政治的诉求,但责杨荫榆、章士钊、陈西滢等人虐无告,代为申诉,赋学潮以维护女性尊严、坚守思想自由、反抗暴政等普世性价值。但是,学潮的"意义"并非初起之时即有,而是在政治对抗、文人论战中生成,是各种外部力量赋予的。论战又随着社会政治运动移步换景,层层累积。杨荫榆已去,转而倒章,段、章倒台,又变为与流离失所的女大争正统,坚拒两校合并的折中方案。为了驱杨而声称论敌及女大学生为酒饭冰淇淋所收买,为了维护女性尊严而称对方糟蹋了天下女性,倒章遂称对方捧章,反对复古即称对方纵容复古,谴责凶手即指论敌为杀人者卸责。善讼之刀笔作风,发挥得淋漓尽致。读者大众、"新青年"才是时与势的直接体现者,他们不但走在抗争的第一线,也是文坛论战的隐形评判者。一旦与时潮不合,《现代评论》《语丝》就在文学—政治场域处于势单力薄的糟糕位置。

社会介入自有逻辑:立论倘求有百利而无一弊,知识分子必然丧失行动能力。鲁迅屡屡以此自警,周作人也试图去理解这一点,不愿以自己的书生之见论革命行动,最为显明之例证,恐怕要数他在 1927 年一度赞同阻遏基督教在华传播,声称反帝"殃及池鱼"亦在所难免[①]。这也使得他在论战中,颇带几分

---

① 岂明(周作人):《关于非宗教》,《语丝》第 117 期,1927 年 2 月 5 日。

"流氓土匪气"。况且箭在弦上不得不发,"现在中国连思索的余暇都还没有",只能随性"一径这样走下去"。① 周氏兄弟的悖论或在于,群众运动成了他们说得而别人说不得之事,理由是"绅士"(自由派知识分子)对学生、对大众的苦楚不能感同身受,也不能从青年的角度考虑问题;然而周氏兄弟又洞悉"群众"心理,有时自己也成了受殃及之池鱼,难免满腔愤懑。鲁迅总能调适自己以适应时代与青年。30年代的周作人则转而与胡适一道感叹"青年无理解",以"听不听在他、说不说在我"互勉。

历史充满着悖论和反讽,政治运动的结局又使周作人认为,自己原初颇具书生气的判断是正确的:思想革命虽缓不济急,然舍此无以避免历史重演。1925—1926年间,"庶人横议",起初尚能容纳异端,到后来却因细故发端,强以倒章与否分派,"激浊扬清"。国共两党、教育派系力量,思想文化界的"捣乱"者,以刀笔"打虎"之文人,皆把自己的政治、文化诉求投射到女师大风潮。周氏兄弟的"谿刻"与学生们除"恶"务尽之愤激,形成了互动关系。所谓"疾恶如仇""疾虚妄",皆不如"谿刻成疾患"(周作人论乡贤李慈铭语)之"谿刻"贴切。军事上处于劣势的国民军最终推翻了段祺瑞政府,以求与直系军阀媾和,结果仍是奉军入关、不加掩饰地杀戮。文人纷纷南下,逃难途中仍不相为伍。如是种种,皆会让周作人意识到,武人、文人、诸生以及教授出身的革命领袖,都有点执正论而不考量形势,"与蕞而小朝廷及汝偕亡"的晚明式结局终不可免,而自己原来也像"明末什么社里的一个人"。

单单强调非攻,并不能解决周氏兄弟的问题。他们无意像徐志摩那样,仅专注于文艺创作;绅士们的领袖胡适,思想穿透力亦远不如周氏兄弟。在《两个鬼》中,周作人已称自己"爱绅士的态度与流氓的精神"。到了30年代,他决意不写往来论难之文,不介入具体的社会运动;改以"文抄"的方式作文明批判、挖掘文人之根性,譬如善为新旧八股策论、善作"骂人文章"等(参见本书第

---

① 周作人:《雨天的书·序》,《语丝》第55期,1925年11月30日。

四章《周作人与清儒笔记》),内含经验之谈,又是指摘时弊。至少就其个人而言,这是一种明智的选择。

最后要说的是,论战文字还应放入论战情境中解读。特定情境中的书写,有特定之意态,"绅士""才子""流氓""叛徒""师爷"云云,形容的皆是文人捉笔为文时的意态。周作人平日总还是"绅士",论战中方为"流氓鬼"所控。《说文》云:"態,意态也。"段注:"意态者,有是意,因有是状,故曰意态。从心能,会意。心所能必见于外也。"治思想史者,恐怕不能完全舍态(态度)而言意(思想),思想、态度皆是在具体的表述情境中固着成型。誓不两立的双方,却会陷入同一情境,这就使得中国现代文坛上的历次论战,有着结构性的相似。思想固然可以借助论战发生即时效果,可是散布流言,动辄称对方取媚强权,以及猜忌之心,绝不容忍之态度,亦有可能转化为"行动",其影响恐怕更为深远。

第二辑
左翼文艺与都市摩登及雅俗

第六章　都市漩涡中的多重文化身份与路向
——1930年代郑伯奇在上海

1932年春,郑伯奇化名"郑君平",进入良友图书印刷公司成为一名编辑,直至1935年因故离开;1935年6月,他又化名"席耐芳",和阿英、夏衍一道成为明星影片公司的兼职编剧顾问。"郑君平"和"席耐芳"在一定场合的使用是恒定的,它们不仅仅是为了躲避迫害而使用的化名,同时也意味着不同的文化身份。我们不妨把"身份"看作社会关系网络的一个联结点,它既联结着具有一定价值取向的文化公司或团体,也与一定类型的受众相联系。"郑伯奇"是创造社元老,又是左联发起人之一,"席耐芳"是影评人、电影公司编剧,"郑君平"则是商业书局的编辑。当事人的回忆和史家的追述,更愿意称郑伯奇是为了实行秘密任务(扩大左翼的影响)化装为"郑君平"和"席耐芳"。回到历史,我们将会看到,郑伯奇的三个名字其实意味着三种社会角色,它们既相对独立又有交叉影响。由于篇幅关系,本文难以对郑伯奇在1930年代的活动做全面考察,只能以其在良友公司的编辑活动为线索,以他提出的"大众化或通俗化"概念为核心,融入电影、理论批评等方面的活动。

左联成立伊始,视"大众化"为工作的重中之重。郑伯奇也参加了大众化讨论,立场与左联一系列决议精神相应:由工农大众创作的作品才是真正的普罗文学。① 此时的左联试图通过工人通信员运动培养"大众"作家,刊物则主要

---

① 何大白(郑伯奇):《文学的大众化与大众文学》,《北斗》第2卷第3、4期合刊,1932年7月。

通过地下渠道流通,以保证纯洁性。(当然,如有利可图,中小书局也会主动印行左翼"畅销书"。)"一·二八"事变后,左翼文艺开始有组织、有意识地"借鸡下蛋",与诸种文化工业(书局报社、电影公司、大戏院)次第有了联系。文化资本家要求左翼文艺必须为其带来收益,否则将收回支持。这是一个相互利用、相互妥协的关系。郑伯奇于1935年初提出"大众化或通俗化""新通俗文学"等概念,显然是进入文化市场后有所感的结果,尤其与"席耐芳"在电影界的经历密切相关。在一定程度上,他对1930年代上海左翼文艺(尤其是戏剧、电影)进入市场后的实际发展途径做出了理论说明,因而意义重大。

能够利用现代传媒扩大影响,左翼文化人自然兴奋万分,与市场妥协却是一件令人尴尬之事。"郑君平"和"席耐芳"更多地承担了尴尬,却保证了"郑伯奇"这一身份的完整性。在电影、戏剧、文学及画报编辑间不停游走的郑伯奇,为我们提供了一个不可多得的个案,使我们得以考察:1. 市场如何造成了文化人的身份分裂;2. 1930年代左翼文艺运动的不同部门的"大众化或通俗化"路径,以及其间的交叉影响;3. 左翼文化人进入现代传媒后,是如何满足却又从理论上排斥着"小市民趣味"。

一 背景:"良友"与新海派

首先,我们有必要对郑伯奇的活动背景——良友图书印刷公司的文化品格做简要的考察。提及郑伯奇在"良友"的活动,当事人和史家一般会重视他为公司带来了左翼文学作品、帮助赵家璧编辑《中国新文学大系》等史实。从公司的角度叙述"故事",恐怕会有另一幅图景。鉴于"良友"的资方、编辑和读者所联结的网络,主要由广东同乡组成的遍布国内外的社会关系网络扩展而来①,招纳一名"外省人",显然是经过深思熟虑、有所企图的。松江人赵家璧的

---

① 参见马国亮:《良友忆旧》,生活·读书·新知三联书店2002年版,第10—13,32—36页。

到来，把公司的业务扩展至新文学作品；当左翼著述已是中小书局无法忽视的存在时，伍联德又延请了长安人郑伯奇。郑伯奇在"良友"独立负责之事，首先是编辑《电影画报》。办画报，本是良友公司的一贯作风。在某种意义上，伍联德是按公司标识性产品《良友》画报的栏目，分门别类地创办《妇人画报》《体育世界》《美术杂志》等刊物，《良友》的文化取向也必然制约着郑伯奇的编辑路向。

《良友》的国内、国外读者各占其半[①]，它既要满足海外华侨的口味，也要满足国内读者的需求；一方面华侨希望通过它了解国内状况，另一方面，美国舶来文化对国内读者的"摩登"趣味也起到了塑形作用，这使得《良友》带有了新海派的文化品格。

《良友》创刊之初却试图成为"鸳蝴派"刊物。伍联德编辑4期之后，即聘请周瘦鹃主编。然而在周氏编辑期间，读者批评不断。指责主要集中在如下两点：一是登载有色情嫌疑的图片和小说，二是文学部分不合画报体例——"《良友》无短篇小说。"[②]画报留给文学的篇幅本来就少，《良友》且是月刊，连载"上不到天，下不到地"的长篇章回小说，实非明智之举[③]。在第一点上《良友》没有退让，用所谓"艺术"为自己辩护："女性是一种美的表现。"[④]正是第二点使伍联德解聘了"对图片的组织、选用和编排都是外行"的周瘦鹃[⑤]，从第13期起启用刚从大学毕业的梁得所。"鸳蝴派"所长只在章回，笔记只能补白，自然无法为新型画报提供文学支持；广东人梁得所信奉基督教，爱好西画西乐，自然更能满足海内外读者的趣味。至此，伍联德使公司的文化产品完成了从旧海派向新海派的转型，后者的受众主要是"基督教所属的学生，是上帝的子民，是

---

① 赵家璧:《良友》影印本导言,上海书店影印版。
② "本报无短篇小说",《良友》第4期,1926年5月。
③ 读者来信,《良友》第9期,1926年10月。
④ 读者来信按语,《良友》第10期,1926年11月。
⑤ 马国亮:《良友忆旧》,第17页。

美国生活的摹仿者,作进攻礼拜六运动而仍然继续礼拜六趣味发展"①。

郑伯奇认为:"中国已经有了两种性质不同的通俗文学存在着:一种是封建社会遗传下来的旧古董,一种是富有资本主义社会享乐色彩的新出品。"前者势力颇大,后者尚未盛行却有"防备"的必要。② 如果我们不把目光局限于文学,而是延及画报乃至时尚,却可以说,《良友》恰恰是"富有资本主义社会享乐色彩的新出品",在1930年代之上海,它正雄心勃勃地试图取代较为传统的市民文化。问题是,一旦左翼文化人郑伯奇置身其中,会产生怎样的情形?郑伯奇的到来,使左翼的杂感、小说、时评侵入了《良友》画报。另一方面,良友公司的定期出版物,同时也与"新感觉派"保持着天然的联系。沈从文即称穆时英的作品近于"海上传奇","适宜于写画报上作品"。③ 穆时英的确在《良友》上发表了《黑牡丹》,叶灵凤也有《朱古力》,良友公司还是郭建英主编的《妇人画报》的发行人。如此一来,左翼文艺就与"新感觉派"共同占据了"鸳蝴派"留下的文学空白。《良友》抛弃"鸳蝴派"与"新感觉派"、左翼文艺结盟,非此也不足以满足摩登青年的口味:无论新海派与左派在意识上如何不同,(对于某些都市读者而言)至少在追求"绝对现代"这一点上是相通的。在郑伯奇主编的《电影画报》中,两种类型的"摩登"也是并陈而对峙。

二 裸露风及其"遮羞布"

在《电影画报》之前,良友公司已相继办了《银星》《新银星》和《新银星与体育》等杂志,名称屡变说明其销行不佳,最后于1931年5月彻底停刊。既然郑伯奇已兼职"明星"编剧顾问,既然电影界于1933年发生了转向,那么,1933年

---

① 《沈从文文集》第11卷,花城出版社、生活·读书·新知三联书店香港分店1984年版,第143页。
② 郑伯奇:《新通俗文学论》,《光明》第2卷第8号,1937年3月。
③ 《沈从文文集》第11卷,第204页。

7月,"良友"让"郑君平"创办《电影画报》,自是理所当然之事。

需要说明的是,《电影画报》并非同人刊物。一般而言,书局对同人刊物的编辑方针无干预之权而仅做商业上的运作;"郑君平"却是"良友"职员,在编辑方针上也就难以随心所欲,况且,编辑画报必须借助公司原有的摄影、美工力量。"良友"定期出版物所走的新海派路线与郑伯奇的左翼立场相矛盾,二者就需要一种调和方式。这首先体现在郑伯奇对《电影画报》所作的定位上。

郑伯奇认为,电影刊物的性质大致可分为三种:一是"注重影业状况",二是"专作理论研究",三是"追逐观众兴趣"。《电影画报》所走的其实是第三条道路,郑伯奇却换了一个说法:力图成为"影迷最心爱的读物",又希望能够"提高影迷的趣味"。① "征稿条例"称,本刊"尤为欢迎""意味隽永,笔调轻松之短稿",此种笔调自然更适合于"影星佚史,以及摄影场之趣事等"。② 当然,它也发表了一些左翼影评人的文字。结果,"笔调轻松"的好莱坞消息、中国影星"起居注",与左翼惯有的愤激语调、严肃的批判态度形成了鲜明的对照。

《电影画报》的内容难以一致,文字与图像之间也存在着很深的裂缝。虽说是"软硬兼施",图片与文字却又各有分工:前者以"软性"居多,是"给眼睛吃的冰淇淋";后者却又消解、批评着图像,同时也不免沦为图像的"遮羞布"。这里且以《电影画报》应对影坛"裸露风"的方式为例,考察图文之间的裂缝以及刊物总体态度上的暧昧。

对于电影公司而言,引入左翼只是力挽国片市场颓势的努力之一种而已,部分女明星亦各出奇招以期制胜,以致电影界刮起了一股"裸露风":"徐来在《残春》中,来了一个裸体浴,买座大盛","于是模仿者辈出,差不多成为1934年的一个新风气"。③ 让左翼影人尤为恼怒的是,田汉等人为了能与"明星""联

---

① 《编辑后记》,《电影画报》第13期,1934年8月。
② 《本刊征稿条例》,《电影画报》第13期,1934年8月。
③ 图片说明,《电影画报》第8期,1934年2月。

华"对垒而为"艺华"培养的"年轻而漂亮的女演员"袁美云①,亦在"软性电影"《人间仙子》中有裸背之举。《电影画报》刊载了徐来入浴剧照,也登载了左翼影评人的讨伐文字,却颇有"曲终奏雅"之嫌。对于袁美云的举动,摄影师陈嘉震也在《电影画报》上撰文召请"舆论界一致下总攻击"②。与此同时,该报又登载了两组题为"消夏特辑"的图片,前一组是好莱坞影星的泳装照,另一组就是包括袁美云在内的中国众星的"仿作"。陈嘉震是良友公司的摄影记者,公司出版物刊登的中国明星照片大多由他拍摄,"消夏"组图亦不例外。作为(男性?)"影迷喜爱"的刊物,《电影画报》不得不对"裸露风"作图片报道,事实上助长了此风的盛行。不无尴尬的编辑则力图在编排和图片说明中见"微言大义"。譬如,在叶秋心"半裸的玉体""拈花微笑"下安插一幅尺寸较小的、纱厂女工装扮的照片,这就成了以前者"追逐观众兴趣",以后者"提高影迷的趣味"。此组图片的文字说明是:"这里,是叶秋心半裸的玉体。但你看她拈花微笑,不是更有风韵吗?"③一般而言,"阅者都先看图画,后看文字;有时简直只看图画"④;他们在"翻"画报时,恐怕不会仔细地"读"图片说明并体会其间的"微言大义"。对于郑伯奇而言,这样做恐怕是只求心安。就资方而言,它既要求《电影画报》走新海派路线,也需要以郑伯奇作盾牌,遮挡来自左翼的攻击。伍联德的目的显然是达到了。

大众色情文化、左右两翼的"宣传"要求,使1930年代的女星身披"五色的外衣":为满足大众的欲望而裸露;为迎合左翼,也为了摆脱"商女不知亡国恨"的指责,自胡蝶主演"《狂流》以后,乡下大姑娘成了女明星们理想中的人物,大家都争着扮这样角色"⑤。徐来也主演了《到西北去》,编剧郑伯奇颇不屑与之

---

① 阳翰笙:《泥泞中的战斗——影事回忆录》,《中国左翼电影运动》,中国电影出版社1993年版,第862页。
② 震(陈嘉震):《曼格尔风》,《电影画报》第13期,1934年8月。
③ 图片说明,《电影画报》第8期,1934年2月。
④ 读者来信,《良友》第10期,1926年11月。
⑤ "改变作风"图片说明,《电影画报》第10期,1934年5月。

为伍,称她"不合剧中人物性格"①,却也无可奈何。为应付党国,徐来、胡蝶等人在戴季陶主办的"时轮金刚法会"上表演歌舞,明星公司既出明星"以助余兴",又拍新闻片,试图左右逢源偏又弄巧成拙:这部新闻片被"中央电影检查委员会"以"事涉提倡迷信"禁映②。

同样,作为良友公司职员、《电影画报》编辑的"郑君平",无奈地加入了海派文化生产者的行列,不得不为"郑伯奇们"抨击的"低级趣味"服务。为了避免尴尬,"郑君平"已成了一种角色面具,郑伯奇决意借此隐姓埋名。看起来,他对"郑君平"这个角色的把握颇具分寸感,"编辑后记"、图片说明以及发表于《电影画报》中的其他文字,很少有"虚舟"(于《良友》发表时评时署名)、"席耐芳"与"郑伯奇"的犀利与愤激。事实上,"一开口便俗",陈嘉震便有卸责之嫌:他同时握有镜头与刀笔,以前者拍摄女明星为生,以后者指责她们"出卖肉体",是双重的胜利者。

既然沈从文只把穆时英与画报联系起来,既然鲁迅只是泛言"海派近商","郑君平"也就没有必要对号入座;"郑君平"的使用,也就保持了"郑伯奇"左翼身份的完整性。事实上,许多文化人在上海皆有多重文化身份,既是左翼文化也是海派文化的生产者;如果仅仅强调其左翼的一面,历史书写也就以左翼为主线了。

三 "大众化或通俗化"

1934年12月,第18期《电影画报》照会读者:郑君平"因故还乡",从本期起改由陈炳洪主编。"还乡"其实是借口,两个月后,郑君平就在《新小说》创刊号上称:"良友要出一个通俗刊物,叫我来编辑","要吃饭就得做事,不在行也

---

① 均(郑伯奇):《新片寸评·〈到西北去〉》,《电影画报》第15期,1934年10月。
② 《二十三年十月份禁演影片一览表》,《中央电影检查委员会公报》第1卷第13、14期合刊,1934年11月。

得学着,我就勉强担任下来了"。"良友"调用郑伯奇编"通俗刊物",显然是为了挤垮梁得所的《小说》半月刊。1933年8月,梁得所脱离良友公司,与友人合办大众出版社,创办《大众画报》与《良友》竞争;1934年5月又创办《小说》半月刊,以试验"大众文化"相号召,良友公司自然也是针尖对麦芒。

公司转而利用郑伯奇的文学背景,郑伯奇却不仅仅为了"吃饭"而做事,在《新小说》中更多的是以左翼面目出现。资方所谓"通俗",自然意在流行;郑伯奇的"通俗化或大众化",既想照顾到市民趣味,也联结着左翼"大众化"思路,既偷偷置换了资方的概念,也改变了左翼"大众化"的内涵。结果是杂志销路不佳,既不流行也不大众,郑伯奇与伍联德屡屡发生争吵。1935年8月,明星公司再次邀请郑伯奇担任编剧,他遂拂袖而去,《新小说》就此停刊。良友公司甩了一个赔钱刊物,大概是出了一口长气;郑伯奇完全摆脱了"郑君平",也应备感轻松。

在左翼这里,"大众"一般特指工农大众;通俗文艺欲"通"之"俗",恐怕是所谓的"小市民"。让瞿秋白等人颇为焦灼的现状是:他们虽然抨击"五四新文学"的受众局限于青年学生和知识分子,左翼文艺其实也是如此,如果不能做到"大众化",左翼文艺必然"重蹈覆辙"。历史发展的实际情况却是:在1930年代,左翼文艺的"大众化"努力收效不大,左翼电影和大剧场演出却吸引了一些市民观众。文学界主要从语言文字的角度思考问题,发起"大众语讨论"、汉字拉丁化运动,少有人从形式入手。郑伯奇的独特之处,在于其融合"大众化""通俗化"的理论努力,催生"新小说"。

总的说来,郑伯奇的"新通俗小说"的理想形态是:打破"艺术的"和"通俗的"界限,通俗而不媚俗,既要有现实主义的批判精神,也允许小说家从"旧通俗文学"借鉴技巧。所谓"通俗的作品只是作家把写作的态度低降到一般人所能理解的水准上。这一点也许是妥协的,而这种妥协是正当的"[①]。郑伯奇甚

---

① 乐游(郑伯奇):《通俗与媚俗》,《新小说》第1卷第3期,1935年4月。

至认为,所谓小说的独创性,其实是"资本主义的浸润"的结果,因此才与"民众完全隔绝";与独创性相对的是通俗小说的类型化,手法固然老套,却"决不标新立异故意和常识隔绝"。① 应该说,郑伯奇的思考对于雅／新文学,有釜底抽薪的意味。"novel"在西方的确是与资本主义、个性主义同步出现的;创新性如果不是资本主义社会的产物,最起码是于此时变本加厉了,大多数读者恐怕永远无望追赶上不断翻新的"艺术小说"。郑伯奇批评"旧通俗小说"在内容上宣扬封建思想,但是,站在"大众"的立场上,仍承认它在形式上有一定的合理性。左翼文学要做到"通俗化或大众化",就必须放弃精英立场、照顾"大众兴味"。郑伯奇分四点加以陈述:1. "大众"要求有头有尾的故事,对"描写生活片段的文学"不感兴趣。2. 故事必须生动活泼,"像自然主义作家所描写的那种平凡的倦怠的人生,大众看了是要打瞌睡的。反之,侦探小说里的,闹剧里的那种紧张的生活,他们非常欢迎"。3. 要有"旧戏"定场诗式的交代说明。4. "幽默是人生本来所有的","大众也要求这种笑料",当然,幽默不能流于低级趣味。② 他显然认为,"大众兴味"是客观存在的、必须满足的读者心理机制,因此,添加笑料、重视故事性等通俗文学常用的手法,也是可以采用的。郑氏文中的"大众",显然已包括了新文化人一向冷眼相加的"小市民";我们如果暂且搁置精英立场,也未尝不可以说他们是对文艺并无特殊爱好的"一般人"。

有意思的是,郑伯奇舍近求远,以《茶花女》为例,说明雅俗有时是难以分清的③,却小心翼翼地避免提及"鸳蝴派小说"。一位读者在来信中说得更为坦然:"像《啼笑因缘》一类的书,能够获得很大的销路,是在于作者对于题材处理手法的适当,虽然内容是不可取的。"④在大部分新文学家看来,小说为了"通俗化或大众化"做出如此大的让步,显然是不可接受的;也许是因为郑伯奇"德高

---

① 平(郑伯奇):《通俗的和艺术的》,《新小说》第 1 卷第 3 期。
② 方均(郑伯奇):《通俗文学和读者趣味》,《新小说》第 1 卷第 4 期,1935 年 5 月。
③ 平(郑伯奇):《通俗的和艺术的》,《新小说》第 1 卷第 3 期,1935 年 4 月。
④ "罗迦先生来信",《新小说》第 1 卷第 5 期,1935 年 6 月。

望重",站出来反对的文学家也不多,批评与赞同主要来自读者方面。有读者甚至指责《新小说》登载的老舍、施蛰存的创作,"有点'红玫瑰'气味";刊载的幽默小品亦"无聊而且趣味低级,应该是那班恶俗小报上的材料"。① 新文学/左翼文学已经培养了自己的读者群,一旦郑伯奇的雅俗立场有所松动,首先遭到的就是他们的批评。

在组稿方面,郑伯奇更是遇到了困难。张天翼、郁达夫等人虽然为《新小说》供稿,却都坦承"通俗小说,终不是我所能写的东西"②。应郑伯奇之求,鲁迅供给了译稿,并介绍了萧军等人的作品;郑伯奇认为这些作品"并不通俗易懂",却迫于情面不得不登载,这就造成了"理论与实践"的矛盾③。——郑伯奇虽有心实验"新通俗文学",但是作为编者,他只能起联结读者和作者的桥梁作用,事实上既没有适合的稿件,也得不到立场激进的读者的支持,难怪良友公司屡屡要求停刊。

就左翼文艺发展历程来看,它宁愿采用曲艺、民歌、京剧的形式,却极少明确地倡导借鉴产生于都市的通俗小说,郑伯奇的理论表述实在是个异数。不过,促使他提出"大众化或通俗化"的动因,却不在文学界,而是与他的影坛经历相关。为了收回巨大的投资,左翼电影必须要做到雅俗共赏。行文至此,我们有必要让明星公司编剧顾问"席耐芳"正式登场。

四　从电影"还原"而来的通俗化

郑伯奇、夏衍和阿英等人为明星公司创作了许多剧本,为更多的影片添加了台词和字幕。在1937年出版的《两栖集》后记中,郑伯奇称,影坛经历对他

---

① "读者意见·徐志麟",《新小说》第1卷第5期,1935年6月。
② "郁达夫来信",《新小说》第1卷第4期,1935年5月;"张天翼来信",《新小说》第1卷第2期,1935年3月。
③ 郑伯奇:《不灭的印象》,《作家》第2卷第2号,1936年11月。

重新思考大众化问题十分有益：电影可以使编导直观地看到受众的反应，"这比根据书本运用术语的讨论要切实有用得多了"。"根据书本运用术语"，显然是指左联早期的大众化讨论，"现在看来，不免还都是隔靴搔痒"。郑伯奇接着又说：

> 电影方面所得的教训，很快地便还原到文学上。于是文学的大众化或通俗化我更加迫切地感到。后来有编辑文学刊物的机会，我便把这要求具体地提出了。我编辑《新小说》的态度就是这样。①

问题在于，郑伯奇等人并不是一开始就愿意受"观众的轰笑或眼泪"的制约来从事电影运动，甚至试图坚持小说家式的"新写实主义"立场，日后他也没有细致地描述自己的转变过程，我们只有从侧面来考察这一变化。

1933年10月，夏衍改编、程步高导演的《春蚕》上映，却以票房惨败告终，这让程步高觉得"对不住"公司；同年9月上映的《满江红》也由他导演，这部根据张恨水同名小说改编的电影"很卖座"，却又让程步高觉得对不住自己。② 显然，程步高也有着公司职员、"进步影人"的双重文化身份；既是海派文化也是左翼文艺的生产者。更受欢迎的是郑正秋、蔡楚生（二者有师徒关系）自编自导的电影。也在1933年，蔡楚生的《都会的早晨》连映18天，创下了国产影片的记录；次年，郑正秋根据自己的文明戏改编的《姊妹花》，又获得了连映61天的惊人成绩；蔡楚生的《渔光曲》很快又以84天的成绩破了纪录，并获得了莫斯科电影节荣誉奖。受左翼思潮影响的导演的自编自导之作，显然比郑伯奇等人担任编剧的影片更受欢迎。《渔光曲》《姊妹花》皆可谓左翼意识形态和"大众兴味"的混合物。正因如此，几乎蔡楚生的每一部电影上映，都在左翼影评人中间引起了混乱，虽然后者每每试图统一步调，进行"集体的批评"。大致

---

① 郑伯奇：《〈两栖集〉后记》，《两栖集》，良友图书印刷公司1937年版。
② 程步高：《新年的感想》，1934年1月1日《申报》"电影专刊"。

在《渔光曲》上映 20 天左右,郑伯奇发表了一篇全盘否定(影片插曲除外)的影评,理由有过于"巧合","滑稽噱头"太多等;①然当《渔光曲》创了新记录之后,他开始犹疑起来:"在大的地方有时不免巧合","主题的积极性似乎""还差一点",文末还添了一句:"这样的评语是太苛刻吗?"②

蔡楚生的成功"秘诀"归纳起来大致有四条:一,既然"观众的大部分"是"都会的人们",电影就必须以都市生活为素材。蔡楚生的模式是从农村到都市,但以都市为主。二,混合喜剧与悲剧,用"过度的描写"处理悲剧,用夸张的手法处理喜剧,使观众"哭得痛快,笑得开心"。三,以繁复的情节使观众"知道中国电影也能'看出本钱来'",编剧上的"无巧不成书"却让郑伯奇无法接受。四,改头换面的"大团圆主义",这牵涉到了"意识正确"问题。蔡氏认为,《渔光曲》可以说有百分之八十的正确性,这体现在暴露农村经济破产和城市的贫富分化;至于影片的结尾,资产阶级出生的何子英收留小猴与小猫一起在海上打渔,则是他试图自我辩护而又不甚自信的。③ 不过,郑伯奇在第一篇文章中,还不像其他影评人那样,紧紧抓住那"百分之二十的不正确"不放,而是全盘否定了《渔光曲》的编剧手法。

事实上,蔡楚生的成功逼使批评者重新思考一些问题。郑伯奇大概会反躬自问:为何自己任编剧的电影难获观众?为何被自己贬得一无是处的《渔光曲》出现了十分火爆的场面,甚至赢得了苏联的认可?这影响到了他对小说通俗化问题的思考。最终,"蔡楚生之路"被郑伯奇改头换面地表述于"新通俗小说"理念中:所谓"有头有尾"的故事、"闹剧"等,正是蔡楚生所强调的。

混迹于市场之中,看到了通俗文艺的巨大威力,遂以"大众化"为名悄悄融入了通俗文艺的某些技巧,在左翼影人、剧人那里,其实是十分普遍的现象。电影有蔡楚生为例,话剧方面则有夏衍的颇多"噱头"的《赛金花》,于伶试图把

---

① 均(郑伯奇):《观影偶记·〈渔光曲〉》,《电影画报》第 12 期,1934 年 7 月。
② 均(郑伯奇):《观影偶记·〈女人〉与〈渔光曲〉》,《电影画报》第 14 期,1934 年 9 月。
③ 参阅蔡楚生《八十四日之后——给〈渔光曲〉的观众们》《在会客室中》诸文。

"社会新闻"与政治诉求结合起来,因而有了《夜光杯》这样的"国防剧"。(郑伯奇也认为,以"轰动一时的新闻"为题材的作品,"民众自然欢迎",作者"也不应该放弃这种题材的"。①)如阿英的《春风秋雨》、宋之的的《武则天》以及日后阳翰笙的《天国春秋》等,皆可谓"通俗化"剧作。诸人行而不言,更多地把通俗手法当作权宜之计,觉得不应明确提倡:最具票房价值的导演蔡楚生,却忙于自辩,行文多是在诉说不得不为的苦衷;《赛金花》获得巨大的市场成功,夏衍却追悔莫及,转而撰文批评剧坛的"庸俗化"倾向。与郑伯奇思路比较接近的戏剧批评家是张庚。后者甚至称话剧"以知识分子做对象,实在是莫大的失策",他提出了"深入到小市民的生活中去""批判地学习小市民的艺术"等口号。张庚可谓双重的功利主义者:一方面,知识分子毕竟是少数,难以为戏剧提供"经济的支持","都市里的话剧不能不以小市民为主要的观众";另一方面,"救国会"已动员起大量的"小市民",左翼文艺也没有理由放弃他们。②

郑伯奇在《新小说》上变换笔名提倡"大众化或通俗化",看似"独脚戏",背后实在有一个庞大的乐队相和。正是在这个意义上,我们说,"新通俗"是1930年代左翼文艺(尤其是电影戏剧)在市场中的发展途径的理论概括。

五 现代传媒与文人身份的分裂

身处都市漩涡之中的左翼文化人,对现代传媒的巨大威力自然深有体会,试图利用它来解决左翼文艺的传播问题。"张恨水自出版《啼笑因缘》后,电影,说书,京剧,粤剧,新剧,歌剧,滑稽戏,木头戏,绍兴戏,露天戏,连环图画,小调歌曲等,都用为蓝本。同时还有许多'续书'和'反案。"③如此之"大众化",着实让新文学家既愤懑又惊羡。在叶圣陶看来,"非现代的人生经验"却

---

① 郑伯奇:《论新通俗文学》,《光明》第2卷第8号,1937年3月。
② 张庚:《话剧迈进中的危机和出路》,《生活学校》第1卷第1期,1937年5月。
③ 华严一丐:《"啼笑"种种》,《珊瑚》第2卷第9号,1933年5月。

利用了现代文明利器来传播,"真是时代的讽刺"①;郑伯奇则认为:"文明戏和礼拜六派的小说在无线电中横行","是新文艺的耻辱!"②左翼文艺决心在利用"现代文明的利器"方面与"旧文艺"一决高下。在夏衍等人的努力下,左翼思潮终于在原与"礼拜六派""文明戏"联系密切的电影界中赢得一席之地;在广播中,电影插曲《大路歌》《渔光曲》亦能"和《毛毛雨》之类的靡靡之音对抗而渐得优势了"③;左翼剧团也突破了学校演剧的狭窄范围,走进了大剧场;郑伯奇本人还从宣扬"美国生活"的《良友》画报中钻出了缝隙。左翼电影、戏剧、歌曲的成功,使郑伯奇看到了"新小说"的希望,并且预言,现代传媒对小说语言的"大众化",将有着积极的影响。

郑伯奇认为,现代出版业出现之前,口头文学有极大的势力,印刷技术则促使文学由口头化向书面化转变。其最大缺陷就是脱离"大众",导致了"世纪末的各流派文学"的畸形发展:如"象征派的文字的魔术,新古典派的古文字的发掘,未来派的印刷术的利用"等。随着广播、电影的发展——郑伯奇还提及了萌芽状态中的电视,"因印刷而成为骄子的符号言语——文字",在艺术中的地位必将"渐次的低落",口头语将重新占据主导地位。因口头语比书面语更能为"大众"所知晓,郑伯奇对此种趋势持欢迎态度。他预言,作家将再也"不能尽躲在书斋里,专靠一些美辞丽句,一些精巧的叙述和深刻的描写来满足自己,而迫得要和新机械发生关系,来改造自己的艺术"④。这是郑伯奇解决"大众化"问题的第二个思路:借现代传媒之力一举解决形式上的大众化和"大众语"问题。

历史的确部分地按照郑伯奇的预测而发展,不过,20 世纪末由文化工业施行的"大众化"所带来的诸多问题,却是郑伯奇这样的"三代以上人"难以想像

---

① 叶圣陶:《"说书"》,《太白》第 1 卷第 2 期,1934 年 10 月。
② 华尚文(郑伯奇):《从无线电播音说起》,《新小说》第 1 卷第 5 期,1935 年 6 月。
③ 华尚文(郑伯奇):《从无线电播音说起》,《新小说》第 1 卷第 5 期,1935 年 6 月。
④ 郑伯奇:《小说的将来》,《新小说》第 1 卷第 5 期,1935 年 6 月。

的。其实,进入现代传媒和市场的郑伯奇已经颇感尴尬了,在资本主义生产关系(这在1930年代之上海已颇为完备)中,以出卖文字为生的文人和流水线上的工人一样,常常只能占据生产的一个环节,难免被传媒利用。在某种意义上,左翼意识形态是约束都市享乐文化的"超我",监视着它的不可告人的欲望;文化工业则生产、放大着欲望,对于"超我"的监视自有对策:良友公司让郑君平主编《电影画报》,欲望经过一番化装后遂能白昼游行,这恐怕是郑伯奇始料未及却又无能为力的。郑伯奇看到了书面语与口头语的消长,却没有提及图像的力量,在画报中,文字已失去了主导地位,甚至沦为图像的"遮羞布"。作为文化工业的电影,更是诸种意识形态的联结点,文人所能做的只是写剧本,根本无法阻止导演的添减,更不能选择演员;即便是写作剧本,剧作家也必须考虑盈利要求、受众趣味和审查制度。郑伯奇利用当局"开发大西北"的口号,写了一部反映农村阶级斗争的《到西北去》,但是,谁能阻止"一脱成名"而又为戴季陶的法会跳舞助兴的徐来演"村姑"呢?与电影戏剧相比,小说的生产成本要低廉得多,因此更易于形成相对独立的"文学场",在"大众化""通俗化"的双重压力下,小说家才能坚持到最后。不同的场域有不同的情境逻辑,像郑伯奇这样穿梭于不同场域之间的文化人,既获得了不同的经验,文化身份也难免发生分裂;他力图把多重身份统一起来,也试图借用左翼电影的经验来解决小说"大众化"问题,终因不同文艺部门的场域不同,也因"通俗化"可行而不可说,陷入了孤掌难鸣的境地。左翼文化人也有理由对"通俗化"思路和商业传媒持保留态度:先锋和通俗不仅是形式,更是文化、政治立场;左翼文艺与市场纠葛越深,文化人陷身都市漩涡的可能性就越大。编辑《电影画报》的郑伯奇的尴尬,就是明证之一。

我们也不应过分强调现代传媒对1930年代左翼文艺的负面影响。正是通过与传媒结盟,左翼文艺才能与官方意识形态抗衡,才能获得广泛而深远的影响。现代传媒也使作为"先锋"的左翼文艺与"大众化或通俗化"、创作与受众之间,达到一个(虽说是脆弱的)平衡。它甚至使影人最早摆脱了左翼理论家的种种"迷思",情况表明,受限制最多的左翼电影仍取得了极高的艺术成就。对于大众化这一历史难题,文学家提出的解决方案最具先锋色彩,由于他们不愿意在形式、内容上有所退让,也由于他们惯于使用运动的手段解决问题,遂于"开了窗户"以后,试图再"掀掉房顶":用"大众语"否定白话文,用拉丁化废除汉字、废除"国语"(用拉丁文字拼写各地方言,就没有国族共同语了),这样做虽无"庸俗化"的危险,却流于讨论而无实践意义。

第七章 作为畅销书的《子夜》与1930年代的读者趣味

《子夜》是1933年的畅销书,开明书店于"3个月内,重版4次;初版3000部,此后重版各为5000部","此在当时,实为少见"。① 瞿秋白称赞它"是中国第一部写实主义的成功的长篇小说","在将来的文学史上,没有疑问的要记录《子夜》的出版"。② 《子夜》的确成了现代文学史上的经典,也成了"长销书",开明版1951年12月印至26版。不过,在经典化之前,却有不少读者把《子夜》当作"黑幕小说"来阅读,视之为"交易所现形记";更有不少批评家对小说中的情色描写颇不以为然,指责作者有迎合低级趣味之嫌。左联批评家常常把通俗小说家的成功归结为对方迎合读书市场,将自己一派的作品之流行,言说为政治上的成功。问题的复杂之处在于:(一)有证据表明,茅盾在创作《子夜》时,即考虑到了"小市民"的阅读趣味。(二)读者反应不可避免地受自身的趣味、经历和立场的影响,读者"解码"不会完全等同于作者"编码"。(三)文学语言本身的复杂性,也使得"作品表面的意义、意图、它要提出的规范和价值不是由外在的批评逐渐消解的,而是在批评之前就由作品语言的运动逐渐消解

---

① 参见茅盾:《我走过的道路(上)》,人民文学出版社1997年版,第516页。
② 乐雯(瞿秋白):《〈子夜〉与国货年》,《申报·自由谈》1933年3月12日。

了"①。《子夜》批判资本主义、剖析社会经济结构,结果却让读者不得不表同情于民族资产阶级,甚至痛恨无产阶级于吴荪甫捉襟见肘之时发动罢工②。这是作品自身消解作者意图的鲜明例证。

《子夜》被经典化之后,学界、读者也形成了思维定势,反而看不到它通俗的一面,连带着,《子夜》其他层面的历史意义也就遭到了忽视——正是通过向"旧小说"学习,追求雅俗共赏,茅盾解决了新文学长久以来存在的语言过于欧化的问题;在当时,也还没有其他新小说家像茅盾这样善于讲故事。考察《子夜》面世之初读者、批评界的反应,反而能够帮助我们发现一些重要问题。

一 "过火"的"交易所现形记"

曹聚仁《评茅盾〈子夜〉》,是笔者所能找到的最早一篇评论《子夜》的专文。此时的曹聚仁以"怀疑主义"者自居,"左右开弓",解读《子夜》的态度亦颇为不恭:"看来看去,也只看见两个主将在舞台上大战三百回合,战到筋疲力尽,到牯岭去避暑为止。""看了这样一部小说,等于看完了张恨水的《春明外史》",书名"不如改成《交易所外史》,大可以轰动上海人的视听。使作者着迷的那两位大王斗法的故事,也正是上海人爱听的故事"。③ 这个"酷评"被不少人直接间接地征引,虽然评论者们仍一致认为《子夜》是空前的作品④。为了创作《子

---

① 德里达语,转引自詹明信:《晚期资本主义的文化逻辑》,生活·读书·新知三联书店1997年版,第329页。
② 施蒂而(瞿秋白)在《读〈子夜〉》一文中说:"在意识上,使读到《子夜》的人都在对吴荪甫表同情,而对那些帝国主义,军阀混战,共党,罢工等破坏吴荪甫企业者,却都会引起憎恨,这好比蒋光慈的《丽莎的哀怨》中的黑虫,使读者有同情感觉。观作者尽量描写工人痛苦和罢工的勇敢等,也许作者的意识不是那样,但在读者印象里却不同了。我想这也许是书中的主人翁的关系,不容易引人生反作用的!"见《新文学史料》1982年第4期,原刊1933年8月13、14日《中华日报》"小贡献"副刊。
③ 陈思(曹聚仁):《评茅盾〈子夜〉》,《涛声》第2卷第6期,1933年2月18日。
④ 禾金:《读茅盾底〈子夜〉》,《中国新书月报》第3卷第2、3号合刊,1933年3月;林樾:《〈子夜〉》,《东方文艺》第1卷第5、6期合刊,1933年6月15日;泉影:《〈子夜〉》,《学风》第3卷第6期,1933年7月15日。

夜》，茅盾打探到了不少交易所内幕，吴荪甫、赵伯韬斗法也的确是小说的情节主干。在曹聚仁看来，作者本人的兴趣与"上海人"（"小市民"读者）的兴趣简直并无二致。朱自清的下述论断似乎是针对曹聚仁的："有人说这本书的要点只是公债工潮。这不错，只要从这两项描写所占的篇幅就知道"，但是作者"决不仅要找些新花样，给读者换口味"。① 无独有偶，门言在《清华周刊》发表评论文章说：

> 很奇怪的，我所听到的若干读者的意见：他们的兴味大半集中在这第一次登新文学之坛的题材——做公债。……
>
> 显然的，关于占了本书一大部分的做公债的知识，作者大部在这半年多鬼混中得来，所以内幕于他也是颇新鲜。这是很危险的，倘作者的努力，仅止于把社会上一件新奇事件的内幕知识传给读者，其作品将无异于黑幕小说。自然茅盾是不应受这种屈的，全书究竟还有一个理想在……②

门言无意中为我们保留下了普遍存在的读者兴奋点。他大概是清华学生，所谓"若干读者"也应该指北方大学生。由此可见新文学的恒定受众——青年学生也对公债黑幕产生了好奇心。除了青年学生，《子夜》的大批读者还有谁呢？茅盾本人也十分注意收集读者信息，大江书铺的陈望道对于书的销路有实感，他说："向来不看新文学作品的资本家的少奶奶、大小姐，现在都争看《子夜》，因为《子夜》描写到他们了。""此外，听说电影界中人物以及舞女，本来看新文学作品是有选择的，也来看《子夜》。"③

与其一味地指责读者，还不如探究他们为何把目光集中于"内幕"。首先有必要简略地考察一下"五四"新文学家对于"黑幕小说"的定义。它首先指

---

① 朱佩弦（朱自清）：《〈子夜〉》，《文学季刊》第1卷第2期，1934年4月1日。
② 门言：《从〈子夜〉说起》，《清华周刊》第39卷第5、6期合刊，1933年4月19日。
③ 茅盾：《我走过的道路（上）》，人民文学出版社1997年版，第516页。

"艳情掌故的黑幕闲书"①,至于那些"实却系《官场现形记》一流的小说",因"黑幕"的名声大了,便自称黑幕,以期多卖,与"艳情掌故""当然不能归在一处"。②如此说来,"希望多卖"而以黑幕自居的"黑幕小说",只是一个指称小说类型的中性术语。以印象批评见长的李健吾说:"读完《子夜》,我们犹如有洁癖的人走出一所鱼市,同情心感到异常压抑,《官场现形记》一类著述特有的作用。"③门言一方面觉得将《子夜》与"黑幕小说"作类比,亵渎了前者,另一方面又说:"何必讳言,倘我们能够由下劣的东西得到自己的借镜?""公道地或优容地说一句,这种黑幕小说的滥觞者,如李伯元、吴趼人及其后偶然一二种比较优秀的作品之作者,剖析社会上的鬼蜮伎俩,其手腕之灵活,老辣与熟练,未始不能与茅盾比并。"④

曹聚仁讽《子夜》不如改题《交易所外史》,"旧派"小说家江红蕉恰于1922年写过一部《交易所现形记》。左翼经济学家目《子夜》为信史,称其可以作经济学参考书。江红蕉也为我们记录下了交易所在上海初兴时的情形,"旧派"小说家常常称小说可作稗史,以此来自我辩护。也是因为"黑幕小说"声誉不佳,江红蕉"自谓作社会小说,似较有把握"⑤。比较而言,新文学的题材并不广阔,《子夜》扩大了新文学的题材,青年学生得以"换换口味",市民阶层则在《子夜》中觅得了他们熟悉或不熟悉的上海社会生活,皆无可菲薄。

在批评家那里,旧派"社会小说""黑幕小说"与"社会剖析派"自然不可相混;就读者而言,读了"现形记""外史"一类的小说,有了"前理解",阅读《子夜》才会觉得似曾相识。《子夜》不但揭露了公债之"幕",也揭了革命和工潮之

---

① 仲密(周作人):《论黑幕》,《每周评论》第4号,1919年1月12日。钱玄同亦称黑幕小说"即所谓'淫书者'之嫡系"。见《"黑幕"书》,《新青年》第6卷第1号,1919年1月。
② 仲密(周作人):《再论黑幕》,《新青年》第6卷第2号,1919年2月。
③ 刘西渭(李健吾):《〈清明前后〉》,《文艺复兴》创刊号,1946年1月10日。
④ 门言:《从〈子夜〉说起》,《清华周刊》第39卷第5、6期合刊,1933年4月19日。
⑤ 赵茗狂:《江红蕉君传》,芮和师等编《鸳鸯蝴蝶派文学资料》,福建人民出版社1984年版,第328页。

"幕"。对于一般市民和学生而言,公债内幕、工潮内情都显得有些神秘,即使他们不完全认同左翼知识分子的政治立场,《子夜》仍然能够满足他们的好奇心。这应是《子夜》出版之初即成为"畅销书"的重要原因之一。但是这好奇心也"极容易消灭。当'奇'已不复为'奇'时,那一点点的兴味就降到零了"①,《子夜》能够经久不衰,自有其价值在。

《子夜》出版之初,批评家论其人物塑造,几乎一致地认为吴荪甫、屠维岳、杜竹斋等人物形象描写得较为成功,塑造革命者、吴家客厅里的青年男女形象,则全然失败了。让朱自清困惑的是,茅盾本是擅长写女性的,《子夜》里"却没有怎样出色的"。吴家客人写得太简单了,尤其是写资产阶级诗人范博文时,"形容太甚,仿佛只是一个笑话,杜新箨写得也太过火些"②。女性问题且待下文再谈。茅盾笔下的范博文不就是"小市民"心目中的资产阶级文人/"白话诗人"形象么?在1930年代具有左翼色彩的电影以及左翼剧人创作的营业性话剧中,博士、教授亦多用表演"过火"的丑角来表现③。一方面,这是小说家、编剧的政治立场使然,另一方面,也是面向"小市民"的通俗。借用鲁迅论谴责小说《二十年来目睹之怪现状》的话,来形容《子夜》刻画的次要人物,那就是:"描写失之张皇,时或伤于溢恶,言违真实,则感人之力顿微",沦为读者谈笑之资。茅盾的《蚀》是痛定思痛之作,描写革命的知识分子时颇存"共同忏悔之心";《子夜》处理资产阶级诗人乃至组织工运的革命者,则有流为"小市民"的"话柄"和"谈资"之虞。

二 都市罗曼司与情欲描写

《子夜》中也有不少情色描写,读者也许会视之为资本家的"艳情掌故"。

---

① 门言:《从〈子夜〉说起》,《清华周刊》第39卷第5、6期合刊,1933年4月19日。
② 朱佩弦(朱自清):《〈子夜〉》,《文学季刊》第1卷第2期,1934年4月1日。
③ 参见葛飞《戏剧、革命与都市漩涡——1930年代左翼剧运、剧人在上海》,北京大学出版社2008年版,第185—202页。

不少批评家对《子夜》充斥情色描写大为不满：小说中"女人的'乳峰'似乎特别容易'颤动'，甚至'飞舞'"，唯有描写吴少奶奶与雷参谋这一对痴男怨女，没有露骨的性欲，却"是国产影片的超等镜头！这真是副刊文艺版上的标准好文章！"①所谓"超等镜头""标准好文章"指的是鸳鸯蝴蝶卿卿我我式的浪漫。说它在《子夜》中显得独特，一是因为，唯有处理吴少奶奶、雷参谋恋爱的文字是"雅洁"的；二是因为，即便我们说它是讽刺笔法，仍与那些伤于溢恶的文字不同。吴少奶奶在教会学校读书时，"满脑子是俊伟英武的骑士和王子的影像，以及海岛，古堡，大森林中，斜月一缕，那样的'诗意'的境地"。在"五卅"时代，"在她看来庶几近于中古骑士风的青年忽然在她生活路上出现了。她是怎样的半惊而又半喜！而当这'彗星'似的青年突又失踪的时候，也曾使她怎样的怀念不已！"旧情人雷参谋复现，只是此番他将上前线"剿匪"，有战死之虞，便又再次成了吴少奶奶心目中的骑士。批评者起初疑心吴少奶奶、雷参谋客厅会面一幕是"讽刺文字，后来仔细一看，却又不像。原来作者理想中的恋爱场面老老实实就是这样的，它必须用鹦鹉、《少年维特之烦恼》，以及一朵枯萎的白玫瑰之类的宝贝来点缀！"②难道茅盾心目中的上海浪漫果真如此？我们不如换个角度提问题：这是"戏拟"还是"拼贴"手法？"拼贴"指作者有意或漫不经心地扯入骑士小说/新式"鸳蝴派"的笔调成章，"戏拟"则是滑稽模仿、解构。作者的主观愿望恐怕是"戏拟"，但批评家指责茅盾处理次要人物、次要情节时，有意或漫不经心地使用"鸳蝴派"笔法，也颇有道理。"虽然没有一位中国作家比茅盾更其能够令人想起巴尔扎克"，但是"坏时候，他的小说有报章小说的感觉"。③即如《幻灭》，孔庆东也觉得"读来很有几分'鸳蝴气'，连结尾强连长的奔赴南昌，都酷似徐枕亚《玉梨魂》中何梦霞的战死武昌"④。

---

① 林海（郑朝宗）：《〈子夜〉与〈战争与和平〉》，《时与文》第3卷第23期，1948年9月24日。
② 林海（郑朝宗）：《〈子夜〉与〈战争与和平〉》，《时与文》第3卷第23期，1948年9月24日。
③ 刘西渭（李健吾）：《叶紫的小说》，《咀华二集》，文化生活出版社1942年版，第53页。
④ 孔庆东：《超越雅俗——抗战时期的通俗小说研究》，北京大学出版社1998年版，第33页。

第七章 作为畅销书的《子夜》与1930年代的读者趣味

据茅盾自述,《子夜》手稿扉页题有:

A Romance of Modern China in Transition

In Twilight: a Novel of Industrialized China

初版本扉页的背景,有斜排的"*The Twilight: a Romance of China in 1930*"字样。Romance本意指"中古骑士小说",中译"罗曼司"或"传奇"。叙述者嘲讽吴少奶奶、雷参谋的罗曼司是"时代错误",赞叹吴荪甫才是"20世纪机械工业时代的英雄骑士和'王子'!"可惜"吴少奶奶却不能体认及此"。换句话说,作者有意创作工业化中国的传奇,"骑士"吴荪甫效忠的是机械工业这位"贵妇",无怨无悔,成了一位悲剧性英雄,故而引发了读者不可抑止的同情。

但是吴荪甫对待女性只有情欲、破坏欲,毫无感情可言,反面人物赵伯韬更是如此。韩侍桁这样剖析作者意图与读者反应:"为调和读者的兴趣,我们的作家,也像现今一般流行的低级的小说一样地,是设下了许多色情的人物与性欲的场面。"赵伯韬特地让半裸的刘玉英出来,让李玉亭观望观望,"同时也就是给读者们观望观望的";"再如,冯眉卿,既已经莫名其妙地和大块头的资本家赵伯韬开了旅馆,睡了一夜,也就够了。又何必在清晨使她穿着睡衣到凉台上来,让风吹起她的衣服,'露出她的雪白的屁股!'"①冯父为打探公债内幕,让女儿施美人计,也有论者认为:"其实这个故事和全书毫无关系,除非在'上海秘密大观'里才用得到,充其量也不过使人得到一点不合理的可笑而已。"②韩侍桁更是指责茅盾在主观上即有迎合、引逗读者窥视欲的嫌疑,而且"作者是怀着一种坚固的而不正确的观念:即,一切的资产阶级的妇女,必定是放荡的,而资产阶级的生活,必定缺少不了这些色情的女儿的点缀"。这即便是事实,"也无需在书里那么夸大地写的,因为资产阶级的主要的罪恶并不是在这

---

① 韩侍桁:《〈子夜〉的艺术,思想及人物》,《现代》第4卷第1期,1933年11月1日。
② 禾金:《读茅盾底〈子夜〉》,《中国新书月报》第3卷第2、3期合刊,1933年3月。

里"①。资产阶级的主要罪恶是压迫无产阶级,在《子夜》中简直成了"万恶淫为首",这既是小说的通俗化,也是革命伦理的通俗化。日后出现的大量的小说戏剧,借以激起读者、观众对资产阶级、地主阶级、汉奸以及日本人的愤恨的,也不仅仅是民族、阶级矛盾,更是反派人物的性罪恶。

金宏宇考察《子夜》的修改情况时说:写"性""成为丑化反面人物或落后人物的一种修辞手法。这应该溯源于《子夜》等作品,尤其是《子夜》等作品的修改本"。"性被定位为兽性,主要是生活腐朽、人格底下、道德堕落的人的行为","在阅读反应中就会引起人们对这类人物的憎恶、鄙视、愤怒"。②这里要说的是,有某种"读者趣味"在先,然后才有特定的"修辞手法"。在30年代,包括国民党特务创办的《社会新闻》在内的上海小报,已惯于把武汉时期的"大革命"、革命家作黄色处理,这是反动气焰与"小市民低级趣味"合流。《蚀》三部曲也以武汉时期"大革命"为题材,然其拟想的读者并不包括"小市民"。虽说《幻灭》有点"鸳蝴气",《动摇》《追求》则刻画了那些并非作"时式的消遣"而在"刺激中略感生存意味的"章秋柳们。这是严肃的痛定思痛之作,融入了作者身处革命漩涡中心时的眩晕体验以及高潮过后的迷惘。彼时政局既有"世纪末"之势,性苦闷也就有了"颓加荡"气氛,于是"小资产阶级知识分子"的情欲与革命纠缠在一起,陷入性、政治的双重苦闷中不能自拔。换个角度看,革命本是一种"解放",性解放原也包括在内,到后来却与革命对立。《子夜》不但在刻画资产阶级男女、买办的情妇时,就连描写从事工运的革命家的性爱,也皆是漫画式的。瞿秋白却特意指出:"真正的恋爱观,在《子夜》里表示的,却是玛金所说的几句话:'你敢!你和取消派一鼻孔出气,你是我的敌人了。'这表现一个女子认为恋爱要建筑在同一的政治立场上,不然就打散。"③这是性的政治

---

① 韩侍桁:《〈子夜〉的艺术,思想及人物》,《现代》第4卷第1期,1933年11月1日。
② 金宏宇:《中国现代长篇小说名著版本校评》,人民文学出版社2001年版,第121—127页。
③ 施蒂而(瞿秋白):《读〈子夜〉》(1933),《新文学史料》1982年第4期。

功利主义,是作者为表达自身的党派立场而特意设计的情节,显得过于突兀,令读者愕然,忍俊不禁。

三 雅俗共赏的故事

《子夜》在当日能够获得"读者大众",一个重要因素是作者是讲故事的能手。小说情节紧凑,张弛得当,使人在阅读过程中"一直维持住紧张的心绪并不感到厌倦松懈"①。况且作者讲的又是"上海人"爱听的故事。1930年代的左翼小说,乃至整个新文学创作,像《子夜》这样重视情节的并不多见。20年代初,茅盾曾抱怨"中国一般人看小说的目的,一向是在看点'情节',到现在还是如此;'情调'和'风格',一向被群众忽视,现在仍被大多数人忽视"。"若非把这个现象改革,中国一般读者赏鉴小说的程度,终难提高。"②创作《子夜》时,茅盾不再一味要求"提高",而是顾及了"普及",注重情节设计。文坛也出现了雅俗互动的趋势(在理论上左翼文坛仍要对旧派小说家穷追猛打)。

力图调和新旧而以刊载旧体小说为主的《珊瑚》杂志,批评旧小说常常只着意于故事之新奇,新小说却又太不重视情节设计。"以前看小说,只问情节如何,现在看小说,要兼及文笔,思想,不能不算是进步。"不过,一般读者仍然"下意识"地欣赏情节,"不仅是喜欢听故事的妇孺如此,连高智识的一般中大学生,也多如此";不单是中国人,外国人也是如此。恐怕只有文学研究者、批评家在阅读过程中才会将精神聚焦于文笔、思想③。无论如何,"故事是小说的基本面,没有故事就不成为小说",喜欢听故事也是人类天性④。在情节、思想和文笔三要素中,通俗小说多以情节为本,若有余力,则能兼及文笔、引入"思

---

① 吴组缃:《〈子夜〉》,《文艺月报》创刊号,1933年6月1日。
② 沈雁冰:《评〈小说汇评〉创作集二》,《文学旬刊》第43号,1922年7月21日。
③ "说话人":《说话》,《珊瑚》第3卷第7号,1933年10月1日。
④ [英]福斯特:《小说面面观》,苏炳文译,花城出版社1984年版,第23页。

想"。"普罗文学"特重思想宣传,散文化、诗化小说重文笔,情节皆非二者刻意追求的对象,也就难以获得一般读者大众的认可。包括大中学生在内的一般读者,"下意识里"对情节的欣赏在新文学这里得不到满足,就很可能转向通俗小说;反之,如果新文学要获得读者大众,小说家就必须要会讲故事。左联盟员郑伯奇创办《新小说》,意在提倡"新通俗小说"。也有读者劝他"多登有故事的作品,以求成为大众的普遍读物。这样才可使《啼笑因缘》等的鸳鸯蝴蝶派的东西消灭"①。(绝大多数左翼作家仍不愿写或写不出通俗小说,郑伯奇难为无米之炊。请参见本书第六章。)1930年代的许多左翼文学作品只问意识正确与否,而不甚讲求情节,不着意塑造有血有肉的人物,满纸是黑暗、愤激、斗争,最后再加上一个光明或不甚光明的尾巴,很难让人产生阅读快感。由于时潮的关系,城市读者至少在理性层面上,或多或少地会同情左翼意识形态,可恨的却是左翼小说大多是"长面孔叫人亲近不得"。一旦茅盾写了《子夜》这样的"好看"小说,读者又怎能不趋之若鹜呢?

作为新文学家,作为左联的"扛鼎"大将,茅盾对旧小说的攻击一刻也没有放松,读者却不用立场鲜明。虽然有像鲁迅母亲这样的读者,只读张恨水小说而不读新文学大师的作品,也有只读新文学的读者,那也应该有雅俗并蓄的读者,读了通俗小说"谁也不告诉。一告诉就糟:'嘿,你读《啼笑因缘》?'""读完一本书再打通儿架,不上算!"②他们行而不言,也给我们的研究带来了困难,这里只能从侧面证明读者们用不同的文学派别来满足自己多方面的阅读趣味。此种现象,从新文学诞生之日起就始终存在。

1921年,郑振铎对青年学生也爱看"鸳蝴派"小说颇感不解:"许许多多的青年的活泼泼的男女学生,不知道为什么也非常喜欢去买这种'消闲'的杂志。难道他们也想'消闲'么?"③答案当然是肯定的:即便是以"新青年"或"革命青

---

① 王浩祥来信,"作者·读者·编者"栏,《新小说》第4期,1935年5月15日。
② 老舍:《读书》,《太白》第1卷第7期,1934年12月20日。
③ 西谛(郑振铎):《消闲?!》,《文学旬刊》第9号,1921年7月30日。

年"自命的读者也要"消闲"。1920年代初,通俗小说刊物《小说世界》的读者就"以各处师范学校为多,其余的学校,有北京大学",可见即使在新文化运动的大本营北京大学,通俗小说仍有其市场。至于"上海中学师范的学生,差不多每人定有一份"①。凌云岚据此认为,旧体小说"与新文学刊物的读者并不是截然不同的两批人,相反,他们的读者群在一定程度上有所重合,如果要做区分的话,大概用严肃与轻松这一对概念更合适"②。换言之,有很大一部分读者读通俗小说以消遣,读严肃小说以获得"正确"的人生观。"上海事变"后,被贬斥为"鸳蝴派"的小说家也创作了许多反映事变的"严肃"小说,却遭到了左翼理论家的嘲讽与攻击③。但是对于城市读者而言,左翼理论家树立起来的"严肃"(革命)与"轻松"(落伍)的二元对立,并不是那么有效。

《珊瑚》杂志征询读者的文学观,提出的问题有"今后小说的取材应从那一方面着眼?""为什么要看小说?"等等。一位苏州读者回答道:

> 今后取材,需要描写反帝的——为民族而挣扎的奋斗的小说,劳动民众生活的小说,社会黑暗的小说,作强有力的刺激,和鼓励,指示未来的。达到文学救国的目的。④

"为什么要看小说?"这位读者回答道:

> 1. 为勃发反帝观念,救国热情而看爱国小说。2. 为同情豪侠风范,尚武精神而看武侠小说。3. 为明了社会时势,增长见识而看社会小说。4. 为调剂工作疲劳,陶养个性而看滑稽小说。⑤

---

① "编者琐话",《小说世界》第2卷第12期,1923年6月22日。
② 凌云岚:《三份刊物与一段历史:民国旧派小说刊物的自我变革》,《求索》2016年第12期。
③ 钱杏邨:《上海事变与鸳鸯蝴蝶派文艺》,《北斗》第2卷第2期,1932年5月20日。
④ 张子清:《今后小说的取材应从那一方面着眼?》,《珊瑚》第2卷第10号,1933年5月16日。
⑤ 张子清:《为什么看小说》,《珊瑚》第3卷第5号,1933年9月1日。

《珊瑚》的读者对左翼话语倒也耳熟能详,使用了"劳动民众""社会黑暗""指示未来"等语汇。小说能够使人"认识时代的改造和演变"和"社会的畸形",①反映了"农村经济的崩溃",讽刺了"理智和情感陷入混乱麻痹的状态"的"目下智识阶级青年",②可以使读者"得到指示一切"③。不过,前述的苏州读者仍然爱看武侠小说、滑稽小说,"消闲"仍是他阅读目的之一。还有一位杭州读者说:目下电影如《人道》《城市之夜》《狂流》《自由之花》,"或激发新思想;或保持旧道德;复能攻击封建势力;揭穿社会黑幕;深足发人猛省",小说亦当如此④。(按,《狂流》系夏衍编剧。)这位读者不认为"旧道德"就是"封建势力","新思想"与"旧道德"不妨并存。他读小说,也不单是为了获得"正确"意识,还要"最有益于身心的消遣",要"得到精神上的慰藉;快乐;兴奋"。⑤ 综上所述,可见在风气开通的大中城市,一般青年读者既是旧体小说的读者,也是左翼文艺的受众。

左翼文学要求排他性的存在,读者偏偏是兼收并蓄,让茅盾哭笑不得、愤懑不已:所有作品都是上海读者"'玩'的对象"!

> 法布尔的《科学的故事》,他要看;《铁流》《一周间》《侠隐记》《雷雨》《三国志》……一套连环图画的《火烧红莲寺》和一册《铁流》放在一处,在他竟毫无不调和之感。他明知道"飞剑"和"掌心雷"是假的,也会批评道,"老是这一套",然而他碰到手时总不肯不再翻一遍。⑥

绥拉菲摩维奇的《铁流》是中国左翼作家心目中"政治正确"的典型(周文

---

① 马伯荣:《为什么看小说》,《珊瑚》第3卷第5号,1933年9月1日。
② 黄耀铭:《今后小说的取材应从那一方面着眼?》,《珊瑚》第2卷第10号。
③ 许有秋:《为什么看小说》,《珊瑚》第3卷第5号,1933年9月1日。
④ 蒋树敏:《今后小说的取材应从那一方面着眼?》,《珊瑚》第2卷第10号,1933年5月16日。
⑤ 蒋树敏:《为什么看小说》,《珊瑚》第3卷第5号,1933年9月1日。
⑥ 茅盾:《好玩的孩子》,《中流》第1卷第2期,1936年9月20日。

还曾把《铁流》改编成章回故事,以利"大众"),《一周间》也是苏联小说。可是,一旦读者把《铁流》与武侠连环画等插在一起,又招致左翼批评家的不满。当日的《子夜》在读者的书橱中会不会也夹杂在《侠隐记》《火烧红莲寺》之间呢?茅盾本人在《蚀》三部曲和《子夜》中,不也是夹杂着几页"鸳蝴派"笔调以及为数不少的笔调过火的故事?

左翼文学的"理想受众"是"工农大众",他们文化程度不高,看不懂《铁流》之类。身处社会底层,他们对债券交易之类的都市经济活动一头雾水,《子夜》自然不能赢得这部分读者。不过,1930年代已存在着一个城市"读者大众",这不但包括大中学生,也包括受过或略受新式教育的"小市民"。他们能读懂《子夜》的内容,《子夜》也颇合他们的"趣味"。对于学生群体而言,《子夜》既能满足他们的好奇心,又能由此获得"正确意识"。满足好奇心近于"消闲",获得"正确意识"则是"严肃"的阅读态度,这一组看似矛盾的阅读目的在读者那里却并不矛盾。歌德说过:"内容人人看得见,涵义只有有心人得之,形式对于大多数人是一秘密。"此语用诸《子夜》,颇可揭发其接受的秘密。我们可以把"涵义"对应于文本欲宣传的意识形态,即茅盾本人所强调的用马克思主义解剖社会,此乃"有心人得之";《子夜》"形式"创新——在中国新文坛它首次有效地解决了长篇小说结构问题,为具有文学修养的读者和批评家所重视;至于"内容",亦即曲折紧张的故事、情色描写、交易所内幕……当然是"人人看得见"。"雅人"会为《子夜》政治内涵与结构形式方面的突破而击节,"俗人"则获得了听故事的愉悦,看到了内幕和情色描写,可谓"雅俗共赏"或曰"各取所需"。另一方面,涵义、形式与内容又密不可分,很难说读者读了"交易所外史"后,仍不能意识到公债市场之黑暗,只不过他们在涵义上之所得,也许不会达到作者预期的高度而已。

四 可听可读的语言

《子夜》能够雅俗共赏,还有一个深层次的原因,那就是茅盾解决了长期以来新文学语言及描写手法过于欧化的问题。吴组缃透露,茅盾曾亲口对朱自清说:"写这本小说,有意模仿旧小说的文字,务使它能为大众所接受。这一点作者有点失败:固然文字上也没有除尽为大众所不懂的词汇,便是内容本身,没有相当的知识的人也是不能懂得的。作者的文字明快,有力,是其长处,短处是用力过火,时有勉强不自然的毛病。"①《子夜》显然不是为劳苦大众而作,茅盾口中说的是"大众",心里想的还是包括"小市民"在内的一般读者。论"大众文艺",茅盾坚持认为,瞿秋白强调的章回、平铺直叙手法等都是无足轻重的形式,"旧小说"真正值得取法的是描写方法:"动作多,抽象的叙述少。而且只用很少很扼要的几句写一个动作。""从艺术的法则说,也是明快的动作能够造成真切的有力的艺术感应。"②这也是茅盾创作《子夜》时的追求。文字明快、描写过火皆与"模仿旧小说"有关,过火即是"现形记"一类小说的毛病。

具有世界眼光的新文化人与他者之关系、语体文究竟是欧化还是俗化为宜,始终是新文学运动绕不过去的问题。从外洋移植而来的新思想、新文体是知识分子的文化资本,读写行为是构建身份认同、批判他者的最重要途径。"新青年"与源于翻译体的欧化文互成镜像,用欧化语体文描写欧化知识青年尚不觉突兀,却难以反映镜外广袤无边的"中国",无法与民众、大众、工农兵(在不同的历史阶段,对新文化的化外之众有不同的命名方式)沟通,由此而来文学民众化、通俗化、大众化等命题,要突破知识分子的镜像世界,作家、批评家们才想到语言不能太欧化。对此我们不妨略做史的考察。

---

① 吴组缃:《〈子夜〉》,《文艺月报》创刊号,1933 年 6 月 1 日。
② 止敬(茅盾):《问题中的大众文艺》,《文学月报》第 1 卷第 2 号,1932 年 7 月。

20 年代初,文学研究会提倡"民众文学"与"欧化语体文的讨论"同时展开。《小说月报》的一位读者反映,他昔日的同学因为不通外文,欧化语体文往往要读上三遍,才能勉强得其大概,不通外文者大多如此。不是说文学是民众的吗?希望新文学家能顾及民众的鉴赏力。茅盾的回复颇为武断:读不懂恐怕不全然是因为语体文之欧化,实在是不懂新思想,民众文学"并不以民众能懂为唯一条件"[①]。"我们"懂外文、有新思想,"他们"民众反是,前者又如何能启后者之"蒙"?俞平伯主张"民众文学"必须严格使用"听的语言,就是最纯粹不过的,句句可以听得懂的白话",词气必须十分自然,排斥术语以及"文艺界底流行语"[②]。"文艺界的流行语"可解作新文艺腔、学生腔,与"中国人"日常说话习惯不同,故显得极不自然。还有读者来函说:"用古人的文法,来说今人的话,是不合理的;那末用欧西的语法,来说中国人的话,就算合理吗?"这位读者表示赞同论文、翻译用欧化语体文,不过,"创作所描写的若是中国的情形,倒不必故意好奇去用欧化的语体文了"[③]。茅盾对此未做回应。文学研究会的"民众文学"仅停留在讨论阶段,在小说方面鲜有创作实践。胡适也是有感而发:"新文学家若不能使用寻常日用的自然语言,决不能打倒上海滩上的无聊文人。这班人不是谩骂能打倒的,不是'文丐''文倡'一类绰号能打倒的。"而且凡人作文,皆应该用"最自然的言语",除非是"代人传话",所传之话用的不是此种最自然的言语。"今之人乃有意学欧化的语调,读之满纸不自然,只见学韩学杜学山谷的奴隶根性,穿上西装,在字里行间流露出来!"[④]

到了 1928 年,革命的功利主义使得茅盾的文学观念有所变化。他认为,"惟有用方言来做小说,编戏曲"才能让劳苦大众懂得,"不幸'方言文学'是极难的工作";中国革命究竟还抛不开小资产阶级,让新文艺走进"小资产阶级市

---

① "通信",《小说月报》第 13 卷第 1 号,1922 年 1 月 10 日。
② "民众文学底讨论",《文学旬刊》第 26 号,1922 年 1 月 21 日。
③ "语体欧化文的讨论",《小说月报》第 12 卷第 12 号,1921 年 12 月 10 日。
④ "通信",《小说月报》第 14 卷第 4 号,1923 年 4 月 10 日。

民的队伍去"也还比较现实点,为此也不能太欧化,不能过多地使用新术语,不能有过多的象征色彩,不要说教似地宣传新思想。① 无产阶级文艺运动在理论上无论如何也不会将"小市民"视为主要受众,茅盾后来也就没有正面坚持自己的主张。创造社向左转后,描写工农大众往往陷入概念化,语言形式亦不大众;论文更是空前得晦涩,炫耀性地移植理论、故意使用令人难以索解的音译词,以一套"新话"构建了新认同,让他者心虚,觉得自己知识不足,从而造成了翻译、阅读新理论的风气。瞿秋白则批评"革命文学的营垒里面,特别的忽视文学革命的继续和完成,于是乎造成一种风气:完全不顾口头上的中国言语的习惯","常常乱七八糟的夹杂着"古文文法、欧洲文法、日本文法,"写成一种读不出来的也是听不懂的所谓白话",竟然也可以不受惩戒。瞿秋白要求左翼作家必须采用大众能够读得出、听得懂的文字创作②。知识分子为照顾他者的接受能力而提出的文字读起来须通顺、不能太欧化等,难道不应该是文艺创作的一般准则吗?(作者若追求成为"文体家",则欧化、雅化等皆另当别论。)吴宓即批评甚为流行的近乎不通之翻译的所谓语体文,已成艺术"难于精美之一大根本问题",而《子夜》"尤可爱者",正在其"可读可听近于口语之文字"。③

可读可听仍与讲故事密切相关。福斯特探讨过"故事中的'声音'问题。小说家创作的故事,并不像大多数散文那样只供别人看,而是要求别人听,这就必须朗读",虽然小说语言不必讲求音调和节奏,但经过心灵转化,我们默读也能领略到叙述语调的美感④。通常说来,小说开篇即奠定了通篇的叙述语调,这里不妨征引《子夜》开头的几句话:

---

① 茅盾:《从牯岭到东京》,《小说月报》第19卷第10号,1928年10月10日。
② 宋阳(瞿秋白):《大众文艺的问题》,《文学月报》创刊号,1932年6月。
③ 云(吴宓):《茅盾著长篇小说〈子夜〉》,1933年4月10日天津《大公报》"文学"副刊。
④ [英]福斯特:《小说面面观》,苏炳文译,花城出版社1984年版,第35页。

第七章　作为畅销书的《子夜》与1930年代的读者趣味

　　　　太阳刚刚下了地平线。软风一阵一阵地吹上人面，怪痒痒的。苏州
　　　河的浊水幻成了金绿色，轻轻地，悄悄地，向西流去。黄浦的夕潮不知怎
　　　的已经涨上了，现在沿这苏州河两岸的各色船只都浮得高高地，舱面比码
　　　头还高了约莫半尺。风吹来外滩公园里的音乐，却只有那炒豆似的铜鼓
　　　声最分明，也最叫人兴奋……

　　它们的确是可读可听，有着自然的节奏和语调。从描写转入叙事后，语言有点像电影画外"音"："这时候——这天堂般五月的傍晚，有三辆一九三〇年式的雪铁笼汽车像闪电一般驶过了外白渡桥，向西转弯，一直沿北苏州路去了。"然而令人不解的是，与《子夜》同时创作的《春蚕》语言却是支离破碎，方言俗语以及农民使用的养蚕术语都打上了引号，甚至连"清明""官河""发"家、"败"家等都加引号，简直是有意提示它们与叙述语调格格不入。开篇写水中桑树倒影一段，费力而冗长。另外，李健吾抓到了这样的句子："这是一个隆重仪式！千百年相传的仪式！那好比是誓师典礼，以后就要开始了一个月光景和恶劣的天气和恶运以及不知什么的连日连夜无休息的大决战！"茅盾还只是偶一为之，其他一些左翼青年作家的小说中，到处都是冗长、舶来、生涩的句子①。

　　在众多的批评家中，唯有朱明毫无保留地为茅盾学习"旧小说"辩护："有几个朋友，看到茅盾的小说，往往憎恶地说：'有着浅陋的旧小说气味'，于此足见近年来新文艺倾向欧化的程度，足见一般对中国旧小说感染的鄙视的情形"，"其实中国旧小说的浅易明快，生动的描写法"正是"它的特长"，茅盾作品"已能得着这一方的长处"。赛珍珠曾断言"中国新小说的收获，将是中国旧小说与西洋小说的结晶"②，朱明认为，《子夜》实现了赛珍珠的预言，"于形式既能

---

① 刘西渭（李健吾）：《叶紫的小说》，《咀华二集》，第57—58页。
② ［美］勃克夫人（赛珍珠）：《东方、西方与小说》，小延译，《现代》第2卷第5期，1933年3月1日。

趋近于大众,而内容尤多所表现中国之特性,所以或者也简直可以说是中国的代表作"①。

读者一旦被命名为"民众""大众""工人阶级",就变得神圣起来,且能够代表"中国",其阅读习惯和审美趣味就应该得到照顾、满足;要谴责城市读者的"封建的低级趣味",则须将之命名为"小市民",再加以讨伐。但就实际而言,也有大量的工人消费武侠小说,而受过新式教育的读者大多是兼收新旧、并蓄雅俗。在读者、批评家、作家三角关系中,读者大众好似"社会本我",是"沉默的大多数",但以购买行为表达诉求;批评家往往扮演着"社会超我"角色,他们是"政治正确"的化身,时刻监督着读者的欲望,指责作家不该去迎合读者的"低级趣味",受到压抑的欲望遂以变态方式、以"性政治"的面貌出现。批评家还总是批评知识分子作家停留在舒适区,为同阶级的人而不是为工农写作;茅盾的言说策略是,借"大众化"为名谈论如何照顾一般读者的阅读趣味。读者的某些诉求实在是无伤"大雅"——新文学固然不应像某些通俗小说那样单以讲故事、挑起读者好奇心为能事,不过,一部现实主义风格的长篇小说如果剔除故事情节,还能剩下些什么?《子夜》之前新文坛一直缺乏真正意义上的长篇小说,恐怕与作家普遍不善于或不屑于讲故事有关。讲故事必然牵涉到情节设计、人物配置、谋篇布局,采取适当的叙述语言等问题,这就要求小说家注重技艺,而不是流于说教,单方面地灌输思想。

问题还在于,作为批评家的茅盾,对于通俗小说也是穷追猛打,对于左翼创作出现通俗化倾向有触即发②。《子夜》雅俗共赏的层面,诸如情节张弛得当、语言明快有力、可听可读等,始终没有成为茅盾自身的文学批评的准则,

---

① 朱明:《读〈子夜〉》,《出版消息》第9期,1933年4月1日。
② 比如说,茅盾指责夏衍的《赛金花》、宋之的的《武则天》皆以"女人作为号召观众的幌子",引发观众哄笑的桥段过于夸张,是"低级趣味"的"噱头","缺乏深远的意义"(《谈〈赛金花〉》,《中流》第1卷第8期,1936年12月;《关于〈武则天〉》,《中流》第2卷第9期,1937年7月)。然而情色与过火、夸张,也正是批评界指责《子夜》的两大问题。

《子夜》的这些优点也就难以影响到当时的左翼青年作家。茅盾指导青年写作,向他们提出进一步希望时,总是强调学习社会科学(马克思主义的代名词)的重要性,强调必须全般地表现社会结构,抓住社会主要动向亦即新生力量,好像《子夜》成功的奥秘尽在于此。谈创作经验,茅盾也只是强调自己如何认识、剖析社会,如何塑造人物,讳言通俗,不愿谈及《子夜》模仿了"旧小说的文字"(茅盾自承这一点,我们仅见于前揭吴组缃的转述)。批评界指斥《子夜》"俗",似乎让茅盾颇为汗颜①,在《子夜》之后的诸作中他基本戒除了"俗",而且越写越理性,然其后来诸作艺术性亦远逊于《子夜》。

---

① 茅盾在回忆录中,抄录了不少《子夜》问世之初的评论,但是省略了批评《子夜》"庸俗"的文章。对于《子夜》汲取了"旧小说"之长的说法,茅盾也不置可否,但称"这位朱明在赞美中国旧小说的表现方法后,说是旧小说'容易走上缺乏文字能力的大众里去',忽然拉扯到'近来欧美产生的所谓报告文学、记录文学的形式,也未尝不是这一方面的取向'。从上引的短文数语,我猜想朱明其人大概是研究社会科学的,但对文学却不很在行"(《我走过的道路(上)》,第512页)。

第八章　缝合与被缝合：都市马赛克中的左翼戏剧

1930年代上海文化—政治空间可谓"马赛克"型的。东西方文化在这里撞击并各自碎裂，可以相互融合却也不妨各行其是。在演出市场中，话剧、地方戏、海派京戏、文明戏、滑稽戏、歌舞……一派众声喧哗，却由于某种原因，常常被生硬地塞进同一个演出场所。任何国际性大都会的文化都不可能是单质的，上海自然亦不例外。长时段看来，民国时期的上海文化是"一体化"进程中的多元消极共存。国民党力图使社会生活党化，左翼也不想与其他文化板块长期共存，上海的混杂性却让有着排他性要求的左右两翼徒唤奈何。本文将在都市马赛克中寻找左翼戏剧的位置与位移，考察左翼文艺与上海其他文化板块之间的复杂关系。众声喧哗的"游艺会"为我们的问题提供了切入点。

一　"娱乐不忘救国"：救济东北难民游艺会

在"九一八"到"一·二八"之间，左翼剧人利用统治者遭受严重打击的机会，掀起了戏剧运动的高潮。停战协定签署后，"党国"逐渐恢复了对社会的控制，左翼剧人只能伺机寻找仅有的政治空隙。田汉先是借"中华道路桥梁建设委员会"在"新世界"举行"12周年纪念展览游艺会"之机，安排春秋剧社演出《江村小景》《活路》《梅雨》《银包》等剧。1933年元旦，春秋剧社再次在"新世界"获得了演出之机：由上海市商会、总工会、会计师工会、律师工会发起的"救济东北难民游艺大会"即设在"新世界"，大会会长为王晓籁，副会长由杜月笙、史量才、虞洽卿、张啸林充任。

诸种社会力量都力图对国难有所表示，从而为左翼剧人提供了演出良机，可是"救济东北难民游艺会"更像是娱乐业设计出来的"噱头"。淞沪停战协定的签署，意味着上海战时状态的结束；市民的日常生活仍是日常生活，娱乐业仍在急剧发展之中。国势艰难，一切娱乐活动遂以"救国"之名进行；虽然常常招致"娱乐不忘救国，救国不忘娱乐"之讥，可娱乐场所即便停业也救不了国，"新世界"试图利用元旦这个演出旺季，在"救国"与"娱乐"之间寻求联接点。

左翼戏剧因社会精英举办公益活动、展览业绩，在"新世界"中获得了演出空间；不过，情况并非像杨邨人所说那样，话剧"占了最重要的成分"[①]。我们有广告为证：

资料来源：1932 年 12 月 31 日《申报》"本埠增刊"。

---

① 杨邨人：《上海剧坛史料（下篇）》，《现代》第 4 卷第 3 期，1934 年 1 月。

此份广告以巨大的篇幅"请各界激励名花爱国","竞选花国舞后"无疑是此次游艺会的重头戏。在左上角,大字的"电影明星""啼笑因缘"下、"今日游艺节目一览"中,我们可以找到:智仁勇女中在"自由厅"演出田汉的《暴风雨中的七个女性》,春秋剧社选择的剧目亦是田汉创作的《乱钟》。它们的位置在跳舞、京剧之后,"杂耍"之前。话剧在此幅广告中的位置,也是它在上海演出市场中的位置。这幅广告还为我们直观地展现了上海马赛克型的文化空间:话剧与"选后"、文明戏《啼笑因缘》、京剧、苏滩、滑稽戏等本是风马牛不相及,却皆冠以"救国"之名而被生硬地塞在一起。此间的话剧恐怕难有跳舞选后等的号召力。然而,"救国"却是整个社会的"超我",左翼试图用它来打压都市欲望和娱乐;主事者大概亦觉得,为东北难民募捐,节目却全然与东北问题无关实在说不过去,才邀请左翼剧团参加演出。于是,都市欲望和娱乐以"救国"为衣冠白昼出游。这也体现了左翼、民族主义思潮与都市娱乐、日常生活之间复杂而微妙的关系。

　　娱乐场所把左翼戏剧当作救国的幌子,左翼"移动戏剧"则是见缝插针,寻找着马赛克之间的缝隙,不拘演出地点。1933—1934年可谓左翼文艺运动最为艰难的时期。一方面,由"九一八""一·二八"事变激起的社会运动高潮已过,社会心理漩涡渐趋平复,充斥着标语口号但艺术上乏善可陈的话剧已不大能够吸引观众了。另一方面,"党国"也加大了查禁左翼文艺的力度。"救济东北难民游艺会"却由众多社会名流发起,左翼剧人无形中获得了政治保护伞。我们还可以举的例子有:上海市商会在1933年双十节举行"国货第五届纪念游艺大会",也邀请春秋剧社演出(剧目是《放下你的鞭子》《SOS》)[①]。骆驼演剧队亦曾在"黄花岗烈士纪念日"假座浦东青年会演出《谁是朋友》《帝国主义的狂舞》等剧[②]。甚至连具有"民族主义文艺"背景的南京流露社,为捐助义勇

---

① 《剧坛、剧人》,1933年10月15日上海《民报》。
② 由也:《骆驼第三次演出评》,1933年4月9日上海《民报》。

军公演也选择了楼适夷的《SOS》①。我们看到,当合法组织在合法节日举办合法活动时,当局自然不便查禁,左翼剧团的演出也就连带成为合法的了。

总体说来,从淞沪停战协定签署到"八一三"烽烟再起的这一段时间内,"政治煽动剧"被压缩到"节日"之中,"节日"是漫长的时间链条上的一个个点,点之外仍是日常生活。这些"节日"可以是元旦等通常意义上的节日,也可以是"黄花岗纪念日""双十节",以及名目繁多的国耻纪念日;此外,社会团体为成立××周年、学校为迎新送往也会举行游艺会。左翼剧人通过"政治煽动剧"的演出,营造了政治狂欢节的气氛,这是"节日"一词的比喻义。需要说明的是,"政治煽动剧"是当时左翼剧人自己起的名字,并不具有贬义,此类戏剧通常是独幕剧,以高呼口号结束,大多创作于"九一八""一·二八"等社会运动高涨期间。它们也不适合进入大剧场做营业性公演。问题在于,娱乐也是节日的应有之义,狂欢也具有解构一切秩序的功能,包括左翼试图建立的排他的文坛、艺坛新秩序。

二 经常不断的学校游艺会

"新世界"游艺会毕竟是偶一为之,举办游艺会最为频繁的地方还属学校。沪上学校众多,校园政治环境相对宽松,学生又是最为激进的人群,左翼剧团从而获得了大量的演出机会,左翼剧人还可协助、指导学生剧团演出。学校剧团的实力更为有限,也只能活跃于游艺会之中。只有实力较为雄厚的复旦剧社,才能排演多幕剧于大戏院中单独演出。该社的前 6 次公演,也是在本校游艺会中积累经验,健全、壮大组织;1928 年春第 7 次公演才首次排演多幕剧;次年才在杭州、上海的大戏院中面向社会公开售票。复旦剧社花了 4 年时间才

---

① 事据金伽《荒芜啊,这南京的剧坛!》,1933 年 4 月 23 日上海《民报》。

能走进大剧场，①更多的学校剧团则停留在了游艺会这一阶段。

学校游艺会与"大世界""新世界"等处举行的游艺会仍有相近之处。1929年，就有人称学校"每次举行什么游艺会，同学会，根本是'大世界'的杂耍的变相，简直谈不上什么艺术"，总是独脚戏、歌舞、拳术、话剧杂陈；"田汉先生从某一个大学堂的游艺会回来，他很失望的说'中国大学校的娱乐是如此而已'"②。到了1933年，左翼剧人刘亚伟仍抱怨光华大学交谊会"性质未免太游艺场化了！所谓杂耍的节目太多了"③。

学校游艺会既然是出于某种目的而举办，自然先由校长及社会名流发表讲话，文艺演出看起来只是起到了"礼毕、奏乐"以助余兴之功，话剧又只是文艺演出之一项而已。下面是上海《民报》关于青年会中学"生活表现活动"的报道，活动一直从上午9时进行到晚上7时，参观者似乎只对游艺节目感兴趣，4时方到会，台上的表演是小提琴独奏、粤乐、京剧清唱……口琴一曲终了，十数个学生大喊"再来一个"，"一连喊了三四遍，引得全堂哄笑起来；秩序也因此乱起来，于是，一位穿着西装的而留着八字须的校长先生威压：'保全母校的名誉，请大家！'一场风波也就此平息"。此段文字描绘出了游艺会的一派狂欢气息，校长却要求大家为"保全母校的名誉"而保持秩序；剧人亦常常抱怨秩序太坏，缺少观剧所需的"严肃"气氛。不过，与"大世界""新世界"相比，话剧在学校游艺会中的地位要重要得多，它一般是作为"压轴戏"演出的：

> 最后有二场独幕剧，第一出是《改弦更张》，幕启时，是一间宿舍内，诗人赵，为了"九·一八"之事变，父母爱人都做了炮灰；因此消极，颓唐，想自杀，当经女同学李一翻（番）鼓励，就转变方针，……以朱铭仙女学生李，表演最好，说几句国话也很动听。第二出是《众志成城》，是一出神话剧，

---

① 参阅守文：《复旦剧社十年的经过》，《现代演剧》第1卷第2期，1935年1月。
② 吉浮：《〈值得登广告〉与学校演剧》，《中国学生》第1卷第3期，1929年3月。
③ 刘亚伟：《谈谈最近的学校公演》，1933年11月19日上海《民报》。

但也可说是反帝剧……

独幕剧完了，就散会，走出门时，一阵寒风又吹冷了我的心，甚么都有些模糊了。①

《众志成城》就是田汉的《一致》；《改弦更张》来历不明，看来是一出"抗日＋恋爱"的戏，朱铭仙是左翼剧团骆驼演剧队一员，受邀参加演出。

本文之所以不厌其烦地征引话剧演出之外的"闲言语"，是为了考察左翼戏剧演出的环境。在"全息照片"中，我们不难发现，话剧占据了一个相当边缘的位置；在上海这个拼贴型的文化空间中，诸种文化交相辉映，学校游艺会一如市场，亦是一派众声喧哗的景象。观众参加游艺会归来，脑袋里塞了种种不同的印象，结果难免是"甚么都有些模糊了"。当时的剧人所提供的史料往往只谈话剧而不及其他，易使人发生误解，仿佛游艺会上仅有话剧演出；其目的，恐怕在强调左翼戏剧的重要，夸大宣传效果。

三　与大众相遇：山海工学团游艺会

左翼剧人与"小市民"相遇于"新世界"，与学生相遇于学校游艺会，还能够在游艺会中与工农大众相遇。游艺场和学校游艺会的喧闹混杂，让从事话剧运动的人大为不满：小市民和学生都难免低级趣味！可是，让工农大众兴高采烈的，也是文明戏、京戏、独脚戏而非话剧。问题还在于，工农大众不会像学生那样有礼貌，如果他们看不懂、不耐烦，就在台下大声喧哗；此时的剧人却会反省自问，是不是自己的演出出了问题？正因通俗文艺深入民间，左右两翼皆有了把它缝合进来的愿望。

艺术剧社举行了第一次公演后不久，又把公演节目《炭坑夫》搬到了店员

---

① 阿宕：《青年会中学生活表现参观记》，1933年12月28日上海《民报》。

工人同乐会上("炭坑夫"即煤矿工人)。饰女儿一角的王莹称:"舞台上,老坑夫死了唯一的害肺病的女儿和勇敢的儿子而悲伤得痛哭的时候,台下的反应却是笑。"①登载于《沙仑》的社中日记更为详细地记载了演出情形:

> 观众的噪声太高,就是出演者叫破嗓子,也不能使他们完全听明白。
> ……后由唐晴初,王莹二君独唱京戏二段,颇使观众满意。
> 工友们自己也演了一幕文明戏——《王小二过年》。我们不管他表演的技巧与剧情的好坏。可是,他们纯朴的个性,完全表现出来了,有人说:"这正是现在的中国的普罗列达利亚所能理解的戏剧。"②

只因文明戏由工人表演,石凌鹤才有勉强的赞许之辞,却也有人是愤愤然。然而,也只有京戏、文明戏才能让工友们获得参与感,同乐会才能真正"同乐"。

台上痛哭流涕、慷慨激昂,台下的劳苦大众哗然大笑的情形实在比比皆是。"曙星剧社第一次与真正的劳动大众的把晤",是应"沪西公社"之邀在成立纪念游艺会上表演《工场夜景》和《活路》,剧人们把演出失败归罪于幕间穿插的双簧"把观众底情绪部分地破坏了"③。

最有意思的是山海工学团成立两周年纪念游艺会。《江村小景》是压轴戏,工学团的小记者告诉我们:台上"母女二人在痛哭,看的人笑的声音把哭声夺了"④。赵泾巷工学团的赵一涛则列举了游艺会的各种节目,以及观众的反应——

1. 农民们自己表演丝竹,"引起了观众们极大的兴趣"。

---

① 王莹:《几次未演出的戏》,《光明》第 2 卷第 12 号,1937 年 5 月 25 日。
② 石凌鹤:《南通日记》,《沙仑》第 1 卷第 1 期,1930 年 6 月。原刊无作者署名。
③ 《"曙星"在大众前首次揭开序幕》,1931 年 12 月 28 日《文艺新闻》第 42 号。
④ 俞文华:《会场花絮一打》,《生活教育》第 1 卷第 18 期,1934 年 11 月。

2. 上海集舞歌舞团两位小姐表演歌舞剧《丁香山》。大概因穿着太暴露,有观众(大概是年老的女性)表示不满:"伊拉到不怕难为情咯!"有人(大概是男性青年农民)则答道:"格种戏我们倒呒啥!"

3. "接下去的红庙工学团的国术和各工学团的科学把戏、小玩意、讲故事。尤其是滑稽突提的黄志城先生(在幕间讲)有趣的革命故事。不知怎么,他一开口人家就会笑了。"

4. 艺华影片公司一位王先生演独脚戏《化子拾金》。"这幕戏是描写'九一八''一·二八'穷人的生活,用生旦净丑的种种调儿唱起来,唱出了日帝国主义炮火下种种的苦处,得了全场观众深刻的同情。"

5. 张一涛本人编的《穷与富的交战》(体裁不明),"许多观众说:'好!打得好!奸商的儿子太没良心了,太欺侮穷人了!'"

6. 田汉《江村小景》描写的内容,"也是大场农民所亲身经过的事",它使观众"忘了下雨了,一直看到完"。① 实际情况是,农民一开始纷纷躲雨,却被组织者叫了回来;不知何谓世故的小记者已告诉我们,台下观众的反应是哄堂大笑。

郊区农民对都市摩登(《丁香山》)看法不一,不登大雅之堂的杂艺、丝竹却让他们获得了参与感,独脚戏《化子拾金》亦深得全场观众的同情,唯一失败的就是以乡村为题材的话剧《江村小景》。

在此,我们也看到了别一种"大众文艺":用滑稽独脚戏唤起民众的反帝热情,用"说滑稽"的形式讲述革命故事、时事要闻。事实上,这正是当时滑稽独脚戏界的"潮流"。在上海妇孺皆知的刘春山"每天看报,从报上找寻材料"编演节目,开辟了"潮流滑稽";演出中对时局常"有相当的讽刺"②,他讲过"五卅

---

① 张一涛:《演剧速写》,《生活教育》第1卷第18期,1934年11月。
② 三曲:《由王无能到刘春山》,《戏》第2期,1933年10月。

惨案""一·二八"——事实上,所有国耻日都被改编成了独脚戏①。

正因话剧在"劳苦大众"这里屡屡碰壁,通俗文艺却大受欢迎,左翼文化人有意改变态度,试图把它的形式缝合到自己的内容中去。不少人(如丁玲)曾怀着大众化的目的走进"大世界""新世界"一窥通俗文艺的究竟。田汉亦声称:"为了组织小市民层,过去的那种公演是证明了毫无力量,我们现在是要从许多'顾无为''张石川''刘春山'们去学习。"②(三人分别代表了文明戏、电影和独脚戏),他和唐槐秋还曾当面鼓励过刘春山③。不过,田汉并未明言"我们"向刘春山们学习什么,左翼文化人到"大世界""新世界"逡巡一圈后又抽身而出,往往用"低级趣味"一言以蔽之。

1932年8月,国民党中央宣传委员会也制定了《通俗文艺运动计划书》,内称"最近一般所谓左翼作家,已鉴及通俗文艺之急切需要,以着手提倡其所谓'大众文艺'";它也意识到,"在党的文艺政策上,对于通俗文艺的提倡,实为当今最紧要而迫切的工作"④。于是,1932年11月,国民党上海市党部和教育局联合举办"滑稽剧竞赛",以"发扬爱国思想,改善民众娱乐,鼓励高尚游艺"⑤。到了1935年12月,上海市教育局又责成"戏曲唱片审查委员会"组织"上海市滑稽独脚戏研究会"并审查唱本(各种杂剧曲艺皆要组织"研究会"),除了"不准唱猥亵词句""不准唱哭调"等禁令外,还要求会员每次表演"均须穿插有益社会及含有教育意味的唱句一段"⑥。于是,刘春山在1930年代有意无意中成了一位左右逢源的民间爱国艺人。他曾因"在电台上宣传党国旗的关系,吴铁

---

① 在接受上海《大公报》记者采访时,刘春山抱怨当局审查制度的无理:他编的《五卅惨案》改为《五月里的南京路》,《一·二八》改为《失地记》才让播音(参见弃扬:《艺人访问记——刘春山》,1936年8月23日上海《大公报》)。按,改为《失地记》的其实是《九·一八》,此外还有《五三惨案》改为《交涉记》播出;《五·九》《廿一条》《一·二八》则完全禁播(参见《禁播节目》,《电声》第5卷第29期,1936年7月24日)。
② 田汉:《戏剧大众化和大众化戏剧》,《北斗》第2卷3、4期合刊,1932年7月。
③ 弃扬:《艺人访问记——刘春山》,1936年8月23日上海《大公报》。
④ 《中华民国史档案资料汇编》第5辑第1编,江苏古籍出版社1994年版,第321页。
⑤ 《市党部教局合办滑稽剧竞赛》,1932年12月11日上海《民报》。
⑥ 梦若:《教育局关心戏剧的改进》,1935年12月7日《申报》。

城市长特送了他一块'振聋启聩'的匾额"①；出堂会，亦大受名流和要人的欢迎②。

左右两翼都在极力地缝合通俗文艺，以期达到动员社会之目的，同时也力图全面整合、控制社会，使上海马赛克型都市空间变得有序化。

四 谈判与媾和：上海市政府成立10周年纪念游艺

早期的左翼剧人、戏剧可谓存在于都市马赛克的缝隙之中，到了1935—1937年，情况发生了变化。剧人大多已加入了各影片公司，并成立职业剧团走进大剧场。在大剧场中，戏剧运动倒是的确分出了通俗化一途，出现了《赛金花》《武则天》等遭受"文明戏"指责的戏剧。左翼剧人从马赛克的缝隙中走出来，"入于交际"，甚至出现在由政府主持的庆典游艺之中。1937年7月7日举行的上海市政府成立10周年纪念游艺会，是我们考察剧人的左翼与职员身份、左翼文艺与通俗文艺、左右两翼相互缝合的绝佳个案。

"10周年纪念会"提醒我们，正是在10年前的7月7日，上海特别市政府成员在蒋介石面前宣誓就职。由于卢沟桥事变的消息还没有传到上海，市府组织的游艺会仍是热闹非凡。几大电影公司的"明星"职员，在上海市公共体育场表演了名为"上海的好莱坞"的游艺：

> 吴前市长，俞代市长等都莅场参观来了……白杨，陆露明，李丽莲，吴茵，夏霞，谢俊，孙敏，龚稼农，王献斋等数十人，排成横队站在台前，后排全是假装的武装同志，拿着"恢复失地""巩固国防"等纸旗。张石川坐着导演车，指挥乐队奏乐，全体明星唱了四只歌，接着是用音乐来表演雷声，

---

① 利甫：《滑稽大王刘春山访问记》，1936年7月14日上海《大公报》。
② 弃扬：《艺人访问记——刘春山》，1936年8月23日上海《大公报》。

风声,都像得很!最后是表演下雨,几十把喷壶的水……

最后是"新华"的顾兰君,金山等表演《貂蝉》……布景甚为伟大,不但吕布骑的是真马,董卓的高车更用四匹马驾驶,以符古制。这是卜万苍导演的古装片《貂蝉》的一段,演得紧张热烈。①

"上海"有上海的做派,连市政府展示政绩也要借助于"噱头",与他处政治庆典大不相同。"上海人"既关心时事,又从不放过任何享乐的机会。影剧业必须同时满足这两个看似矛盾的要求:从业员假扮"武装同志",唱过救亡歌曲后,"明星""新华"的新奇玩意儿才能登场,"很轰动了一下",最高票价竟达 3 元,看客数千,门票收入至少 3000 元以上②。如果说早期的左翼剧人更多的是代"社会超我"立言,压抑着都市娱乐和欲望,如今他们简直是一身兼二任了。

左翼剧人亦存在被当局缝合的危险,他们时时面临着抉择。1936 年夏秋之际,社会各界纷纷举行"购机祝寿"活动:募捐购买战机,一是表达爱国热情,二是为蒋介石"祝寿"。上海市长吴铁城亲自促成了电影界为"购机祝寿"定期举办游艺会。于是报纸上刊出大幅广告,其间亦有话剧表演,所列人员几囊括了所有左翼电影从业员的名字。从评论中我们又得知,话剧表演"因故"一概取消,绝大多数左翼影人剧人没有参加游艺会。为何事先身列广告并提供了具体剧目,却又临时取消?或许是有人暗中进行了劝阻。

"10 周年游艺会"还让我们看到,由《赛金花》和《红羊豪侠传》共同引发的古装片、历史剧热仍未衰减。"新华"把后者改编成同名电影后,又拟推出《貂蝉》;因主演《赛金花》、"恐怖片"《夜半歌声》而红极一时的金山,再次主演《貂蝉》;把后者搬演于广场,就是不折不扣的文明戏了。

7月9日,游艺会将在市政府广场上举行。其间既有"上海市苏滩歌剧研究会"(上文提及,当局要求曲艺各界都要组织"研究会")表演《劝农》《疯僧扫

---

① 《庆祝游艺花絮录》,1937 年 7 月 8 日上海《大公报》。
② 《庆祝游艺花絮录》,1937 年 7 月 8 日上海《大公报》。

秦》等节目,还有某小学合唱《卖报歌》等,话剧演出被安排在晚间①。7月8日,上海业余实验剧团的《武则天》在大戏院中的演出暂告一段落,剧人们连忙准备在游艺会上演出《放下你的鞭子》;金山于7月7日参加《貂蝉》演出后,其组织的"四十年代"也准备演出"国防剧"《都会的一角》。然卢沟桥事变的消息传到了上海,上海市政府只好停止庆祝活动,游艺会亦被取消了。

在某种意义上,我们可以说部分人的身份已碎裂为左翼文化人和公司职员:左翼文化人固然可以借助民营电影公司的资金设备宣传自己的主义,可是作为职员,他们也要参加公司组织的与左翼文艺运动无关甚至相反的活动。他们已被部分地缝合进上海的商业主义文化之中,为都市居民提供娱乐。当局要求电影界组织"购机祝寿"游艺会、为自己展示政绩助阵,电影公司又把政治和商业压力传递给公司职员。职员们则通过拒绝参加"购机祝寿"游艺会、通过"国防剧"演出宣示自己的左翼身份。忙于变换着身份的影剧从业员们穿梭于马赛克的不同板块之间,仍在寻找着逃脱被缝合的可能。

五 都市马赛克与政治文化的排他性

游艺会是嘈杂的上海都市马赛克的一个缩影。本文以四个具有代表性的游艺会为个案,分析了左翼文艺与通俗文艺、都市娱乐、政治当局的相互缝合的复杂关系。游艺会演出作为一种独特的演出类型,有着独特的情境逻辑,有助于也制约着左翼剧运的发展。它既为左翼剧团提供了演出空间,又削弱了左翼戏剧的宣传效果。

左翼戏剧在众声喧哗的游艺会中占据了一个尴尬的、有时是较为边缘的位置;但是在话语空间中,由于左翼文化人极力标举阶级、民族,占据了制高点。一个思维模式逐渐控制了话剧界:在国难日深的情况下必须演出反映"现

---

① 《明日游艺节目》,1937年7月8日上海《大公报》。

实"的戏剧,民族危机和下层民众的苦难无疑是1930年代的最大现实。由于话剧演出往往是为东北义勇军(1936—1937年间又是援助绥远前线)、东北难民筹款而进行,或在国耻日演出,戏剧内容与活动目的相一致自是理所当然;至于那些与民族、大众没有直接关系的,不具有宣传鼓动性的戏剧就不应上演。左翼文化人试图以此为逻辑,达到排斥一切"非左"剧目的目的。

早期的左翼剧运极力排斥的,不但是话剧的异己如文明戏、滑稽独脚戏等,还包括旧有的戏剧界积累下的保留节目。虽说话剧界在1930年代初已实现了普遍的向左转,但是,田汉早期剧作如《父归》,以及袁牧之和王莹的拿手好戏《酒后》《妒》等仍频繁地出现于舞台。左翼剧人发明了一种新名词来指称此种现象:"炒冷饭";剧坛转变前后产生的剧目同台演出,则是"不调和"。杨邨人即称,"一·二八"事变期间五月花剧社在杭公演,除了《战友》《SOS》《婴儿杀戮》《洪水》《梁上君子》等左翼新剧目外,还有应云卫与唐槐秋协助演出的、与这些剧目"性质不甚调和的戏":《蠢货》(契诃夫著)与《买卖》(欧阳予倩著)①。暂时还难称左翼剧人的袁牧之,也接受了此种逻辑,他在"新世界"举行的"救济东北难民游艺会"上演出了《妒》,却对此次演出有如下之评价:"名义上虽为东北问题而筹款,采用的剧本却大部分是无关痛痒的炒冷饭的旧戏";《咖啡店之一夜》和《战友》,《蠢货》和《战友》居然同台演出;"也有和东北问题全无连系,而绝对两极的剧本在同场出演",如《妒》和《炭坑夫》②。但是,除了带有一定政治性的公益活动和学校游艺会,话剧并无太多的演出空间,仅仅为了演出内容和演出性质相调和,"非左"剧目就被逐渐地淘汰出局。一旦只演左翼新作,"调和"而不"炒冷饭",左翼思潮、左翼戏剧就获得了对话剧界的统制力。当然,上述逻辑看来只能对知识分子发生效力,在此外的社会空间中,左翼思潮更多的是作为"社会超我"的面目出现。

---

① 杨邨人:《上海剧坛史料(下篇)》,《现代》第4卷第3期,1934年1月。杨邨人此时虽已退出左翼阵营,然其思维模式并没有改变。
② 袁牧之:《一九三三之上海剧坛》,《戏》创刊号,1933年9月。

第八章　缝合与被缝合：都市马赛克中的左翼戏剧

1930年代的左翼独幕剧，在戏剧文学和表演艺术上大多无足观，却得以普遍地演出。这固然与当时的政治氛围有关，如果我们要把问题落到实处、细处，却也可以说，艺术不足、频繁演出皆是游艺会演出和政治集会演出的情境逻辑所致。

为募捐、"节日"和集会而演出，必须赶时间；左翼剧人常常根据政治形势，也就是根据游艺会和政治集会的主题创作活报剧。于是，剧本写作、排练乃至剧团的筹建都成为急就章，必然会影响到艺术质量。1933年上海学生剧联举行援助义勇军的公演，它拥有的剧团多达30个，不少就是为援助义勇军的公演而筹建，演出后即销声匿迹。由匆促组建的剧团演出急就的剧本，其艺术质量可想而知。

转向之后的田汉的大量剧作，就是在这个背景下产生的。事实上，能写剧本的左翼剧人并不多，情急之下，"剧联"甚至想到了请鲁迅、茅盾帮忙，派白薇作说客，鲁迅却颇为严厉地问了一句："你们的人呢？"①在鲁迅看来，以政治需要为由，要求他人用不能胜任的形式去创作，而且是"命题作文"，恐怕是荒谬透顶（可惜日后却成了惯例）。田汉是此时左翼剧坛最有经验的剧作家，演出又往往由其主持，自然有义不容辞的责任。"南国"时期，他恃才情急就，如今是在主题先行的情况下，凭爱国热情急就，却不再能奏效。朱穰丞曾断言"社会写实"非田汉所长②，田汉本人大概也会意识到这一点，但是，在以救济东北难民、援助义勇军为目的而举办的游艺会上，在政治集会上（这也是一种演出类型）总不能演出充满诗意和感伤色彩的田汉的旧作吧？

观众对于游艺会独特的期待视野，也使左翼剧人忽视艺术的做法仍能行得通。学生剧团在本校游艺会演出，台下的观众多为其师长同学亲朋，自然不会喝倒彩。剧团能为募捐而演出，其心可嘉，剧评人偶作批评，亦以鼓励为主：

---

① 白薇：《请鲁迅先生写剧本》，1937年1月17日上海《大公报》。
② 朱穰丞：《给田汉》，《戏剧的园地》第1卷第3期，1929年8月16日。

只要剧本"不是全没落的,表演虽不能尽如人意",剧团仍可"问心无愧"。① 一旦情境变换、观众变换,此种做法就不再能够奏效。工农大众不会像青年学生和知识分子这样"通情达理";对于大剧场中的营业性演出,观众也不会再这样宽容。而左翼戏剧进入大剧场、左翼剧人进入职场,却又是别无选择的选择。

学校游艺会(以及左翼剧人所偏爱的政治集会、街头村镇演出)自然是非营业性的,学生也无须考虑到谋生问题。春秋剧社这样的职业戏剧团体却无法借助学校游艺会演出来解决生活问题。在"新世界","道路桥梁展览游艺会"收门票5角,"救济东北难民游艺会"门票则为1元,演出是半营业性的;主办方如何安排捐款、场租、酬金我们不得而知,不过,鉴于话剧在"新世界"中不会有"花国选后"、京剧、杂耍那样的号召力,春秋剧社所得必然甚微。左翼剧人即便能够安贫乐道,长此以往也是无法坚持的。1933年,剧人纷纷进入电影界,话剧运动却陷入了停滞。到了1935年,左翼戏剧运动逐渐能够走出游艺会和政治集会,在大剧场中做营业性演出,这使得他们能够较为从容地讲求演剧艺术。不过,一旦左翼戏剧进入市场、左翼剧人进入职场,他们就必须考虑到艺术的市场运作机制,照顾到艺术的娱乐功能。左翼戏剧必须改变与马赛克其他板块强硬撞击的文化立场,与之做某种程度的妥协,才能生存。我们已说不清《赛金花》《武则天》和搬演于体育场之中的《貂蝉》是文明戏缝合了左翼戏剧,还是左翼戏剧缝合了文明戏;我们也说不清某些艺术家是"左翼"剧人,还是职业剧团、电影公司的职员。或者可以说,他们已具有双重文化身份,常常化装穿行于马赛克的各个板块之间。

具有强烈的批判精神的左翼思潮,有理由批评任何与"现实"无关的文艺活动;然而在民国时期上海开放而碎裂的都市空间中,任何类型的文化、任何一种思潮都无法完全消除马赛克中的其他板块。要获得完全排他性存在,需

---

① 六滨:《非业余剧人公演》,1933年2月18日上海《民报》。此次演出也是为救济东北难民而举行。

要的不仅是提倡和批判,还需要用组织起来(强制性缝合)和查禁等消极的做法。在 1930 年代,能够双管齐下的,只有国民党。它采取了一系列的措施:责成"上海戏曲唱片审查委员会"组织滑稽独脚戏研究会,由上海市电报局下令电台限播独脚戏、滩簧,"中央电影检查委员会"封杀神怪武侠片,上海市公安局还查抄、逮捕违禁电影公司及其人员,教育部禁止在学校游艺会中演出黎锦晖编创的"软性歌舞",陈果夫亦指责"幽默"、都市"颓废文化"……它们和党国逮捕左翼文化人、查禁左翼文艺一道,成为其全面控制社会和文化市场的努力。左翼剧人则试图利用社会舆论、用"统一战线"来缝合通俗文艺;早期的左翼戏剧运动还以"时代""调和"为名,排斥着经典剧目;通俗艺人和影剧从业员对此不可能无动于衷。不过,通俗文艺从来是容纳新的却不排斥旧的,既强调文艺的教化功能,又不菲薄其娱乐功能。另一方面,草根文艺、左翼文艺以及当局的某些政治行为又一同被文化市场所缝合。左右两翼都未能使上海都市马克赛有序化、单一化。

第九章　宣传与广告：1930年代上海"大戏院"中的左右之争

　　1930年代都市中的"大戏院"（民国时期电影院的通称）可以说是"都市马赛克"的具体而微的象征。各种文化、政治力量也在这里碰撞并发生变形。只要能赚钱，大戏院老板也乐于接纳左翼电影，闹片荒时，大戏院也会容纳或左或右的话剧来救急。1935年6月，上海业余剧人协会在金城大戏院公演《娜拉》（即易卜生的《玩偶之家》），遭到了官办"上海剧院"的夹击：后者亦在"金城"公演张道藩的剧作《摩登夫人》（即《自误》）。上海业余剧人协会一般被认为是左翼剧团，但是，它在大戏院公演的也不全是左翼剧目。娜拉走后怎么办？有人说："倘使现在的鲁迅，再来谈娜拉，我想已不会提出'娜拉的提包里有没有钱'这样原始的简朴问题了。"①此类说法在当日的报刊上随处可见。出路唯有革命，自不待明言，但也不便明言——出走以后的革命故事无法大张旗鼓地搬演于"大戏院"。而官方宣扬的"民族主义文艺"、保守的道德规范，在市场、公共空间中也发生了变形。为了能够通过审查，同时也为了获得观众，上海业余剧人协会拟演出"以美人为经，以时代为纬"的"历史讽喻剧"《赛金花》（后来被四十年代剧社抢先上演），与之类似，"上海剧院"也排演了《西施》。

　　左右两翼剧人在市场中发生了竞争，演出场次最能说明其商业上的成败。

---

① 熊湘：《娜拉与现代妇女问题》，1934年6月9日《中华日报》"动向"副刊。

查阅广告,我们即可以统计出一出戏的演出天数。公演只要是营业性,就要在大报上打广告。彼时的报章,不论是《申报》《大公报》,还是国民党的机关报《中央日报》,皆用第1版刊载团体、机构、个人发布的启事,以及重点推出的商业广告,然后才是社论、新闻等,最后数版悉为娱乐业广告。文学杂志多以刊登目录的形式在大报上广而告之,与启事之类一同居于第1版;话剧广告以及关于话剧的演出报道则被安排到娱乐版,由此即可见市民观看话剧的"期待视野"。如果报纸副刊为某次演出出专刊,在此专刊中,话剧又被视为艺术的、严肃的、政治性的。此外,在大幅图文广告的夹缝中,会有一些演出花絮一类的文字,此乃变相的广告。既然是"广而告之",就不能选择政治对抗意味强烈的剧目演出,且要顾及观众的娱乐心理。官办剧团亦不甘心仅于官设机构中自娱自乐,它也要挤入"公共空间",此时,它与左翼剧团所处情境并无二致,二者都是在软性娱乐、硬性宣传之间徘徊。

一 商业竞卖:《娜拉》与《摩登夫人》

上海业余剧人协会在上海公演《娜拉》之前,南京发生了"娜拉事件":1935年1月1—3日,磨风剧社在陶陶大戏院演出《娜拉》,主角王光珍(王苹)却被其所服务的小学开除,理由是"抛头露面,有伤风化"。时任交通部次长的张道藩,倒也能出面迫使学校当局让王光珍复职①。《娜拉》与官方倡导的意识形态虽然有异,却在可以容忍的范畴,也不妨在市场—公共空间中自由竞争。

从《申报》广告中,我们可知金城大戏院的排演情况:

1935年6月20—22日,《摩登夫人》,上海剧院。

1935年6月23—26日,《昏狂》(电影,明月影片公司摄制)。

1935年6月27—29日,《娜拉》,上海业余剧人协会第一次公演。

---

① 张致中:《南京娜拉事件的经过》(南京通讯),1935年2月16日《大晚报》;《南京娜拉事件的经过》,1935年2月24日《中华日报》副刊"戏"第27期。

1935年6月30日—7月4日,《摩登夫人》,上海剧院。

1935年7月5日—18日,《秋扇明灯》(电影,联华影业公司摄制)。

1935年11月1—5日,《巡按》(即果戈理的《钦差大臣》),上海业余剧人协会第二次公演。

1935年11月6日,《摩登夫人》,上海剧院。

  1930年代的左翼剧人、影人不分,他们大多是先从事话剧运动,但是仅凭话剧无以谋生,遂进入了上海各大影业公司,利用业余时间演戏,这也就是"上海业余剧人协会"名称的由来。"上海剧院和乐剧训练所"成立于1935年3月,上海市社会局局长潘公展主持,陈大悲副之。"五四"时期,陈大悲乃"爱美剧"的倡导者,二三十年代之交曾任职于外交部亚洲司。张道藩1919—1926年留学英法,学习美术,其间加入了国民党。归国后因为在沪大谈裸体艺术,又是国民党员,遭孙传芳通缉。1927年回故乡贵州办党务,被军阀周西成逮捕,死里逃生。由于得到了陈果夫的赏识,张道藩仕途比较顺利,1932年官至交通次长,他还参与了国民党方面的各项文化运动。其首部剧作《自救》,也是在官方力量的推介下,多次演出①。1935年6月8日,"中央广播电台"广播《自误》;"上海剧院"此次在金城大戏院演出,应该是该剧首次搬上舞台;同年10月,张道藩自任导演,由南京公务员组织的"公余联欢社"戏剧股,在南京世界大戏院演出②;次年5月,"公余联欢社"第二次演出《自误》,共3场。此外,据说华北、汉口等地也有剧团搬演该剧③。

  张道藩在"公余"亲自捉刀并组织话剧演出,反而说明了真正符合官方意识形态要求的剧本之荒芜。张道藩并不讳言这一点:1933年,"中央宣传委员会及中央军校训练处,都定题材范围悬奖征求剧本",应征者虽多达数百人,

---

  ① 1934年夏,上海大剧戏剧联合会举行公演,徐苏灵导演《自救》。同年9月,公余联欢社在南京陶陶大戏院演出该剧。1936年10月29—31日,国立戏剧专科学校第7次公演,同时为"购机祝寿"举行,亦选择了《自救》。

  ② 张道藩:《自误》,《时代》第8卷第11期,1935年11月20日。

  ③ 央生:《张道藩剧作〈自误〉二次演出》,《星华》第1卷第2期,1936年。

"能用的剧本实在不多。我心里倒起了疑问。中国真是没有好的剧作家呢,还是有好的,因为自高身价,不肯应征呢?"张道藩干脆自己写剧本,组织公余联欢社演出①。左翼这面同样也出现了"剧本荒":从"九一八"到"一·二八"期间,上海剧人普遍向左转,创作、演出了大量充斥标语口号的独幕剧,那时仍感剧本数量不足,剧联甚至派人找鲁迅、茅盾写剧本,鲁迅颇为不悦。这些剧本也只适合于在群情激奋的社会政治运动高潮期间演出,左翼剧人进入大剧场后,急就的独幕剧就显得不合用了,然而急切间也写不了几部多幕剧,这就出现了"回归经典"、改编西方经典戏剧的现象。

《娜拉》《摩登夫人》大致在同一时间开始排练,似乎一开始就有意在市场中见高下。"上海剧院和乐剧训练所"成立近两个月来,"除排练乐剧《西施》外,尚排有话剧二种,即《自误》《自救》",现决定先演《自误》②。《娜拉》上演前也"秘密排演了两个多月"③,此语若解作左翼剧人有意避免租界当局干涉,恐怕难以说通。推测起来,身为制片公司演职员的"业余剧人",怕公司老板不悦,方于业余时间偷偷排练。"业余"的演出广告,经常有向影片公司致谢字样,感谢公司允许他(她)们费时耗力于戏剧;广告还常常说演员们有"正业",不能无限期地演出,以此敦促观众尽早观剧。上海业余剧人协会、上海剧院也在报章上打起了广告战,张道藩写作《摩登夫人》的命意和上海剧院的演出目的,从广告中亦可见一斑:

是都市生活的横剖面　是现代人生的缩影　是摩登人物的当头棒
是现实社会的照妖镜(6月19日《申报》"本埠增刊")

描写时代儿女青春的热情!暴露误解摩登的丑行怪状!发扬男女爱情的真谛要则!指示人生的光明新径大道!(6月20日《申报》"本埠增刊")

---

① 张道藩:《〈自救〉和〈第一次的云雾〉在南京公演以后》,《自救》,正中书局1934年版,第114页。
② 《上海剧院首次公演,〈摩登夫人〉定座十分踊跃》,1935年6月19日《申报》。
③ 《〈拉娜〉公演通讯》,1935年6月21日《申报》。

《娜拉》的广告则针锋相对：

娜拉——是中国妇女的唯一圣经！
娜拉——是假绅士伪君子的写照！（6月27日《申报》"本埠增刊"）

《娜拉》的剧情已毋庸笔者在这里介绍。《摩登夫人》是五幕悲剧，也是"客厅剧"。情节大致是：沈秀娟的丈夫冯诚之（公务员）在武汉工作，夫妻长期分居两地，秀娟在上海养病期间，受邹翊生引诱。虽然丈夫能原谅她出轨，秀娟却觉得自己配不上丈夫的爱，生性要强的她还觉得日后总要时时看丈夫脸色，执意要离婚。冯诚之陷入了颓唐，朋友们劝他振作起来，去西北考察，并且愿意承担其旅行费用——张道藩以此来呼应官方的开发大西北口号。再说秀娟到北平后，才发现邹翊生已婚，他的乡下老婆找上门来大闹。秀娟悔恨不已，服毒自杀，临死前对冯诚之说：你应该知道青年女性的心理和生理需求，在女人青春的时候不可常常离开她，也不能太爱她，否则她将有恃无恐，以为一切都能得到原谅。① 沈、冯的生活方式、言行皆比较欧化，但是作者采取的不是讽刺手法，反而能够让观众同时同情二人。就编剧手腕而言，《摩登夫人》在当时应是中上之作，在价值观上迎合都市中产阶级——他们正是大戏院中的主要观众。

6月29日，《娜拉》演出最后一场，次日《摩登夫人》复来，双方的广告在29日《申报》上并肩对峙、面积大小相当。《娜拉》确可谓新女性的"圣经"，经常被"新青年"搬上舞台。就在"业余"公演前不久，6月15日，光华附中剧团在本校礼堂也演出了《娜拉》（予且导演）。虽也对外售票，却是学校"爱美"演出，只演一场，剧团仅于演出当天在《申报》登了广告，只列时间、地点、票价等信息。上海业余剧人协会、上海剧院则是在广告中大声吆喝：

---

① 张道藩：《自误》，《文艺月刊》第5卷第5、6期合刊，1934年6月1日。

第九章 宣传与广告：1930年代上海"大戏院"中的左右之争

> 崇拜摩登者不可不看！反对摩登者不可不看！摩登夫人当然不可不看！摩登夫人的丈夫更不可不看！（6月19日《申报》"本埠增刊"）
>
> 欲谋家庭幸福，不可不看《娜拉》，欲谋爱情永久，不可不看《娜拉》，无论男女老少，均当一看《娜拉》（6月27日《申报》"本埠增刊"）

上海业余剧人协会大概意识到了《娜拉》不易获得大戏院中的中产阶级观众的认同，遂在广告中加以曲解，《娜拉》竟然成了如何"谋家庭幸福""爱情永久"的秘笈。倘若果真如此，《娜拉》与《自误》又有何不同呢？

国民党当局视沐浴着欧风美雨的上海为中国文化飞地，认为"摩登夫人""自误"。左翼方面则亦不满足于演出《娜拉》——这是一部"五四"时期译介的经典，并非左翼剧作。1931年初，南京中央大学学生演《娜拉》，"思想落伍，成了批评我们的中心。在这一点，我们自己也深深感到"，于是该剧团决定上演具有强烈宣传鼓动色彩的苏联剧作《怒吼吧，中国！》（未果）①。田汉《出走后的娜拉》（起初是三幕剧，剧本出版时压缩为独幕剧，改题《黎明之前》）的素材是轰动一时的秦理斋夫人携子女自杀的事，另一素材是戴季陶发起"时轮金刚法会"。秦理斋病逝后，遗孀因为子女在上海能获得良好教育，不愿遵父命回乡，矛盾激化后，秦夫人竟与一女二子服毒自杀。田汉为了影射发起时轮金刚法会的戴季陶，将情节改作念佛的母亲为阻止儿女参加爱国运动而毒杀之。有人批评田汉用力过度，"使人怀疑世上有没有这样的母亲呢？"我们很久"没有见到好的剧本了"②。还有人说"作者的观点是正确的，其创作技术却未能到预期的成就"③。这真是空嚷力禁两无益。进入"大戏院"，左右两翼都要拿出在创作、表演、舞美上立得住的演出。

---

① 《吼声自南京叫出——南京中大学生将演〈怒吼吧中国〉》，《文艺新闻》第20号，1931年7月27日。
② 丁华人：《〈警报〉和〈出走后的娜拉〉》，1934年7月8日《中华日报》"戏剧电影"副刊第13期。
③ 丹华：《看了麦伦游艺会的戏》，1934年7月6—7日《中华日报》"动向"副刊。

二　大戏院中的话剧演出机制

剧人无论左右，面临的共同局面是市民无看话剧的习惯——话剧通常只能演出于学校。要观众经常性地在节假日买价格不菲的戏票，去看《出走后的娜拉》之类的戏，显然是不可能的。观众普遍留有左翼戏剧"意识正确"，但是"技术差"的印象。因为演出屡屡亏本，"大戏院"也不大愿意接受话剧。也是因为演出亏本，即便是经济条件比较好的公务员，也难以在公余经常性地演话剧。张道藩的《自救》在南京陶陶大戏院演出，费用总计一千三百元，票款只得八百余元，亏四百五六十元，公余联欢社补贴二百元，余下来的亏空由张道藩个人承担。他希望政府能给话剧以更多的经济、精神支持①。在其呼吁下，南京设立了国立戏剧学校、中央电影摄影场。南京政府一切以"教育"为上，高调提倡"教育戏剧""教育电影"，中央电影摄影场在抗战全面爆发前，主要拍摄新闻片、科教短片，故事片只拍了 4 部。再说演出场所，租界只有一家兰心大戏院真正适合演话剧，但只供外侨组织的 ABC 剧团演出。上海市政府、南京市政府都没有斥资兴建剧院，话剧只有在电影院以及学校、同乡会、政府机构的会场演出。

1935 年初，金城大戏院已演出过几次话剧，营业还不错。1 月 31 日至 2 月 2 日（腊月廿七—廿九），田汉组织的上海舞台协会上演多幕剧《回春之曲》，搭一出独幕剧《水银灯下》。3 月 15 日至 16 日，欧阳予倩组织暨南剧社以提高演技相号召，在此演出翻译剧《油漆未干》。此时左翼剧人尚视欧阳予倩为政治文化上的异类，《油漆未干》的演出遭到左翼剧评家的一致否定。《回春之曲》固然与反帝相关，然而左翼剧评人又普遍不满田汉所取的情节剧模式（三角恋爱），说"上舞"的演出技术（灯光、布景、表演等）很差，倒并不冤枉。上座

---

① 张道藩：《〈自救〉和〈第一次的云雾〉在南京公演以后》。

率高,主要是在"金城"的策划、干预下,用电影明星吸引观众:金焰、王人美任男女主角,善于演话剧的赵丹(此时尚未成为大明星)、王莹、魏鹤龄反屈居配角①。"上海舞台协会"的此次演出正值年关,此乃索薪、讨债、逃债之时,影院人迹罕至,制片公司也不愿在淡季推出佳构。"金城"这才容纳话剧,借以挽回一点损失。《回春之曲》票房虽然甚佳,但不能续演,因为2月3日(除夕夜)已排上了电影《新女性》(蔡楚生导演)。因为天气太热,6月末、7月初也是"金城"闹片荒时节,它才会接纳小公司"明月"拍摄的影片《昏狂》和话剧演出。左右两翼剧团对垒,各自宣传其意识和技术,"金城"广而告之的则是即将开冷气。登载于6月30日《申报》的《摩登夫人》演出广告,内中又植入了影院的广告:冷气设备经改装后,准于上映《秋扇明灯》时使用。冷气乃彼时新生事物,资金雄厚、营业较佳的专映外片的影院率先安装,有"国片之宫"美誉的"金城"虽于前一年装了冷气,但是设备不佳,1935年又加以改造②。

所谓"国片之宫",是说民族电影公司多在"金城"首轮放映。但是,终其30年代,国产片片荒问题也未能得到解决。问题关键还在于国产影片(与好莱坞相比)难获观众。四大影片公司,"明星"影片在新光大戏院首映,"联华""天一""艺华"三家大公司以及"电通""新时代""吉星""月明"等新成立的小制片公司,在"金城"首映影片。小公司出品少,技术欠佳,《昏狂》是"月明"摄制的第二部影片,放映4天即撤出。影剧两栖人员常常利用他们与影片公司的关系,后延影片的映期来演话剧。1930年,经洪深斡旋,一家小影片公司"允把在中央大戏院开映新片底日期相让",南国剧社才得以在此演出《卡门》③。"业余"的《娜拉》《钦差大臣》以及"四十年代"演出《赛金花》的资金,皆为金山负责筹措。他第一次演电影,即在《昏狂》中担纲,他牵头创办的演员培训班东方剧社亦附属于"月明"。推测起来,应该是金山出面,让金城大戏院一并接纳《昏

---

① 德:《"金城"外交手腕之厉害》,1935年1月31日《中华日报》"银座"副刊。
② 《金城改装冷气设备》,1935年6月18日《申报》"本埠增刊"第2版。
③ 田汉:《临着南国第三期第一次公演》,《南国周刊》第16期,1930年6月11日。

狂》和《娜拉》。

影院方面在商言商,无意偏向官方或左翼,只要能获得场租,即来者不拒。《摩登夫人》的广告词有一段是以金城大戏院名义写的:该剧"前在本院公演时,座客常满。赞声载道。辍演以来,叠接各界来函。兹特商诸该院(上海剧院,引按),于本星期日起,再演数天"。上海剧院得意非凡,又在广告中说:"事实胜于雄辩!口碑超过宣传!"(6月29日《申报》"本埠增刊")7月1日广告曰:昨日两场客满,"断然打破首次记录"。6月30日的广告且自称是"话剧冲入大众社会层的先锋"。广告语我们不能全然当真,演出场次却做不了假。此前话剧在大戏院中公演,一般只有3天,《娜拉》和《摩登夫人》的演出方起初也都向金城大戏院预订了3天演出时间,后者又加演了6天。在市场中,前者显然落败了。

不过,市场中并非只有《摩登夫人》《娜拉》在竞争。在场次上,《娜拉》亦远逊"业余"自身演出的《巡按》《大雷雨》。1935年11月1日至5日,上海业余剧人协会在"金城"举行第二次公演,剧目是《巡按》,"卖座记录甚佳,故原定四日演期结束之后,'金城'当局要求'业余剧人'们延期二天"。但是扮演县长的顾而已哑了嗓子①,只能多演一天,于是11月6日又是《摩登夫人》演出。一个月之后,《巡按》又在中央大戏院演了3天。

关乎左右两翼剧团竞争胜败的,似为戏剧风格和观众趣味。熊佛西指出,中国的一般观众可以欢迎莎士比亚和莫里哀(式)戏剧,因为它们有"一种雅俗共赏委婉动人"且常常建立在伦理上的故事;易卜生、萧伯纳(式)的戏剧"多偏重于社会问题的讨论,或哲理的启发","仅能得到少数知识分子欣赏"。② 此乃不刊之论。(在不大受一般观众欢迎的名单上,我们还要加上契诃夫式戏剧。)张道藩的《自误》虽非莎士比亚式戏剧,但也是建立在伦理问题上的"委婉动

---

① 之尔:《银色杂笔》,1935年11月11日《申报》"本埠增刊"。
② 熊佛西:《写给一位戏剧青年》,《熊佛西戏剧论文集》,上海文艺出版社2000年版,第864—865页。

人"的悲剧。而易卜生(式)戏剧似乎只适合在小剧场演出。下文还将论及,上海业余剧人协会为第三次公演准备了3个剧目,在沪宁两地公演,《醉生梦死》比《大雷雨》《欲魔》少了三场,南京演出归来复演,就去掉了《醉生梦死》。到了1937年上海话剧团春季联合公演,"业余"只演《大雷雨》。保留剧目自然是在演出中形成的,是观众选择的结果。《大雷雨》也是"业余"第一部赚钱的戏①。

三 欧化、俗化与"洋化"

上海业余剧人协会似已意识到《娜拉》有可能难以获得大量的观众,因此在广告中玩起"噱头":"直追《闺怨》名片!"花絮之类变相广告亦称此剧很有《闺怨》(好莱坞拍摄的《娜拉》中译名)的风味。剧中"叙述着过圣诞节的情况,所以亦有安徒生《卖火柴的孩子》那般美丽的情趣,布景中有一场大窗外的雪景,简直是那篇童话的写照了"②。如此广而告之,虽是匪夷所思,却能说明,剧团有意用西方经典来吸引趣味和生活比较欧化的中上层社会观众。《罗密欧与朱丽叶》的话剧演出广告中,也有"即《铸情》"字样,这也是好莱坞电影《罗密欧与朱丽叶》的中译名。上海业余剧人协会特意要求上海大戏院为他们放映一场苏联影片《狂风暴雨》(《大雷雨》中译名),以资参考③。总而言之,上海业余剧人协会选择剧目,不无争取电影观众的考虑,演职员也需要向这些影片学习表演和舞美。

熟知安徒生童话、过圣诞节的观众,绝非无产阶级文艺的理想受众、拟想受众。"出走后的娜拉"理应革命,与工农大众相结合,"到西北去"。剧联、左联因而提出了文艺大众化的中心任务。"现在的作家,难道配讲要群众去高攀他吗?老实说不配。"瞿秋白号召大家写唱本、绘连环画,且带头创作时事五更

---

① 陈奕:《艺人访问记——赵丹》,1937年4月17日上海《大公报》副刊"戏剧与电影"第34期。
② 《关于〈娜拉〉》,1935年6月25日《申报》"本埠增刊"。
③ 苑陵:《观业余剧人协会排练记》,1937年1月14日上海《大公报》。

调《东洋人出兵》,"不但自己这样写,并且还要号召一切人应当这样写,还要攻击不这样写的人"①。设若中国革命像苏联那样首先在大都市获得成功,按瞿氏思路,《东洋人出兵》恐怕会被视为大众文艺正途。实际情况毋庸笔者赘言:革命从都市转入乡村,又从东南长征至西北,西北农民趣味被规定为"民族趣味"。背后的思维方式却无改变。在某种意义上,我们可以说,瞿秋白的思路与毛泽东文艺思想仍有暗合。

其实在沪宁等地最受观众欢迎的还是"古装戏"。如前所述,左翼戏剧进入都市公共空间后,起初选择是翻译剧,官方审查却导致了左、中、右的剧人们都写起了寄寓民族意识的历史剧。其实国民党当局打压宣传抗日的剧本,倒也不仅仅针对左翼作家。具有官方背景的宣传"民族主义文艺"的《矛盾》,也因日本领事提出抗议,被南京当局处以停刊两月处分。这对"民族主义文艺运动"来说,是最沉重的打击。再者,话剧进入市场后,又促使各派剧作家将主角设置成具有魅惑力的女性,由此而来陈大悲的"乐剧"《西施》和夏衍的《赛金花》。

为应对"卖国""不抵抗"的指责,十年生聚、十年教训然后为战的勾践成了1930年代官方的民族英雄。为了获得观众,陈大悲遂以西施为中心来写吴越之争。剧作家的苦心,田汉焉有不知之理,批评陈大悲时则有意做文章:有可能让观众误以为美人计可救国,虽然《西施》的演出布景灯光堪称"伟大"。田汉还说,自己把《卡门》改编成革命戏剧,亦吃过类似的苦头②,观众只看卡门,而不见革命。四十年代剧社演出《赛金花》,布景灯光亦堪称"伟大",赴宁演出时"用卡车5辆搬运,尚感不敷"③。鲁迅、茅盾嘲讽夏衍"企图以这昔年名噪南北官场的女人作为号召观众的幌子"④。不久之后,夏衍也反省了自己顾及"商

---

① 瞿秋白:《普罗大众文艺的现实问题》,原刊1932年4月25日创刊的《文学》,收入《乱弹》,岳麓书社2000年版,第262页。
② 田汉:《评〈西施〉》,《田汉全集》第16卷,花山文艺出版社2000年版,第577—578页。
③ 《四十年代剧社情报》,1937年5月9日《申报》"本埠增刊"。
④ 茅盾:《谈〈赛金花〉》,《中流》第1卷第8期,1936年12月30日。

业上的成功"的创作态度,对风靡一时的"古装戏""服装戏"颇为不满①。

左翼剧团的演出从《娜拉》到《赛金花》,转折不可谓不大。金山、王莹与赵丹、蓝苹抢主角,前者拉出队伍另组四十年代剧社,抢先上演《赛金花》,这也是典型的"商业竞买"的海派之风。在定县实验"农民剧"的熊佛西,却也创作《赛金花》并在北平组织演出。由此可见,问题关键在于城市大剧场的商业演出机制,与作者、剧团的文化趣味及政治派别关系倒不是太大。

1935年夏,上海业余剧人协会在与上海剧院的商业竞争中败北,次年又在竞演《赛金花》中败下阵来,到了1937年1月下旬,它才在上海举行第三次公演,剧目为《醉生梦死》《欲魔》《大雷雨》。沈西苓、宋之的把爱尔兰左翼剧作家奥凯西的《朱诺与孔雀》改编为《醉生梦死》,背景移置北平,成其为"国防剧"。欧阳予倩改编托尔斯泰的《黑暗的势力》而成《欲魔》,做了中国化处理,但是并不成功。广告却让人大跌眼镜:

> 五幕传奇剧
>
> 极尽曲折极尽恐怖
>
> 极尽刺戟极尽紧张
>
> 兽欲与人性之冲突
>
> 恶魔与良心之争斗
>
> 暗杀!
>
> 活埋!
>
> 毒害!
>
> 大动乱!
>
> (1937年1月23日《申报》)

---

① 夏衍:《上海的屋檐下·自序》,《夏衍选集》第4卷,四川文艺出版社1988年版,第485页。

托尔斯泰在剧作中批判的东西在广告中恰成卖点,常见于通俗文艺的一些要素,如暴力、恐怖、色情等,在此剧中似乎一个都不少。严格按照译本演出的《大雷雨》,广而告之曰:

《大雷雨》:"描写少妇思春如火如荼 刻画专制暴虐可歌可泣","性的苦闷 肉的烦恼 心的空虚 灵的追求"……(1937年1月23日《申报》)

灵肉冲突之类的新文艺腔,不妨与"少妇思春"等轻薄语并存。"业余"赴宁演出,《中央日报》广告,也沿用了这些语言。以此即能骗取"小市民"来看话剧吗?"业余"宣传部门恐怕是一厢情愿吧。不过,经过一年多的努力,"业余""四十年代"对于话剧能够盈利已有充分把握。1937年2月10日(除夕),南京中华大戏院落成,以"业余"的三部戏揭幕,可见院方对于话剧能够盈利也有十二分把握。两个剧团商业竞争也延伸到南京——四十年代剧社也在新春期间,于南京国民大戏院演出《赛金花》。

四 1937:《赛金花》在南京

对抗性是左翼的重要特质,《娜拉》虽然不是左翼剧本,演出《娜拉》且被左翼批评家视为"思想落伍",但是,南京学校当局、官办"上海剧院"仍予以阻击,反而证明了演出必要。在宁演出《赛金花》,张道藩以"侮辱中国人"为由大闹剧场,也让左翼剧人津津乐道。不过,这只是张的个人行为,连官方媒体亦不以为然。

1937年2月南京还有一件大事:15日至20日国民党召开五届三中全会,宣言"对外为领土主权之维护,对内为和平统一之进行"。蒋介石发表谈话,表示要"开放言论,集中人才,赦免政治犯"。20日,中共中央也向国民党发来了

"五点希望与四项保证"①。"业余""业实"来宁,初衷是为了赶上新春这个演出旺季,然而国民党五届三中全会闭幕当晚,也正是《赛金花》最后一场演出。张道藩乃中央执行委员,要开会,还得忙于《密电码》放映事宜,遂赶在最后一场看《赛金花》。张道藩编剧、中央电影摄影场制作的《密电码》乃献礼片,也赶在2月14日国民党五届三中全会开幕前夕,于新都大戏院上映。电影本事以北伐期间张道藩在贵州的革命经历为蓝本。2月13日,登载于《中央日报》的广告称:"要明白什么是大无畏的革命精神,更不可不看这部《密电码》";它"在思想上,艺术上,技术上领导着全国影坛";"没有肉感却有柔情……没有混乱,却有豪放"。好莱坞的"肉感电影",和"新感觉派"刘呐鸥、穆时英等人鼓吹、制作的"软性电影",其实是国民党官方、左翼文化人共同的抨击对象。有意思的是,刘呐鸥却也摇身一变,为《密电码》写了分镜头剧本。

再说《赛金花》。剧本事先通过了官方审查,演出之前,国立戏剧学校以及具有官方背景的中国文艺社举行茶会,招待"四十年代剧社"。该剧社亦招待各界名流茶叙,赠送免费戏票,张道藩自然在邀请之列。与此同时,上海业余剧人协会发布启事说:"党政、文艺、新闻各界请柬昨日清晨发出,奈安乐酒店差役疏懒成性,以致有在第一场开演时尚未能送到者。"②左翼剧人在南京与党政官员"往来酬酢",两个剧团的观众亦颇多党政官员。《中央日报》刊载文章向观众推介《赛金花》,说该剧描画出了"当时"官场的昏庸;"借美人的力量,作政治上的运用",本非正史,自无大碍,"并且可以知道靠美人力量只是救急,反映出如何才是真正救国的途径"。③ 至于张道藩大闹演出现场的风波,《中央日报》报道说:"鼓噪者受大众之督促,自动离场,秩序旋即恢复,仍继续表演终场。"④中国文艺社主办之《文艺月刊》亦称:"作者对于当时官僚的各种丑态,予

---

① 《中国国民党第五届中央执行委员会第三次全体会议文件》,《月报》第 1 卷第 3 期,1937 年 3 月。
② 《上海业余剧人道歉启事》,1937 年 2 月 25 日《中央日报》。
③ 麟:《看〈赛金花〉后》,1937 年 2 月 20 日《中央日报》。
④ 《四十年代剧社今晚演〈秋瑾〉昨晚一度发生纷扰》,1937 年 2 月 23 日《中央日报》。

以夸大的暴露,对于帝国主义者的走卒,予以过分的骄横。这对于观众发生了很大的效果",虽说"引起了观众的纷扰。然而,这是可喜的现象,对于主催的一群"。① 中国文艺社或亦为演出的主持者之一,它亦以触怒张道藩为"可喜"? 前述评论、报道论及官场时,皆加上了"当时"二字。南京政府既已宣誓要抗日到底,就毋庸再用勾践来剖白了。《赛金花》的"历史讽喻"当然无人不知,只是官方已无意对号入座,唯有张道藩愤激难平。

最终,官方禁演的不仅仅是夏衍的《赛金花》,而是一切以赛金花为题材的戏剧:因为德国使节提出抗议,认为它侮辱了德军统帅瓦德西。(近来史家考证,亦称二人不可能有染。)五届三中全会后出任宣传部长的邵力子,批评电影界"生意经"时,亦以《赛金花》为例:赛氏一死,"顿时就发现了两个剧本(北平与上海各一),在作者或许是别有用意,而我们不能不疑心到有一点'生意经'的意味在内"。在反对市场导向这一点上,官方与左翼批评家也是一致的。熊佛西表示不能苟同,强调自己对民族国家的关怀。邵氏又辩称:"我们现在所需要的是'玉碎'的精神!"《赛》剧提倡"瓦全","这样一想""自有禁演的理由了"。此语博得"全场热烈鼓掌,熊氏更频频点头"。陈立夫又说:"政治家与艺术家的看法往往是不同的;艺术家是用最有力的方法发挥自己的情感,见解,而求得观众的共鸣,但政治家则不然,还须顾到各方面。"②言外之意,艺术家可以宣传民族主义,政治家则要从大局出发,犯不着为一两个剧本导致外交纠纷。

1937年4月,"业余"改组为上海业余实验剧团,于"七七"事变前后演《武则天》(宋之的作、沈西苓导演),并"国防"亦无存焉,然其演出场次上却胜过了《赛金花》。只有《武则天》《赛金花》这两部戏才轰动了都市的"小市民"层。总而言之,左右两翼剧团都想进入大剧场,最终还是"业余""业实""四十年代"获

---

① 沙雁:《评〈赛金花〉》,《文艺月刊》第10卷第4、5期合刊,1937年5月。
② "A记者":《中宣部长和熊佛西氏谈禁演赛金花之辩说忆记》,《光明》2卷12号,1937年5月25日。按,夏剧发表于赛金花死前,而非死后。

胜,然而这些剧团上演的剧目通俗性,也更甚于上海剧院。右翼、中间派剧人既然有退路——作官、办教育等,又何必在市场中苦苦挣扎?强调"教育"的官方文化机构也不愿走"通俗化"之途。左翼剧人虽也遭受同营垒之人的指责,退出舞台银幕却无以为生。水至清则无鱼,大剧场演剧必然五味杂陈,时而经典讲究艺术,时而通俗以谋票房,时而政治以便宣传。"八一三"事变后,上海影剧人员又投身到制作标语口号式戏剧之中,组织演剧队奔赴内地,不复顾及商业性、娱乐性、艺术性。

30年代右翼民族主义暗示《娜拉》及其表演者、接受者不过是"摩登夫人"而已。在张道藩的剧本《摩登夫人》中,公务员设家于南京,但被调往武汉工作,邹翊生是秀娟的南京邻居,张道藩仍特意要把引诱场景安排在上海医院,"上海"成了引人堕落的罪恶渊薮。到了40年代,左翼的民族主义亦指责上海大剧场戏剧的表演方式、剧人的生活方式是"彻底的洋化"。在30年代表彰过大剧场演出的张庚,到延安后转而指上海左翼剧人演出是全盘"洋化":上海业余实验剧团上演《罗密欧和朱丽叶》,"一切创作角色的方法,从感情的运用一直到化装,以及道具的使用差不多全部是袭取了美国电影《铸情》。《大雷雨》的上演也是自苏联电影《雷雨》找到了许多东西"。"模拟""洋化"不但成了演员们"创作的基本方法,而且成了他们生活中的一部份"。这当然是实情,本文已以广告、花絮等原始资料予以证明。不过,张庚指责"五四"以降的话剧皆为洋化,更"彻底的洋化却是由于西洋电影,特别是美国电影作为艺术品送到中国来了以后"[①]。这就把左翼大剧场演剧纳入"五四"以来"全盘西化""洋化"的脉络予以全盘否定,又提供了一个新的"中体西用"式的解决方案。其实摩登

[①] 张庚:《话剧民族化与旧剧现代化——对鲁迅艺术学院同学的报告》,《理论与现实》第1卷第3期,1939年11月。2003年湖南文艺出版社出版的7卷本《张庚文录》,是迄今为止收录张庚文章最全的集子,然而收录此文时,大段删除了对1930年代左翼戏剧"洋化"的指责。作者《自序》、编者《后记》均未提及集中文字有删改之处。该文出处《理论与现实》,文集误植《理论与实践》,出版时间1939年11月误为10月。

(modern)在 30 年代的左翼这里本有现代、进步之意。南国社少壮派即成立了"摩登社",反对田汉,并率先左转。结果却是左右两翼意识形态先后接受了保守市民的用法:"上海摩登"不过是洋化、时髦而已。事实上,30 年代的上海并不仅仅是美国文化登陆中国的桥头堡,在这里,人们也能很便利地接触到苏联文学艺术,左翼文化运动也是以上海为中心向全国辐射。不过,上海都市文化仍可以说是"马赛克型"的,各种文化板块在公共空间碰撞后,各自都发生了变形,且有相互渗透之势。

第十章　市场与政治：1930年代的左翼电影运动

左翼电影运动的领导者之一夏衍在二十世纪30年代曾称："电影的创作手段与其他艺术的创作手段不同"，文学作品在流通之时才是商品，电影从业员"则是一个企业制度下的电影工厂的工人。所以当他选择题材和决定主题这一瞬间，他就受了商业主义的支配"。① 1930年代的左翼电影不但在政治上处于异己的环境之中，还身处资本主义企业制度之中。与共和国时期国家控制电影生产并建立遍布城乡的发行放映网络不同，1930年代的电影工业由民族资本家掌控，市场则主要以上海、南京、北平等大城市为依托。围绕市场排列着众多的影响电影生产的要素：都市观众、影人、影评人、文化资本家和官方审查制度。要扩大影响，左翼文化人就必须进入商业/公共传媒。这就意味着，他们必须顾及票房和审查制度，否则文化资本家就会收回对左翼影人的支持；同时也意味着，无论是在内容还是形式方面，电影都不会像某些左翼文化人所要求的那样激进。正如蔡楚生所言，"脱不了营业性质"的影片公司不会允许影人去摄制"过分严肃"或者是故意冒犯当局的影片。② 其时左翼电影的

---

① 韦彧（夏衍）：《电影批评的机能——电影批评夜谈之一》，1934年11月18日《大晚报》"火炬"副刊。
② 蔡楚生：《八十四日之后——给〈渔光曲〉的观众们》，《影迷周报》第1卷第1号，1934年9月26日。

创作流程是：首先由导演提供大致的情节，夏衍等"编剧顾问"提出（主要是意识形态方面的）意见，并在尽可能保留原有情节和结构的基础上，写出分镜头剧本，再拿到有导演、顾问和公司老板（"明星"的老板张石川、郑正秋同时也是编导）参加的编剧会议上讨论通过或重新修改。① 这就形成了导演和老板"出素材"、研究市场，编剧顾问"出思想"的创作模式。本文所要探究的问题是：左翼电影用了哪些手法，宣传了怎样的思想？影片在文化市场中的境遇究竟如何？合而言之，它是如何兼顾市场与政治的？

一　电影与市场

民国时期，好莱坞影片占据了中国市场的绝对份额，沪宁等地的一流影院皆以放映外片为主。民族电影在资金和技术上根本无法与好莱坞抗衡，也就不会完全被好莱坞同化，因为双方的受众分属于不同的阶层。1920年代，国片主要靠武侠神怪片、"苦情戏"吸引观众，到了20年代末，由于粗制滥造、市场供应饱和，武侠神怪片已经走到尽头。"明星"公司另辟蹊径，投巨资把张恨水的《啼笑因缘》拍摄成六集电影，却遭遇"一·二八"事变，事变过后投放市场，因为与时代氛围相去甚远，没有取得预期的成功。反映"一·二八"事变、带有纪录片风格的《上海之战》（程步高导演）则在上海轰动一时。看起来，影片公司与通俗小说家的结盟已走到尽头（实际情况却是，随着"一·二八"激起的社会漩涡逐渐平息，通俗文艺又获得了市场），周剑云等人转而求助已在文学领域获得较大影响的左翼文化人。东北沦陷，"国将不国"，"党国"说法自然就丧失了合法性。民族危机使有识之士关注现实，结果只能是不满现实，加之资本主义世界遭遇经济危机、苏联第一个五年计划则获得了成效，中国知识分子和青年学生普遍"向左转"就成了水到渠成之事。"向左转"不但促成了各大影业

---

① 夏衍：《懒回旧梦录（增补本）》，生活·读书·新知三联书店2000年版，第156—157页。

公司的部分从业人员由公司职员转变为知识分子，同时也为左翼电影准备了观众。专制统治下的进步观众虽然陷入"沉默"，然买票就是投票：投当局的反对票，予进步和激进文化以赞成票。这是左翼电影能够在商品经济条件下发生的历史背景。不过，左翼文学依靠青年学生和激进的知识分子，即可支撑起自身的场域，电影则投资巨大，必须还要吸引来广大的市民。

确切地说，蔡楚生、程步高等人原先仅是公司职员，转变后，则既是职员也是知识分子。作为职员，他们觉得公司盈利要求是理所当然的；作为有着特定政治、文化立场的知识分子，他们与资方又不无冲突。具有官僚家庭背景的"联华"老板黎民伟为配合"新生活运动"而提倡"国片复兴运动"，遭到了属下蔡楚生等人的公开反对，在左翼思潮影响电影界之前，这是不可想象的。1933年，程步高既导演了根据张恨水同名小说改编的《满江红》，又导演了根据茅盾同名小说改编的《春蚕》。前者"很卖座，似乎对得住公司"，"却又似乎对不住了自己"；后者票房惨败，"对不住了公司"，"却还觉得对得住了自己"。① 这又反映了职员、知识分子双重身份的矛盾。夏衍、郑伯奇、阿英等人则是从外部进入"明星"任编剧顾问，随时保有抽身而退的权利，并不具有职员意识，结果他们"顾问"的影片，往往成为"票房毒药"。本文将通过《春蚕》的票房失败和《渔光曲》的成功，考察左翼电影在市场中的"试错法"，追问它如何解决自身存在的种种问题。

1933年，左翼文化人参与编剧的电影陆续上映，其中有相当一部分以农村破产或灾荒为题材，如：《狂流》（夏衍编剧，程步高导演）、《铁板红泪录》（阳翰笙编剧，洪深导演）、《春蚕》（夏衍改编，程步高导演）、《盐潮》（郑伯奇、阿英据楼适夷同名小说改编，徐欣夫导演）、《丰年》（阿英编剧，李萍倩导演）等。文化资本家试图通过左翼文化人"救市"，却未能达到目的。1934年1月，明星公司的刊物《明星月报》的新年题词，显得忧心忡忡：

---

① 程步高：《新年的感想》，1934年1月1日《申报》"电影专刊"。

> 这一年中，制作者采用最多的剧本是以农村破产为题材的，为什么不约而同的采用了这一种剧本？对于观众的影响如何？在另一方面，这一年中，国产影片的营业渐见衰败，为什么会得到这样恶劣的结果？这些，我们都当仔细的估量一下，以来决定未来的路线。①

文章没有署名，从语气和登载的位置、时间来看，应该说反映了明星公司决策层的困惑——文章几乎全由疑问句组成。公司方面又似乎知道了问题答案，只是不便说出口来——题材的千篇一律是导致营业衰败的原因之一。

左翼电影题材集中于农村，显然是从左翼小说那里蔓延过来的。"近来以农村经济破产为题材的创作，自从茅盾先生的《春蚕》发表以来，屡见不鲜"，《现代》的编者在1933年底说，他们至少收到了二三十篇以"丰收成灾"为题材的稿件，"因材料的关系，以及流行的创作方法的影响，内容大都是一样的。有几篇甚至故事的进行完全雷同"。②《文学》的编辑傅东华也叫苦不迭：来稿雷同，自己又不能期期都出"农村问题小说专辑"③。到了1935年，茅盾看到的仍然是这样一副情形：文学杂志刊载的创作千篇一律，"十之九是农村描写，并且十之九不过是人名地名的不同，而所表现的农村现象则彼此一样"。但是，茅盾认为问题不在题材"单调"，而是描写农村的作家要真正去熟悉农村生活，而且要对"现社会的全机构有更深一步的理解"，"然后即使篇篇是农村描写也不会引起读者'单调'之感了"。④ 文坛上的问题，本书的第十三章还将有详细的论述。

电影方面的农村题材热却没有像小说界那样，延续如此长的时间，因为它一开始就未能获得市场成功：《春蚕》首轮映期只有5天，《铁板红泪录》更是只

---

① 《前题》，《明星月报》，1934年1月。
② 编者："四卷狂大号告读者"，《现代》4卷2期，1933年12月。
③ 傅东华："编辑人的私愿"，《文学》第4卷第4号，1935年4月。原刊无署名。
④ 渔（茅盾）：《一个希望》，《文学》第4卷第6号，1935年6月。

有 3 天。蔡楚生转向后自编自导的第一部影片《都会的早晨》,却创下了国产片连映 18 天的记录。需要说明的是彼时电影的放映机制。一般说来,首轮只在一家影院上映,只要有观众,一部影片就在此家影院一直放映下去。首轮放映天数是反映一部影片是否受观众欢迎的最直观也是最客观的标准。通过翻检《申报》电影广告,我们就能得到电影首轮放映天数。

《春蚕》的改编者夏衍严格遵从原著,程步高也延续了纪录片风格,但有人讽刺道,它几乎成了"怎样养蚕"的科教纪录片,连许多左翼影评人都觉得它太"沉闷"了。阿英仍然宣称他们对影片不卖座并不"懊悔",坚持认为《春蚕》确立了"中国电影文化运动"的路向:从作为"消遣品"到作为"教育"之具,从"罗曼司的记录"到"社会生活史"。阿英还要求左翼阵营内持不同意见者"了解他自己的任务,并真的站在'运动'的立场上说话"①,这就使得本来并不看好《春蚕》的左翼影评人石凌鹤承认了自己的"错误"②。程步高则试图做到既有"健全的意识"又能"吸引大量的观众",既"对得起公司"又"对得起自己",由此而来调合"罗曼司的记录"和"社会生活史"的《同仇》(编剧仍为夏衍)③。洪深亦反思道:虽说"良药苦口利于病",左翼电影为什么不能"用透明质的薄纸或者是糖皮包着,使病人容易吞下"?④ 几部谈农村"生产"的影片"未能收到良好的效果",使蔡楚生"更坚决地相信,一部好的影片的最主要的前提,是使观众发生兴趣",电影"在正确的意识外面,不得不包上一层糖衣"。⑤ 蔡楚生再次获得了成功,他编导的《渔光曲》既"叫座"——创造了国片连映 84 天的惊人纪录,又"叫好",获得了莫斯科电影节荣誉奖。

然而左翼影评人对蔡楚生编导的影片仍是毁誉参半,指责主要集中在"典

---

① 凤吾(钱杏邨):《再论〈春蚕〉》,1933 年 10 月 10—11 日《晨报》"每日电影"副刊。
② 凌鹤:《〈春蚕〉的再检讨》,1933 年 10 月 10 日《申报》"电影专刊"。
③ 程步高:《新年的感想》。
④ 沙基:《中国电影艺人访问记,十一〈铁板红泪录〉导演洪深》,1933 年 12 月 5—6 日《申报》"电影专刊"。
⑤ 蔡楚生:《八十四日之后——给〈渔光曲〉的观众们》。

型的小市民电影","滑稽的穿插"过多,"改良主义","放弃了必然"而"迁就偶然","乱拉的杂碎"等。① 蔡楚生对此做出了解释说明,并总结他的风格形成的外部原因。归纳起来大致有如下四点:一,蔡楚生编导的影片有一个模式(孙瑜亦是如此),即从农村到都市,但以都市为主。因为蔡楚生明白"观众的大部分"是"都会的人们",影片只有"比较近于他们的生活",才能把他们吸引进影院。② 因此,他冒着文不对题的危险,把《渔光曲》的大部分场景安排到了上海而不是渔村。二,凭他"个人过去的经验,以为现在的观众,还是要求看比较情节复杂些的东西"③,左翼影评人却指之为"乱拉的杂碎"。三,"为着使我的作品容易和广大的群众接近",采用"浅显而深入的喜剧手法——甚至是很夸张的喜剧手法"。④ 这是针对"滑稽的穿插"的批评。四,在内容方面,蔡楚生电影暴露黑暗却不提供解决方案,这一点笔者在下文还将有进一步论述。

问题虽然是围绕着电影市场和观众趣味展开,却无意中解决了左翼文艺题材决定论的弊病。市场并非总是万恶不赦,它要求电影必须表现制作者、观众都熟悉的生活,于是涌现出一大批都市题材的影片,如《都市风光》《十字街头》《新女性》《神女》《新旧上海》等今天看来都是中国电影史上经典的作品。电影从业人员显然更熟悉受压迫的都市女性、失业青年和"小市民",却无从表现农人养蚕时从忐忑不安到喜悦,再到失望的情感。蔡楚生和孙瑜编导的影片中亦有工人农民,但是蔡楚生一般把"工农大众"放在伦理情节剧的情境下而非劳动场景之中表现,孙瑜则往往挪用都市符号来装扮村姑,使之符合都市观众口味。

都市观众的构成与趣味仍需要进一步细分。《渔光曲》的市场成功表明它

---

① 参阅凌鹤:《评〈渔光曲〉》,1934 年 6 月 15 日《申报》"本埠增刊";均(郑伯奇):《观影偶记·渔光曲》,《电影画报》第 12 期,1934 年 7 月;尘无:《〈迷途的羔羊〉试评》,1936 年 8 月 16 日《大晚报》"每周影坛"副刊。
② 蔡楚生:《八十四日之后——给〈渔光曲〉的观众们》。
③ 蔡楚生:《八十四日之后——给〈渔光曲〉的观众们》。
④ 蔡楚生:《会客室中》,《电影·戏剧》第 1 卷第 2—3 期,1936 年 10、11 月。

第十章　市场与政治：1930 年代的左翼电影运动

做到了"雅俗共赏"。1930 年代，一部电影票房能超过 3 万元已属不易，《渔光曲》则至少卖到 10 万元，另有欧洲放映权卖了 4 万元①。更多的左翼电影，如"电通"出品的《桃李劫》、明星二厂的《十字街头》和"联华"的《体育皇后》等，其拟想观众主要是青年学生和受过学校教育的青年职员。明星二厂负责人周剑云透露，一厂出品的《永远的微笑》（刘呐鸥编剧、胡蝶主演）在南京一地就卖到 5 万元，而《十字街头》在沪宁两地才卖了 3 万元。他"请了几位朋友的太太和小姐去看（《十字街头》)，结果他们都嚷着看不懂，或太无剧情等话，故上映未及半小时，就退出去"。他哀叹道："落后"的观众仍占多数，"照目前情形看，制作一部片子，要把前进，半吊子，落后的三种人都能抓住，实在是不容易的一件事"②。蔡楚生也把观众划为三类："第一种是知识阶级层，他会从最高的理解里出发，去探求他每一部制作中所含育的最深一层的意义；第二种是小市民层，他会觉得他的每部制作都'有点意思'也很'好玩'；第三层是底层社会的群众，就直觉地去接受他那最浅显的部分：同情或者哄笑"。蔡楚生追求"无论哪一阶层的观众都欢迎他的作品"③，他显然做到了。

身处市场之中，左翼电影能否做到"雅俗共赏"实在是一件命运攸关之事。1934 年上映的《渔光曲》《姊妹花》（郑正秋编导，连映 61 天）分别把"联华"和"明星"从破产的边缘暂时挽救出来。1935 年初，成立不久的以左翼精英为主的"电通"倒闭，职员们转入明星二厂，1937 年初，二厂又因经济无以为继并入一厂。这里并不是说，"雅俗共赏"是唯一"正确"的途径，事实上，《桃李劫》等影片也取得了令人赞叹的艺术成就。"电通"和明星二厂的破产表明了左翼电影在市场经济条件下生产与生存之不易，左翼电影的总体成就因而显得弥足珍贵。左翼影人的困境在于：如果不考虑俗趣，即便"意识正确"，左翼电影在

---

① 参阅《影片公司的牵命》，《电声》第 5 卷第 8 期，1936 年 2 月 28 日；"日日谈"，1934 年 8 月 16 日《中华日报》。
② 沙蒂：《周剑云谈影业状况》，1937 年 5 月 15 日上海《大公报》。
③ 蔡楚生：《八十四日之后——给〈渔光曲〉的观众们》。

市场之中也是十分脆弱的。话又说回来,"底层社会的群众"的"同情与哄笑"(左翼影评人则贬为之"苦情戏"与"噱头")仍然是底层立场之表达。过于精英的艺术立场,对于艺术发展固然有利,对于革命宣传和整个左翼电影之生存,却是不利的。

二 电影与意识

1930年代的左翼电影坚持暴露社会黑暗,抗议社会不公,极力承担起社会革命和民族革命的动员重任,它号召都市青年到底层去和工人阶级相结合、投笔从戎参加民族解放战争。问题在于,既然电影是文化工业,也是视觉艺术、叙事作品,那么,左翼电影的意识形态就不仅仅体现于叙事模式,还会借新型的明星形象及其塑造的银幕形象现身。这就要求我们分析左翼明星形象、银幕角色以及二者之间的裂缝,而不是单单去谈电影剧本的写作宗旨。由于篇幅和论题的关系,电影的叙事模式方面,这里只能选择影片"如何结尾"这个问题加以讨论——因为结尾常常意味着解决社会问题的方案,所以显得尤为重要。

1930年代的电影明星大致可分为三类,一类是左翼进入电影圈之前就已经成名者,如胡蝶、阮玲玉、金焰;二是从话剧舞台转到银幕者,如袁牧之、陈波儿、艾霞、王莹、胡萍;第三类来自黎锦晖组织的明月歌舞团,如黎莉莉、王人美、黎明晖、徐来。时人认为,胡蝶、阮玲玉等人虽然既有"美丽的姿容"也有表演天才,但是进步观众"对演员有了一种更大的期待。就是,他们心目中的明星,要有现代性的姿容、健全的身体、明朗的性格,能够理解文学和戏剧的素养和聪明,以及可以使观众感到亲密的品行上的节制"①。全面符合这些要求的,非金焰、王人美、黎莉莉莫属。有意思的是,三人皆是曾经留学美国的导演孙

---

① 谢钊:《论王莹型》,原刊《大晚报》,转引自李润新《洁白的明星——王莹》,中国青年出版社1987年版,第79页。

瑜启用的演员,在很大程度上,以金焰等人为代表的新型明星形象,是孙瑜组装都市摩登符号和革命意识的产物,他导演的影片往往也是充满欲望的革命叙事。

金焰在《大路》中扮演筑路工人,影片刻意展示了金焰/工人阶级的强健体魄。明星们"现代性的姿容"和"健全的身体"得益于他(她)们酷爱体育,是都市文化健康一面的产物——"联华"组织有篮球队,金焰积极参加,他还喜爱划船、打猎、拳击、游泳。工人阶级则是借助明星形象走上银幕,他们在《大路》中是那样的健康、明朗、乐观、豪迈,与左翼电影中脑满肠肥的资产阶级、弱不禁风的小市民和文人的形象形成了鲜明的对照。

美丽、健美、浪漫、进步是王人美、黎莉莉等女性明星共有的形象。这种明星形象可以用来饰演村姑、女工(如《天明》《野玫瑰》《大路》),也可施于学生(《体育皇后》)、歌女(《风云儿女》),以及返璞归真的市民(《到自然去》),上述几部影片,除了《风云儿女》,也皆是孙瑜编导。影片中的村姑、女工除身着布衣外,与都市摩登女郎并无不同:画眉、抹粉、烫发。孙瑜还要把破衣烂衫做得美观些,王人美回忆说:拍摄《野玫瑰》时,孙瑜"告诉服装师补丁本身要搞得像花朵一样,再补在合适的地方,就显得美"①。显然,导演和观众皆是以都市(男性)目光打量着影片中的乡村女子/明星形象。当时江南乡村女子多着宽筒及踝的长裤,影片中的村姑则一律穿着裸露大腿的短裤。即便在都市,穿着短裤亦非摩登女郎所敢想象——除非是运动中的"体育皇后"。孙瑜编导的影片在画面上常常使我们想到好莱坞,在叙事模式上基本仍是左翼的:他和沈西苓常常用"诗意"的、唯美的镜头展现农村,营造田园牧歌情调,然后又亲手打碎它,从而坚持了现实主义精神。在某种意义上,《渔光曲》才是第一部真正描绘贫民的左翼影片:饰演小猫的王人美,脑后长辫,额前刘海,在农村时虽然穿着短裤,却并不"美"。不过,像《渔光曲》这样恪守现实主义"细节真实"法则的影

---

① 王人美:《我的成名与不幸》,上海文艺出版社1985年版,第105—106页。

片,在当时并不多见。

1930年代的左翼影片把大量的镜头留给了都市青年。《新女性》《母性之光》《风云儿女》《压岁钱》《十字街头》等影片一方面表现了进步青年的艰辛生活,另一方面也塑造了大量理想人物:到工厂夜校或平民托儿所作教师的歌舞明星,赴东北参加义勇军的诗人、大学生。他(她)们自觉地向都市底层流动或脱离都市北上,成为1930年代的"文化英雄"。

人们一般会认为,《新女性》的主角韦明就是新女性。左翼电影小组领导者王尘无则说:韦明虽然"愤恨着给她种种痛苦的社会,但是她无法改造这种给她苦难的社会",工厂补习学校教师阿英和女工们才是真正的新女性。不过,王尘无也没有做出过度阐释。在影片结尾,编剧孙师毅收回了对韦明的人道主义同情,观众看到的是:女工们的队列整齐得"像作战的士兵",她们踏着载有韦明自杀消息的报纸,"高唱着雄迈而严肃的进军歌"向前进。王尘无赞叹道:在女工们的映衬下,"拼命享乐"的"资本社会的新女性"固然形同蝼蚁,韦明之死亦"轻如尘埃"。①《压岁钱》表达了同样的意识:歌舞明星江秀霞因为被爱人抛弃而沦为舞女,最终她还是醒悟了,去工人补习学校教授抗日歌曲。《母性之光》(田汉编剧)中的"五四青年"家瑚,因反抗军阀而流落南洋,在矿山做工期间"明白了许多道理",回沪后开设了平民托儿所。文化人怎样才能接触到劳苦大众?最方便的地方无疑是工厂补习学校,最理想的是成为工人。

另一类英雄则毅然脱离都市漩涡,同时也抛弃了文化事业。《风云儿女》中的小凤与其扮演者王人美一样是歌舞明星,不过,前者加入歌舞团是为了回到故乡东北农村。男主人公辛白华(袁牧之饰)以长城组诗而获得"国民诗人"的称号,然在左翼文化人看来,其道德仍有待完善,他迷恋上了史夫人。后者可谓左翼文化人眼中上海的象征:富有、主动、性感、神秘,对民族危机漠不关心。最终,辛白华摆脱了她/上海的纠缠,远赴东北成为一名义勇军士兵。在

---

① 尘无:《关于〈新女性〉的影片、批评及其他》,1935年3月2日《中华日报》"戏"周刊。

影片的结尾,辛白华巧遇小凤,在大众的洪流中,二人手挽手高唱《义勇军进行曲》向前进。借助于"文化英雄",革命的道德律令开始现身银幕。

"文化英雄"是明星们塑造的角色,却非影人的实际选择,前者实在是后者的"超我"。在现实生活中,影人们关心时事但没有投笔从戎,同情下层社会的苦难却还没有和工农兵相结合。不少人处于"超我"的召唤与实际生存状态的矛盾之中。都市为他们提供了职业,也使他们时时处于失业的威胁之下;他们的爱情幻想,往往投射于住在亭子间隔壁的知识女性身上,而不是像影片那样,在东北农村的抗战洪流中与爱人并肩作战。深刻地表现了包括左翼影人在内的职业青年的"集体无意识"的影片,恐非《十字街头》莫属。一群"毕业即失业"的上海大学生站在"十字街头",他们有三种选择:大个子毅然北上抗日,自杀未果的小徐责备自己意志薄弱,无奈回转家乡,老赵(赵丹饰)和阿唐(吕班饰)则留在了上海。老赵终于在一家报馆找到了工作,影片的一些细节令人印象深刻:谋得了职业的老赵简直无法表现自己的狂喜,以至于摔了阿唐的雕塑作品来"抒情";他把白球鞋刷成黑色,西装"革"履地开始了"新生"。阿唐也谋得了一份画街头广告的工作。老赵还找到了爱情:住在隔壁的女青年也是学生出身,职业是纱厂教练员,通过她,老赵得以报道女工们的悲惨生活。很难想象都市青年还有比这更好的把个人生活(职业、爱情)与革命结合起来的方式。然而好景不长,老赵和恋人都失业了,经过种种磨难,有情人还是终成眷属。在影片结尾,几位都市青年手挽手向前进。不同于《风云儿女》中的辛白华和小凤,他们走进的是高楼林立的都市通衢;老赵还有一句台词:"职业并非一次。"

上文已经提及几部影片颇具意味的结尾。在某种意义上,我们可以说,1930年代的左翼电影在有意书写着"五四"经典文本的"续集",而日后的左翼电影以及共和国时期电影也可看作1930年代的"续集"。

一出戏剧或电影,开头和主干的任务是营造矛盾,结尾则是解决困境;从政治的角度来解读,解决困境即是提供解决社会问题的方案。因此,如何结尾往往是诸种意识形态的聚焦点。南京电影检查委员会和左翼影评人皆紧盯着结尾,编剧顾问和导演从不同角度考虑问题,也常常在如何结尾这个问题上发生争执。譬如《脂粉市场》,夏衍提供的结尾充满政治寓意:"天快亮了!"倘若正面表现"天"如何"亮",势必会被"电剪(检)会"剪掉;导演张石川却又添了个结尾:曾为百货公司职员的女主人公,开设了一家家庭商店。"小市民"观众恐怕会认为,与其在公司受老板苛责和剥削、受"白相人"性骚扰,还不如自己当小老板,自由!这种解决社会问题的方式自然遭到了影评人的批评。左翼阵营内部也常常为结尾问题发生争执,宋之的从剧情完整性出发,认为《新女性》应结束于韦明大呼"我要活!"如果这样结尾的话,影片会更有冲击力。宋的主张遭到了王尘无、唐纳的批评:怎么能够删除表现了真正的"新女性"女工的结尾?① 让观众、左右两翼皆大欢喜的例子则有《野玫瑰》,影片以男主人公脱离资产阶级家庭、参加军队结束——招引江波从军的,是他一度失去的"野玫瑰"以及国民党军官。

"五四"时期,大团圆主义备受新文化人攻击。某些古代小说如无大团圆结局,或可算作"暴露黑暗"的作品;有之,则整部作品所起的社会功能就是让人"逃避现实"。"五四"作家采取的对策是:只问病源,不开药方,取开放性或悲剧性的结尾。被"五四"奉为经典文本的《娜拉》,即以女主人公出走而结束。1930年代的左翼文艺作品显然已不满于这样的结尾了,既然左翼文化人认为他们找到了解决一切社会问题的方案,就要把它表达出来,于是乎在顾及观众趣味的情况下,他们安排"有情人"在东北前线"终成眷属",或是安排离散家庭在平民托儿所大团圆。

《母性之光》构建了"五四青年"在1930年代的转变。我们也可以把《新女

---

① 参见一舟(宋之的):《再论〈新女性〉》(1935年2月13—15日上海《民报》)、《再论〈新女性〉必然的几点声明》(1935年2月28日上海《民报》),唐纳:《论〈新女性〉的批评》(1935年2月26日上海《民报》)诸文。

性》视为《终生大事》的"续集"。韦明回忆历史,画面闪回,一对"新青年"吵架、离婚,韦明把孩子留在北平(昔日新文化运动的中心)让姐姐照顾,只身到上海(左翼文艺运动中心)谋生。鲁迅在20年代追问"娜拉走后怎样?"答案是要获得经济权,否则娜拉们迟早要"回来"。《伤逝》也表明娜拉们仅仅完成出走是不够的,但是子君的结局仍然是死亡;涓生表示要继续奋斗,然而他恐怕与小说作者一样处于彷徨之中。娜拉们如何才能获得经济权呢?按通常理解,谋得职业,经济上才能独立。《新女性》《脂粉市场》却力图表明,在资本主义社会中,女性要获得人格、经济的双重独立是根本不可能的,真正的出路只有革命。

在如何结尾的问题上,蔡楚生在1930年代左翼编导中可以说是个异数。他主张尊重观众心理,反对主人公在结尾来个莫名其妙的政治转变。《渔光曲》的结尾是:力图振兴民族工业的资本家之子留学归来,收留了儿时的朋友小猫、小猴,一同在新式渔船上捕鱼;小猴最终患病死去,又使得影片成了打了折扣的"团圆"。这样的结尾自然会遭到"改良主义"云云的批评。《迷途的羔羊》不同于蔡楚生先前的影片,它采取了开放性的结尾,仅仅提供"备忘录",这就回到了只问病源、不开药方的"五四"路径。蔡楚生坚称他的影片只是"如实的,将他们悲惨的生活状态描绘出来。至于要怎样才能使他们'脱苦海而登衽席',就不是浅薄的我所能知道,所最知道的了"①。蔡楚生应该知道自己的话的分量:在1930年代,对"出路"确信与否,实在是区分革命文艺和人道主义文艺的分水岭。

如果说《新女性》是《终生大事》的"续集"的话,日后的左翼电影就是在写作1930年代电影的"续集"。在1930年代,异己的环境使左翼影人不能正面表现英雄人物,影片只能以英雄人物和女工为配角,或是描写到主人公转变即戛然而止。如前所述,受自身生活经验和市场的局限,在大多数情况下,左翼影人没有用现实主义手法表现工农大众。不过,虽然身影朦胧,"新女性"/"新

---

① 蔡楚生:《〈迷途的羔羊〉杂谈》,《联华画报》第8卷第1期,1936年。两年前,他在《中国电影往何处去》(《电声》第3卷第31期,1934年8月17日)一文中表达了同样的意思。

人"/"新中国"已于30年代现身银幕：辛白华等人将小凤改名为"新凤"，以东北战火中的一副中国地图来彰示凤凰涅槃，"新凤"显然象征着"新中国"。《风云儿女》的插曲日后恰恰成了"新中国"国歌。新凤、大个子等人在抗日前线谱写着怎样的新篇章？阿英和秀霞们如何在工人补习学校中开展活动？表现这些英雄，将是40年代及"新中国"电影的主要任务；而留在上海寻找职业的老赵、阿唐们，则将接受"改造"，按照左翼电影所塑造的时代英雄之模式进行，从这个角度上说，日后的"改造"又不完全是外在的、强迫的。

1930年代的中国左翼影人的确创造了一个奇迹：在市场经济条件下建立了相对自主的文化生产场，在政治独裁、文化专制的情况下顽强地张扬自身的意识形态。这两方面互为表里：只有借助而非回避商业传媒，才能获得广泛的影响，才能有效地对抗官方意识形态；文学艺术也只有对抗政治上和经济上的统治者，才有独立性可言。左翼影人之所以能取得这样大的成就，客观上与民族危机导致的社会觉醒、左翼意识形态的事先铺垫、统治当局未能全面控制社会有关，另一方面，也是因为左翼文化人并非"洁身自好"之辈，他们抓住了历史机遇：只有进入"黑暗的电影圈"，才能挣得"一线光明"。

第三辑

《现代》杂志与文坛之"新""旧"

第十一章　新感觉派小说与"现代"派诗歌的互动与"共生"

早在二十世纪三十年代,就有人注意到,中国现代派诗歌和新感觉派小说存在着某种联系。蒲风认为,前者是"象征主义和新感觉主义的混血儿",它所追求的是"一种不便于吟唱的纯眼睛上的艺术"。① 金克木则把现代派诗歌分成三类,有一类即为"以感觉为主的"诗歌,其特点为:

> 废弃旧有的字面,代替上从来未见过的新奇的字眼,用急促的节拍来表示都市的狂乱不安,用纤细难以捉摸的联系(外形上便是奇特用法的形容词和动词和组句式样)来表现都市中神经衰弱者敏锐的感觉,而常人讳言或不觉的事情也无情的揭露出来,就更能显露都市中追求刺激的病态。②

如果我们说这些也是新感觉派小说的特色,亦未尝不可。不过,蒲风和金克木皆没有说明,现代派诗歌为什么会和如何混入了新感觉主义的"血液"? 我们还想继续追问,现代派诗歌对新感觉派小说的文体是否也有着深远的影响?

---

① 蒲风:《五四到现在的中国诗坛鸟瞰》,《诗歌季刊》第 1 卷第 2 期,1934 年 3 月。
② 柯可(金克木):《论中国新诗的新途径》,《新诗》第 4 期,1937 年 1 月。

要回答上述问题,笔者认为,考察其时的大型文学期刊《现代》及其前身《无轨列车》和《新文艺》,应是一个比较有效的方法。毕竟,现代派诗歌和新感觉派小说都萌芽于《无轨列车》和《新文艺》,成熟于《现代》。这三份刊物在编辑方针上有一定的延续性:它们皆比较注重国外"新兴文艺"的译介,在刘呐鸥等人看来,"新兴文艺"不但包括左翼文艺,还包括西方的意象派、象征主义、未来主义等,自然也包括法日两国的新感觉派,这既拓宽了也限制了新感觉派小说家和狭义上的"现代"派(这里指在《现代》上发表诗作的)诗人们的外国文学视野。中国新感觉派小说和现代派诗歌正是在上述诸种西方文艺思潮的"混合液"中抽芽的。我们还可以把为这三份杂志供稿的新感觉派小说家和现代派诗人,称作"无轨列车—现代作家群":他们不但在人事上有着密切联系,而且在创作上也相互影响、相互依存。穆时英小说的许多修辞技巧和意象就是从这些杂志登载的以及同人发表于他处的诗作中化用而来的;而当"穆时英风"风靡上海之后,现代派诗歌也为之一变,后期《现代》就登载了大量带有"新感觉腔"的诗歌。本文试图在杂志这一"文学生态环境"中,考察新感觉派小说和现代派诗歌之间的"共生"关系。

一　都市体诗化小说

由于金克木所说的"以感觉为主"的现代派诗歌主要出现于《现代》的晚期,所以我们先来回答第二个问题,即现代派诗歌对新感觉派小说是否有着深远的影响,答案应该是肯定的。

不难发现,和现代派诗人一样,新感觉派小说家也常用象征主义的技法,如通感、"远取譬"等来修辞造句。在穆时英那里,女性的"笑劲儿里边有地中海旁葡萄园的香味"[①],曲调是"紫色的,梦幻的疲倦的"[②],此种技巧在其他新

---

① 穆时英:《公墓》,《现代》第1卷第1期,1932年5月15日。
② 穆时英:《PIERROT》,连载于《现代》第4卷第4—5期,1934年2月、3月。

感觉派小说家的作品中亦比比皆是。施蛰存认为,穆时英的小说技巧和作风常是他人的"好思想、好辞句的大融化","他的作品中有许多句段差不多全是套用了戴望舒的诗句",①我们的确可以从穆时英的小说中发现他人诗歌的影子。《被当作消遣品的男子》中有这样的句子"孤独的男子是把烟卷儿当恋人的。它时常来拜访我,在我寂寞的时候,在车上,在床上,在默想的时候,在疲倦中的时候……甚至在澡堂里它也会来的。也许有人说它是不懂礼貌,可是我们是老朋友",这显然是在模仿戴望舒的《我的记忆》一诗的句式和语调。这篇小说还形容蓉子"像一只有银紫色的翼的大夜蝶,沉着地疏懒地动着翼翅",这又直接套用了崛口大学的《室内》中的诗句(该诗是1929年12月《新文艺》第1卷第4号登载的《崛口大学诗抄》之一首)。另外,我们还可以在穆时英的许多作品中发现"雨巷"的痕迹,笔者对此还将有详细的论述。这里要说的是,穆时英虽然没有诗歌创作,却是十分关注同人的诗歌创作的,并仔细阅读了《新文艺》等杂志中所登载的译诗,基本上认同了现代派的诗歌观念,并在小说中有意借鉴了某些技巧。

不仅是叙述语言,新感觉派小说中的人物对话也充满着"远取譬",也是现代"诗"。试举一例以证之,在叶灵凤的《紫丁香》中,当男主人公追求到目标后,友人的问话及"我"的回答是:

革命了吗?几时发生的?要承认吗?
我用左手拍拍他握着我的右手的右手:
等待着,政权还没有巩固啦!
笑着,可是,国旗的颜色终于变了。②

经过精心的修饰,人物的对话与小说的叙述语言协调了,但其缺点也是显

---

① 施蛰存:《一人一书》(下),《宇宙风》第33期,1937年1月16日。
② 叶灵凤:《紫丁香》,《现代》第2卷第1期,1932年11月15日。

而易见的:人物的个性常常被牺牲,而成为"扁平"式的。不过,这似乎是无可奈何的事,甚至可以说是小说为追求诗化而不得不付出的代价。①

虽然新感觉派从现代诗派那里受益匪浅,但是,在"远取譬"上,穆时英们无疑比后者走得更"远"。他们常用一些现代事物甚至是科学名词作喻体,而这在早期的现代派诗歌中是很少见的。穆时英的《夜总会里的五个人》有这样的句子:"标金的跌风,用一小时一百基罗米突的速度吹着,把那些人吹成野兽,吹去了理性,吹去了神经。"②刘呐鸥把选择妻子比作解方程式③,而叶灵凤在描述主人公盘算着女友是否会来时,也用了这样的比喻:"将 X 代表了她,我在空中列着种种的算式;聪明的学生,每次求得的结果总是一律:她一定来。"(《紫丁香》)与其说这仅仅是一种修辞手法,还不如说,新感觉派小说家拓展了中国作家的体验范围。当大多数诗人的体验仍局限于自然而远离都市人工时,新感觉派已把触角伸向现代文明所产生的事物,从而给读者造成了"陌生化"的新奇感。而他们的这种修辞方法也与艾略特等人的现代主义诗歌以及后者所称赞的玄学诗有暗合之处。④

新感觉派小说在结构上一般不以情节为中心,而多以音乐曲式一般的组织法来使作品获得内在节奏感。他们善于在小说中不断地闪现某一意象,并稍加"变奏":《被当作消遣品的男子》前半部分反复出现的是"这张天真的嘴也是会说谎的吗?"当蓉子走后,另一句"不是她! 不是她啦!"又在小说中反复出现;在徐霞村的《Modern Girl》中,"信子笑着把目光向旁边移开。/——我不知道"共出现了四次⑤;叶灵凤则常以女性的外貌作为反复出现的结构性意象,如《紫丁香》《第七号女性》等作品。⑥ 这些相同或相似的句子有点类似于诗歌

---

① 废名的诗化小说《桥》也存在着同样的情况,主人公小林显然同作者一样,也是个诗人,而不是"典型"人物形象。
② 穆时英:《夜总会里的五个人》,《现代》第 2 卷第 4 期,1933 年 2 月 15 日。
③ 刘呐鸥:《方程式》,《新文艺》第 1 卷第 4 号,1929 年 12 月。
④ 参见艾略特:《玄学派诗人》,《艾略特文学论文集》,百花洲文艺出版社 1994 年版。
⑤ 徐霞村:《Modern Girl》,《新文艺》第 1 卷第 3 号,1929 年 11 月。
⑥ 叶灵凤:《第七号女性》,《现代》第 2 卷第 3 期,1933 年 1 月 15 日。

的叠句,它不但使小说获得了诗一般的节奏,而且使其在不以情节为结构中心的情况下,仍不失为一有机整体。

由于新感觉派小说在语言、意象联结和结构上,都采用了大量的诗歌手法,并以都市为题材,因此我们可以称之为"都市体诗化小说"。①

如果上溯到新文学的第一个十年,我们会发现,部分创造社和沉钟社作家已经开始探索如何把象征派诗艺引入小说创作。成仿吾的《一个流浪人的新年》、陶晶孙的《木犀》和《音乐会小曲》、林如稷的《将过去》、冯至的《蝉与晚钟》皆是这样的作品(前三部小说还以都市作为故事的发生背景),成仿吾、陶晶孙的创作与同属创造社的穆木天、王独清的诗歌也构成了"共生"关系。上述几篇小说在技法上和新感觉派小说有着许多相似之处,如重视意象的象征作用,用不断闪现的意象来结构作品等。② 陶晶孙曾以自己的《绝壁》来说明新感觉派小说的特点③,正如陶晶孙"也许是中国第一个受日本新感觉派影响的作家"④一样,我们也许可以把上述几部小说作为"都市体诗化小说"的源头来考虑。

如果说主要是象征派诗艺影响了陶晶孙等人的小说创作,那么,新感觉派还从未来派"自由语"那里汲取了自己所需的养料,在某种意义上,后者使穆时英们找到了描绘都市的适合的笔调。而穆时英等人对未来派发生兴趣,恐怕仍与《新文艺》等杂志有关。

二十世纪二十年代末三十年代初,随着普罗文学的兴起,左翼文坛兴起了未来主义热,二者的共同之处在于,(至少在当时的普罗文学理论家看来)它们

---

① 与此同时,废名在探索另一条诗化的道路。废名所追求的是自然成文,所以结构上是散文式的,像一条随意流淌的小河;"都市体诗化小说"同样具有流动感,但是,反复出现的意象则如同廊柱一样支撑起复杂的结构,是一座"流动的建筑"。
② 成仿吾称他的《一个流浪人的新年》所"注意的是全体的 Composition,文法与节奏(rhythm)"。(《自语》,《创造季刊》第1卷第1期,1922年1月)按,Composition 既有"构成"之义,也有"作曲"之义。他的作品的确用"构成"代替了传统的情节结构(Plot),使小说不但在音节上而且在结构层面上走向了音乐化的道路。
③ 《陶晶孙选集》,丁景唐编选,人民文学出版社1995年版,第264页。
④ 严家炎:《中国现代小说流派史》,人民文学出版社1989年版,第102页。

都要求作家歌颂现代工业文明。《新文艺》亦登载了大量的相关译介文章,如苏联文艺理论家莆理契(今译弗里契)的《艺术之社会的意义》、M.伊可维支的《唯物史观的诗歌》和日本藏原惟人的《新艺术形式的追求》等。① 这些文章在为无产阶级文学辩护的同时,称"那产生于城市、机器和战争中的"未来主义"是现代性风格的最适合的表现",要求无产阶级作家用这一形式来歌颂工业文明(《艺术之社会的意义》)。戴望舒也响应了这一号召,其尝试之作《我们的小母亲》,登载于宣布转向之后的《新文艺》第 2 卷第 1 号。该诗称"在未来的日子里",机器"将成为可爱的,温柔的,/而且慈祥的,我们的小母亲"。戴望舒试图像未来派那样去歌颂机器,但又觉得它"不入诗",所以做了柔化、虚化处理。不难看出,戴望舒阴柔的诗情实际上是和普罗文学及未来主义格格不入的。由于"此路不通",戴望舒的此类诗作仅此一首。《新文艺》同人,除了冯雪峰外,很快同普罗文学分道扬镳,穆时英也转向了新感觉派,不过,他却把未来派"自由语"的技法十分娴熟地运用到了自己的创作之中。

藏原惟人在《新艺术形式的追求》一文中称,未来派"散文诗"式的"自由语"有三个特色:"第一,快板,第二,力学的,第三,感觉的。""关于感觉的描写,辟如马里奈底便不写'汽笛的声音',而直接写出——ssss,反响便写做 ffff,又如甘鸠洛更把烟字写做 FUMER",总之,"当做艺术形式上的未来派的功绩是在于拿快板,感觉的言语来换了从前的,慢的描写"。总的说来,新感觉派小说亦符合"快板"和"感觉"的原则。就局部的技巧借鉴而言,穆时英的《黑牡丹》结尾的一连串的"3",大概即源于此;在《五月》中,为了表现人物的惊叹,他把五个"啧"写作"啧啧啧啧啧",大概亦源于此。穆时英的小说文本的诸多细节和《新文艺》所登载的译介文章及作品的"巧合",再次证明,他对西方现代主义的理解,受益同时也受制于《新文艺》等杂志。但我们也必须注意到,新感觉派

---

① [日]藏原惟人:《新艺术形式的探求》,葛莫美译,《新文艺》第 1 卷第 4 号,1929 年 12 月;[苏]M.伊可维支:《唯物史观的诗歌》,戴望舒译,《新文艺》第 1 卷第 6 号,1930 年 2 月;[苏]弗里契:《艺术之社会的意义》,洛生译,《新文艺》第 2 卷第 1 号,1930 年 3 月。

感兴趣的只是作为"艺术形式上的未来派",而且是那些不太极端的技巧。

二　戏拟、反讽"雨巷"

一般说来,研究新感觉派小说和现代派诗歌的学者都会指出这批作家徘徊于现代与传统之间的心理矛盾,本文则想拈出穆时英小说中的"雨巷"情调,来说明在内在的情感层面上,穆时英亦和现代诗派诗人们存在着共鸣。不过,戏拟、反讽"雨巷",又能说明穆时英小说超越了浪漫主义的感伤情调而具有了现代主义的特质。

三十年代,戴望舒否定了《雨巷》一诗的形式,但在诗情上仍免不了感伤情调。施蛰存认为,新诗在形式上应按戴望舒开辟的道路发展,但"在精神上",要"竭力避免他那种感伤的色彩。但这也是不容易的"。[①] 许多现代派诗歌的确没有能够摆脱"雨巷"式的感伤情调,它甚至侵入到穆时英的小说之中,我们甚至可以把《公墓》《被当作消遣品的男子》和《PIERROT》等小说看作对《雨巷》的戏拟或意境的进一步稀释。

《公墓》中的玲子"老穿淡紫的"衣服,"有时是结着轻愁的丁香","叫我想起山中透明的小溪,黄昏的薄雾,戴望舒先生的《雨巷》"。《被当作消遣品的男子》中的蓉子虽是"Jazz,机械,速度,都市文化,美国味,时代美……的产物的集合体",但在小说的结尾,却摇身一变,变成《雨巷》中那个"撑油纸伞","投出太息一般的目光"的姑娘:

> 她便去了,像秋天的落叶似的,在斜风细雨中,蔚蓝色的油纸伞下,一步一步的踏着她那双可爱的红缎高跟鞋。回过脑袋来,抛了一个要告诉我什么似的眼光……

[①] 施蛰存:《我的创作生活之经历》,应国靖编《施蛰存散文选集》,百花文艺出版社2004年版,第104页。

《PIERROT》则可以说是对《雨巷》的戏拟:在模仿中改写并颠覆。其第一章亦营造了"雨巷"式的凄美的情调,琉璃子似乎也是《雨巷》中那个姑娘的化身;我们也注意到,这篇小说乃至整个《公墓》集都是呈献给戴望舒的。问题在于,为什么在穆时英的眼中,戴望舒是"远在海外嘻嘻笑着的 Pierrot"?①Pierrot 是法语词小丑,彼时戴望舒正在法国留学,怎么成了小丑? 原来,"雨巷"式的"洁净的琉璃子原来是我的错觉",她的"辽远的恋情和辽远的愁思和蔚蓝的心脏原来是一种商标,为了生活获得的方便的商标"。在都市中,潘鹤龄,也可以说是穆时英,似乎找到了梦寐以求的"雨巷"式的女性,最终却发现她是个风尘女子! 在这样的"黑色幽默"下,他们只有像 Pierrot,像"一个白痴似的,嘻嘻地笑起来"。穆时英为"雨巷"增添了极其复杂的一笔。

穆时英一再称引或戏拟"雨巷",不正证明了他抛不开"雨巷"吗? 这泄露了他内心深处的秘密:称引"雨巷"意味着对古典的朦胧的诗意的渴求。在这一意义上,我们可以说,戴望舒不但是现代派诗人们的"灵魂",而且部分地是穆时英们的精神领袖。

正因为穆时英对东方之美有着较为深刻的体验,能把它变成"诗",所以他的反讽才显得更为有力。刘呐鸥却对中国的传统诗意比较"隔",其《热情之骨》的主人公是法国人,所嘲讽亦是古希腊式的田园牧歌情调。穆时英则避免了刘呐鸥的"非中国的"特点,因而更为贴近中国都市读者的心理现实:徘徊于传统与现代之间,如潘鹤龄一样,因传统之美与现代商品社会的错位而常常产生一种荒诞之感。

从诗化小说的角度来看,从刘呐鸥到穆时英也有一个发展。刘呐鸥缺少一种把任何事物都变为新感觉、变为现代诗的本领,比如,《游戏》中的对公园景物的描写,就仍是"旧"感觉。穆时英笔下的田园却仍是现代诗式的:"校园里的钟声又飘着来了,在麦田里徘徊着,又溶化到农家的炊烟中。"(《被当作消

---

① 参见《〈公墓〉自序》及《PIERROT》题辞。

遗品的男子》)刘呐鸥小说的意象的跳跃跨度也没有穆时英的那样大,有时甚至显得冗长。如《游戏》中的一段文字:"我忽然看见一只老虎跳将出来。我猛地吃了一惊,急忙张开眼睛定神看时,原来是伏在那劈面走来的一位姑娘的肩膀上的一只山猫的毛皮。"这段文字虽然运用了错觉,不过仍是先修辞后解释/叙事,在节奏上仍是缓慢的,甚至带有章回体的语调("跳将出来","定神看时");虽然穆时英的早期小说也有着同样的章回语调,却没有把它带入"穆时英风"中。刘呐鸥由都市熙熙攘攘的人群联想到蚂蚁,于是写道:"那面交错的光线里所照出来的一簇蚂蚁似的生物大约是刚从戏园里滚出来的人们吧","一会儿他就在人群中被这饿鬼似的都会吞了进去"①;穆时英显然技高一筹,下面一段也可以说是"现代诗":

幸福的人啦!
生活琐碎到像蚂蚁。
一只只的蚂蚁号码3字似的排列着。
有啊! 有啊!
有333333333333……没结没完的四面八方地向我爬来,赶不开,跑不掉的。
压扁了! 真的给压扁了!②

这首"诗"的语言简洁,意象跳跃跨度更大,由蚂蚁联想到数字"3",十分新奇。但正如上文所言,从具体之物联想到抽象符号,亦是未来派的常用诗艺。

当然,从诗化小说的角度来看,新感觉派小说也有它的缺点。新感觉派小说家有着极其敏锐的感觉,且能把此种感觉化成现代诗,不过,他们没有能力把自己对于都市的思考变成"诗"。很可能是在左翼文坛和京派的双重挤压之

---

① 刘呐鸥:《游戏》,《无轨列车》第1卷第1期,1928年9月。
② 穆时英:《黑牡丹》,《良友》第74期,1933年2月。

下,他们常常急于借人物之口,直白地批判都市对人性的压抑,然而其笔下的人物性格又不足以承担这一任务,因此显得十分生硬,同时亦破坏了小说的诗意。

上文论述了作为"都市体诗化小说"的穆时英等人的创作,探讨了现代派诗歌在促使他们的创作走向诗化的过程中所起的作用,以及他们的创作的逻辑发展。另一方面,我们又注意到,《无轨列车》《新文艺》和早期《现代》登载的现代派诗歌中,很少出现都市意象,而多采用传统的意象入诗,甚至有人说戴望舒的诗歌是"象征派的形式,古典派的内容"①。

为什么现代派诗人在宣称现代生活给了他们完全不同的体验的同时,却一直对都市采取较为谨慎的态度?这是一个十分复杂的问题。虽然《现代》等杂志一直致力于西方种种"新兴文艺"的译介,但是,中国的现代派诗人还试图把自己的根系扎在本国深厚的诗歌传统之中,而如何使传统意象和"新名词"调和起来,的确是一个不易解决的历史性难题。

论述"现代"派诗歌的学者,经常会征引施蛰存《又关于本刊中的诗》(《现代》第4卷第1期)的话:

> 《现代》中的诗是诗,而且是纯然的现代诗。它们是现代人在现代生活中的现代情绪,用现代的词藻排列成的现代的诗形。
>
> 所谓的现代生活,这里面包含着各式各样独特的形态:汇集着大船舶的港湾,轰响着噪音的工场,深入地下的矿坑,奏着Jazz的舞场,摩天楼的百货店,飞机的空中战,广大的竞马场……甚至连自然景物也与前代不同了。这种生活所给予人们的情感,难道会与上代诗人们从他们的生活中所得到的情感相同吗?

---

① 参见杜衡:《〈望舒草〉序》,《现代》第3卷第4期,1933年8月。

虽说题为"关于本刊中的诗",事实上,在施蛰存写这段文字之前的《现代》杂志上,并没有描写舞场、百货大楼、空战、赛马的诗。施蛰存的话,可以视为一种召唤。戴望舒们也许会赞成施蛰存翻译的另一篇诗歌理论中的观点。虽然大多数现代派诗人生活在都市,但对都市生活不是十分熟悉。美国陶逸志女士说:"非等到我们能像百年以前的工匠和农夫熟悉于非工业的非机械的文化之诸要素一样地熟悉于我们这文化之诸要素的时候,我们是不能把它们具体地写到诗歌里去而获得成功。"①如果为了追赶摩登而生硬地引都市意象入诗,反而会使自己的诗作显得不伦不类,戴望舒的失败即证明了这一点。他们还注意到,西方某些现代主义流派也"不在机器、速、电"上"找题目",仍是"蜷伏在常见的,乡土的材料里",并且有着"伤感、悲哀"的调子,②这无疑为中国现代派诗人所走之路提供了合法性。

三　新感觉腔的都市诗

"无轨列车—现代作家群"或多或少有着或曾经有过"绝对摩登"的追求。穆时英们的成功,无疑也刺激了一些现代派诗人,使他们看到了新诗发展的一种"新途径"。前者已把都市题材引入文学创作,有意识地试验了文字甚至数符的潜在表现力,这不但为小说文体开拓了空间,而且也为诗人提供了新鲜的体验方式;更为重要的是,由于"新感觉派/都市体诗化小说"本身就使用了大量的诗歌技巧来描写都市,它似乎为中国的都市诗提供了一种现成的言说方式。因此,"新感觉腔"的都市诗从第 5 卷开始,在《现代》上大规模地"登陆",也就不令人奇怪了。

---

①　[美]陶逸志:《诗歌往那里去?》,施蛰存译,《现代》第 5 卷第 2 期,1934 年 6 月 15 日。施蛰存在这期杂志的《编后记》中还说这篇文章"有许多很好的对于诗的见解,故译了过来,亦希望读者不要忽略了它"。

②　陈君冶:"译者附记"(《谎语之夕》,摩莱谛著,陈君冶译),《现代》第 3 卷第 4 期,1933 年 8 月 15 日。

这类诗作的主要作者有郁琪①、徐迟②、沈圣时③、禾金④、吴汶⑤、陈江帆⑥、子铨⑦等。沈圣时、禾金、吴汶和陈江帆此前在《现代》上已有诗作发表,此时的诗风却不约而同地发生了变化。《现代》诗风的大规模"突变"如果没有主编施蛰存的组织,是很难想象的。虽然作为诗人的施蛰存意识到了自己的局限,除了《桃色的云》⑧,诗作中很少出现都市意象,但是,作为《现代》的编者,他却积极地为都市诗提供了舞台。

"新感觉腔"的都市诗的共同特色是:一,创作于"穆时英风"风靡之时,是在其影响下产生的。二,它们描绘的也多是舞场、商场等"都市风景线",甚至连诗名都是新感觉式的。三,这些诗歌皆长于"新感觉"的描写,有着快板式的节奏,意象并置等特征。上述第一点,有时间为证,第二点更是一目了然,第三点应该说亦是未来派"自由语"的技巧。虽然诗人们也可能直接从未来派那里汲取了营养,但亦有证据表明,在许多情况下,他们对未来派的借鉴其实是以新感觉派小说为中介的。比如,徐迟的《春烂了时》有这样的句子"街上起伏的爵士音乐,/操纵着:蚂蚁,蚂蚁们。/……太多的蚂蚁,/死一个,也不足惜吧",这与《黑牡丹》的结尾大概不是偶然的类似,因为徐迟在《二十岁人》中,还用了"555555555"和"????"来表现香烟的烟雾袅袅上升的形态。可见,徐迟对《黑

---

① 郁琪发表于《现代》的诗作有《谜》(第5卷第2期),《夜的舞会》《云》《春晓》《无题》(第5卷第3期,署名"前人")。
② 徐迟在《现代》第5卷第1期上发表《Meander》《七色之白昼》《微雨之街》和《都会的满月》。
③ 沈圣时发表于《现代》的诗作有:《夜》(第4卷第5期),《春天》(第5卷第2期),另有小说《鸭子》(第5卷第4期)。
④ 禾金发表于《现代》的诗作有:《泼墨》(第4卷第6期),《二月风景线》(第5卷第4期)。
⑤ 吴汶发表于《现代》的诗作有:《妻的梦》(第3卷第5期),《夜归》(第5卷第1期),《七月的疯狂》(第5卷第5期)。
⑥ 陈江帆为《现代》主要供稿人之一。发表于《现代》的诗作有《荔园的主人》《缄默》(第3卷第3期),《恋女》《夏的园林》《秧尖绣的海》(第3卷第5期),《檐溜》《百合桥》《端午》《穷巷》《南方的街》《棕榈园》(第4卷第2期),《公寓》(第4卷第6期),《麦酒》《减价的不良症》《海关钟》《都会的版图》《街》《秋风》(第6卷第1期)。
⑦ 子铨在《现代》第6卷第3期上发表诗歌《都市的夜》。
⑧ 施蛰存:《桃色的云》,《现代》第2卷第1期,1932年11月15日。

第十一章　新感觉派小说与"现代"派诗歌的互动与"共生"

牡丹》的结尾是非常欣赏的,且在诗歌中套用了它。

但是,也有不少诗人把新感觉派小说的某些技巧生搬硬套到诗作中,以至于也"照抄"了后者的缺点:迷失于感觉之中,而缺少概括能力,不能深入城市的五脏六腑。我们来看一下郁琪的《夜的舞会》:

一丛三丛七丛,
柏枝间嵌着欲溜的珊瑚的电炬,
五月通明的石榴花呀?

Jazz 的音色染透了舞侣,
在那眉眼,鬓发,齿颊,心胸和手足。
是一种愉悦的不协和的鲜明的和弦的熔物。

又梦沉沉地离魂地,明炯炯地清醒地。
但散落的天蓝,朱,黑,惨绿,媚黄的衣饰幻成的几何形体,
若万花镜的拥聚惊散在眼的网膜上。
并剪样的威士忌。
有膨胀性的 Allegro 三拍子 G 调。
飘动地有大飞船感觉的夜的舞会哪。

这首诗简直像是从新感觉派小说中摘录出来的,且留有拼凑的痕迹,除了"新感觉"外,空无一物。新感觉派小说可以恣意地铺排意象,其意义可以在铺排中逐渐展开,而在简短的抒情诗中,这却是极其失败的做法。

现代都市诗人有时也能用简洁的文字来描绘纷繁的都市,如陈江帆的《都会的版图》和《海关钟》,杨世骥的《汉口》。不过,陈江帆更擅长的是以不露声色的笔调嘲讽都市摩登:

因为怕称为历史上的，
你的心是一只浮空体了？
它生长在香粉和时装的氛围中，
坐着灰鸽般的流浪呀。

将没有颓败之感吧，
如灰鸽没有颓败之感，
温度被人工调养着，
十二月的园里也见了朱砂菊。

感官的香味跟感受者一同消长的，
倘你一日有衰弱症的嫌厌呢！
让窗子将田舍的风景放进来，
你不将想起已成为历史上的麦酒吗？

———《麦酒》

对自己的"落伍"的自嘲：

在秋天的都会的晚上，
用你毛织的流行色浮泛着，
谁还能感到是秋天呢！

秋风是你美丽的恩人哪！

它使你记起红羊毛的围巾，
皮制的手套，橙子色的外衣，

和花饰的法兰绒的帽子,
这些都被你搁置在衣橱上的。

但我是一只古旧的小乐器,
秋风不能使你记起它来的;
就让它永远被搁置在尘封中吧!

我愿秋风是一切的恩人哪!

——《秋风》

这两首诗仍带有新感觉派的色彩,但摆脱了穆时英式的铺陈和夸张;语调之亲切颇似戴望舒,不过,虽是描写"秋风",却十分节制,没有戴望舒常有的浓重的感伤情调,这在三十年代描写都市的诗作中还是很少见的。可惜,随着《现代》的终刊,陈江帆的这方面探索也终止了,从后来发表于《新诗》上的诗作来看,他基本上又恢复了原有的诗风。

《现代》杂志中,乃至整个三十年代,最成功的都市诗可以说是杨世骥的《汉口》:

汉口有一天要说出他的荒唐话,
向对面患着肺病的武昌,
沿江旁的电杆行去,
与那烟囱笼入黄昏的汉阳。

汉口是生来就较聪明的,
他有昭彰的好,也有昭彰的劣迹,
设或赏他一杯雄黄酿成的酒,

他会知情:"谢谢,我不能再喝,您家!"

不过岁月走得如此迟顿,
他自然该涂上些铜绿与猩红,
江水的那鞺鞳的拍子,
他心上是始终不致忽略的!①

这是一篇绝妙的"城市志",诙谐、简短,在空间上极为开阔,亦有时间上的沧桑感。杨世骥以极高超的技巧概括了汉口的历史:"有昭彰的好,也有昭彰的劣迹",而现在,他是"荒唐"而又"聪明"的,在喝醉了后,就会像蛇一样现出原形。像近现代中国的大多数城市一样,武汉三镇的现代化进程是"迟顿"的,而漫长的岁月自然也会使它染上一些"铜绿与猩红"。杨世骥的探索是超前的,"城市志"写作要到四十年代的九叶派诗人那里才蔚然成风。

有意思的是,虽然有人认为,三十年代的诗歌有南北之分②,但并没有像小说那样,产生海派京派的对立,《现代》上仍有北方诗人如林庚的诗作。不过,随着"新感觉腔"的都市诗的出现,诗坛已渐有京海之分,但此时的《现代》已接近尾声。1934年11月1日,《现代》出版了第6卷第1期后,宣布休刊,这标志着"无轨列车—现代作家群"的解体③,小说家和诗人开始各自为营。1936年10月,戴望舒与卞之琳等人合作,创办了"聚全国诗人于一堂"

---

① 杨世骥:《汉口》,《现代》第4卷第3期,1934年1月15日。
② 纪弦认为:"北方诗派较为保守,南方诗派较为激进;北方诗派带有浓重的学院气息,南方诗派带有强烈的革命精神;北方诗派使用韵文之工具,南方诗派使用散文工具——此乃两者显著的不同之处。"(《戴望舒二三事》,《香港文学》第67期,1990年7月)关于现代诗风的南北差异,是一个颇有意思的课题,纪弦的划分及概括可备一说。
③ 《现代》于1935年3月复刊,由汪馥泉接编,虽然仍有文学作品刊载,但基本上变成了一个社会性综合杂志。复刊后只出了三期就随着现代书局的歇业而终刊。

的《新诗》杂志,南北诗风合流,自然有利于促进"新诗坛之繁荣"①,但负面的影响也是存在的。本来,现代派诗歌有三种发展途径:一是"主知"的,二是"主情"而又"内敛的",第三个就是"以感觉为主的"。前两种途径在《新诗》中的确得到了发展;而"以感觉为主的",大胆地引入新技巧和都市意象的诗歌,却没有得到鼓励。金克木在《新诗》杂志上撰文批评"末流的"新感觉腔的都市诗,是有道理的②,但是,完全舍弃"以感觉为主的",则使新诗的发展少了一条"新途径",从而使现代派诗歌在题材、意象、风格和审美上日趋雷同。虽然历史不能改写,但是,笔者仍不禁想象,如果《现代》延续下去,如果陈江帆、杨世骥等人继续探索下去,二十世纪三十年代的中国诗坛或许会出现更为复杂的风景线。

上述研究表明,如果我们突破诗歌与小说研究"鸡犬相闻"却又"老死不相往来"的格局,而把文学期刊当作一个"文学生态环境"来看待,可以发现,诗歌和小说的根系其实常常汲取了同样的营养,它们之间也存在着互动和"共生"关系。反之,如果不通观《无轨列车》《新文艺》和《现代》中的现代派诗歌和新感觉派小说,不考察它们之间相互渗透、相互依存的复杂关系,我们对它们的理解必然是不全面的。

虽然本文的研究范围主要限定在《现代》等三个期刊之中,但这个"文学生态环境"毕竟是开放的,外部的大气候对"生态圈"必然有着曲折的甚至是压倒性的影响——时代思潮(如普罗文学的兴起)还是会通过杂志的特色反映出来。文学创作所需的营养也不是一两份期刊能够完全提供的,虽然《现代》等杂志较为注重西方诸种"新兴文艺"的译介,但现代派诗歌和新感觉派小说的

---

① "发刊词",《新诗》第 1 卷第 1 期,1936 年 10 月。
② 金克木认为,"末流"的"以感觉为主"的诗歌的产生是"必然"的,因为这种诗风"容易摹仿"并易成为"商业广告的争奇",于是"这种诗的形式就往往不免于炫奇和作怪了"(《论中国新诗的新途径》,《新诗》第 4 期,1937 年 1 月)。

背后还有更大的传统在。我们还发现,"文学生态环境"有着自我"再生产"功能:一份刊物不但有着自己相对固定的作家群,培养了自己的读者群,而且,不断有新人(穆时英)在这份刊物上崭露头角,从读者群"晋升"为作家群,部分地改变了杂志的风貌,从而又培养了新的读者群和作家群("新感觉腔"的都市诗)……如果不出现意外的灾难,这个"文学生态环境"或许会如此循环往复下去。

第十二章　"人生的写实主义"：
论杜衡的短篇小说

　　一般而言,杜衡是作为"第三种人"的理论家而进入文学史家的视野,往往被置于鲁迅研究或左翼主导的思想斗争的框架之下论述。在当时,左翼颇想把《现代》杂志"挤"成"第三种人"杂志。有学者把杜衡纳入"新感觉派"论述,也很难成立,虽说他与穆时英、刘呐鸥等人过从甚密。近年来,已有学者把杜衡作为独立的研究对象,窦康的《戴杜衡先生年谱简编》①,对本文的写作帮助颇大。杜衡首先是一位小说家,在"文艺自由论辩"中,他亦以"作家之群"的代言人自居;作为小说家的杜衡,与左联展开论辩时并未"搁笔",所持论点,亦有自身的创作经验支撑。梳理他的小说创作,应该成为我们分析1930年代"文艺自由论辩"的基础性工作。关于杜衡的长篇小说《叛徒》笔者亦有另文处理,这里仅谈其短篇。②

　　创作之初,杜衡多以恋爱为题材,后结集为《石榴花》。1926年下半年,他"搁笔"参加国民革命,"清党"后重新拾笔,创作了两篇工人题材小说,得到了好友冯雪峰的口头称赞,他本人却不满意,遂有整整三年的沉默期。③ 杜衡称

---

① 窦康:《戴杜衡先生年谱简编》,《新文学史料》2004年第1期。
② 葛飞:《信仰与怀疑:论杜衡的长篇小说〈叛徒〉》,《文艺争鸣》2007年第5期。
③ 杜衡:《在理智与感情底冲突的十年间》,楼适夷编《创作的经验》,天马书局1933年6月版,第127—138页。

那些"不勇于欺骗的作家,既不敢拿出他们所有的东西,而别人所要的却又拿不出,于是怎么办?——搁笔"①,说的其实是自身经历。鲁迅称"第三种人"本无笔可搁,创作乏术与左翼批评无关②。至少就杜衡而言,当他决心拒绝听从左翼理论家的指导后,很快就步入了自己的艺术成熟期。

让人颇为吃惊的是,杜衡在创作上,居然以鲁迅、叶圣陶所开创的"人生的写实主义这个曾经盛于一时的流派的顽固的支持者"自居③。"(为)人生的写实主义"既对立于"革命的罗曼蒂克",亦有别于"社会的写实主义"。杜衡认为,文艺作品不应仅仅表现社会现象和物质生活,更要"表现社会现象对于人的灵魂所造成的影响"、表现"物质生活对于精神生活所造成的变换",其落脚点仍在于"人"。剖析社会现象,描绘经济生活状态,负有改造社会的任务,是"社会的写实主义"的特征④,这个概念大致等同于后来学者命名的"社会剖析派小说"⑤。《子夜》出现之前,左翼以丁玲的《水》作为"新写实主义"的代表,强调正面表现阶级斗争、塑造大众群像。在 1930 年代之上海,"新写实""新感觉"风头正健,文化上的激进和先锋却使"新文学"内部出现了"文化遗民",左翼指杜衡等人所坚持的风格为"旧写实"。

一　怀乡与还乡

继续着鲁迅的笔墨,在 1930 年代描绘江南水乡居民命运的,是浙江杭县人杜衡。《蓝衫》⑥中的祥茂叔,即让我们想起了孔乙己:

---

① 苏汶(杜衡):《"第三种人"的出路》,《现代》第 1 卷第 6 期,1932 年 10 月。
② 鲁迅:《论"第三种人"》,《现代》第 2 卷第 1 期,1932 年 11 月。
③ 中国文艺年鉴社编:《中国文艺年鉴(第一回 1932)》,现代书局 1933 年版,第 25—26 页。
④ 苏汶:《关于文艺创作的若干问题》,《星火》第 1 卷第 2 期,1935 年 6 月。
⑤ 严加炎:《中国现代小说流派史》,人民文学出版社 1989 年版,182—204 页。
⑥ 杜衡:《蓝衫》,《东方杂志》第 29 卷第 7 号,1932 年 12 月。收入现代书局 1933 年版《怀乡集》。

你问他从观音庙到小桥镇有几块石板，他会不假思索的告诉你，譬如说，一百六十四块。你再问他自己嘴上胡子有几根，他便回答不知道。"祥茂叔也有不知道的？"他解释了，"知之为知之，不知为不知，是知也。难道你书上没读过？"顽皮的孩子会在这里夹进来，"那儿来的知了叫？吱吱，吱吱！"——诸如此类。

慈祥的祥茂叔不以为忤，看到读私塾的孩子在街上穿短打，却一定要拦下训斥。孩子们则报复道："祥茂叔，你究竟有没有替换衣裳？"贯穿小说始终的，是那件越穿越破的蓝布长衫。

《蓝衫》和《孔乙己》皆借孩子的视角展开叙事，把作者的"热"深藏于叙述者的"冷"，获得了复杂而细腻的美学效果。不过，《蓝衫》中的"我"有一个成长过程，逐渐洞悉了世事并获得了知识分子的批判视角，祥茂叔这个人物形象的时代意蕴也逐渐获得了深度。就在林哥儿赴省城学堂读书时，"我似乎生平第一次懂得了什么叫做寂寞，但我还不懂得更甚于寂寞的事情；我看出了祥茂叔舍不得离开他底儿子，但我不知道自己是目击了他生活中一个最大的变动"。作者不愿一语道破，读者也会领悟到，这"最大的变动"就是停科举，否则林哥儿不会进学堂。最终，返乡的"我"看到，祥茂叔在街上坚持要穿着他那唯一一件长衫让"缝穷"补；"我"还听说，林哥儿辍学在邻县学生意，穿着短打。

《父亲》①中的刘复初也是旧式文人，他比祥茂叔幸运，"转型"成地方学堂教师。然而到了二三十年代，刘复初已成"无用的老废物"，校方早就"打算拿一位北京大学毕业生来顶替他底地位"，只是碍于情面没有实行，要是他请一个星期的病假的话……给复初老先生带来更大打击的是"暴发户"：油光的头发、金牙齿、嬉皮笑脸，还有，那样的一笔字！就是这样的人要娶自己的女儿，老伴则热心此门亲事，仅用一个"钱"字即可把复初老先生训斥到书房里去。

---

① 杜衡：《父亲》，《文学季刊》第1卷第2期，1934年4月。

杜衡既承继了鲁迅"国民性批判"主题,又流露出世代交替、旧家式微的感喟。乡镇旧式文人既无法在商品社会中维持地位,又无力在新式教育体制中供养下一代升学,代之而起的是暴发户、新式知识分子,能够在省城读书的"我"其实是成功者。问题岂仅仅在那一袭破败了的"封建意识"?

具有丰富的历史内涵和文化意蕴的《怀乡病》①,是杜衡乡土小说的代表作。"我"是孤儿,由舅父抚养成人,遂把舅家"区镇"当作故乡。省城,总是杜衡乡土小说中缺失的在场。林哥儿要升学,必须到省城去;《怀乡病》中的"我"也是在省城读书,假期回乡,表哥们则怂恿舅父迁居到省城去。毕业后辗转于异地谋生的"我"感叹道:与其在满是灰土的他乡"像蚯蚓似地生活着","还不如替我底表兄弟们看一生一世田,要是他们真有一天搬到省城里去住的话"。偏偏是"我"转至省城教书,急不可耐地回乡探亲,看到的却是污染了水源的造纸厂,把"全镇的佃户都弄得心猿意马了的,一天到晚在宣传主义的小学教师……"在《怀乡集·序》中,杜衡感叹自己在创作中屡受理智和感情冲突的困扰,《怀乡病》中的"我"亦感叹道:

> 对于这种变,我固然愿意从理智上根据某种进化原则来赞同,但是我身上的中古世的血却使我有点自私地希望着区镇不要被这样的微菌所传染。替世界保存起一个纯粹的乡村底样品来吧。不用多,只要一只角,只要在地图上找不到位置的一只角。

在地图上找不到"区镇",既说明它本未进入"世界"图景,又暗示未受现代政治和工业文明污染的社会已成乌有之乡。杜衡抒写的,也是对乌有乡生命形式的向往、对现代文明的反思与批判。

"我"每次往返区镇,皆由船夫长发接送。就像祥子对于洋车的感情一般,

---

① 杜衡:《怀乡病》,《现代》第1卷第2期,1932年6月。收入《怀乡集》。

长发的唯一梦想就是为儿子打条船,有了它,"年荒水旱都和你不相干"。驶入区镇的汽车却断了船户的生计。"我"最后一次回乡,"带着几分傻气地独自个在旧时的高桥头对着几只粪船提高喉咙喊:'长发,长发,长发底船呢?'""我"只能坐汽车,听惴惴不安的乘客谈论近来发生的事:船户拦车砸玻璃、殴打司机,保安队正在捉人……不久"我"得知,为首的长发被枭首示众!

杜衡好像要调动一切手段,使鲁迅笔下的孔乙己、闰土、鲁四老爷、看客复现于 1930 年代,某些段落还留有模仿的痕迹。如果说鲁迅小说的基调是"哀其不幸,怒其不争",杜衡更多的是"哀其不幸",像长发、祥茂叔、刘复初这样的人物,要他们抗争,又从何说起?刘复初只能挣扎,祥茂叔只能寄希望于儿子与洋学堂。长发受了宣传"主义"的小学教师鼓动,然而革命已经失败,保安队才会下乡捉人。

"怀乡与还乡"是鲁迅和杜衡结构乡土小说的常用方式。此种结构既可反映农村社会变迁和乡民生活,又可表达知识分子的人文情怀。它的产生有着丰富的社会文化背景。其实,农村从来不是世外桃源,现代小说家自然知道这一点,然而总有一段美好回忆使之无法释怀。他们与小说的叙述者一样,在童年、少年时代与农民有交往,因是"少爷"而备受优待,加之不谙愁苦的童稚之眼,对乡土留下了美好记忆。长大后被现代文明发蒙,获得了批判意识,看到"区镇底土地上染过无邪的血",而且"这腥气会渐次地弥漫"。① 再说闰土们也进入了成人世界,哪里还有陪其玩耍的小伙伴?还乡者感到乡村生活单调乏味,只是因为他脱离了劳作节奏而无所事事,"所厌恶的,所感到单调的,乃是我自己底一种乡村生活"②。于是,"我"发出了永失故土的慨叹。

既然杜衡的乡土小说延续了鲁迅的格调,我们不禁会产生这样的疑问:如果后者继续创作,是否会停留在"阿 Q 的时代"?冯雪峰回忆,鲁迅"几次说,如果写也还只能写批判和暴露旧社会的东西"。鲁迅也曾被说动去写长征,终因

---

① 杜衡:《怀乡病》,收入《怀乡集》。
② 杜衡:《渔村小景》,《春光》创刊号,1934 年 3 月。

无实感而罢。冯雪峰认为,"无法写关于工农斗争的小说,也应该是他专向杂文发展的原因之一"①。可见鲁迅在小说创作方面基本"搁笔",与他在新、旧写实主义之间犹豫不决不无关系。这也是1930年代左翼或中间偏左的小说家普遍面临的问题。此时的鲁迅已视"斗争"为生存本质,却无法创作反映斗争的小说,杂文才能使之在"战斗的时代"不"离开战斗而独立"。他所揄扬的,自然是新人创作的斗争性、艺术性兼胜的小说。

二 都市摩登与"落伍者"

在1930年代,像杜衡这样既能描写农村又熟悉都市的作家,并不多见。茅盾把目光投向了资本家,新感觉派的笔下是"都市风景线"中的摩登男女。杜衡描绘的则是上海石库门人家,以及寄寓其间的单身房客。其笔下的小市民努力地"追赶时代",终于还是人生的失败者;即便描写摩登男女,杜衡着力之处,仍在其千疮百孔的情感世界。

这是一个"开通"的上海体面人家。长子曼青能维持妻儿、母亲、三个妹妹的体面生活,可谁知道他兼职每日工作12小时的苦楚?妻子既怀念昔日二人世界的美好时光,又"通情达理":"谁不该负担起寡母底赡养来?"两个孩子的开销也算不了一回事,要是没有她们三个……三小姐暗笑服从母亲安排婚姻的大姐是18世纪的女子呢,女人结婚不啻第二次投胎,来生的幸福"是今世所能修得到的"。无论化妆技巧还是电影知识,乃至英语、音乐,三小姐都毫不输人,她也决不放过可以表现自己的社交活动。然而悲剧仍无可避免地发生了——当她偷偷从医院堕胎回来,母亲也咽气了。三小姐躲进了闺房,甚至不再上学。小说的结局对于她来说是个悲剧,对于曼青夫妇却是个喜剧:

---

① 冯雪峰:《冯雪峰忆鲁迅》,河北教育出版社2001年版,第53—55页。

> 黄金的往日毕竟是会回来的!
>
> 中年的父亲每星期六晚带了妻子和儿女上戏院去。而在将出门之前,"三妹,你也同去吧",他们照例会这样问。
>
> "我——不——去——"这是常听到的懒散的回答。①

"躲起来"的还有《重来》②中的淑娟:她主动要求为治蒙古史的丈夫抄写手稿。三年前,她为了映芬和渊如的幸福而远嫁北平,如今又随性情、年龄相差甚远的丈夫迁居上海。上海看似"什么也没有改变",然而当年红极一时的好莱坞明星哪里去了?现在"应该"看哪位明星主演的电影?她只能根据广告篇幅的大小来决定。

昔日仿佛"重来",然而渊如早已变成了另一个人。咖啡馆"特有的温暖而沉醉的空气把他们包裹着。丝绒般的时刻",淑娟渐渐解除了顾忌,抱怨渊如对任何事情都不郑重——

> 不郑重的脸这时候倒变做了郑重的脸。"在这世界上还有什么事情是值得郑重地去看,值得郑重地去做的!"
>
> 这使她吃惊。确实,她想诱出渊如底真心话来:她需要看他底心。然而,在她听了这句从他底心里说出来的,并且是郑重地说出来的,唯一的话之后,她却禁不住害怕了,好像这是个警戒,是个预兆……
>
> "究竟是什么东西会使你变得这样呀?"她呆了好一会之后才问起。
>
> 渊如扬了扬眉毛,用手来做了这么一个奇怪的姿势,好像表示世界之大,又好像表示人事之纷繁,然而他没有回答。

渊如如何回答是好?发出这样的疑问,不正说明了淑娟的"落伍"?她与

---

① 杜衡:《蹉跎》,《现代》创刊号,1932 年 5 月 15 日,收入《怀乡集》。
② 杜衡:《重来》,《现代》第 2 卷第 1 期,1932 年 11 月。

渊如成对地出入于都市风景线，却无法放纵自己。她想使游戏蒙上一层昔日爱情的浪漫薄纱，他却想把游戏做成一场真正的游戏。一枝出墙的红杏被渊如赤裸裸的情欲所惊吓，又缩回墙内。诚如黎锦明所言："这题材若被问题作家抓住了，便得归罪于家庭；或者旧的婚姻制度"，或"从女性的弱点着手讽刺。然而平正的说，却全不是这回事。这不过是那么平常，那么带有复杂性——非一切道德条例所可以解决的问题罢了"。①

《王老板底失败》（收入《怀乡集》）的素材，也可以处理成"资本家"和雇工之间的阶级矛盾，或是反映女子职业问题的小说，然而在杜衡的笔下"全不是这回事"。一个位于市郊大学区的理发铺做了种种革新：老板端起架子，不再亲自劳作；伙计们换上西服改称"技师"；最大的革新还要数请了女招待，于是无名的理发铺挂上了"芙蓉美容院"招牌。独身的老板对"芙蓉花"不能无动于衷，连她揩油都下不了狠心训斥，然而她也让他想起了自己的年龄。问题在于，"芙蓉花"让"穿长衣服的穷鬼们有点害怕，穿短衣服的花花公子们是因为受不了女朋友底嘲笑而不敢在头上作第二次的冒险"——伙计虽改称技师，技术却无长进。好在"芙蓉花"主动抛弃了这个努力追赶时髦的小店，"美容院"又逐渐恢复了"理发铺"的旧观。

"小"市民生活难以用阶级等大词来概括，对于小店老板，"资产阶级"这顶帽子大了些，"小资产阶级"又显空洞。"人生的写实主义"表现的，不过是时代变迁中平常而复杂的人生。就触及了摩登男女千疮百孔的人生这一点而言，《重来》《蹉跎》让我们想到了日后的张爱玲。不过，后者笔触所至，是公寓生活、世家儿女；杜衡目光所及，多为上海中下层人家，以及寄寓其间的知识分子。这首先因为，杜衡本人就是一个亭子间文人。

---

① 黎锦明：《谈谈几篇小说》，《文饭小品》第 1 卷第 1 期，1935 年 2 月。

三 亭子间文人与小市民生活

过于强调上海左翼作家不熟悉都市生活是不恰当的,难道他们自己过的不是都市生活?亭子间不是空中楼阁,它就坐落在石库门中。可是他们身在上海却要正面描写农村的阶级斗争,住亭子间而想象工人生活和东北义勇军的斗争。《失业》[①]中的柯平先生即自顾自地穿行于里弄,对"芸芸众生""没有什么特别的感觉","因为在这样的人身上,他没有可能把他底社会学的原则来应用"。杜衡却能留心"身边琐事",越过都市光鲜亮丽的外表,看到店铺老板、小姐、少爷、主妇、仆人、赌徒等,各各按照自己的逻辑"奋斗"着;他们对大时代懵懂无知,却由着本能的指引,有理有据地生活着、算计着,上演着一出出悲喜剧。悲,不至于惊天地泣鬼神;喜,他们可就有点得意忘形了。

《亭子间里的房客》[②]中的女佣固然属于"被剥削阶级",可是少爷胆敢顶撞有着十七年资格的她,她就会立刻沉下脸:"别一句话就冒火,少爷,你妈也管不了,我怎么管的了你?"房客寡母之所以怂恿女儿和少爷"谈恋爱",不过想老有所养,况且还是少爷主动。可惜她忘了笼络那位老资格的女佣。老资格的女佣打报告:"太太,又出门了!一个先走,一个夹屁股就跟。"太太耳根软,然而孩子大了,打不得骂不得,只能控制他的零用钱以"扼杀"这门亲事。旧式石库门容不下封建大家庭。硬要把恶与善、进步与保守、革命与反革命等套在小市民身上,他们立刻会显出滑稽模样,本是挺括的服装也变得让人发笑:不是撑掉了几个纽扣,就是皱巴巴空荡荡。

如称杜衡以日常生活反抗精英意识,却也过甚其词。他不过是以亭子间知识分子的视角,观察着同类及市民的人生。为了省电,房东太太每晚九点即拉闸;为了能从搭伙费中揩油,她又极力巴结柯平——

---

① 杜衡:《失业》,《现代》第 4 卷第 6 期,1934 年 4 月 15 日。
② 杜衡:《亭子间里的房客》,收入《旅舍辑》,良友图书印刷公司 1935 年版。

这是一个叫任何男子一看见就会把性的本能完全失去了的中年妇女,整天蓬着头,整年地大着肚子,在家里,常常是处着比丈夫还重要的领导地位。看见甘先生回来,不,也许是看见柯平先生回来吧,她登时把满脸的杀气换上了满脸的笑容,仿佛接着两个丈夫似地,迎上去。再一眼看见柯先生一股劲往楼上走,她喊着:

"柯先生,请到客堂里坐一坐吧,马上就要吃饭了。"

"不,我去把东西放好。"

"什么东西?——我替你拿上去。"说着。她抢上来,把两枝洋蜡接到自己手里,笑着。"这一点东西呀,下面放一放不好吗?"(《失业》)

假如柯平忘带蜡烛上楼,自然归她所有。此段文字把精于计算的家庭主妇刻画得惟妙惟肖,却也是杜衡小说中最为刻薄的一段。不过,我们还将看到,当小市民遭到打击时,慈心的叙述者却又难抑同情了。

亭子间青年同样面临着失业问题,《生存竞争》①却谑而不虐。这篇小说不但做到了细节真实,心理描写更是入木三分,恐非过来人不能道。身无分文的"我"谎称忘带钱包,因底气不足而被饭摊伙计识破,幸遇昔日同学老俞代为付账。"危难的时候是顾不到廉耻的","我"又跟到了老俞的蜗居,一进门就暗感失望,借钱的想法也缩减为蹭顿晚饭。然而他们的确谈得很多,从"做着高蹈的艺术家底痴梦的那些日子",谈到离开校门后的生活……内心又"非难着自己底卑劣"。老俞则带他拜访共同的朋友,"毫无痕迹地"解决了晚餐,又邀他同住以分担房租。作者能把简单的情节写得跌宕起伏,开篇即以老俞常讲的故事设下悬念:保罗和彼得去淘金,归途中"保罗或是彼得——'我'记不得了,反正都一样——起了歹念,杀了对方,结果一个人无法带着沉重的金子走出沙漠……""这是多么庸俗的哲学啊",然而这对相濡以沫的失业青年谁先起了猜

---

① 杜衡:《生存竞争》,《现代》第4卷第1期,1933年11月15日。

忌之心？

上海文人的活动空间自然不止于亭子间，杜衡还善于通过他们的眼光来描写里弄、南京路、城乡接合部的风光，因篇幅关系这里无法一一列举。统观杜衡的创作，"我"的经历是：从乡镇到省城学堂读书，再在上海读大学，毕业即失业，住亭子间寻找机会；故乡，是出来后就回不去了。亭子间文人或与房东搭伙，忍受餐桌上的唠叨；或是囊中羞涩，徘徊于小吃店门口。他们偶尔涉足咖啡店，从未进过工厂，却对南京路上飞行集会记忆犹新。江湾房租便宜，又有多所大学，文人亦会迁居市郊，走进王老板的铺子理发。杜衡恰当地以第一人称抒写怀乡之情、失业青年的苦痛，亭子间文人只能以第三人称叙述小市民生活。然在1930年代，愿意描绘"身边琐事"和市井生活的作者并不多，于是，这个以亭子间为视角中心的上海生活，也许可以说是杜衡独有的文学世界。

四　生计问题与革命伦理

杜衡对其笔下人物常怀人道主义同情，正是这份关切与同情，使他对革命伦理产生了疑问。《失业》《人与女人》等小说，带有与左翼思潮争辩的意味。"文艺自由论辩"自然仅及文艺问题，杜衡与革命的分歧，尚须我们通过分析他的小说来"补齐"。

柯平正在写一本关于失业问题的书。"自然，结果是早就有了的：这问题不能局部地解决，是要整个儿地来解决；他需要的是可以引到这个结论上去的材料。"这也是左翼解决一切社会问题的思路。房东甘先生失掉了税务局的饭碗，柯平毫无惊异之感，因为自己思考的是"全世界千万人底饭碗问题"，况且"浑浑噩噩"的小市民也该"认识这世界了"。然而耳闻目见与抽象分析全然不同。餐桌上，甘太太呆呆地看着即将寄养别处的四个孩子，"突然把碗筷一放，拎起衣袖就哭起来，像一个大孩子似地发着呜呜的声音"。百无聊赖的甘先生常常踱进柯平的房间诉苦。柯平乱了方寸，简直无法著书立说。于是，"他从几方面的立场来诅咒着人类底廉价的同情,从古书上的'爱人以姑息'那些话起,一直到浅薄的人道主义的非难……"书架上的《失业及其救济》让甘先生如获至宝,然而他看不大懂:"它意思是不是说,要等世界换一个之后,才会大家都有饭碗?""差不多是这么个意思。"甘先生啜嚅着:"难道叫我们大家都饿着肚皮等"这句话终于驱除了柯平的同情心,"这样的人,这样的人……"

革命伦理与生存本能的矛盾,使小市民和革命者都感到对方不可理喻,虽说革命者自身亦存在着理智(政治正确)与感情(人道主义同情)的冲突。继续这一主题的是《人与女人》①。女工珍宝迫于生计,在母亲的默许下,成了交际花。哥哥是工运积极分子,愤而携妻搬了出去。嫂嫂却时常瞒着丈夫去探望珍宝,抱怨丈夫从不过问家庭经济,"闲谈"总以借钱结束。哥哥最终为革命牺牲,嫂嫂亦被迫卖淫,珍宝承认"人应得像哥哥所说的那样",却感觉到世界留给女人的道理并非如此。

胡风认为,此篇小说主旨在证明"人"与"女人"不同,消解了工人作为一个阶级的整体性。既然如此,作者为何又要以妹妹对哥哥的永远的怀念和崇敬结尾?这让胡风"哭笑不得"②。杜衡所要表达的其实是:为革命而牺牲之人,是值得崇敬的;哥哥把生活重担推给妻子,还要鄙视因生计问题而与现状妥协的弱者,实在显得不近人情。在《生存竞争》中,杜衡也借人物之口说道:革命也像别的事业一样,"是需要填饱肚子之后来干的"。在杜衡的长篇小说《叛徒》中,老张本是叱咤风云的革命领袖,因权力倾轧而丧失地位,被组织断绝了经济来源,就不得不"像一个游行僧人似地到处要求着零星的帮助";却有同志指责他"发展不应发展的社会关系",甚至恶意地怀疑他勾结敌人。

杜衡并非无的放矢。"弱者"因种种原因活不下去而自杀,无论他(她)是朱湘,还是阮玲玉、艾霞,都会遭到"意志薄弱""不觉悟"一类的苛责。鲁迅谴责小报记者对阮玲玉之死负有绝大责任,同时也顺手带及那些有着"伟大的任

---

① 杜衡:《人与女人》,《现代》第1卷第5期,1932年9月15日。收入《怀乡集》。
② 谷非(胡风):《粉饰、歪曲、铁一般的事实》,《文学月报》第5、6号合刊,1932年12月。

务"的"强毅的评论家":"我们且不要高谈什么连自己也并不了然的社会组织或意志强弱的滥调,先来设身处地的想一想罢。"①《女吊》对如此"战斗"的左翼批评家,亦有讥笑之辞②。

面对人间不幸,富有同情心的作家能"设身处地";社会科学家则要冷静地分析问题;近乎道学的"强毅的评论家"谴责弱者"不革命",未免"存天理灭人欲"。然而革命有革命的逻辑,它惧怕对弱者的同情会导致人们容忍社会改良,大多数左翼作家亦视"浅薄的人道主义"为"小资产阶级根性"而加以压抑。鲁迅既不愿牺牲亦不劝人牺牲,更不会苛责弱者,因而声称自己不是革命家。对于"落伍者"的不幸,杜衡"虽然处心积虑地指示出他们必然的没落,可是终于还免不了流露着一些偏爱与宽容"③。

五 艺术真实与阶级矛盾

杜衡仍然创作了一些可以称为反映阶级斗争的小说。他认为,艺术家认识人生,是为了发现人生的缺陷,"这所谓缺陷,有时候固然是由于人性的弱点,但大致的还往往是一个时代的社会制度中所包含的最大'恶'所造成的"④。不过,在批判不平等的社会制度时,杜衡仍能坚持把主题融入自己擅长描绘的乡土世界及石库门生活。

两个儿童之间发生了小龃龉,双方都想方设法报复。一个拿橘子馋另一个,假装给他,待他伸手,却又说道:"我自己吃不下,难道不好把狗吃,要把你!"这样的场景随处可见,不过,被侮辱的是帮同父亲到人家干活的男孩,侮辱他的是主人家的女孩。此篇小说题为《萌芽》⑤,什么萌芽了?作者没有明

---

① 鲁迅:《论"人言可畏"》,《鲁迅全集》第6卷,人民文学出版社2005年版,第346页。
② 鲁迅:《女吊》,《鲁迅全集》第6卷,第640页。
③ 杜衡:《怀乡集·序》。
④ 苏汶:《建设的文艺批评刍议》,《中山文化教育馆季刊》1934年冬季号。
⑤ 杜衡:《萌芽》,1932年12月23—24日《申报》"自由谈"副刊。

言,而是暗示阶级意识就这样在一个铁匠儿子的意识中萌芽了。奶妈把亲生儿子送到了主人家附近的育婴堂,时常溜出去给自己的孩子喂奶,主人则百计阻挠。奶妈的儿子终于饿死了,因为育婴堂里的奶妈一人要喂六个孩子。作者的匠心表现在戏拟"育儿经·乳佣篇"一类的文字,以过来人的口气传授找奶妈的经验,如何防止"上当受骗"。小说的进展简直像侦探小说:奶妈百计避开监视,甚至挤出乳汁让买菜的老妈子偷偷带出到育婴堂;"我们"也想出了对策:看着她把奶挤出来,存起来喂自己的孩子。"我"振振有词:"难道我们花了钱来养别人!"自己的孩子却吃不饱!然当主妇以不能养成习惯为由,奶喝不完倒掉也不施舍给奶妈,那就让人觉得不可饶恕了①。

  杜衡还有一篇《在门槛边》②,主人公陈二南与顾均及资本家公子"大白脸"是中学同学。如今,二南在"大白脸"父亲开设的工厂里作书记,实质是为"大白脸"打杂,内心则极为鄙视一无所能的"大白脸"。一日,二南遇到了顾均,在这位老同学面前,二南仍维系着昔日奋发有为青年形象,谈政治、谈革命,内心却为自己开脱:个人力量太渺小了,改变不了什么,"社会也许顾均管得了;而自己,自己还不如省一点事吧"。厂里发生了工潮,二南突然意识到顾均是来组织罢工的,但是对谁胜谁负漠不关心。乘着酒醉,二南狠狠地嘲讽"大白脸"无能,后者反唇相讥,二南遂吹嘘自己可以轻而易举地查到"反动分子"。第二天酒醒,二南却被擢升为厂长秘书,有了独立的办公室和听差。最终他还是出于本能,情急之下救了顾均。这个题材如果按照"新写实主义"要求,那就得正面描写共产党员顾均如何组织罢工,正面描写工人斗争。杜衡切取的角度则是描写具有二重人格的二南,人物的心理描写合情合理、丝丝入扣。

  《渔村小景》的主角哑巴阿金,和所有哑巴一样脾气暴躁、有蛮劲。巧姑娘红着脸告诉"我","阿金那个强盗胚"对她动手动脚。对巧姑娘亦颇有好感的"我",才明白哑巴为何天天在她家门前的鱼荡打鱼。鱼荡是陆家的,到别处

---

① 杜衡:《乳佣篇》,收入《旅舍辑》。
② 杜衡:《在门槛边》,《现代》第2卷第4期,1933年2月15日。

去！可是和哑巴哪能说得清，快快走开的"我"正好碰到替陆家管鱼荡的长根大妈，遂告了一状。长根大妈与阿金扭结在一起，围观的人群则幸灾乐祸：荡里的鱼圈起来就说是自家的！长根叔提着扁担赶来，哑巴偏也"一股劲就冲过去"，结果被打折了腿。作者没有为了表现社会矛盾而"伤于溢恶"：我们很难把长根及其老婆归入"狗腿子"一类人物，哑巴不通"人情世故"——要是意识到自己是"偷"渔，早早躲开，悲剧就不会发生。然而更加接近真理的岂不是哑巴的浑然未开的世界？

前述三篇小说皆创作于《怀乡集》出版之后，它们能够表明，杜衡并未否认文学的阶级性（他在理论上亦是如此）。确切地说，对于杜衡而言，文学可以与阶级矛盾有关，亦可以无关。无论主题如何，他皆坚持描写自己熟悉的生活，选择恰当的叙述角度和语调，能够通过一个宛曲的故事来表达旨趣。这与当时流行的以短篇正面描写"群体性事件"、塑造工农大众群像的"新写实主义"自不相同。针对"虽然描绘了……却没有提及……"的论调，杜衡坚称短篇小说取材要"精"，"应该用少的来暗示多的"，"侧面描写，便是一种经济的巧妙的手法"。他也承认，"写下层民众的疾苦，是要比写三角恋爱有意义得多，但一旦成为风气"，又会限制文艺的表现领域，也势必造成公式化恶习[①]。有感于此，他不但极力拓宽小说的题材，且有意在流行题材中出奇制胜。

杜衡尝试着为不同的题材实验不同的文体。《怀乡病》有着浓郁的抒情笔致，《蓝衫》由轻快而入凝重，深得鲁迅乡土小说的精髓。描绘囚犯心理的《墙》，文风奇崛；《重来》的某些段落，引入了新感觉派句法；《叛徒》则有着史诗般的宏大场面。作者掘遍了自己生活的每一个角落：童年记忆、返乡观感、曾经心仪过的革命，以及当下的里弄生活。明智的小说家懂得扬长避短，只写他能够把握的人物。一粒沙中见一世界，杜衡的短篇小说具有深广的社会内涵。

[①] 苏汶：《关于文艺创作的若干问题》，《星火》第1卷第2期，1935年6月。

艺术方面的不足,或为部分叙述语言过于欧化,绵长拗口,虽说人物的语言本色当行。作者似乎注意到了这一点,连载于《现代》的《再亮些》改题《叛徒》出单行本,长句就被点断了。

"五四"时期鲁迅开拓的乡土题材、"为人生"的创作理念、混合了诗意与反讽的现实主义风格,在 1930 年代杜衡这里得以延续。上接叶圣陶描写"小市民"的平实微讽笔调,杜衡是第一个着意表现上海石库门"小市民"和亭子间文人的写实主义者。线性的历史观使"新写实""新感觉"在 1930 年代的读者中、在日后的文学史研究中获得了极大的关注,杜衡的作品在当时已无甚影响,日后亦未能进入小说史。本文"逼"出来的、需要进一步解决的问题是:鲁迅如何处置这位私淑弟子?左联与杜衡争论的核心点何在?

第十三章　作家身份与文坛的明渠暗涵：以"新、旧写实主义"之争为中心

"新写实主义"又称"无产阶级写实主义"。时人提出这一概念,一方面是想解决革命文学阵营创作概念化弊病,用"细节的真实"填充概念框架,尽可能地使"总体性的真实"(具有阶级意志、目的意识、行动活力的大众形象)显得真实可信;另一方面仍要坚持政治功利主义,在思想意识上区别于19世纪西方的经典现实主义,以及"五四"时期鲁迅和文学研究会的作品,并将之命名为"旧写实",使之在文学名利场中贬值。"革命的罗曼蒂克"被左联彻底否定后,"新写实"就成了左翼作家的身份限定,也成了一种规训。

在中国,最早译介"新写实主义"理论的是太阳社。茅盾对待"新、旧写实主义"的态度比较复杂,《文学》创刊后不久,他也在这份杂志上积极倡导一种新的写实主义,宣示对左翼身份认同。然而到了1937年,已经卸任《文学》主编的傅东华,却在一篇文学史论性质的文章中说,《文学》从一开始就提倡现实主义,延续了早年文学研究会的主张,而不同于左翼的"新写实主义"。[①] 现代书局版《中国文艺年鉴》之导论《1932年中国文坛鸟瞰》(以下简称《年鉴》《鸟瞰》),则提出了"社会的现实主义""人生的现实主义"这对概念。左翼小说基本上都是"社会的现实主义",以茅盾的成就最高。"人生的现实主义",在前辈

---

① 傅东华:《十年来之中国文艺》,中国文化建设协会编《十年来的中国》,商务印书馆1937年6月版,第678—680、685页。

作家中以鲁迅、叶圣陶为代表,"较迟,则差不多所有在以前的《小说月报》上发表些作品的,都属于此";"1932年,这一派作家中给了最大的贡献的,是杜衡",他是"这个曾经盛于一时的流派的顽固的支持者"。①《鸟瞰》未署名,通常认为它出自杜衡、施蛰存手笔。这部《年鉴》甫一面市,即引起了轩然大波,攻击最力者竟也是茅盾、傅东华、鲁迅、胡风等人。时至今日,如果我们将杜衡等人的创作附骥于鲁迅—文学研究会谱系,是不是在做莫名其妙的"翻案文章"?但是有材料表明,茅盾确曾拉杜衡编刊,请鲁迅、叶圣陶加入。此举又该作何解释?正因无法解释,茅盾等人在回忆录中就完全闭口不谈。文学场本是一个布满明沟暗渠的网络,作家们在此网络中运动,或离或合,具有多种可能。某个运动方向、某些联结被偶然性打断,未来得及固化,成了草蛇灰线。如果我们仅仅依据表彰作序、感谢怀念、社团章程等来辨识作家间的关系,等于是加强了历史当事人愿意加强的东西,省略了他们愿意乃至于急欲抹去的暗网络。联结是强还是弱,高调还是隐晦,总是由关系人当下的现实利益决定的,而现实情境又时时处于变动之中。

　　左联在文坛网络上划出了一个边界明晰的"营垒",它一度想切断盟员的"旧社会关系",虽然未能成功,但是,盟员的他种关系也因此转变成隐晦的联结。作家群、师门、宗派等是边界较为模糊的关系网络。公共空间上演"表彰—致谢"仪式是构筑作家群、师门等场域关系最重要的仪式:前辈、文坛宗主通过作序以及其他形式的评论,通过编辑书刊、选文等方式提携后进、汲引同道,同时亦在鼓吹某种文学上的主义,拥有资本较少的作家附和、模仿、致谢,由此来建构身份认同。二三流作家也得要纳入某种流派、某个社团,才能在当下的文坛/后世的文学史中占有地位。本文不但对"表彰—致谢"互动模式感兴趣,还要考察被拒斥的认同、单方面的致意、暗通款曲、腹诽等,问题皆围绕着"新、旧写实主义"展开。首先是考察"新写实主义"理念发生的背景,然后以

---

① 中国文艺年鉴社:《中国文艺年鉴(第一回1932)》,现代书局1933年8月版,第22—23页。

《现代》与《文学》的纠葛、以杜衡与茅盾的关系演变为线索,论述彼时作家的聚合和对立,考察现实主义文学范式的转移、变迁与"守成"。

一 关于"新写实主义"理论的介绍

"革命文学论战"期间,茅盾在《从牯岭到东京》一文中,概括太阳社、创造社的主张是:"(1) 反对小资产阶级的闲暇态度,个人主义;(2) 集体主义;(3) 反抗的精神;(4) 技术上有倾向于新写实主义的模样(虽然尚未见有可说是近于新写实主义的作品)。"此时的茅盾站在作家的立场上说话,更为关心"文艺描写的技巧这问题",他觉得太阳社、创造社批评家谈的大多是意识形态方面的限定,仅凭这些限定难以切实、具体地指导创作,"革命文学家"自身又没有创造出具有范式意义的"新写实主义"作品。茅盾写这篇文章时,只看到了《太阳月刊》广告中有藏原惟人《到新写实主义之路》篇名,还没有读到全文,茅盾总结1920年代初苏俄文坛"新写实主义"小说的体式特征,与藏原惟人所说的并不是一回事①。

藏原惟人在《到新写实主义之路》一文中说,"新写实主义"要求作家必须从"全体性及其发展中来观察现实,描写现实",舍去对无产阶级解放"无用的,偶然的东西,而采取其必要的,必然的东西"。这是一种高度功利主义的创作观。藏原惟人机械地认定浪漫主义是没落的地主阶级文学;福楼拜、莫泊桑所代表的是个人主义的"资产阶级的写实主义";左拉、霍普特曼、易卜生、陀思妥耶夫斯基等人多少有点社会的立场,是"小资产阶级的写实主义"②。在杜国庠翻译藏原这篇文章之前,太阳社、创造社已将鲁迅、叶圣陶等人的创作贴上了"小资产阶级""自然主义"等标签而加以全盘否定。藏原惟人提倡"新写实主

---

① 茅盾:《从牯岭到东京》,《小说月报》第19卷第10号,1928年10月10日。
② [日]藏原惟人:《到新写实主义之路——Proletarier Realism》,林伯修(杜国庠)译,《太阳月刊》第7期,1928年7月1日。

义"的同时反对题材决定论,这一点,对太阳社、创造社却没有什么触动。他认为,可以用阶级的观点去写一切题材,必须清算日本无产阶级文学阵营中流行的那种只能描写斗争中的无产阶级的狭隘见解;应该从"旧写实主义"那里继承日本无产阶级文学家所缺乏的"没有什么主观的构成地,主观的粉饰地去描写的态度"①。不过,"新写实主义"至少让杜国庠意识到并且承认他们自己的作品仍有"浪漫色彩的残留,有些是由于没有完全摆脱旧式小说的窠臼,有些是由于没有深入群众,不能了解他们日常的生活而只为轮廓的描写,结局,遂不免陷于公式地概念地描写的确定"②。

陈启修认为"新写实主义"应该具有如下6个方面的特征:(1)"应该站在社会的及集团的观点上去描写",而不是"站在温情主义,抑强扶弱的个人英雄主义上面的"。(2)"不单是描写环境,并且一定要描写意志",不能像左拉那样只描写无产者生活的悲惨、痛苦、暗黑和丑恶。(3)"不单描写性格,还要由性格当中描写出社会的活力",新写实派的作品"可以没有一个确定的主人公",而是描写行动的集体。(4)能够"引得起大众的美感的",而不是标语口号式作品。(5)写真实,而不是写模范的标准的无产者。(6)与极端的暴露文学不同,新写实派主张"有目的意识","应该是一种光明的东西"。③陈启修所下的定义比较全面,影响也较大,后来一再为人所引用。上述第二、第六点其实是一回事,是"新写实"区别于"旧写实"、自然主义的关键所在。第三点是形式特征,只写群体而无个体主人公的作品,的确是西方经典现实主义所没有的。

有意思的是,陈启修说,完全意义上的"新写实主义"作品"在全世界上还

---

① [日]藏原惟人:《到新写实主义之路——Proletarier Realism》,林伯修(杜国庠)译,《太阳月刊》第7期,1928年7月1日。

② 林伯修:《1929年急待解决的几个关于文艺的问题》,《海风周报》第12号,1929年3月。作者在这篇文章中引述了自己翻译的《到新写实主义之路》。

③ 勺水:《论新写实主义》,《乐群》第1卷第3期,1929年3月1日。

非常缺乏。各国的无产文坛作家所以继续不断的努力,就为的是想创造这种完全的作品,同时各国无产文坛的批评家所以谆谆致辩,也不过是想用批评的力量,诱导一些真的完全的新写实派的作品罢了"①。全世界那么多具有聪明才智的左翼作家为何就是写不出"真的完全的新写实的作品"呢?现实主义文学的认识论基础是反映论,亦即反映已然之事,然而"无产阶级的写实主义"和"阶级意识"的关系则是鸡生蛋蛋生鸡式的。列宁在《怎么办》中提出,阶级意识只能由职业革命家组成的先锋党从外部灌输给工人阶级,如果没有党的灌输和领导,工人斗争只会走向工团主义,而不会产生符合历史唯物主义的"目的意识"。科塞用"理念人"替代"知识分子"一词,把布尔什维克也纳入"理念人"来分析②,对我们的研究颇具启发性。"无产阶级意识"首先是"理念人"的先验理念,而不是现实中的工人能够自发产生的,那么,描写经验的作品不符合理念要求,按照理念塑形、坚持政治正确的作品又总是难脱概念化弊病,也就不令人奇怪了。文学大众化,是知识分子通过文学作品向工农大众灌输阶级意识的一种方式,然而现实中的大众并不爱看据称是描写他们、为他们创作的作品,知识分子仍坚持写作/阅读"无产阶级文学",实在是自我灌输、自我改造的过程。

藏原惟人写了《到新写实主义之路》之后,进一步撰文总结十月革命以来苏俄在戏剧、诗歌、小说、绘画、建筑等方面的形式探索。他认为,"新写实主义"与"党的美学"高度合拍——苏俄文艺注重表现"力学的,敏捷的,正确的,合理的,合目的的感觉和心理。本来这种敏捷,力学,正确,合理性,目的性等等的最高的形式的表现,就是各国共产党的组织"。在梅耶荷德剧院演出的《怒吼吧,中国!》《铁甲列车》,表现"群集"(群体),表演术也是"力学的"。现

---

① 勺水:《论新写实主义》,《乐群》第1卷第3期,1929年3月1日。
② [美]刘易斯·科塞:《理念人》,郭方等译,中央编译出版社2004年版,第172—183页。

在，群集也渐渐成了《铁流》《毁灭》等小说的主要要素①。《毁灭》固然描写了群体，但是与只写群体的《怒吼吧，中国!》《铁流》仍然不同，《毁灭》不但有主人公——莱奋生，还重点塑造并批判了美谛克这个人物，与此相应的是比较静态地剖析个体心理。在《再论新写实主义》《俄罗斯文学之最顶点的要素》等文章中，藏原惟人又把《毁灭》与俄国经典现实主义作品联系起来论述，认为它们是一脉相承的②。《毁灭》的诞生(1927)意味着"无产阶级文化派"的一部分人不再坚持形式上的先锋探索，而是接受了托尔斯泰等人结构长篇小说的方法。由于"繁琐"的心理描写不利于作品的宣传鼓动功能，日、中左翼文坛皆有人不赞同将《毁灭》视为"新写实主义"的典范③。

太阳社、创造社虽未创作出具有影响力的"新写实主义"小说，但是他们攻击"旧写实主义"的策略奏效了。一旦"挑出一种旗号，整个艺术界就按赞成还是反对'革命'来排队"，文学名利场的情境逻辑就是一场"看我的"的竞赛，④在二三十年代之交，这场竞赛就是看谁率先创作出比较真实可信的、具有阶级意识的劳苦大众形象。在陈启修的描述中，全世界的左翼作家都在激动人心地展开竞赛。青年作家本来就有着超越前人的欲求，一旦文坛新人都参加这场竞赛，没有"转变"的作家的风格就真的显得老旧、"保守"起来。

---

① [日]藏原惟人:《向新艺术形式的探求去——关于无产艺术的目前的问题》，勺水译，《乐群》第2卷第12号，1929年12月。另有葛莫美译文，《新艺术形式的追求》，《新文艺》第1卷第4号，1929年12月。

② [日]藏原惟人:《再论新写实主义》，之本译，《拓荒者》第1卷第1期，1930年1月10日。藏原惟人:《俄文坛的最尖端的要素》，勺水译，《乐群》第2卷第9号，1929年9月1日；该文另有方炎武译《俄罗斯文学之最顶点的要素》(译自日本《文学时代》1929年8月号)，《北新》第13卷第17号，1929年9月16日。

③ 1930年5月，"曼曼"在《拓荒者》第4、5期合刊上发表《关于新写实主义》，称藏原惟人的观点"不能说完全没有可议，或者需要补充的地方"，然后以赞赏的语气介绍了贵司山治的观点:《毁灭》的出现意味着心理主义在苏联的复活，创作陷入了"繁琐"的描写，这将使得日本的无产阶级文学染上浓厚的"自然主义的写实主义的色彩的危险"，我们非要简短朴素、明确易懂的"十二分幼稚的非艺术的、战斗的新写实主义不可!"

④ [英]贡布里希:《理想与偶像》，范景中等译，上海人民美术出版社1989年版，第97—99页。

二 中国的"新写实主义"小说创作

左联成立前后,蒋光慈(式)的革命罗曼蒂克遭到了越来越严厉的批判①,这恐怕与党内已判定蒋光慈犯了政治错误有关。不过,最初提倡"新写实主义"的太阳社、创造社仍然获得了两方面的象征资本:"但开风气不为先"的名誉、向文坛新人分配名誉的权力。理论提倡——令"老"作家贬值——设立竞标——表彰新人新作——进一步提出希望,始终是左翼文学的再生产流程。1932年前后,文坛终于出现了一批比较能够为左翼内部各派系所接受的"新写实主义"作品。

首先应运而生的是张天翼的《二十一个》。冯乃超发表评论文章,加以表彰、引导:张天翼正在探索新形式,"同时要丢弃旧形式的影响。我们所谓旧形式,就是感伤主义,个人主义,颓废气氛,甚至与理想主义烧成一炉的浪漫主义的形式"。虽说张天翼似乎回到了"自然主义",但是他"必然的向另外一个形式——新写实主义发展去"。《二十一个》描写士兵,突破了知识分子的圈子,大众语汇丰富,"非常确实如真,技术上是成功的",不像以前作家所描写的非知识阶级人物大抵都是空想的产物。② 我们知道,1929年张天翼在鲁迅主编的《奔流》《萌芽》上崭露头角,《二十一个》是1931年的新作,初次尝试塑造大众群像。不过,在冯乃超看来,这篇小说所描写的士兵哗变还只是"自发性"的,张的其他作品如《搬家后》《三太爷与桂生》,只是从侧面描写革命,都还不

---

① 《拓荒者》创刊号(1930年1月10日)"关于编辑室"说:"本期的创作,和我们理论的步调还不完全的能互相适应,有一两篇还具有很浓厚的革命的罗曼谛克的气味。然而这是没有办法的事。在整个的过程上,我们只有让它慢慢的向上开展。"该刊第3期(1930年3月10日)又刊载了冯宪章的《〈丽莎的哀怨〉与〈冲出云围的月亮〉》,盛赞蒋光慈的这两部作品。华汉(阳翰笙)随即指责《丽莎的哀怨》"不仅不是一部什么××主义ABC,倒反而是一部反××主义的ABC";《冲出云围的月亮》用"罗曼谛克的想法去分析这一时代的小资产阶级的转变,这完全是一种非无产阶级的小资产阶级的观点"(《读了冯宪章的批评之后》,《拓荒者》第4、5期合刊,1930年5月)。

② 李易水(冯乃超):《新人张天翼的作品》,《北斗》第1卷第1期,1931年9月20日。

能说是真正意义上的"新写实主义"作品。又,张天翼脱掉了知识分子主观臆想后又"变成一面镜子",成了同路人的"客观",尚未获得"阶级的主观"①。一位不愿具名的左联成员说:"鲁迅入集团以后,未能放弃旧嫌,更未能踏入新途(如他所提拔出来的作家魏金枝、张天翼等,均较右倾,一以鲁迅之自然主义为皈依,未能突破自然主义之本位)。"②这样说有宗派主义嫌疑,不过,十分仰重鲁迅的冯雪峰也在召唤"新写实主义"作品,那就不能看作是宗派主义作祟了。

1931年长江流域发生了大面积水灾,灾民斗争被左联视为最重大的题材,采用这个题材的丁玲的《水》,被钱杏邨誉为当年左翼文艺运动"最优秀的成果"③。冯雪峰也说《水》就是"我们所应当有的新的小说",它不但采用了"重要的巨大的现实的题材",而且使用了"新的描写方法":"不是一个或二个的主人公,而是一大群的大众,不是个人的心理的分析,而是集体的行动的开展。"不过,《水》也还"只是新的小说的一点萌芽",它还"没有充分地反映着土地革命的影响,也没有很好的写出他们的组织者和领导者",虽然结尾处有一位"对群众煽动的农民出现,但非常不明确"。换句话说,在"党的文艺工作者"这里,判定作品新旧、判定大众斗争是自发还是自为的标准,就是有无党的领导。在文章开头,冯雪峰意味深长地说:

> 我们现在已经有许多立志要做新的小说的人,青年的,中年的,以及老年的;但多的是预约,还很少有"现兑"。

左联的中老年作家除了鲁迅、茅盾还有谁呢!冯文还说:如果只是概念性的转变(宣布立场、加入左联等),而不是作为艺术家,在创作上"从旧的写实主义走到新的写实主义","则不论是谁,不能是一个新的作家,至多只是一个半

---

① 李易水(冯乃超):《新人张天翼的作品》,《北斗》第1卷第1期,1931年9月20日。
② 舒月《我观鲁迅》征引S君来信中语,舒文刊《现代出版界》第7期,1932年12月1日。
③ 钱杏邨:《一九三一年中国文坛的回顾》,《北斗》第2卷第1期,1932年1月20日。

新的作家罢了"。① 新旧与年龄无关,只要转变作风就可以是簇新的作家。

"新"的压力也并非完全外在于鲁迅、茅盾。朱镜我把陈赓讲述的红军战斗情况油印成册,由冯雪峰转给鲁迅,希望鲁迅能据此写小说或报告文学。他们还安排了陈赓、鲁迅会面长谈,鲁迅也想写一个中篇,但终于没有动笔。鲁迅虽然停止了小说创作,但翻译了《毁灭》,并专门约请曹靖华译《铁流》,为青年作家提供借鉴,鲁门弟子萧军的《八月的乡村》即有明显模仿《毁灭》的痕迹。也正是翻译《毁灭》,使得素未谋面的瞿秋白在信中激动地称鲁迅为"同志"——这也是围绕着"新写实"作品所包含的一整套意识而建构起来的政治身份认同。茅盾创作《子夜》期间,瞿秋白向他详细介绍了党的政策及红军、苏区情形,最终茅盾"没有按照他的意见继续写下去","仅仅根据这方面的一些耳食的材料,是写不好的,而当时我又不可能实地去体验这些生活,与其写成概念化的东西,不如割爱"。已经写了的农村部分,又舍不得割弃,成了《子夜》结构上的缺陷②。

"九一八""一·二八"事变爆发后,冯雪峰又批评"著名的作家"还没有响应号召,以时事为题材创作,而这个号召已为"青年群众作家"所接受,"著名的作家"不能继续脱离群众,"应当顺受这些青年群众作家的推动",创造"出众的"作品。③ 冯雪峰一再对中老年"著名作家"表示失望,夏衍干脆点了人名:茅盾仍然"留恋自然主义"创作方法,《火山上》(《子夜》第二章)"有几处,甚至于可以看出对于那种病态生活的宽容和偏爱","而忘却了明确的阶级意识"。夏衍承认以前的革命文学作品有题材单调、人物概念化毛病,但是他坚持认为,只要作家能够应用唯物辩证法去观察对象,即可解决公式主义弊病。可是我们的作家"放弃了有积极性的主题,而退却到比较的容易做的,小资产阶级作

---

① 丹仁(冯雪峰):《关于新的小说的诞生——评丁玲的〈水〉》,《北斗》第 2 卷第 1 期,1932 年 1 月 20 日。
② 茅盾:《我走过的道路(上)》,人民文学出版社 1997 年版,第 502—503 页。
③ 丹仁:《关于〈总退却〉和〈豆腐阿姐〉》,《北斗》第 2 卷第 2 期,1932 年 6 月。

家最得意的社会消费面的描写","向着小市民文学,向着艺术至上的形式主义,向着所谓都会派颓废派文学的全线的总退!"所谓"消费面""都会派"说的也还是《子夜》。夏衍还对照中共中央有关"九一八""一·二八"事变的决议,指责青年作家没有写什么,譬如说,葛琴的《总退却》虽然写了士兵撤退时的愤懑,但是没有写日本准备进攻苏联、两个世界的对立、资本主义世界的恐慌的深化与扩大、中国劳苦大众革命情绪的高涨……这就使得小说客观上与官方的民族主义文艺有着一致的倾向[1]。丁玲也附和道,夏衍发现了许多"很严重的问题",指出了当前创作种种"不正确"现象。[2]

"新写实主义"作为一种先锋文体实验、作为表现工农群像的一种尝试,自有其价值。不过,在党的文艺工作者这里,"新写实主义"成了用"细节的真实"(用写实技法制造幻真效果)来填充、图解党当下的方针路线,并且成了对左翼作家的一种规训。最能与指导家的要求接近的,是"新人"沙汀的作品,这里且以《撤退》为例。"一·二八"战事中,班长刘青山及士兵们不愿撤退而哗变,最终被枪毙。这就与中共中央关于"一·二八"事变的决议精神高度一致,决议要求区别对待十九路军的军官与士兵,号召士兵反抗他们的官长。为了表明自己着重表现的是阶级矛盾而非民族矛盾,沙汀设计了一段士兵谈话,谈到三个高丽人和一个日本人——都是共产党——也在事变中被杀害了。沙汀的早期小说总是想方设法地提及苏区,《撤退》中,十九路军士兵闲暇时哼着在苏区做俘虏时学来的小调,控诉官兵不平等,士兵与日军作战的战术也是和红军交战时向红军学来的。"第三种人"韩侍桁则在《现代》杂志上撰文说:"若把沙汀的小说,切成了断片看,那仿佛是描绘得很真实而有趣,而用它们构成一个整个的东西,则像是堆在一起的不黏固的沙砾。"[3]这"真实而有趣"的断片,根底是沙汀关于故乡底层人物的记忆、对流落在上海街头的底层人物之观察,张天

---

[1] 沈端先:《创作月评》,《北斗》第2卷第3、4期合刊,1932年7月。
[2] 丁玲:《编后》,《北斗》第2卷第3、4期合刊,1932年7月。
[3] 侍桁:《文坛上的新人(沙汀)》,《现代》第4卷第6期,1934年4月1日。

翼则是通过有意与市井人物攀谈而获得，丁玲随冯达到过灾区，见过灾民逃荒情形。然其所见之民众并未获得"目的意识"，不符合先验的阶级性，作家们遂以所见所闻做零件，以"无产阶级理念"做图纸，装配出了小说。

张天翼、丁玲、沙汀等人的"新写实主义"小说皆致力于塑造大众群像，其源头就是前文提及的特列季雅可夫的《怒吼吧，中国！》、伊万诺夫的《铁甲列车》(剧本)、绥拉菲摩维支的《铁流》等。沙汀承认《铁甲列车》对他的早期小说创作起了决定性的影响①。《怒吼吧，中国！》既是中国左翼剧运的原点、起点，也是左翼批评家心目中"伟大的作品"的典范。1934年，郑伯奇发起"中国为什么缺乏伟大的作品"的讨论，劈头就责问道："中国近数十年发生过很多的伟大事变，为什么还没有产生出来一部伟大的作品？像《怒吼吧，中国！》，像《鸦片战争》，这样的作品，为什么中国作家还写不出来？""不一定伟大的题材就可定产生伟大的作品。但，避开这些历史上的事实而只注重身边，或只刻意描写消费层的生活"，只能说明作家"避重就轻""缺乏野心"。② 时人多能明了郑伯奇的弦外之音：茅盾的《子夜》没有采用"伟大的题材"而去"描写消费层"，算不上伟大的作品。郁达夫回应道："没有伟大的作品的原因，我想是因为伟大的批评家太多了的缘故。"《阿Q正传》《子夜》已是"伟大的作品"③。

关于《怒吼吧，中国！》的演出、传播情况，笔者已另文处理。这里只能简单地说，它择取了重大事件——北伐、反帝——为题材，取消了主角，塑造劳苦大

---

① 晚年沙汀对其传记作者吴福辉谈到了《铁甲列车》对自己早期创作的影响。吴福辉分析道：这部剧作"采用冷峻的跳荡的印象式手法，突出宏大的场面，以及像雕塑一样刻写群像的新鲜表现方式，使他眩目。在中国文学中，他从未见过这种写法，它们这样牢牢地抓住了他，以至日后成了他最早一批小说的'模式'"。吴福辉：《沙汀传》，十月文艺出版社1990年版，第102页。

② 郑伯奇：《伟大的作品底要求》，《春光》第1卷第1期，1934年3月。按，《鸦片战争》是村山知义的剧作，也受到了《怒吼吧，中国！》的影响。

③ 见《春光》第1卷第3期，1934年5月。郁达夫在《中国新文学大系·散文二集》"编选感言"中还说：有些人"顶多只能看清他前后左右的一圈"，"中国的新文学运动，已经有将近二十多年的历史了；自大的批评家们，虽在叹息着中国没有伟大的作品，可是过去的成绩，也未始完全是毫无用处的废物的空堆"。赵家璧把这篇感言给郑伯奇看，郑"久久不语，我知道郁达夫的话，已刺伤了他的自尊心"。见赵家璧：《话说〈中国新文学大系〉》，《新文学史料》1984年第1期。

众的群像、描写他们的行动,人物对话精悍、情绪紧张,有刺激性。对于中国左翼文坛尤为重要的是,这部戏证明了具有宣传鼓动性、充满标语口号的作品同样可以取得较高的艺术成就。夏衍、郑伯奇等人组织的艺术剧社曾想把它搬上舞台,他们有意无意地总拿《怒吼吧,中国!》来比照中国左翼作家的创作。然而小说与戏剧不同,《怒吼吧,中国!》也是可演不可读,它的戏剧性、动作性强于文学性,单去阅读剧本,我们也会觉得沉闷。小说,即便是"新现实主义"的,仍是个人在书斋中阅读的东西。正如韩侍桁所言,阅读沙汀的描写一群无名无姓的人物行动、七嘴八舌发言的小说,时间略长,读者就对不上号,记不住某人先前说了什么。冯雪峰也批评《水》的文字组织"过于累坠和笨重",读起来很觉沉闷。[①] 至于苏联的经典《铁流》,胡风在给鲁迅的信中也说"有点空",鲁迅回复道:"我看是因为作者那时并未在场的缘故⋯⋯"[②](在公开场合,左联中人不会承认更不必说批评苏联名著其实空洞。)问题恐怕不在亲历与否,美国学者安敏成提出的"现实主义的限制"[③],对我们的研究颇具启发性:现实主义小说,无论"新""旧"都很难达到作者企望的宣传鼓动效果。瞿秋白也意识到了这个"限制",要求左翼作家必须利用章回说书体、时事五更调、连环画等形式,无形中取消了发端于西方的现代小说体式,取消了"新文学家"的身份内核。瞿的要求也遭到了左翼作家们的消极抵制。

就在"新写实主义"小说风头正健的1932年,胡秋原、杜衡向左联指导家、理论家发难,由此而来"文艺自由论辩"。杜衡承认文学有阶级性,作家"要把握真实,有时候必须借径于科学的唯物论",但是"科学的唯物论并不是某一党派所专有的东西"。文坛上流行的所谓"绝对的正确意识",并非社会存在的反

---

① 丹仁(冯雪峰):《关于新的小说的诞生——评丁玲的〈水〉》,《北斗》第2卷第1期,1932年1月20日。
② "致胡风"(350628),《鲁迅全集》第13卷,人民文学出版社2005年版,第489—490页。
③ [美]安敏成:《现实主义的限制》,姜涛译,江苏人民出版社2001年版。

映,"而是一般理论家所塑造出来的",违背了文学创作的写实原则①。杜衡抓到了问题要害——正确意识是革命理论家的先验理念。需要说明的是,杜衡定义的"第三种人便是所谓作者之群"②,"指那种欲依了指导理论家们所规定的方针去做而不能的作者"③。但是,在当时及日后,"第三种人"这个词仍被视为政治上的第三种势力、中间道路,实质上,杜衡以"同路人"自居,他也是左联成员,其所谓"文艺自由",很难说是自由主义层面上的,而是相对于"文学的党性"而言的创作自由。我们也可以说,他是左联中的"作者之群"代言人,如果完全脱离左翼这个引力场,就谈不上"欲依指导理论家所规定去做"了。理论上,左联是统一战线性质的组织,应容纳非党文学的存在,然而"党的文艺工作者"同样有着自身的理据,他们把左联当成了引导非党作家创作"党的文学"的工具。

在"文艺自由论辩"中,并无"作者"公开发言支持杜衡,但有四五个人写信来鼓励他,其中之一是叶永蓁,他也是与左联主体较为疏离的盟员。陈望道写了一篇支持杜衡的文章,由茅盾送到《现代》编辑部发表。杜衡"因此机会,与茅盾相识,至他藏匿的住所去访问他。茅盾当面的表示,差不多大部分同意我的看法。因为茅盾是写创作的,他也深深感到要照了那个呆板的教条去写作,是一种痛苦。但茅盾仍表示不愿把他的意见写出"④。私下里同情杜衡而不介入论战,这就是本文所要寻绎的作家间的"暗涵"。

就在"文艺自由论辩"进行之际,茅盾写了一篇评沙汀小说集《法律外的航线》的文章。茅盾说,自己比较喜欢集中的《法律外的航线》《平平常常的故事》《撤退》《恐怖》《莹儿》,性急的读者或许会觉得这几篇"没有刺戟力,并且没有

---

① 苏汶:《论文学上的干涉主义》,《现代》第 2 卷第 1 期,1932 年 11 月 1 日。
② 苏汶:《关于〈文新〉与胡秋原的文艺论辩》,《现代》第 1 卷第 3 期。1932 年 7 月 1 日。
③ 苏汶:《"第三种人"的出路——论作家的不自由并答复易嘉先生》,《现代》第 1 卷第 6 期,1932 年 10 月 1 日。
④ 戴杜衡:《一个被迫害的记录》,《鲁迅研究动态》1989 年第 2 期,原载台湾《今日大陆》。

煽动的热情"，但是沙汀的才能正在于"很精细地描写出社会现象——真实的生活的图画"。可是《码头上》的结尾颇为突兀地写上海流浪儿对苏区的向往，读到这结尾之前，我们"只看见一幅码头上的小瘪三的漫画，我们嗅不出半点儿'革命味'；而突然'尾巴'来了，革命意识！""革命文学论战"时期即已神圣不可侵犯的"公式"仍有遗毒，它常常迫使青年作家不得不抛弃生活经验，"而虚构着或者摹仿着他们那'所无'的。这就叫做我们中国的'新'写实主义！"①可是，茅盾喜欢的那几篇，譬如说《撤退》，也不是建立在沙汀"生活经验"之上，追求的仍是刺激力。我们可以认为，茅盾借谈论沙汀创作回应来自左联内部的对他自己创作的批评，是夫子自道，茅盾创作不追求直接的宣传鼓动效果，而是致力于社会现象的精细描写。

《1932年中国文坛之鸟瞰》摆脱了"新""旧"对立，认为"人生的现实主义""社会的现实主义"各有胜场。后者以茅盾为代表，"着眼于当前的政治的或社会的课题"，姚蓬子、魏金枝、丁玲、沙汀、张天翼等皆属此脉。茅盾"更伟大的《子夜》"还在预告中，《春蚕》《林家铺子》已"获得了空前成功"，"值得我们在这里大书特书"："主题的精慎的选择，材料的勤恳的搜集和适当的配置"，使得这些作品能够"明确地暗示社会的动向，而另一方面又绝不流于夸张和粉饰"，这种纯理智的冷静的创作态度却"曾引起一部分（人）非难他的作品缺乏鼓动性"。《鸟瞰》论列作家多以表彰为主，同时指出各家创作技巧方面的一二缺陷，唯独对丁玲全无褒扬之辞，而且是为茅盾鸣不平："'政治的'批评家"很可能把丁玲放在茅盾之上，然而丁玲的《夜会》《消息》却是"过于阿谀革命"、臆想工人生活，犯了"对革命现状作过分的估计的错误。1932年的丁玲，是一个运用得不确当的政治热忱损坏了对现实的认识的好例子"。② 这是在暗示，作家自身应该对革命"现实"有独立判断，否则就会追随政策路线而"盲动"。情况的确如此：《消息》写上海工人区的老太婆们为红军绣红旗，打电报给红军，盼

---

① 茅盾：《法律外的航线》（书评），《文学月报》第1卷第5、6号合刊，1932年12月15日。
② 中国文艺年鉴社：《中国文艺年鉴（第一回1932）》，第19—20页。

其首先解放上海。也许正是因为觉得自己写得不真实,丁玲在小说中才自卫似的写道:"老太婆很有把握地说了。这些并不是听来的,而是她意识着的,她相信自己没有扯谎,那一定是真的。"①

三 鲁迅旧弟子与"旧写实主义"

《鸟瞰》一文说"人生的现实主义"以鲁迅、叶圣陶为代表,以前在《小说月报》发表作品的鲁彦、黎锦明、许杰、胡也频皆属这个流派。叶圣陶的产量一向不多,1932年发表了《秋》,虽不像《春蚕》那样引人注意,"但这是一件最精致的艺术品,正像《春蚕》是一件最忠实的人生实录一样"。1932年的杜衡则成了"这个曾经盛于一时的流派的顽固的支持者",在创作上为这一流派做出了最大的贡献。② 在民族危机的刺激下,在左联批评家的倡导下,青年作家纷纷写作"新写实主义"小说。杜衡也是文坛后起之秀,却回归"为人生"的现实主义,向"五四"时期的鲁迅、叶圣陶小说学习。然而文学研究会在革命思潮的冲击下,已提不出或不敢提出自身的主张了,"一·二八"事变后《小说月报》没有复刊,对于若存若亡的文学研究会来说是一个致命的打击。

鲁迅的文艺、政治立场也发生了转变,他虽然没有像其他向左转的已成作家那样"悔其旧作",但也不会去鼓励青年作家回复"旧"途。以前鲁门的一些弟子,现已成了文坛上的散兵游勇,因为文学观念与杜衡比较接近而发生了交往,产生了一个没有组织和名目的聚合。《现代》创刊伊始,杜衡就帮施蛰存看小说稿件,后来又正式列名编辑。鲁迅早期的弟子黎锦明、魏金枝、叶永蓁,以及长于乡土小说创作的彭家煌,皆获得了《现代》杂志的特别青睐。"革命文学论战"时期,韩侍桁是鲁迅最信任的弟子,如今也支持杜衡,明确地以"第三种人"自居。杜衡、韩侍桁、黎锦明、魏金枝、彭家煌、叶永蓁又皆是或曾经是左联成员。

---

① 丁玲:《消息》,《文学月报》第1卷第2期,1932年7月10日。
② 中国文艺年鉴社:《中国文艺年鉴(第一回 1932)》,第23—24页。

杜　衡

"革命文学论战"期间,黎锦明说,体裁常常是西方作家考虑的首要之事,甚至还有体裁家(Stylist)一说,而我们的新文学家中只有鲁迅、叶圣陶等二三人注重体裁的修养。① 韩侍桁也认为,《呐喊》在文艺界中"占了奇特的孤立的地位",虽然得到了热烈的赞扬,对当时的创作却没有什么明显的影响,青年作家和读者更喜爱创造社的作品。② 杜衡求学期间亦心仪创造社,写抒情诗、恋爱小说,"也许每个青年人都必需经过这么一个时期吧",阅世之后就不爱写这些了。投身于国民革命期间,他停止了创作。1927年"清党"前后,戴望舒、杜衡因右派学生告密被捕,获释后匿居乡间,戴望舒将杜衡的三篇旧作推荐给叶圣陶,叶回信说:一篇发表在《小说月报》,一篇转给了《东方杂志》,一篇拟不用。杜衡自然是兴奋异常,再度有了创作的欲望。此时遇到了"为什么写?"问题,他下决心只写有"积极的意义的东西",可是创作了两篇以工人斗争为题材的小说,就实在写不下去了。因为自己"所见本属有限,除一些群众运动底场面尚可说有相当亲身的体验外",其他的情形都是凭空杜撰。此后的三年间,他主要从事文学作品及苏联文学理论的翻译工作,创作上是"搁笔"了。到了1931、1932年之交,才一连写了收在《怀乡集》里的那些作品,回到了写"拟普罗作品"之前尝试过的那种现实主义。③ 有人透露:施蛰存筹办《现代》时向杜衡约稿,杜衡竟然一下子拿出了12篇,于是《现代》上几乎每期都有杜衡的小说;此外,叶圣陶又推荐了杜衡的《蓝衫》在《东方杂志》上发表。④

《蓝衫》受鲁迅《孔乙己》的影响可谓一目了然。破落户祥茂叔一年四季都

---

① 黎锦明:《论体裁描写与中国新文艺》,《文学周报》第5卷第2期,1928年2月。
② 韩侍桁:《写实主义文学的发生》,《文艺评论集》,现代书局1934年4月版,第68—70页。
③ 杜衡:《在理智与感情底冲突的十年间》,楼适夷编《创作的经验》,天马书局1933年5月版,第127—138页。
④ 木瓜:《杜衡"发达"史》,《社会日报》1935年12月8日。

穿着同一件长衫,冬天就包在棉袍外面作罩衫,读书的孩子如果穿短打,总会被祥茂叔教训。后来科举停了,祥茂叔颇为寂寞地送儿子去省城进学堂。到最后,"我"听说祥茂叔的儿子在学生意,穿着短打。《蓝衫》以及用作小说集名的《怀乡病》,皆沿用了鲁迅开创的知识分子故乡"归去来"的结构。

以前写"拟普罗作品"完全靠杜撰,回过头来,杜衡只写熟悉的生活。总体说来,他的小说中叙事者的经历是:从乡镇到省城读中学,到上海读大学,毕业即失业,住亭子间寻找机会,故乡和学校是出来后就回不去了。那些努力追赶"现代"结果还是陷入了人生悲剧,不得不安于灰色人生的都市年轻女性(《重来》《蹉跎》),也许是叙事者的女同学们的遭遇。亭子间文人与房东搭伙,忍受餐桌上的唠叨,前者也是旧石库门的小市民日常生活的悲喜剧的观察者、旁观者(《失业》《亭子间里的房客》);失业青年二人合租一间前楼,拜访共同的老同学,"毫无痕迹"地解决了一顿晚餐,然而相濡以沫的朋友也因为谋生而生了猜忌之心(《生存竞争》)。他们从未进过工厂,但敬佩正在组织罢工的老同学(《在门槛上》)。江湾房租便宜,又有几所大学,在那里,我们看到了无名的理发铺聘了女招待,改称"芙蓉美容院",结果还是"改良"失败(《王老板底失败》)。杜衡恰当地以第一人称抒写怀乡之情、失业青年的人生感悟与苦痛,亭子间文人只能以第三人称叙述小市民生活。写城市,每篇基本上都是几乎无事的悲剧与有节制的喜剧的掺杂。杜衡或者说他小说中的叙事者的经历,也是那个时期普通的文学青年所能有的"生活",但是在左翼批评家看来这些都是些不值得写的"现象",事实上,在 1931、1932 年,也没有其他左联作家像杜衡这样写作。

现实主义强调客观,胡风则声称:"一切和新兴阶级底主观游离的或相反的客观主义,都是旁观主义,'虚伪的客观主义'。"以此为据,他逐篇否定了《现代》第 1 卷刊载的除了左联成员茅盾、张天翼、魏金枝之外的 23 篇小说。胡风认为《怀乡病》的主题是"机械化和乡民生活的冲突",属于"很不重要的""现象",杜衡没有看到资本主义在中国不但没有像在别国那样促成了封建社会解体,反而加强了封建剥削,长发这才会走上流血的路。① 杜衡反驳道:自己已经暗示了乡村一天一天地走向动乱,胡风全然不顾小说创作的剪裁需要,"一看见人写农村,便把整个乡村的现实关系背出来,硬要作者全部地写进去",这样一来就非得"把艺术作品写成社会科学论文"不可。② 这篇小说只是写"我"的见闻。造纸厂污染了河流、小学教师一天到晚在宣传主义等都是一带而过,让"我"深为震动的是,汽车断了船民生路,听说多年来一直接送"我"出乡入乡的船民长发,因为砸汽车而被正法。"我"永失故土,后来就没有再回去过,这也是常见于乡土小说的感喟。刚刚在文坛崭露头角的胡风,批评任何类型的小说都只看它"写了什么,反映了什么,说明了什么"社会问题。

从杜衡的《萌芽》《乳佣篇》《渔村小景》等小说中,我们能够看出他仍在思考如何描写阶级意识。这里且以《萌芽》为例。阿毛的母亲早故,父亲是洋铁匠,"照例是那副爱喝酒的汉子底脾气。白天要儿子做差不多是一个大人才做得了的事情。在他想,小阿毛已经流上了十多年的鼻涕,不算小;一个嘴巴就会帮助他做了的。到夜里自己像一头蠢牛似地摆了大半铺,把小的只挤在一只角落上,不能睡而且也不能动"。父子二人上门干活。阿毛无端地厌恶主人家年龄仿佛的女孩,女孩就报复性地玩橘子、吃橘子来馋他,最后一个,假装诚心给他。父亲同意了,阿毛伸手,女孩又说:"难道不好把狗吃,要把你!"阿毛夺过橘子踩烂,女孩佯装大哭招来了大人……失掉了多年的老主顾,父亲到家后就举起了棍子,看到阿毛瞅着他的眼神,"眼泪倒比木棍子先落到儿子底身上"。③ 杜衡坚持描写自己所能见到的生活,篇名《萌芽》,意指阶级感在儿童意识中的萌芽。它可以说是左翼小说吗?问题关键在于,命名权掌握在主流左翼手中。

---

① 胡风:《粉饰、歪曲、铁一般的事实》,《文学月报》第1卷第5、6号合刊,1932年12月15日。
② 苏汶:《批评之理论与实践》,《现代》第2卷第5期,1933年3月1日。
③ 杜衡:《萌芽》,《申报》"自由谈"副刊,1932年12月23—24日。

魏金枝

魏金枝早年在鲁迅主编的《莽原》上发表过乡土小说,来上海后,经同乡柔石引见而结识鲁迅。魏金枝批评左翼文坛的积习也是十分凌厉:以前冯宪章、洪灵菲等人没有"普罗阶级生活的体验",写小说好比是化了妆的理论家,自认为新写实主义,只是借普罗名头遮掩创作缺点。现在呢?"还没有人敢专门来做指导的工作,然而片纸只字地散见于各报者,统统扮起一种假道学的面孔",专从"正统"立论,谈意识。作家们却也遂着这种要求,"把眼睛避开现实",夸大和臆造,一味"死的枯燥乏味的限于正面描写",而"不敢从侧面或横断面来着手"。① 左联中的激进派则以为,鲁迅提拔出来的作家如魏金枝等,"均较右倾,一以鲁迅之自然主义为皈依,未能突破自然主义之本位"②。

1932年8月,魏金枝因协助左翼的"五月花剧团"演出而被捕,10月出狱回乡,次年赴武汉谋生。杜衡两次去信约稿,魏金枝皆未作复,写了第三封信,魏金枝才回信解释道:去秋(1932年)以来"眼见各种世故,心益灰冷",故杜绝凡百,"枝已无用","不能奋发有为与捷足者争先"。③ 大概是因为被捕后左联方面无人施救,加以极为不满当下左翼文坛流行的创作观念,魏金枝决意退出文坛,杜衡来函虽让他颇为感动,他仍未答应写稿。杜衡特别看重魏金枝的作品,是因为他不是以抽象的阶级性演绎人物,而是通过刻画农民性格来表现阶级觉醒,同时也没有夸大农民的觉悟,"反角"也不是十足的坏蛋④。《鸟瞰》一文对魏金枝的评价是:"假如说,茅盾的作品是说明了农村社会的动态,那么金枝的作品便可说是揭发了农民的灵魂",《前哨兵》"深刻地描划了主人公的愚蠢而仁厚的心地",给人以不易磨灭的印象。⑤

---

① 魏金枝:《过去对于"创作"的一般谬见》,《北斗》第2卷第1期,1932年1月20日。
② 舒月《我观鲁迅》征引S君来信中语,舒文刊《现代出版界》第7期,1932年12月1日。
③ 孔另境编:《现代作家书简》,生活书店1936年5月版,第293—294页。
④ 苏汶:《白旗手》(书评),《现代》第4卷第2期,1933年12月1日。
⑤ 中国文艺年鉴社:《中国文艺年鉴(第一回 1932)》,第22页。

由于在武汉觅业不顺,魏金枝又想回归文坛卖文为生,杜衡说:"《文学》初办,倘有稿件,可以代为介绍。"魏金枝遂给了一篇《磨捐》,不料杜衡和茅盾"不知闹了点什么问题,有了一些意见",《文学》的另一位编辑傅东华"又以宣传招待黑人休士这光荣,连带笑骂了鲁迅先生,被鲁迅先生当头来了一棍。不知是否即此故,因啃不动石子而啃蒲芦呢,还是另有原因,我可不得而知,便把我的文章,以'未便发表'这罪名而退回了"。茅盾后来还当面摇头叹息魏金枝不该在教会学校教书。①《文学》创刊之初,杜衡还在帮茅盾拉稿,可见二人一度走得很近。魏金枝怀疑傅东华不敢回击鲁迅,但拿自己开刀。或是因为魏的文章发表在《文饭小品》之上,鲁迅在《文学》上发表的《"文人相轻"》,也就带及了魏金枝。这自然让仍想以鲁迅弟子自居的魏金枝极为尴尬,他再次撰文陈述情由,鲁迅遂写了一系列论"文人相轻"的杂文,大意谓魏金枝将杜衡当作朋友,失却了"热烈的好恶"和"明确的是非"。在鲁迅这里,攻击"第三种人"已成绝对之是了。

黎锦明

黎锦明最初获得文坛关注,是因为他的中篇小说《尘影》(1927)得鲁迅作序。1929年,他出了两部中篇、一部短篇小说集后,也"搁笔"了,到了1933年才又发表了不少作品。重归文坛,他的作品风格不一,有点投石问路的意思,既有正面写"九一八"的《赤峰之战》、正面写"一·二八"的《战烟》,也有一些写性变态心理的小说。得到《现代》编辑盛赞的则是《邻人》:不但在作者个人,就是在整整一年的新文艺作品中也无愧为优越的作品,它给了人类的虚伪以"有力而残酷的攻击,结穴处的翻腾,更增加了全篇的艺术的效果"。② 故事发生在"一·二八"事变后上海市郊K镇,到处是断壁颓垣。永式专心译著,贪图清净,不大愿意把底楼租出去。一个叫姜留雅的中年人说:"兄弟是由南京来

---

① 魏金枝:《再说"卖文"》,《文饭小品》第3期,1935年4月15日。
② 编者:《四卷狂大号告读者》,《现代》第4卷第1期,1933年11月1日。

的……""一个人住吗,同意了",结果却带来了一妻一子一仆,行李上"都贴着九江,芜湖,镇江以及旧有的龙江,哈尔滨,长春等处旅店的栈票"。孩子的啼哭声屡屡打断永式的文思,永式下楼张望,寒暄几句,但见租客在墙上挂上了"署款教育厅长刘×的对联,衬着一副拓印的宋院仕女画"。数日后,姜留雅夜间两次逡巡上楼攀谈,问主人对于古诗词、绘画兴趣如何,主人尴尬地说自己只对社会科学感兴趣,留雅也能接口,吐出个英文 logic,话不投机。夜深时,永式感到楼下声音不对劲,下楼后才知道孩子死了,原来留雅两次上楼是想借钱请医生。永式埋怨他为何不开口,同时也自觉做了一件不义的事——对此作者没有点透,可以想象得到,永式之前不自觉地流露出了鄙夷、不耐烦之情,给留雅造成了心理压力。小说塑造了一位力图和光同尘但终为风雅所误的旧式知识分子形象(小说原有一副标题"又名文明人",《现代》编辑经作者同意,删去了),同时也表现出了东北难民的艰辛以及世态炎凉,作者完全从侧面落墨,只写永式所见所闻,创作命意到了结尾处才水落石出,的确让人感慨不已。

《赤峰之战》《战烟》则是属于"新写实主义"的作品,然而《现代》刊载的一篇评论仍说作者观念不正确,没有写到日本威胁苏联,没有写帝国主义的"国联"对于"九一八"事变的态度等。至于黎锦明的那些不取"中心题材"的作品,那更是"旧写实主义"了。① 这种典型的公式主义批评,让黎锦明觉得无法再迎合时潮而创作,他干脆致函杜衡,希望一道大力提倡"旧写实主义"。这当然也是赌气的话,在"新文学"场域,哪有人提倡某种主义而冠之以"旧"呢! 杜衡回复道:

> 对"旧写实主义"的尊视,至少我个人,是完全和你一样的,这从我各方面的表现上你可以相信。近来有许多人都对"旧写实主义"有所不满,这是他们自己放弃了一宗高贵的遗产。至于"大力提倡"的话,却觉得是

---

① 陆春霖:《战烟》(书评),《现代》第 4 卷第 3 期,1934 年 1 月 1 日。

需要考虑。我常常以为,甚何东西一经提倡,即生流弊;将来成就,定然非猫非狗,绝非原来的理想。古往今来的许许多多的"提倡"的成绩都放在那儿做我们的殷鉴。

在信末,杜衡特地声明:"以上的话仅仅说了我个人的私见,不敢说是代表一个杂志的。"①《现代》杂志创刊伊始即有言在先:这是书局的杂志,而非同人志,故"不预备造成任何一种文学上的思潮、主义或党派"②。正因为要表明自己无意提倡什么,杂志既登载编辑个人激赏的作品,也要刊载左翼方面的教条的批评。施蛰存、杜衡具有作家、批评家、书局编辑等多重身份,难免有点身份分裂。

彭家煌

1926年2月,彭家煌发表处女作《Dismeryer先生》,这篇小说他连着修改过七次,"才趁着没人时候,放在《小说月报》主编郑振铎先生的案上,隔日郑先生原璧奉还了他。他自己看过又一遍,终觉不错,才寄给北京《晨报》徐志摩先生。不久登载出来"③。文学研究会在上海的同人,大都在商务印书馆任职,手中掌握着不少刊物,彭家煌也是"商务"编辑,但不擅长交际。1927年,彭家煌才加入文学研究会,并开始在《小说月报》《文学周报》等刊物发表小说,"商务"出版的《妇女杂志》《教育杂志》以及"商务"发行的《民铎》杂志上偶尔也能见到他的创作。不知何故,到了1929年,彭家煌又很少在"商务"出版、发行的刊物上发表作品了,而是向外投稿。小说《美的戏剧》发表在《新文艺》(刘呐鸥、施蛰存、戴望舒、杜衡等人组织的"文学工场"创办)时,编辑称:

---

① "黎锦明先生来函并复书",《现代》第5卷第1期,1934年5月1日。
② 《创刊宣言》,《现代》第1卷第1期,1932年5月1日。
③ 汪雪湄:《痛苦的回忆》,《矛盾》第2卷第3期,1933年11月。参见严加炎、陈福康:《彭家煌生平与创作年表》,《新文学史料》1987年第1辑。

> 彭家煌先生的描写手腕是已经达到圆熟的地步了的。这篇《美的戏剧》不仅表现出一种深刻的,冷嘲的作风,而且充满了一种纯粹的地方色彩。①

1930年,彭家煌遭遇了人生危机,这在他当年写的小说中多有反映:穷困潦倒,胃病、失眠症越发严重,夫妻感情长期不和,请假借钱到宁波友人处休养,然而"目所接触的,耳所听见的,脑子所想及的,无一不是贫穷、污秽、杂乱、令人作呕"。在城乡接合部,"人们不知道自己该属于哪一类;也不知道活着干什么。他们无田可耕,无工可做,流荡、堕落"。"男人靠赌钱赢钱,靠劣质烟草,烧酒,草鞋等,从过路客人的板腰带里剐出铜板,或以红丸鸦片麻醉别人,同时以其余剩也将自己麻醉着;闲散,谈天,互相打骂,就这样把生命消磨。女人尽量生育;尽量将女婴送到江中;尽量兜揽男人的衣服去洗;此外也尽量享用着铁路工人,小贩,以及船夫们的夜间的报酬;就这样送走青春,丢了少壮,钻入衰老。"②据笔者所见资料,1930年彭家煌只发表了一篇小说《国货》,还是刊载于宣扬"民族主义文艺"的《开展月刊》(《国货》与官方意识形态无涉),同年写成的《浴》《请客》《援助》《在潮神庙》应该都是在他去世后才初次与读者见面。

1930年左联成立前后,上海新文坛的同人刊物纷纷停刊或宣布向左转。革命也成了彭家煌摆脱人生危机的一种方式。其1931年初加入左联,却同时停止了创作,同年7月被国民党政府逮捕,羁押近4个月后出狱。"一·二八"事变期间,商务印书馆被炸,彭氏夫妇失业,寓所也被炸毁。彭家煌到宁波谋生,大致在1932年底又回到了上海。友人汪雪湄说,彭回沪后"思想得了新的进展,意志更形坚决",但是:

---
① "编辑的话",《新文艺》第1卷第3期,1929年11月。
② 彭家煌:《在潮神庙》,《喜讯》,现代书局1933年12月版,第121页。

作品不多,只在《现代》发表过《喜讯》和《两个灵魂》两个短篇。《喜讯》是我最欢喜的,也是他自己很得意的。但是有人批评说肤浅,他很心服,也知道他缺乏实际生活的短处,这是瞒不过人的。不过,从这两篇东西看来,他已经表现了充分的时代意识,超过旧写实派的范围了。……

《两个灵魂》完全是虚构的。虽然文字还紧凑,描写还深刻,只因没有一件事实来写真,没有某种意识做目的,所以他写到由旧灵魂转到新灵魂的过程的时候,就不免犯了牵强的毛病。因此他搁下了几天笔,几番催促,他才写成。①

《喜讯》显然融入了彭家煌的切身经验,读来十分感人。破产地主拔老爹被人逼债、赊不动杂货时,总是说等儿子岛西回来了,会清账的,儿子在外很好,成家立业,地位一天一天地增高……然而最终等来的,竟是儿子成了政治犯、获刑十年的消息。它发表于《现代》时,编辑称彭家煌"风格没有什么大变动,可是我觉得他写小说的工夫更加精细得多了"②。这篇小说并非像汪雪湄所说的那样,超越了"旧写实派"。批评它"肤浅"的("肤浅的人道主义"?)以及几番催促彭家煌完成《两个灵魂》的,大概是"无名文学社"的友人。该社由左联盟员叶紫、陈启霞组织,彭家煌、汪雪湄也在《无名文艺》上发表过作品。不过,叶紫已获得了鲁迅、茅盾的表彰,不是无名作家了。

彭家煌回归文坛后,彷徨于歧路,欲转向"新现实主义"而不可得。"为了生活,时常随意写些小东西送给《自由谈》,换来三五块钱","这些小品文字,大家都是随看随丢,他自己也不肯汇集"③。这些小品,有的是杂文,也有微小说《明天》《认错》《隔壁人家》。《自由谈》以刊载杂文为主,概因主编黎烈文与彭家煌是湖南老乡,才发表彭的小说以救穷,彭家煌也就根据《自由谈》的篇幅写

---

① 汪雪湄:《痛苦的回忆》,《矛盾》第2卷第3期,1933年11月。
② "社中日记",《现代》第2卷第6期,1933年4月1日。
③ 汪雪湄:《痛苦的回忆》,《矛盾》第2卷第3期,1933年11月。

微小说。《认错》《隔壁人家》以诙谐的笔墨写里弄夫妻间的口舌。在《明天》中,不知明天早餐在哪里的"我"却同情起穷困潦倒的白俄来:"我是没有办法的。你,俄罗斯的贵族呵,明天我看你……"①《明天》发表于1933年5月27日《申报·自由谈》,次日彭家煌又写完了试图表示转变的《两个灵魂》,由此更可见作者在"新、旧写实主义"之间犹豫不决。

1933年9月,彭家煌因病去世,施蛰存、杜衡、赵景深、潘子农(以上皆为浙人)与上海文化界的一些湘籍人士一道发起募集彭氏遗孤教育基金。潘子农、汪锡鹏主编《矛盾》,二人提议《矛盾》的作者们捐出稿费,连同杂志销售所得,一并赠予彭的家属。② 这份具有官方背景的杂志,居然出了纪念彭家煌特辑,《现代》也刊载了彭的遗著《请客》以及李虹的评论、黎锦明的《纪念彭家煌君》。友人瘐君哀叹家煌"写了一生的文字,大家对于他的名字都很熟悉,但是没有人谈到他的作品,没有赞美,也没有指摘",在寂寞里写着,又在寂寞里死去了!③ 彭家煌病殁倒是成了文坛一时间热议的话题。如果从严正的左翼立场立论,彭家煌的作品写的都是"身边琐事",前揭描写城乡接合部居民的段落是典型的"自然主义",同情白俄的《明天》简直是犯了严重的政治错误,职是之故,有些左翼文化人纪念彭家煌时就不提他的作品,但称赞他的革命热情,控诉当局的压迫④;甚至借彭家煌、朱湘之死,指明文人的唯一"出路"——走向大众成为大众的一员⑤。周楞伽感叹道:彭家煌、罗黑芷的作品"同属于旧写实主义范围","在中国,时代似乎过去得特别快捷":

> 即以文学而论,什么古典主义,浪漫主义,写实主义,别人要经过一世

---

① 彭家煌:《明天》,1933年5月27日《申报》"自由谈"副刊。
② 《彭家煌死后萧条》,《摄影画报》第9卷第39期,1933年11月4日。
③ 瘐君:《"只有死是一桩利益"》,1933年9月12日《申报》"自由谈"副刊。
④ 豁贯:《文人的悲哀》,1933年9月8日《申报》"自由谈"副刊;老彭:《咏言》,1933年9月23日《申报》"自由谈"副刊。
⑤ 森堡(任钧):《文人的生活苦》,《现代》第4卷第4期,1934年2月1日。

纪或半世纪始能继而代兴者,我们则十多年里早都统统输流过了。读着罗黑芷和彭家煌的遗作,不禁使人起一种怀旧和感伤的情绪。①

然而正如李虹评论彭家煌时所说的那样,创作"随文艺家的生活(即经验)而成熟的","与艺术家的年龄有关"。②"五四"时期,新文学家只有鲁迅等一二人是中年人,包含着人生感喟的乡土小说也是人近中年时才写得出。待"五四青年"心理年龄成熟后,于1930年前后写作乡土小说本为水到渠成之事,可是文学上的种种主义未及成熟即已过时,作家取某种文学理念而写作,手法刚刚圆熟此种理念即已被判定为"落伍"。

为什么今天我们读来枯燥无味的左翼小说、八股式的批评在当时能大量刊载？能流行,似乎即能说明它们有市场。新文学的主要受众始终是大中学生——作家们在成熟、在老去,读者却永远年轻,他们阅读左翼文字的主要目的恐怕不是为了欣赏艺术,而是为了获得政治刺激、表达正义感。左翼作家、批评家、读者相互影响而形成潮流,作家倘不顺应场域逻辑,拒绝展示激进姿态,就会被冷落。周楞伽等人觉得这个场域逻辑有点怪,而又觉得时潮不可违。为彭家煌鸣不平者,则说"像这样严谨而完美的作品,却很少被注意过,这是值得为我国的读者可惜的！"③黎锦明认为彭家煌的文学才华是应该"占一个位置的",事实上却难以引起读者注意,也"仿佛少有人批评过——无论是指摘或褒奖"。黎锦明还转述了友人仲矛君的话：

> 如果家煌生在犹太,保加利亚,新希腊等那些国度,他一定是个被国民重视的作家,但中国却没有人看得起他。中国是进步了,各种色调增多了,只有新奇的学说还可露一时的头角,此外是不行的。总之,家煌不幸,

---

① 周楞伽:《罗黑芷与彭家煌》,1933年10月8日《申报》"自由谈"副刊。
② 李虹:《请客》(书评),《现代》第4卷第2期,1933年12月1日。
③ 贺玉波:《悼彭家煌》,《读者月刊》第1卷第1期,1933年9月15日。

他没学说维护,批评家也看不起他的伤感,所以静而无闻……①

彭家煌逝世后,茅盾回想起以前《小说月报》上经常可以看到彭的创作,现代书局出版的《喜讯》集又把茅盾以前的印象唤回来了:"慈心的彭家煌!""他笔下的人物没有一个是坏到不可救药的",笔触细腻、委婉恬淡,结构简单而自然,并且把这种风格发展到了圆熟的境地。《两个灵魂》却失去了固有的作风,故事也是面壁虚构的,"彭先生是已经再不能写什么了,可是他的这个教训我们不应该忘记"②。茅盾对"旧写实主义"的态度十分复杂,对此笔者将有进一步论述。至少在这篇文章中,茅盾认为左翼作家维持旧风也未尝不可。可惜他的这篇评论也写于彭氏殁后。但是在《中国新文学大系·小说一集》导言中,茅盾又说彭家煌的前期作品未能克服"纯客观"的态度,此点且待下文再谈。

综合杜衡、彭家煌、黎锦明、魏金枝等人的创作经历,即可发现他们皆有数年"搁笔"期,因为不愿、不能创作"新写实主义"小说而"搁笔"。杜衡在停止创作的三年间,有时借译书糊口,有时到"外省"任教谋生,"忽而想从事社会科学,忽而想从事国学,忽而想专攻艺术理论,然而终于此路不通,被迫回到原路上来"写小说③。彭家煌、魏金枝也是如此:为了谋生而离开上海,离沪之后就想彻底脱离文坛;失业后回沪,又得混迹于文学名利场,就得硬着头皮设法"转变",结果却是进退失据。比较而言,在上海的刊物中,《现代》仍能为"旧写实主义"作品留下一定的空间,否则的话,追赶不上新潮的左联成员在1930年代的处境只会更加艰难。

---

① 黎君亮:《纪念彭家煌君》,《现代》第4卷第1期,1933年11月1日。
② 惕若(茅盾):《彭家煌的〈喜讯〉》,《文学》第2卷第4号,1934年4月1日。
③ 杜衡:《在理智与情感冲突的十年间》,《创作的经验》,天马书局1933年6月版,第136页。

四　茅盾与杜衡合作的流产

　　杜衡在"文艺自由论辩"期间结识了茅盾,论辩结束后茅盾又拉他编刊,此事若能成为事实,我们今天的文学史恐怕就要重写了。施蛰存日后称:"文艺自由论辩"引发轩然大波后,他就不再让杜衡帮忙看稿了。后来现代书局经理张静庐听说生活书店筹备出版《文学》,郑振铎推荐傅东华编辑,茅盾推荐了杜衡。施蛰存大为惊奇,跑去问杜衡,杜衡说"尚在商议中"。张静庐怕放走杜衡于商业竞争不利,要杜衡参与编辑《现代》,施蛰存则以为"第三种人"已是四面楚歌,杜衡参与编辑反倒于杂志不利,劳资争持了半个月,还是资方意见占了上风。《现代》从第3卷第1期(1933年5月1日)起,版权页署施、杜编辑,杜衡主要负责小说和杂文部分。施蛰存还说,自己一直怀疑茅盾究竟有没有推荐杜衡,但又不敢去问茅盾①。以上所述,征引自施蛰存在80年代初写的回忆文字,它不免让人怀疑杜衡在撒谎。其实在当时,茅盾拉杜衡编刊——但不一定是《文学》,是公开的新闻。

　　1933年3月16日出版的《出版消息》报道说:"'上海文艺观摩社'将编杂志一种,名《文学与生活》,内容对于现代文坛之流派将有所批判,执笔者有茅盾,杜衡等云。"②据茅盾回忆,3月下旬,郑振铎来访,"谈到现在缺少一个'自己'的而又能长期办下去的文艺刊物,像当年的《小说月报》",于是有筹办《文学》之议③。4月6日,郑振铎、傅东华、茅盾为创办《文学》宴客,还特地请施蛰存参加④,如果施蛰存看到了《出版消息》中的报道,肯定会在宴会中与茅盾谈

---

① 施蛰存:《我与现代书局》,《施蛰存散文》,浙江文艺出版社1999年版,第406—407页。
② 《〈文学与生活〉将出版》,《出版消息》第8期,1933年3月16日。
③ 茅盾:《我走过的道路(上)》,第598页。
④ 王伯祥在1933年4月6日日记中写道:"赴会宾楼振铎、东华、愈之之宴。到15人,挤一大圆桌,亦殊有趣也。计主人之外,有乔峰、鲁迅、仲云、达夫、蛰存、巴金、六逸、调孚、雁宾、望道、圣陶及予12客。纵谈办文学杂志事。"《王伯祥日记》第10册,国家图书馆出版社2011年版,第116页。

第十三章　作家身份与文坛的明渠暗涵：以"新、旧写实主义"之争为中心　　267

及。4月16日，《出版消息》第10期又刊发了数则新闻：

特别消息

据闻鲁迅，沈雁冰，田汉，郑振铎等，近日正在积极进行团结成某一集团，性质将与以前之'文学研究会'相类，不日将召集开会讨论事宜云，确否待正。（维）

闻《小说月报》将于最近复刊，惟不由商务印书馆出版，将由某新书店出版，主编已定为郑振铎及傅东华，郑担任拉拢北方一般文人之撰稿，傅则担任拉拢南方一般文人之撰稿，并闻内容将略有变更云。（恒）

《文艺与生活》将出版

继《文学月报》出版者，为《文艺与生活》月刊，闻仍由光华书局发行，按该刊将由"文艺观摩团"所编，"文艺观摩团"为茅盾等所组织，该刊将于5月20日创刊，闻有茅盾，田汉，鲁迅，郁达夫，叶绍钧……文字云。

茅盾组"文艺观摩会"

现闻茅盾在组织一文艺团体，名"文艺观摩会"，竭力发表成熟之作品于《文艺与生活》上。参加者有杜衡等多人云。

茅盾晚年写回忆录，征引了前揭《出版消息》之"特别消息"，对于同期杂志上有关《文艺与生活》的报道却只字不提，也没有提自己曾拟与杜衡合作。当时的"文坛消息家"说：

茅盾在光华接洽了一个刊物，大致是代替姚蓬子的《文学月报》的。茅盾接下来之后，就与杜衡商量，打算请他担负实际工作，自己则做一名太上编辑。杜衡就一口答应下来。事情大致就绪了。

消息传到施蛰存耳中,心想这么一来,非但《现代》要多一个劲敌,而且自己亦要少一位帮手,于是就与杜衡作促膝之长谈,请他一同列名为《现代》编辑人,而施蛰存自己又以不善撰述理论稿件,又请杜衡专管《现代》上的理论之部,当然附带的条件是有的:弗助茅盾编辑。大家都是同巢弟兄,杜衡就答应了下来。

……茅盾经此打击,心灰意懒,与光华讲好的条件就此作为罢论。而施蛰存杜衡与茅盾间的感情也就因此破裂,嗣后,大家隐讽冷嘲的,竟有水火之势了。①

需要说明的是,施、杜合编《现代》之初,与茅盾仍有交往,感情尚未破裂。按照前揭材料所言,茅盾似乎是在决定筹备《文学》后,仍打算发刊《文艺与生活》。这里也存在另一种可能:由于两份杂志有冲突,茅盾终止筹办《文艺与生活》而想把杜衡介绍给《文学》社负责杂务。最终是生活书店方面介绍黄源负责《文学》社日常事务,茅盾不认识他。黄源本是新生命书局的职员,这是国民党左派的出版机构,参加4月6日之宴的樊仲云即是新生命书局的重要人员之一。

茅盾拟组之"文艺观摩会"成员,鲁迅、田汉、郁达夫、叶圣陶、杜衡等皆深知创作甘苦,而不是专事理论批评、只讲求政治正确之人,只是这个联络被《现代》作家群的关系网络、"同巢兄弟"之情打断了。

1933年6月出版的《创作的经验》,也是"作者之群""暗中"联合纠正批评家的教条的症候性事件。该书的主编楼适夷日后透露:有些搞文学理论、做批评工作的左翼文人"不是从创作实践的基础,而是出于某些教条与主观愿望,搬弄些外来的名词和口号,不但品头评足,而且指手划脚地来指挥创作事业",对于文学创作起了不利作用。让作家自己"谈谈经验、心得和体会",则可以让读者"增进对作家与作品的理解,提高对文学的修养。而从事及有志于创作的

---

① 木瓜:《杜衡"发达"史》,1935年12月8日《社会日报》。

人,则可以得到有益的借鉴"。不过,这个宗旨在当时没有直说①。《创作的经验》收录了鲁迅、丁玲、张天翼、郁达夫、茅盾、田汉、施蛰存、郑伯奇、鲁彦、楼适夷、杜衡、洪深、华汉、沈起予、柳亚子撰写的专文。然而不久之后,杜衡的创作又遭到了左翼方面全盘抹杀,这里不妨征引《创作的经验》后记中的一段话:在中国,由于私人恩怨好恶的关系,写了一些东西的,"有人称他作家,有人却不承认。于是我们只得定一个标准:凡是写过一点作品,而且这些作品曾经获得一般的注意的,就为作家"②。楼适夷是该书名义上的主编,实际主其事者是鲁迅。如果我们说鲁迅注意到了杜衡的创作,而且鲁迅也和杜衡一样致力于纠正左联理论家的教条,那又是拐了多少个弯才能得出的结论!这里只有暗涵可以连通杜衡和鲁迅的关系。《创作的经验》的出版宗旨为何不直说?鲁迅自己为何不直接出面,而是要资历较浅的楼适夷写编后记?推测起来,鲁迅不愿明示"作者之群"的联络,不想加剧作者与左联指导批评家的对立。

为《创作的经验》撰文,鲁迅说自己虽已久不做小说,但是在"为什么写"这个问题上仍抱着十多年前的启蒙主义,为人生、改良人生;"我每当写作,一律抹杀各种的批评",因为国内批评界十分幼稚,不是将作家举上天,便是按之入地。这些话也只有鲁迅自己才能说,如果是其他作家声称要延续十多年前的启蒙主义、延续文学研究会提倡的"为人生而艺术",恐怕就会引发左翼批评家的讨伐了。鲁迅还说自己写作时特别注意杜绝拗口的字句,"这一节,许多批评家之中,只有一个人看出来了,但他称我为 Stylist"③,这个人就是黎锦明。Stylist 这个说法也许启发了《鸟瞰》的作者,该文在写实、浪漫两派之外,把沈从文、废名、施蛰存单列为 Stylists。这个判断可谓极为精到,重视语言形式本身之美的作家也会知道"Stylist"是一个极高的评价。

---

① 楼适夷:《重印题记》,《创作的经验》,江西人民出版社1982年版,第1—2页。
② 楼适夷:《编辑后记》,《创作的经验》,天马书局1933年6月版,第117—118页。
③ 鲁迅:《我怎么做起小说来》,《创作的经验》,天马书局1933年6月版,第1—8页。

茅盾先后联络杜衡、文学研究会旧人创办刊物,恐怕是因为他在左联中有点孤立,在左联机关刊物上不能畅所欲言。茅盾几乎是孤身一人加入左联,未能带入文学研究会的老关系。前文已述及,前太阳社、创造社的批评家乃至于冯雪峰,对茅盾的创作始终不以为然。在强大的压力下,茅盾也尽可能地追求积极性,终究还是不能让批评家完全满意。孔另境意在为茅盾辩护,却也落入了片面强调积极性的窠臼:"若只看了《春蚕》,则仅仅是一篇自然主义作风的作品,并没有有机地写出三十年代中国农民意识的特性",《秋收》则告诉我们,现在的农民"已学会集团行动了,虽然《秋收》里农民的集团行动还不是目的意识的觉醒"①。这样说,岂不是将《春蚕》贬低为"只是"自然主义的作品?

《秋收》虽写到了农民"吃大户"、抢米风潮,但仍"不是目的意识的觉醒"。北方左联机关刊物发表的一篇评《春蚕》集的文章,盛赞茅盾是中国文坛"最勇敢,最进步,而又写作最多的一个人!"不过,文章的结尾仍批评茅盾笔下的农民封建意识太过浓厚,《秋收》让老通宝病死了事,没有"指出他们的出路究竟在哪里";《林家铺子》的结尾是"林先生走投无路逼得携女儿逃了,但究竟小市民阶级的出路在哪里?"②在接下来发表的《残冬》中,茅盾终于在结尾指明了"出路":青年农民缴了保安队的枪,开展武装斗争③。从《春蚕》到《残冬》,一部比一部更像新写实主义作品。钱杏邨论茅盾创作,强调文学必须从"全般的现象""整个社会的机构上"去反映——这样的要求我们在藏原惟人的《到新写实主义之路》中读到过。"从《春蚕》到《残冬》",茅盾写得"相当的成功",形象地而不是机械地写出了"农民的成长","不但写了农民意识的复杂性,而且写了具有这样复杂性的农民,如何在共同的饥饿压迫下逐渐汇合起来"从事斗争。同是写丰收成灾,叶圣陶的《多收了三五斗》却"把现实的主要一环——斗争

---

① 另境:《〈春蚕〉与农村现状》,1933年5月27日《申报》"自由谈"副刊。
② 罗浮:《评〈春蚕〉》,《文艺月报》第1卷第2期,1933年7月15日。
③ 《春蚕》发表于1932年11月号《现代》;《秋收》连载于1933年4、5两月出版的《申报》月刊;1933年7月,《文学》创刊号刊载《残冬》。

的、反抗的农民,完全的抹杀了"。不过,《春蚕》《秋收》《子夜》诸篇仍存在问题:第一,作者"还没有很好的从杂多的现实中,去寻出革命的契机,而把它描写为革命的主题,发挥主题的积极性"。第二,"非辩证的超阶级的纯客观主义的态度,是不断的妨害了作者"①。

在《文学》第1卷第2号上,茅盾以编辑身份发言,希望文坛就作品"用什么话""题材积极性"和旧形式利用等问题,展开讨论。他最关注的还是"题材积极性"问题:

> 现在很有些人以为描写小资产阶级生活的题材便没有"积极性",必须写工农大众的生活这才是题材有积极性;又以为仅仅描写大众的生活痛苦或是仅仅描写了他们怎样被剥削被压迫,也就不能说有积极性,必须写他们斗争才好,而且须写斗争得胜。究竟所谓"题材的积极性"是否应当这样去理解呢,抑或别有理论?②

茅盾指责左翼批评家对于"题材积极性"的狭隘理解,用笔十分曲折。他先从"文艺自由论辩"说起:

> 事情是性急不来的,何况建立一种科学的文艺批评。可是据说"作家之群"却等得心烦了,可怎么好呢?这样"公说公有理,婆说婆有理"。于是乎据说"作家之群"不甚其彷徨,只好"搁笔"。
>
> 于是"第三种人"奋袂而起,高声抗议了。
>
> 抗议的内容是既然产生不出新的权威,而又硬要拿着指挥棒硬订了什么"创作大纲",那不是剥削了"创作的自由"么?那就怪不得"作家之

---

① 凤吾(钱杏邨):《关于"丰灾"的作品》,1933年7月28日—29日《申报》"自由谈"副刊。参阅严家炎:《文学·政治·人民》,《求实集》,北京大学出版社1983年版,第62—72页。
② 茅盾:《文坛往何处去》,《文学》第1卷第2号,1933年8月1日。原刊未署名。

群"要"搁笔",而且更怪不得矢忠于文艺者要说"对不起,我走我自己的路了!"

……

可是经这么一下吵闹,批评界的贫弱似乎不但被"暴露",而且被公认了。①

茅盾认可了杜衡对"第三种人"的定义:"作者之群",并且暗示自己也拒绝听从指挥,拒绝按照"大纲"创作。他还说:"第三种人""有特别标记:要革命,但是怀疑文艺的党派性。'左翼'批评家自然更不用说,旗帜鲜明",可是遍布文坛的"李鬼们"却专爱偷人家的术语而故意歪曲,让青年作家、读者头晕眼花。②"李鬼们"不分青红皂白地挥动十八板斧,抹杀一切:"没有一部作品把握住时代的精神","主题要有积极性,而积极性就是斗争,斗争,第三个斗争!"这种"批评"也许是顶聪明的一种:因为政治正确,自身就永远不会没落,永远不会被打倒,然其抹杀一切的态度却会导致青年作家不敢下笔,导致文坛落得个一片干干净净。③ 类似的意思,杜衡早有表达。不同的是,茅盾的言说与鲁迅编《创作的经验》一样用心良苦:为了避免与左翼理论指导家发生论战、避免左联的裂痕公开化,茅盾将矛头指向了莫须有的"李鬼"。

对于文坛后起之秀,茅盾就不客气了——通过删改他们的作品来扭转"积极性就是斗争"的流行观点。艾芜的《咆哮的许家屯》写日本人统治下的东北人民暴动,原名《咆哮的满洲》,结尾是暴动民众绝处逢生,得到义勇军的救助,浩浩荡荡地杀奔前去。茅盾将杀日本兵的"尾巴"割掉,并改换了题名再予发表。何谷天(周文)的《雪地》被茅盾割掉的"结尾"是:军队哗变后,转变成了有纪律、有组织的队伍。茅盾并不反对将"目的意识"灌注进"乌合之众",但是周

---

① 茅盾:《批评家的神通》,《文学》第1卷第2号,1933年8月1日。原刊未署名。
② 茅盾:《批评家的种种》,《文学》第1卷第3号,1933年9月1日。原刊未署名。
③ 茅盾:《批评家的神通》,《文学》第1卷第2号,1933年8月1日。原刊未署名。

文仅仅用人物之间一席简短的对话,就完成了转变,这未免太轻巧了,也太生硬了。① 而夏征农的《禾场上》,内容虽然平淡,"没有惊人的群众运动等等,可是那平淡中却有活生生的封建剥削的实写",这比单请"革命"做保镖,掩饰内容空虚的作品要有意义得多。

《禾场上》至多亦不过是"旧写实主义"的东西。我们并不希望现文坛停止在"旧写实主义"(假定现文坛的一般倾向是旧写实主义的话)。老实说,我们文坛上并没有多少像样的"旧写实主义"的作品。当然我们盼望向新的方向进展的。可是对于初写作品的青年朋友,我们要贡献一点意见:你要摆脱"旧写实主义"的拘束,只有努力先去克服你的旧意识而获得新的宇宙观和人生观,而这又必须从实践生活中获得,不能单靠书本子;这是艰苦的性急不来的自我锻炼。②

茅盾似以为,在文坛还难以产生真正的"新写实主义"作品之际,仅仅暴露黑暗、描写剥削的"旧写实主义"仍有其存在价值。不过,我们还将看到,越到后来,茅盾越强调青年作家必须"摆脱'旧写实主义'的拘束","新写实主义"终究还是成了左翼小说的本质特征。

五 《现代》与"人生的写实主义"被妖魔化

1933年春夏间,茅盾拉杜衡编刊,《创作的经验》也约请他撰文,然而文坛瞬息万变,同年夏秋之际,突然变成了鲁迅、茅盾等人联手打击"第三种人"的局面。至于周扬等左翼正统派,始终就没有放松对杜衡的理论批判。

---

① 茅盾:《〈雪地〉的尾巴》,《文学》第1卷第3号,1933年9月1日。原刊未署名。
② 茅盾:《关于〈禾场上〉》,《文学》第1卷第2号,1933年8月1日。原刊未署名。

1933年6月,《现代》刊登了一篇戴望舒从法国发回的通信,报道法国革命家文艺协会的消息。戴望舒在文末写道:"正如我们的军阀一样,我们的文艺者也是勇于内战的。在法国的革命作家们和纪德携手的时候,我们的左翼作家想必还在把所谓'第三种人'当作唯一的敌手吧!"①远在法国的戴望舒并不了解国内情形,鲁迅随即写了《又论"第三种人"》,说戴的预料落了空,刊物上已久不见把"'第三种人'当作唯一的敌手"的文章。不过,"对于'第三种人'的讨论,还极有从新提起和展开的必要",在这"混杂的一群中,有的能和革命前进,共鸣;有的也能乘机将革命中伤,软化,曲解。左翼理论家是有着加以分析的任务"。② 1932年,"第三种人"只有杜衡一人,如今则又有了杨邨人、韩侍桁,在鲁迅看来,杨邨人恐怕属于"中伤,软化,曲解"革命之流,鲁迅还怀疑韩侍桁与王平陵有勾结③。不过,值得注意的是,此时的鲁迅还没有提防杜衡,双方就编书、约稿等事书信往来,因为施蛰存与鲁迅发生了"《庄子》和《文选》之争",施蛰存不便向鲁迅约稿。1933年8月14日,鲁迅主动告知了杜衡自己的通信地址,此前的约稿信都是通过周建人转的。

　　也是在6月间,鲁迅由周扬陪同,去看望刚刚从日本回国的胡风。鲁迅谈到了戴望舒的那篇通信,希望胡风就"第三种人"等问题写点文章④。胡风因而写了《关于现实与现象的问题及其它》。(此时胡风尚可以说是"周扬派",鲁迅和周扬也还没有什么矛盾。双方最初裂痕起于1934年初,鲁迅、胡风要坚决

---

　　① 戴望舒:《法国通信——关于文艺界的反法西斯谛运动》,《现代》第3卷第2期,1933年6月1日。
　　② 鲁迅:《又论"第三种人"》,《文学》第1卷第1号,1933年7月1日。
　　③ 许广平日后说,韩侍桁"想着鲁迅既不能利用,骂鲁迅或可以有用吧! 于是跑到南京,与三个好友在一起,自己躲在背后,叫他的好友去骂鲁迅。如此这般,鲁迅岂有不知之理?"(《回忆鲁迅》,作家出版社1961年版,第155页)。鲁迅在《不通两种》一文中抄了王平陵的一段话:"鲁迅先生不喜欢第三种人,讨厌民族主义的文艺,他尽可痛快地直说,何必装腔做势,吞吞吐吐,打这么许多湾儿。"鲁迅遥把"民族主义文艺"和"第三种人"都当成了"官许"的文艺。鲁迅还说:"这位王平陵先生我不知道是真名还是笔名?"他似乎怀疑王平陵是韩侍桁的化名,知道确有王平陵其人后,又怀疑韩侍桁"躲在背后",让王平陵说话。
　　④ 胡风:《胡风回忆录》,人民文学出版社1993年版,第19页。

回击杨邨人,杜国庠则想给杨一条后路。①)前文已提及,1932年胡风逐篇否定了《现代》第1卷刊载的、左联成员以外的全部小说,如今他又有了新角度:"一位带着面具的批评家"把杜衡与鲁迅相提"并论,苏汶(杜衡的理论、批评文章一概署'苏汶'——笔者按)先生自己应该晓得这对他并不是一件'名誉'的事"。"什么他是'人生的现实主义'的支持者啦,什么《怀乡病》底'历史的意义简直是无限的深刻'啦——这些带着面具的批评家(?)底话是只有使人背心上发麻而已。但如果他不想凭这些'初期的'作品在'文坛'上抢地位,诚实地走刻苦的路,他应该是有前途的。""'近路'也并不是没有的:商人底路,流氓底路。"②

《现代》刚刚刊载了一篇凌冰评《怀乡集》的文章,此文对比了杜衡小说中的"区镇"与鲁迅笔下的"鲁镇",认为后者去当代较远,前者则提供了当下农村崩溃的线索,"寓意简直是无限的深刻";杜衡的笔调与叶圣陶的类似,是极易辨识的,但前者往往能超越后者而自成风格。③ 胡风等人一口咬定"凌冰"是杜衡的化名,没有提出任何证据。笔者做了一番检索,只能就所见而言,"凌冰"这个笔名没有在同时代的其他文学刊物上出现过,在《现代》杂志上,这个笔名也只见于书评栏:"凌冰"评过张天翼的《蜜蜂》集、姚蓬子的《剪影集》、杜衡的《怀乡集》、黑炎的《战线》、叶紫的《丰收》与《火》,亦未见日后有人将这些书评收入自编文集。《现代》书评栏本不署名,施蛰存声明:"自己写一些,约朋友写一些",文责概由他一人承担④,这些书评施蛰存日后没有予以甄别、认领。按理说,现代书局的编辑叶灵凤也有义务为本书局出版的图书组织、撰写评论。从第3卷第4期起,《现代》书评栏的文章开始署名,有"苏汶"的书评,但没有署名"施蛰存""叶灵凤"的。前揭胡风文章出来近一年之后,《现代》登载了一

---

① 参见葛飞:《杨邨人的苏区言说与左翼文坛的应对》,《中国现代文学研究丛刊》2015年第1期。
② 谷非(胡风):《关于现实与现象的问题及其它》,《文艺》第1卷第1期,1933年10月15日。
③ 凌冰:《怀乡集》(书评),《现代》第3卷第5期,1933年9月1日。
④ 施蛰存:《编辑座谈》,《现代》第1卷第4期,1932年8月1日。

封"凌冰"来函,声明自己并非杜衡,但未宣布本名①。在攻击者看来,"凌冰"不是杜衡就是杜衡的朋友,反正是戏台里的喝彩。

杜衡是"'人生的现实主义'的支持者"语出《鸟瞰》,这句算不得是吹捧的话,为何也让胡风觉得肉麻?说"第三种人"支持鲁迅开创的小说风格就是一种僭越。《年鉴》出版于1933年8月,版权页编者署"中国文艺年鉴社",编辑凡例说:"本年鉴中所有文字及作品之选录均由年鉴社同人交换意见而写作及决定之。"②"年鉴社"没有发布过组织章程、成立宣言之类的东西,自称编辑工作绵历半年之久③,那么,动手编纂时现代书局还只有施蛰存、叶灵凤两位编辑,体例亦当系他们所定。4月底,杜衡也成了《现代》和现代书局的编辑,《鸟瞰》有可能系施、杜、叶三人讨论而由杜衡执笔。施蛰存为《现代》写书评,编"年鉴",概不署名④,这也是他的世故之处,文坛对立情绪严重,写评论往往是吃力不讨好。杜衡为《现代》写了大量评论和论战文章,然而谤亦随之。

鲁迅的《又论"第三种人"》使用了号召语气,这篇文章发表于7月出版的《文学》创刊号,不过,茅盾仍认为"第三种人"并无伪装:"要革命",但反对"文学的党派性"。⑤《文学》初创时,茅盾与施、杜相互介绍稿件,关系还不错。8月间,茅盾说他这里有沙汀、何谷天(周文)小说各一篇,问施蛰存要不要;施蛰存对戴望舒说,可译点文论或作品给《文学》,诗歌还是给《现代》,《文学》是不要的⑥。"年鉴"却激怒了茅盾,导致他突然掉转笔头,并且集中了全部火力,在10月1日出版《文学》第4号上发表了3篇针对杜衡的文章。魏金枝的《磨捐》发表于11月1日出版的《现代》,可见杜衡把这篇小说推荐给《文学》而被退

---

① 《凌冰先生来函》,《现代》第5卷第3期,1934年7月1日。
② 中国文艺年鉴社:《中国文艺年鉴(第一回1932)》,第1页。
③ 《1932年中国文艺年鉴出版》,《浙江图书馆馆刊》第2卷第4期,1933年8月31日。
④ 施蛰存的《一人一书》(连载于《宇宙风》第32、33期,1937年1月1日、1月16日)中的许多文字与《鸟瞰》相近。
⑤ 茅盾:《批评家的种种》,《文学》第1卷第3号,1933年9月1日。原刊未署名。
⑥ 孔另境编《现代作家书简》,第73页、第114页。

回,亦是九十月间的事。

　　茅盾的《第三种人的去路》,先谈日本左翼作家因被捕而宣布转向,然后说中国的这类人也不少;"还有一种第三种人,既无压头,又无垫脚,完全是他们自己在那儿掉来掉去的转向的,这就是法国的纪德,美国的特莱塞等辈,这两位老人,当然是我们先觉者了"①。《中国文艺年鉴》不合年鉴体例,只是一部年度作品选②,这个批评比较在理。问题是,在前一期《文学》上茅盾还表同情于"第三种人",如今却又说左联虽然在理论上有强调"文艺党派性"的运动,"却不是'干涉'文艺创作的自由",杜衡编论战文集并将之命名为《文艺自由论辩集》,是对"文艺党派性"不理解,"凭空发了大小作家'搁笔'之叹",《鸟瞰》在这个问题上又"导引读者到误会,到歪曲!"《鸟瞰》叙说1932年文坛大势,没有从新兴阶级的文化如何在旧文化衰落的废墟上萌芽、发展这个角度立论,"陷于重大的错误",而且只突出《现代》而忽视了左翼刊物。总而言之,这部年鉴"对于读者实在是有害无益"。在茅盾的重构下,编撰《年鉴》成了与左联争夺文坛主导权的行为。他对"人生的现实主义""社会的现实主义"的提法也极为不满:

　　　　我们只奇怪忽然来了个"人生的现实主义",并且硬拉鲁迅和叶圣陶去做杜衡的陪客。记得十九世纪末年西欧有些"报屁股"上的"批评家"曾经也立过"社会的写实主义"这一名目,这和《鸟瞰》上的"人生的现实主义"倒是"双璧"了!③

　　《鸟瞰》其实说得很明白,文学研究会不是提倡"为人生"、提倡现实主义么?茅盾只是故作奇怪,没有陈述理由。他还用简单的一句话抹杀了杜衡的全部创作:《鸟瞰》把思想意识与美学价值割裂开来,称"杜衡的创作在这时代

---

① 茅盾:《第三种人的去路》,《文学》第1卷第4号,1933年10月1日。原刊未署名。
② 茅盾:《怎样编制文艺年鉴》,《文学》第1卷第4号,1933年10月1日。原刊未署名。
③ 东方未明(茅盾):《一张不正确的照片》,《文学》第1卷第4号,1933年10月1日。

而受到'形式是优美的,内容是贫乏的'那一类的评语,也是当然的事情",然而"内容贫乏"即"剥露了杜衡的作品的真实,就是没有艺术价值"。① 《怀乡集》所收各篇都是"事实架空""感情虚伪"。②

茅盾意犹未尽,又写了一篇杂文:"创作的经验"无非是"勇于自信"、苦功和耐心,杜衡笑纳了"勇于自信"却璧还了苦功、耐心,"文豪原来是商定的"③。这似乎是说杜衡辜负了鲁迅的希望。首先,鲁迅实际主编的《创作的经验》收了杜衡的文章。其次,鲁迅《论"第三种人"》的结尾是:杜衡主张"与其欺骗,与其做冒牌货,倒还不如努力去创作,是极不错的。'定要有自信的勇气,才会有工作的勇气!'这尤其是对的"④。但因整篇文章都充满着反讽语调,杜衡也不敢断定鲁迅这段肯定性陈述有无弦外之音。这也许又是一个鲁迅不愿直接赞同杜衡观点的例证。

11月,文坛再起波澜。5日,鲁迅在给友人的信中说:这两天官方宴请出版家及编辑,"训示不出反对书籍,次由施蛰存说出仿检查新闻例"审查杂志稿,"次又由赵景深补足";大约施、赵诸君还要联合"第三种人"发表反对审查宣言,"以掩其献策的秘密"。⑤ 鲁迅随即致函杜衡,表示不再向《现代》供稿。11月28日,郑振铎为编辑《文学季刊》事宴客,朱自清在日记中写道:

> 振铎谓施蛰存有告《文学》密说,其事甚奇。又谈刘英士致李长之信,谓《文学》诸人皆共党,取其性命亦甚易云云,亦大奇。铎公谓施之如此系因《文学》夺《现代》销场,迩来《自由谈》攻施盖非无故也。铎公又谓施曾参加党部会议所设文艺检查处,盖旧焰日张矣。⑥

---

① 东方未明(茅盾):《一张不正确的照片》。
② 阳秋(茅盾):《怀乡集》(书评),《文学》第2卷第4号,1934年4月。此时距《怀乡集》出版已近一年,茅盾才补了一篇书评。
③ 伯元(茅盾):《天才与勇气》,1933年11月20日《申报》"自由谈"副刊。
④ 鲁迅:《论"第三种人"》,《现代》第2卷第1期,1932年11月1日。
⑤ "致姚克"(331105),《鲁迅全集》第12卷,第477页。
⑥ 《朱自清全集》第9卷,江苏教育出版社1997年版,第264页。

刘英士非《现代》方面人物，这里且不论。① "告密"大概是说《文学》的实际编辑人是茅盾。这一年的10月6日，鲁迅在《申报·自由谈》上发表《感旧》，内中批评施蛰存劝人看《庄子》《文选》，施撰文回应，由此而来旷日持久的论争。按照郑振铎的说法，鲁迅在10月间即认为施蛰存"告密"，这才借题发挥。然而郑振铎说的几件事都没有事实上的证据，消息又传到了施蛰存的耳中。施蛰存致函巴金，请沈从文代转，沈从文回信道："关于《萌芽》被禁事，巴金兄并无如何不快处。此间熟人据弟所常晤面者言之，亦并无误会兄与杜衡兄等事。"②《文学季刊》由郑振铎、巴金、靳以合编。且不论诸人相信流言与否，巴金、靳以、鲁彦、张天翼等人到后来皆不再给《现代》供稿。③ 卞之琳日后含糊其词地说："《文学季刊》也不是存心排斥，此中或缘时会，或顾到影响，冷淡《新月》派中人和《现代》派中人。"④

茅盾日后回忆道：11月上旬，傅东华得到消息，说国民党有可能要查禁生活书店出版的《生活》《文学》，不过《文学》似乎还有转圜余地。茅、傅觉得应该有所抗议，傅自告奋勇，写了《主义和外力》给茅过目，意在指斥官方借助"文学以外的力"——查禁，树立并非自然生长出来的"民族主义文艺"。⑤ 茅盾没有说明此文为何还将矛头指向了杜衡。"有些作家在未有两本以上的书出版之先，就已由他们自己或他们的朋友封给一个什么主义了；有些批评家还未开始实做批评的工作，却先竖起了一面大旗了；有些文艺杂志的编辑还不知怎样审择稿件，却已在发表什么什么主义的创作大纲了。""由于自封的主义之命定地得不到响应者而感到惘然"，即用"文艺本身以外的力"来支撑自己，其结果"就

---

① 傅东华发表于《文学》创刊号上的《〈图书评论〉所评文学书部分的清算》，似乎得罪了《图书评论》主编刘英士。
② 孔另境编《现代作家书简》，生活书店1936年5月版，第59—60页。现代书局1933年8月1日印行的《萌芽》，扉页写道："巴金《萌芽》出版未久即遭中国国民党中央宣传委员会命令禁止发售，存书销毁，此册为敝局所备最后一册之样书也。"
③ 戴杜衡：《一个被迫害的记录》，《鲁迅研究动态》1989年第2期，原载台湾《今日大陆》杂志。
④ 卞之琳：《星水微茫忆〈水星〉》，《读书》1983年第10期。
⑤ 茅盾：《我走过的道路(上)》，第627页。

是自绝于读者,就是自杀"。写了这么一大段文字后,傅东华才去指责官方妄图以"文学以外的力"鞭打出一种不是自然生长出来的主义。① 施蛰存代表现代书局参加官方宴会,傅东华、茅盾却把矛头指向了杜衡一人,尤其集中于但又没有直接提"人生的现实主义",更可见这个名词让傅、茅耿耿于怀。

《文学》"社谈"栏集中刊载了一批攻击杜衡的文章,该栏概不署名,以示文章表达的是《文学》社立场。《现代》有苦说不出,只有要求本刊来稿"都署真名,或是常用来发表文章的笔名",这样一来,读者就"可不必去猜度这名字是某某的隐名或化名"②。然而旧的流言不止,新的攻讦又来。国民党成立图书杂志审查委员会之后,又一再有人宣称杜衡、叶灵凤做了官,杜、叶分别发表声明辟谣,仍无济于事。《文学》社或明或暗地指责现代书局的编辑们出于商业竞争之目的,怂恿官方打压生活书店出版物。倾向于《现代》的消息人士则说,《文学》初创时颇为红火,但是文学刊物虽然增多,读者总量却没有扩大,傅东华遂视《现代》为商业竞争上的阻碍,"对《现代》及其编辑人大施其攻击和挖苦"③。

鲁迅也在杂文中多次说"第三种人"做了官,但没有点出具体人名。杜衡指责使用假名制造流言已成了左翼的"文艺政策"④。鲁迅随即回击道:化名还可以化为中国文艺年鉴社,"'鸟瞰'的'瞰'法,是:苏汶先生的议论,'行',杜衡先生的创作,也'行'。只要是现代书局出版的书籍,也'行'"⑤。

茅盾、傅东华攻击杜衡,并且在"人生的现实主义"这个概念周边迂回进

---

① 《主义与外力》,《文学》第1卷第6号,1933年12月1日。原刊无署名。
② 编者:《独白开场》,《现代》第4卷第1期,1933年11月1日。
③ 《新文坛上一对冤家——施蛰存与傅东华》,《社会日报》1935年7月19日。
④ 苏汶:《谈文人的假名》,《现代》第5卷第1期,1934年5月1日。
⑤ 鲁迅:《化名新法》,原刊1934年5月15日《中华日报·动向》,《鲁迅全集》第5卷,第492—493页。鲁迅在致增田涉信(340411)中说:"所谓'文艺年鉴社',实际并不存在,是现代书局的变名。写那篇《鸟瞰》的人是杜衡,一名苏汶,……自称超党派,其实是右派。今年压迫加紧以后,则颇像御用文人了。因此,在那篇《鸟瞰》中,只要与现代书局刊物有关的人,都写得很好,其他的人则多被抹杀。而且还假冒别人文章来吹捧自己。"见《鲁迅全集》第14卷,第295页。

攻，实在令人费解。如果一定要作出解释的话，我们只能推测《鸟瞰》梳理的文坛谱系——杜衡"顽固"地支持鲁迅、叶圣陶、文学研究会所开创的"人生的现实主义"，如果得到鲁迅及文学研究会作家们的普遍承认，《现代》恐怕会危及《文学》的基本盘。《现代》《文学》皆是各派都收的刊物，但也各有基本作者。《现代》作家群是戴望舒及"现代派"诗人，施蛰存、杜衡、穆时英、刘呐鸥、叶灵凤等，小说、诗歌、理论搭配得比较齐整。《文学》的基本盘就是文学研究会。当然了，如果杜衡、茅盾合编《文艺与生活》，或是杜衡参与《文学》编辑工作，那么《鸟瞰》勾勒出的文学谱系对于茅盾、傅东华来说又是顺理成章了。面对种种攻讦，杜衡组稿反击，则又使得《现代》像是"第三种人"阵营的刊物了。

六 《文学》《现代》编辑们的主张有何不同？

《文学》《现代》并为 1930 年代上海大型文学期刊，都是"杂"志。施蛰存抱怨编书局杂志"思想不能一致，精神无所专注，等于开了一爿杂货店"，因为书局老板目的是赚钱，"第一条件是要这杂志能包罗万象，为的是销路普遍，能得到广大的读者"。① 《文学》也"不是一个旗帜鲜明的大同人志，而是一个大百货店式的文学志"②。傅东华在创刊词中说:《文学》是"杂拌儿似的杂志"，"但是这个杂，并不就暗示我们这杂志是'第三种人'的杂志"。我们相信，"无论谁的作品，只要是诚实由衷的发抒，只要是生活实感的记录，就莫不是时代一部分的反映，因而莫不是值得留下的一个印痕"③。这句话，后来被傅东华本人引来说明《文学》提倡不同于"新写实主义"的写实主义。④ 其实单看发刊词，我们并不能看出《文学》提倡什么，如果直截了当地说《文学》的主张不同于左翼，就会

---

① 施蛰存:《我的编辑经验》，《人言周刊》第 2 卷第 1 期，1935 年 2 月 2 日。
② 露醒:《文艺杂志之多》，《文饭小品》第 1 期，1935 年 2 月 5 日。
③ 傅东华:《一张菜单》，《文学》第 1 卷第 1 期，1933 年 7 月 1 日，原刊未署名。
④ 傅东华:《十年来的中国文艺》，中国文化建设协会编《十年来的中国》，第 679 页。

遭到左翼的围攻了。

茅盾几乎包揽了前几卷《文学》"社谈"栏（从第 2 卷起，"社谈"改题"文学论坛"，仍不接受来稿），如此一来，茅盾的立场似乎就成了《文学》的立场，他还坚持为《文学》写书报述评，以此亦可指导青年作家的写作。① 起初，茅盾特别批评了"公式主义的尾巴"，但是，"新写实主义"的要求又使他不自觉地陷入另一种公式主义。譬如说，他一面表彰吴组缃的创作建立在生活实感之上，所以能够动人，一面又批评吴组缃"写作态度是非常客观的，然而有时太客观"，"使得他作品所应有的推进时代的意义受了损失"。吴组缃正在努力改正"纯客观的写作态度"，但仍然"受了生活的限制"。这表现在《一千八百担》的末尾写了农民来祠堂抢粮，也表现在《天下太平》的结尾：王小福敢于侵犯象征封建神权的庙顶宝瓶，但王小福只是为了弄得一笔盘缠去偷古瓶，这是"不能代表农村中主要的动态的"。② "主要动态"就是农民的集团反抗，不写，就是"纯客观"，就是"旧写实主义"。藏原惟人所说的"新写实主义"的要求——从"全体性及其发展中来观察现实，描写现实"，被钱杏邨暗引来批评茅盾创作的优缺点，如今又成为茅盾指导青年写作时所持的原则。

茅盾还认为，吴组缃的《樊家铺》优于《一千八百担》《天下太平》，因为前者"不但描写了崩溃中的农村，且写出了必然的动向"，但是，没有正面描写小狗子抢劫、被捕仍是一大"缺陷"，"会使读者滑过了这篇小说的严重的社会性"，虽说茅盾也知道，作者这样做是为了使情节集中、结构巧妙简洁。更让人惊异的是，茅盾认为张天翼《奇遇》的题材——奶妈喂胖了有钱人家的孩子，自己的孩子却饿死了，属于"比较枝节"的社会问题。就技巧而言，《奇遇》是"通篇无

---

① 筹备《文学》期间，茅盾"考虑得比较多的是怎样通过杂志给青年写作者以具体的指导"，他原打算：（一）每期选登一篇示范性作品，并且详细注解其思想和技巧；（二）每期再选登青年习作一篇，也要有详细的批注、修改。（三）每期征文一题，选出最好、最坏的发表。这些"计划"未能全部得以执行。[《我走过的道路（上）》，第 604 页。]得到部分执行的是修改青年习作，截掉了艾芜《咆哮的许家屯》、周文《雪地》的"尾巴"才予以刊载。

② 惕若（茅盾）：《西柳集》（书评），《文学》第 3 卷第 5 号，1934 年 11 月 1 日。

懈可击的'奇品'",取材却显示出作者的"一大退步":以前的《蜜蜂》同样使用了孩子视角,但写的是农民苦痛,这才是"社会意义极浓厚的题材"①。能够获得茅盾毫无保留的称赞的青年作品,似乎只有叶紫的《丰收》:丰收成灾"是近来文坛上屡见的题材",唯叶紫的这篇"描写点最为广阔:在二万数千言中,它展开了农事的全场面,老农的落后意识和青年农民的前进意识,'谷贱伤农'以及地主的剥削,苛捐杂税的压迫。这是一篇精心结构的佳作"②。《丰收》也最像茅盾本人的"农村三部曲"。问题在于,如果青年作家都这么写,岂不是篇篇都差不多?

茅盾说自己的"短篇小说实在有点像缩紧了的中篇,——尤其是《林家铺子》;我是这么写惯了,一时还改不过来。我希望将来我或者可以写出像样些短篇小说来"③。但是在批评实践中,他很少注意到短篇小说的文体特征。也正是追求全面表现社会现象造成了茅盾小说的结构缺陷。《子夜》农村暴动的那条线索没有展开,短篇小说出现结构问题就更加触目了。《鸟瞰》认为茅盾短篇小说的缺点是"每篇结束的松弛",《春蚕》的结尾"'就是这么着,因为了春蚕熟,老通宝一乡的人都增加了债'一语便显得无力。而一个严格的短篇小说,它是应该没有容受续篇的可能的"。④《秋收》的结构问题更大,它其实写了两件事:青黄不接之际的抢米风潮、秋收时节谷贱伤农。当我们读到抢米风潮时,会以为小说达到了高潮,快要结束了,没想到风潮被城里的绅商轻而易举地化解了。作者继续写了下去:老通宝起初不信任洋货,不用化肥而是沤豆饼施肥,最后他还是被迫接受机器浇水抗旱,从而获得了丰收,奸商却压低米价,致"丰收成灾"。这是社会科学论文式的"说明",一定要说明农民改良生产仍无出路才止笔。茅盾在回忆录中还特别说明:《春蚕》《秋收》《残冬》都是独立

---

① 惕若(茅盾):《〈文学季刊〉第二期内的创作》,《文学》第3卷第1号,1934年7月1日。
② 茅盾:《几种纯文艺刊物》,《文学》第1卷第3号,1933年9月1日。
③ 茅盾:《〈春蚕〉跋》,孙中田、查国华编《茅盾研究资料》上册,知识产权出版社2010年版,第420页。
④ 中国文艺年鉴社:《中国文艺年鉴(第一回1932)》,第19—20页。

创作，而非一开始即有写"农村三部曲"的打算。然而研究者要么只谈《春蚕》，要么3篇连读，将之视为一个整体，故而鲜有人发现《秋收》存在着如此明显的结构缺陷。再就人物形象而言，能够给人留下较为深刻印象的还是老通宝和那位装神弄鬼的道士，正面人物多多头等青年农民，反而面目不清。

如果不是茅盾、傅东华集中打击《现代》，施蛰存恐怕也不会去主动批评茅盾的文学理念。施蛰存仍不愿以《现代》为"战场"，而是另办《文艺风景》（《现代》终刊后创办）、《文饭小品》进行攻防战。《现代》编后记说得还比较委婉：

> 近来以农村经济破产为题材的创作，自从茅盾先生的《春蚕》发表以来，屡见不鲜，以去年丰收成灾为描写重心的，更特别的多，在许多文艺刊物上常见发表。本刊近来所收到的这一方面的稿件，虽未曾经过精密的统计，但至少也有二三十篇。自然，因材料的关系，以及流行的创作方法的影响，内容大都是一样的。有几篇甚至故事的进行完全雷同。（这自然是巧合，不必定是互相有抄袭之嫌。）①

在此类稿件中，《现代》编辑选了一篇他们认为比较好的蒋牧良《高定祥》揭载。在《文艺风景》上，施蛰存则毫不客气地讥讽茅盾的文学评论是"婴儿杀戮"——扼杀了青年创作的他种可能。批评家没有理由要求作家一定要采用某种题材，作家也很难把社会动态全面地表现在一篇作品里，更何况是通常"只能截取其一个平面来写"的短篇②。茅盾的短篇虽好，但也不能用作青年加以揣摩、摹仿的范文，"写得活像茅盾，也还不过是一种好的摹仿品，而不是'创作'"③。

《现代》终刊后，杜衡、韩侍桁、杨邨人合办《星火》。杜衡仍想纠正"文艺创

---

① 编者：《四卷狂大号告读者》，《现代》第4卷第1期，1933年11月1日。
② 施蛰存：《题材》，《文艺风景》第2号，1934年12月15日。
③ 施蛰存：《创作的典范》，《文饭小品》第1期，1935年2月5日。

作上(特别是在一般青年作家的作品里)所流行的风气",因为不能"随意拿别人的作品"举例,就只有解剖《星火》刊载的小说:这些创作取材也相当一致,写下层社会的贫困,特别是农村经济破产。虽说这比早年流行写三角恋爱有意义得多,然而一旦成为风气,"难保不陷入一种刻板文章的恶习";而且许多作者只是凭借着一些粗浅的概念,再参考几篇类似作品,便敷衍成章。杜衡认为,文学作品应该描写社会经济、物质生活对于人的精神所造成的影响,着重点在写人,而不是表现社会经济生活本身。他不点名地批评茅盾要求青年作家在一篇作品中表现的东西太多,导致青年作品"不是沉闷罗嗦,便是杂乱无章"。短篇小说应该"用少的来暗示多的","侧面描写,便是一种经济的巧妙的手法"。①

有意思的是,1935年,傅东华也说,文艺青年过于相信批评家的话是造成创作千篇一律的原因:

> 理论家,批评家,或指导家们谆谆然叮嘱所谓文艺青年,说文艺是要反映现实的;一切创作都必须牢牢把握住现实。什么是现实呢?指导家们又惟恐别人搅不清楚,因而预先替他们逐项开列出来:就是失地,灾荒,农村破产,经济恐慌……这么一来,青年作家们就不愁没有题目(却不一定就有题材)。于是你也写农村,我也写农村……

题材相同,必然会给作家带来处理上的困难,就算各家都能做到处理手法不雷同,读者也容易生厌,作品仍然会丧失社会效果。为文学的发展考虑,傅东华希望青年作家能"向自己认识最清的方面去找题材,而尤其是要向未经别人开辟的境界去采发新题材"②。傅东华将施蛰存、杜衡从文学场的中心挤到了边缘,却又显露了同样的文学立场。如果杜衡去编《文学》,与傅东华的合作恐怕

---

① 苏汶:《关于文艺创作的若干问题》,《星火》第1卷第2期,1935年6月。
② 水(傅东华):《编辑人的私愿》,《文学》第4卷第4号,1935年4月1日。

会颇为愉快。

　　傅东华宣称《文学》的择稿标准是："题材不至于落了陈套,技巧要有相当的圆熟。以本期的6篇创作而论,不但主题和题材没有两篇相同,就是作法也没有两篇同样。"①茅盾也承认现在文艺期刊所载之小说创作"十之九是农村描写,并且十之九不过是人名地名的不同,而所表现的农村现象则彼此一样",但是作者们"抓住了最主要的农村现象来描写",是不能菲薄的。茅盾坚持认为,问题出在作者或是没有"农村生活的知识",或者未能深入理解"现社会的全机构",解决了这两个问题,"即使篇篇是农村描写也不会引起读者'单调'之感"。②

　　东京左联机关刊物《杂文》随即登载了不少一并批驳"第三种人"和傅东华的文章:《文学》编辑的观点和杜衡前几年在"文艺自由论辩"中所表达的意见有何差别？现在杜衡仍在《星火》上重复自己的论调。③ 的确没有什么不同,然而傅东华无情打击杜衡,恐怕只是压垮《现代》的一种手段而已。任白戈进而在《杂文》上提倡"农民文学"。魏猛克声称即便作品"'指出'了'社会的黑暗,而与整个的政治经济的机构能够联系起来'","积极性也还是不够的",还要看其题材是否与"当前的政治任务"相统一。④ 这是典型的"党的文艺工作者"的思路。茅盾则不愿完全为了配合当前政治任务而写作,不过他已无心论战。为了调停《杂文》与傅东华的纷争,茅盾甚至说杜衡恶意抄袭我们的文章。虽然"要作家们去熟悉他所不熟悉的'地方',在事实上也许困难很多","但是,一个对自己作品责任心很强的作家一定只有两个办法:或'去熟悉起来',或不写"。⑤ 要生活在租界的左翼作家"去熟悉"工农大众,是不切实际的高调;对自

---

① 水(傅东华):《这一期》,《文学》第4卷第4号,1935年4月1日。
② 渔(茅盾):《一个希望》,《文学》第4卷第6号,1935年6月1日。
③ 任白戈:《说到作品底题材和主题——对于〈文学〉与〈星火〉底意见的检讨》,《杂文》第3号,1935年9月20日。
④ 孟克:《"算了罢"——关于题材与主题》,《质文》第4号,1935年12月15日。
⑤ 蒲(茅盾):《两方面的说明》,《文学》第5卷第6号,1935年12月1日。

己作品质量负责的作家"不写",不就是杜衡等人曾经遭遇的困境么!

编辑简直就是魔术师,一旦他们大声说想要什么作品,就会出现什么作品。"为求题材范围的拓广和题材性质的多样起见",傅东华再次特意选登了6个短篇小说:沙汀的《祖父的故事》、陈白尘的《幕》、周文的《在山坡上》,另外3篇是"新人"的作品:谈宜的《三周间》、路丁的《一天》、宋越的《开河》。谈宜生平不详,《三周间》写都市摩登女性,有新感觉派的味道,用的是道地的摩登作风,活泼,轻快。傅东华自我调侃道,"有人说我们的作品里向来没有女性(有也不过是老太婆或是母亲之类),似乎觉得太偏枯,编者一经道破,也不觉失笑起来",因此《文学》刊载了《三周间》。同期登载的夏衍剧本《都会的一角》,也足以调剂《文学》"过于严肃的气氛"①。如前所述,1932年夏衍曾指责茅盾放弃有积极性的题材而退却到"都会派",描写"社会消费面",迎合小市民趣味,如今他自己的《都会的一角》也以舞女为主角了。傅东华还说:以题材分量论,沙汀《祖父的故事》是6篇小说中最轻的,"但我们以为艺术手段越高,用题材越能经济",这是一篇"典型的短篇小说",能让读者领悟到它的隐约的主题、尝味到它的委婉的风格。② 按,《祖父的故事》也是典型的乡土小说,写"我"童年记忆,笔调诙谐,对话川味十足。为提防军队入驻,祖父火急火燎地要将临街的房子改造成店铺,还要改建、遮掩大宅门,木匠却慢工出细活,租客也不急不忙地乘机压低房租。祖父自以为得计,最终军队还是住了进来。这既不是沙汀用以成名的描写大众群像的那种"新写实主义",也不是茅盾所企望的"新的写实主义"。

在前述6篇小说中,傅东华对《在山坡上》的评价最低,并且做了删改才发表,周文一再来函责问,好事者亦纷纷加入讨论,成其为"盘肠大战",导致傅东华辞职,《文学》由王统照接编。到了1936年,沈从文提出作家间需要开展"反差不多"运动,茅盾代表左翼应战,争的已是老话题了。

---

① 水(傅东华):《一个小小的实验》,《文学》第5卷第6号,1935年12月1日。
② 水(傅东华):《一个小小的实验》,《文学》第5卷第6号,1935年12月1日。

七 "文坛新人"与"新"文学史

当历史进到"现代"这个阶段，发起文学运动者多以"新"自我命名，以"青年"自居，而将他者贬值为"老""旧"。1928年太阳社、创造社发起"无产阶级革命文学运动"之际，即有着鲜明的文学史意识——声称自己的行为是"划时代"的，所写的文章也是要"给文学史家"、教师作参考。① 而我们的现代文学史也的确是记录新、变的历史，求新求变者的创作即便艺术性不高，理论即便肤浅，也能在历史上留下一笔，守成的二三流作家则难觅位置。明确的文学史意识是促成30年代初青年作家纷纷写作"新写实主义"小说以区别于"老""旧"作家的动力之一。求新并不代表着一定求独、求特，有时恰恰相反，因为文艺要"帮助时代发展"，那就要"把大众的'差得多'的思想变成'差不多'，甚至一致"。②

不过，那种描写工农大众群像的"新写实主义"，只在30年代初流行一时，沙汀、张天翼、丁玲很快就不这么写了，原因何在？"第三种人"的文学观念，以及傅东华主编《文学》的思路，应该起到了纠偏功能，但因缺少"致谢"仪式，我们很难予以证实。茅盾的创作和批评造成了范式转移，形成了另一种新写实主义，同时又造成了新的"差不多"。倒是有不少青年作家感谢茅盾起到了重要的纠偏功能，譬如说，张天翼嘲讽批评家的教条时，即称茅盾"所论及的'幽默'，论及《移行》那篇因'刻意求工'之故反而不讨好，都给了我很大的启示"③。事实上，张天翼并没有按照茅盾的指导，延续《蜜蜂》的题材去写农村。次一级作家向文坛宗主致谢，也是从后者那里分得利益、获得象征资本的一种方式。

---

① 钱杏邨:《现代中国文学作家(第一卷)》，泰东书局1928年7月版，第1—3页。
② 周文在"小说家座谈会"上发言，声称这次座谈会的议题之一是"向'反对差不多运动'"进攻。见《小说家》第2期，1936年12月1日。
③ 张天翼:《关于批评》，1937年5月9日天津《大公报》"文艺"副刊。

杜衡、傅东华声誉不佳,谁会向他们致谢呢!到了后来,在《现代》崭露头角几乎成了左翼作家的负资产。艾青误以为杜衡做了汉奸,遂说"我曾在《现代》上发表过很多诗,但我的《大堰河——我的保姆》寄去时,却以'待编'二字压下,始终不曾刊登。直等到我的诗集出版了,他却又评论《大堰河——我的保姆》这诗的什么什么都是最好的了。这真是何等的混乱!"①而在另一种语境、别一种文学场域中,钟鼎文(番草)则追忆道:自己在《现代》发表了《水手》(第4卷第4期,1934年2月1日),杜衡很是欣赏,来信约谈,《现代》的另外两位编辑施蛰存、戴望舒虽然是诗人,自己还是与杜衡谈得来。与施、戴的诗风不同,番草是持写实主义风格的左翼诗人②。

　　1945年,沙汀为茅盾祝寿时说:1932年自己的第一部小说集出版了,《中国文艺年鉴》选了一篇,相识的朋友也都称赞,然而不到一年,他忽然想起《码头上》发表于《文学月报》时,杂志编辑周扬曾递来一张茅盾写的纸条,说不大喜欢那种"印象的写法","为什么一般人反说它正是我的特点,如何的新,如何的新,如何的了不得呢? 接着,我更考虑到创作上若干基本问题","觉得自己该重新来过"。还有"一位批评家"也算是搔到了痒处③。沙汀无意中道出了左翼作家"私下里"亦以作品入选《中国文艺年鉴》为荣。他郑重地感谢了茅盾,却不便提那位批评家的名字。吴福辉敏锐地注意到,沙汀其实是被韩侍桁惊醒,不再从新闻报道中觅取"中心题材",转而描写自己的故乡。④ 确切地说,韩侍桁论"文坛新人"时褒徐转蓬而贬沙汀,促成了沙汀改换题材。此外,傅东华表彰《祖父的故事》比那些同样是小有名气的青年作家的作品要好得多,对于沙汀固定自己的新作风,也应该起了作用。但是,对于左翼青年作家而言,傅东华的文坛声誉不佳,那就不能向其致谢。

---

① 参阅段从学:《有关艾青的三条札记》,http://blog.sina.com.cn/s/blog_4b3c7d6401008fgu.html.
② 钟鼎文:《"真"的追求者》,1964年11月23日《联合报》。
③ 沙汀:《感谢》,黄曼君、马浴光编《沙汀研究资料》,中国社会科学出版社1986年版,第99—100页。
④ 吴福辉:《沙汀评传》,十月文艺出版社1990年版,第126—127页。

韩侍桁说:"自从鲁迅的小说以后","我们是很少嗅到作家的故乡的气味了",写农村但无"故乡味"的作品,让人觉得干燥、不真实。徐转蓬所有的写作材料都是他宝贵的故乡给与的,其"作品可以紧紧地搬在鲁迅的作品的时期之后"①。沙汀追随"新写实主义"理论而创作,作品中没有个性人物,也没有故事,人物成群成伙的,走马灯似地来了又去,读者记不住他们,只留下一些零散印象,只是像读了"新闻纸的报告似地,得不到艺术的感染力"②。在徐转蓬这里,韩侍桁则"看到了精美的艺术,如契诃夫和莫泊桑那样才干家制作短篇小说的艺术","完全像出自一位艺术大家的手笔"。③ 韩侍桁坚持自己的阅读感受,敢于下判断。但是鲁迅已不承认韩侍桁是弟子,韩侍桁将徐转蓬的创作纳入鲁迅一脉,话语也就没有分量。虽有韩侍桁极力揄扬,徐转蓬在当时仍是默默无闻。后世研究者为《鲁迅全集》作注时,才会在"徐何创作事件"中提及徐的名字④,鲁迅注意到了"事件",但未关注徐的创作。

我们都知道,"乡土小说"这个概念是鲁迅在《中国新文学大系·小说二集》导言中确立的。有意思的是,在这篇文章中,鲁迅没有用左翼话语回顾历史,也没有将当下论争带入历史写作,仍给了魏金枝等人确当的位置和历史评价。历史研究不容假设,我们无从想象鲁迅如果写30年代的乡土小说流变会如何落墨。论当下文坛,鲁迅只会全力揄扬左翼文艺的斗争性。茅盾则是站在左翼立场上写作《中国新文学大系·小说一集》导言,这里且以他论述彭家煌为例:《怂恿》是"那时期最好的农民小说之一",作者独特的作风"已经很圆熟。这时候他的态度是纯客观的(他不久就抛弃了这纯客观的观点)",对于现实没有"确定的见解,这是他前期的作品和后期的不同的地方"。茅盾不断强调的一个论点是:"纯客观"是"旧写实主义"的本质特征。它只能是左翼作家

---

① 侍桁:《文坛上的新人(徐转蓬)》,《现代》第4卷第4期,1934年2月1日。
② 侍桁:《文坛上的新人(沙汀)》,《现代》第4卷第6期,1934年4月1日。
③ 韩侍桁:《老祖母》,1933年10月17日《申报》"自由谈"副刊。
④ 现代书局印行何家槐《雨天集》之际,林希隽、韩侍桁揭发集中小说大多为徐转蓬所作。这个揭发在当时也被视为"第三种人"进攻左翼文坛的举动。

的"前期风格"。其实彭家煌从1926年起才开始发表作品,当年的作品也不多。其"后期作品",亦即能够称得上是"新写实主义"的,只有一篇《两个灵魂》,如前所述,茅盾又曾把它当作"不应该那么写"的典型。再看我们今天的文学史著,也是把包括彭家煌在内的鲁迅风乡土小说,以及文学研究会的历史放入"第一个十年"处理,虽说文学研究会并非结束于1926年底。经过了一番挪移、省略,"第二个十年""第一个十年"的文学史图景才显得判然有别。像杜衡、徐转蓬这样到了30年代初才开始鲁迅风的乡土小说创作,以及韩侍桁的理论批评——以"第三种人"自居仍然坚持表彰鲁迅风的乡土小说,在文学史著中就更加无从安插了。再者,剔除了杜衡等人对叶圣陶创作的体认,叶圣陶也就成了文学史上的孤星。

《鸟瞰》既承认新起的"社会的写实主义"的历史地位,同时也力图疏通左翼设定的"1927"这个历史断裂点,延展"人生的写实主义"谱系。傅东华亦用"现实主义"来贯穿《文学》与早年的文学研究会的文学主张,强调文学发展的延续性。问题仍在于,鲁迅、茅盾的话语分量非同一般。二人更为认同当下的左翼身份,故而"攻其一点,不及其余"地嘲讽杜衡一贯化名自吹,人品既然存在问题,其他方面也就不必认真讨论了。鲁迅急于让文坛营垒分明,但就事实而言,对立的两极竟然也可以是前后相续的谱系关系,冲突双方(杜衡与傅东华)的文学观念竟也可以如此相似。茅盾对文学研究会、对《文学》的历史皆拥有绝对话语权,有些事,譬如说拉杜衡办刊的内情,傅东华的文学观念、编辑思路,《文学》与《现代》的矛盾等等,茅盾写回忆录时完全略去不提。到最后,我们对这些历史当事人难以解释的事件,曾经存在过都不知道了。只有通过细心挖掘,我们才能寻绎出文坛的暗网络,才能意识到,文坛/文学史看似严丝合缝的板块,在很大程度上都是拥有话语权的历史当事人根据自身在特定情境中的现实利益建构的。

后　记

和学界友人闲聊而被问及研究方向时,我常常无言以对,某个年代,譬如说"1930年代文艺",能否说是个研究领域呢？收入本书的论文,主要是文学方面的,但也有戏剧、电影方面的文章;文学研究方面,则杂文、"文抄"、小说、诗歌、书信皆有涉及;既探讨"左翼十年"的鲁迅,也研究对其兄的选择不以为然的周作人。要言之,时段大致不出"1930年代",故而书名也就定为《左右雅俗之间的三十年代文艺》。

本书收录的文章,有些还是求学期间写的,有些想法在求学期间萌芽,日后得以发展成文。陈平原师一再说,关于现代文学史的学问是从报刊出来的,古代文学史的学问则多是从文集出来的。这句话给我留下了深刻的印象。一份文学杂志,常常是图版、译文打头,然后是小说、散文、诗歌、批评、国内外文坛消息、书籍广告,以编者按收束。带着目的翻阅报章杂志,学术兴趣就自然而然地"横向"发展起来。当年许多二三流的作家的知识就来自杂志。我估计,穆时英等人看的就是《现代》杂志登载的法国穆杭、日本横光利一的新感觉作品以及相关介绍,而不是读了穆杭、横光的原著。《现代》上刊载的新感觉派小说和"现代派"诗歌之间也有互动共生关系,诗歌研究和小说研究原不该"鸡犬相闻,老死不相往来"。《现代》也不仅仅是"都市摩登""新都市文化"的表征,它还刊载了不少左翼作家的理论和小说。《现代》的编辑之一杜衡,心仪、信守的恰恰是"旧"写实主义。如果我们的知识仅仅来自前人编撰的"论战集",包括杜衡自己编的《文艺自由论辩集》,就会仅仅把他视作"第三种人"的理论家。事实上,杜衡以"作者之群"的代言人自居,反对左联的指导理论家的教条。

左翼的影响横被文学、戏剧、电影、画报,"海派文化"亦然:穆时英、刘呐鸥不但写适合在画报上登载的小说,也在鼓吹"软性电影"。1933年的电影和小说一样,也出现了题材"差不多"现象——"丰收成灾"、农村破产,市场的作用则使得电影和大剧场演剧不可能长期"差不多"。左右两翼剧团也在《申报》上并肩做演出广告——在市场中展开了竞争。1930年代电影戏剧的关系十分密切:戏剧电影从业员不分,电影刊物上也有不少话剧演出的报道,戏剧演出、电影展映都在大戏院。大戏院只合上演多幕剧,更多的独幕剧是在学校及社会组织举办的活动上展演。左翼电影、大剧场演剧以及茅盾创作《子夜》,初衷在"大众化",实际面目却是"通俗化"。要言之,"海派"、左翼是1930年代上海都市文化的两大表征。

现代作家的作品大多先发表在报纸杂志,然后才结集出版,文集、全集常常把作家一生所作的文字,共时性地展现在读者眼前,如果我们把《鲁迅全集》视为"经",研究鲁迅思想,自然可以不加区分地对待各部类文字和言论。笔者则想考察鲁迅的社会功能、社会影响,这就要把鲁迅的文章、书信乃至于私下言谈还原到原初"发表"的场合和历史情境之中,并且考察《鲁迅全集》是如何"生成"的,考察书信在公共空间历时性地披露。研究论战性杂文,我们也要把它们放入论战特有的情境中去考察。有些研究对象缺乏深度,但能够流行,此类作家作品比较适合做文化现象研究;周氏兄弟则可谓浩无涯际,研究这样百科全书式的文化人,无形中也就拓宽了研究者自身的视野和知识面。曾经就周作人研究问题征求师兄王风的意见,王风建议我跟着周作人读书,读周作人读过的书,于是有一段时间我就坐在古籍部,四季恒温,闻到了真正的书香,这真是终身难以忘怀的享受。行文至此,还想起了一段无法写入论文里的趣事,姑记于此:在北大图书馆古籍部,不期而遇胡适之先生的一页手泽,略谓,某生窃书，钤印私家名章，后挖掉私印卖出，适之先生在琉璃厂见此书盖有北大藏书章，遂买来璧还。

近年来国内兴建的图书馆建筑皆极为宏伟、陈列也极为气派，逛图书馆不再是青灯黄卷、钻故纸堆，而成了赏心乐事。南京大学图书馆就是新校区中最恢弘的建筑，文学院的图书馆还辟有"三四十年代特藏室"；南京图书馆设有"民国特藏室"，陈列期刊报纸的影印本和大部头文集，包括台湾出版物，浏览起来至为方便。只可惜如今数据库发达了，自己也变懒了，在家即可用学校提供的账号检索。有些馆藏电子化后，纸本就不让借阅了。为了卖钱，电子数据库将一本杂志切成一条一条的条目，互不连属，条目也不是按照原刊顺序排列。检索而来的知识必然是不成系统的——有时，我征引检索而来的原载于某份期刊上的材料，却不明期刊的背景，难以建立起历史感，成系统的往往是从西方移植而来的理论。数据库、国际交往的增多，国内图书馆互通有无，仍为我们的研究提供了无限便利。南京大学图书馆还代为支付馆际互借费用，前两天打电话给校图，馆际互借部的老师说国外图书馆的藏书也可以商借。我们还可借访学之机，或是请友人在国外查找资料。有此便利，我们的选题、研究范式也许会有不一样的面貌吧。今后打算多学点外语，在"国际"视野下审视中国左翼文艺运动。西方文化理论以及欧美日的中国学研究，已被充分绍介过来，在某种意义上，我们可以说，20世纪80年代以来现当代文学研究范式的更迭，是西方文化理论、海外中国学冲击下的产物。而俄苏文学对20世纪中国文学艺术的巨大影响却又是不争之事实，苏联学者的研究以及目前俄罗斯、东欧学界关于苏联文艺的研究成果，却很少被绍介过来。

最后，还要感谢南京大学中国新文学研究中心为我提供了良好的工作环境，本书荣幸地列入中心的出版计划。

图书在版编目(CIP)数据

左右雅俗之间的三十年代文艺 / 葛飞著. —南京：
南京大学出版社，2022.9
（教育部人文社会科学重点研究基地南京大学中国新
文学研究中心学术文库 / 丁帆主编）
ISBN 978-7-305-24003-4

Ⅰ.①左… Ⅱ.①葛… Ⅲ.①中国文学－现代文学－
文学研究 Ⅳ.①I206.6

中国版本图书馆 CIP 数据核字(2020)第 238129 号

出版发行	南京大学出版社
社　　址	南京市汉口路 22 号　　邮　编 210093
出 版 人	金鑫荣
丛 书 名	教育部人文社会科学重点研究基地南京大学中国新文学研究中心学术文库
书　　名	左右雅俗之间的三十年代文艺
著　者	葛　飞
责任编辑	郭艳娟
照　　排	南京紫藤制版印务中心
印　　刷	南京爱德印刷有限公司
开　　本	718×1000　1/16　印张 19　字数 266 千
版　　次	2022 年 9 月第 1 版　2022 年 9 月第 1 次印刷
ISBN	978-7-305-24003-4
定　　价	88.00 元
网　　址	http://www.njupco.com
官方微博	http://weibo.com/njupco
官方微信	njupress
销售热线	025-83594756

* 版权所有，侵权必究
* 凡购买南大版图书，如有印装质量问题，请与所购
　图书销售部门联系调换